U0491913

流的金 流的情

双流纪事

Shuangliu
Dare to Dream
Dare to Fly

何建明 著

四川人民出版社

图书在版编目（CIP）数据

　　流的金　流的情：双流纪事/何建明著. ―― 成都：四川人民出版社, 2021.11
　　ISBN 978-7-220-12446-4

　　Ⅰ.①流… Ⅱ.①何… Ⅲ.①报告文学―中国―当代 Ⅳ.①I25

中国版本图书馆CIP数据核字（2021）第198508号

LIU DE JIN LIU DE QING — SHUANGLIU JISHI
流的金　流的情——双流纪事

何建明　著

出 版 人	黄立新
策划统筹	蔡林君
责任编辑	蔡林君
版式设计	戴雨虹
封面设计	谢　翔
责任校对	舒晓利
责任印制	周　奇
出版发行	四川人民出版社（成都市槐树街2号）
网　　址	http://www.scpph.com
E-mail	scrmcbs@sina.com
新浪微博	@四川人民出版社
微信公众号	四川人民出版社
发行部业务电话	（028）86259624　86259453
防盗版举报电话	（028）86259624
照　　排	四川胜翔数码印务设计有限公司
印　　刷	四川新财印务有限公司
成品尺寸	170mm×240mm
印　　张	23.5
字　　数	305千
版　　次	2021年11月第1版
印　　次	2021年11月第1次印刷
书　　号	ISBN 978-7-220-12446-4
定　　价	88.00元

■版权所有·侵权必究
本书若出现印装质量问题，请与我社发行部联系调换
电话：（028）86259453

目 录

第一章
双流密码　/001

第二章
我们没有航海世纪，但必不错失航空时代　/012

第三章
飞起来时，双流就是"一流"　/027

第四章
心潮澎湃的流金岁月　/050

第五章
第一次凌空而起便如此惊艳……　/074

第六章
翅膀是自己长出来的　/089

第七章
腾笼不换鸟，要换换天娇 / 115

第八章
双流式的"呼啸山庄" / 124

第九章
牧马山的风　黄龙溪的水 / 145

第十章
白河，一条流金的河…… / 179

第十一章
再飞时，便是一片云霞 / 196

第十二章
商飞　双流　双飞 / 213

第十三章
这里有颗最美的"心" / 252

第十四章
双流的河啊，你藏了多少秘密 / 294

第十五章
太阳神鸟的金翼 / 326

第十六章
遥想与奋斗 / 354

后　记
认识双流的意义 / 368

第一章

双流密码

双流，是一个地名。它地处成都平原的南边，是成都的南大门。如今绝大多数外地人坐飞机入川的第一个落脚地就是双流。

以前很多人读了李白的"蜀道之难，难于上青天"后，总是对进入四川的蜀道心怀某种恐惧。

然而，时间会改变一切。现在，你要想到四川来，只需搭乘一架银燕，便可从天而降，轻松抵达……

以往比登天还难的蜀道不见了，展现在你面前的是百米宽、百里长的成都市最宽、最长也最酷的马路——天府大道。四川朋友敢在我这样一个常在长安街行走的北京人面前说这般话，气魄确实不小。然而，当乘车在天府大道上兜一会儿风之后，你不信也不行。曾经的蜀道完全变成了一条彩虹大道，它能让世界上很多城市大道为之逊色。

这就是我现在体味到的双流。

时空在变，概念也在变。如同哲学家康德所说："空间是随着时间而变化的，而时间也因空间的变化而产生不同的概念。"

蜀道难行时，盆地中的四川，被誉为"天府之国"，意思是这里"金池汤城，沃野千里"。

时至今日，新蜀道不再难行，我们只需空中"一大步"，便可跨越千难万险之旧蜀道，滑翔至流光溢彩、生机勃勃的"天府之国"……

而"天府之国"的新蜀道就在这个令人着迷的地方——双流。

双流古称广都，始建于公元前316年，与古蜀国成都、新都并称"三都"。至隋朝避炀帝（杨广）讳，改称双流（以江安河与府河汇流于二江口而得名）。《太平寰宇记》："双流，本汉广都县，至隋，避炀帝讳，改为双流，以县在二江之间，故以名县。"《成都府志》："取《蜀都赋》'带二江之双流'为名。"《蜀都赋》中所说的二江，虽未经双流县境，据《舆地广记》说："特取蜀中事而名之耳。"又江安河与府河相汇于县内的二江口，也有"二江双流"的情况。

《山海经·海内经》中如此记载："西南黑水之间，有都广之野，后稷葬焉。"后稷是传说中的周朝始祖，他擅长农耕技艺，因地制宜种植庄稼，而后被百姓奉为"神农"。那时的都广，即为广都，今双流也。在最初的农耕社会，人们看到的广都，不仅原野广阔，而且"爰有膏菽、膏稻、膏黍、膏稷，百谷自生，冬夏播琴。鸾鸟自歌，凤鸟自舞，灵寿实华，草木所聚。爰有百兽，相群爰处。此草也，冬夏不死。"真乃自然天堂也！

彼时的广都：

川崖惟平，其稼多黍。旨酒嘉谷，可以养父。
野惟阜丘，彼稷多有。嘉谷旨酒，可以养母……

（《蚕丛国诗》）

《山海经》中称双流为"都广"（本作"广都"）

于是自西汉武帝元朔二年（前127）置广都县之后，这片土地一直处在草木自生、鸟儿自舞的农耕时代，生活在这块土地上的人们悠然自得，或"旨酒嘉谷"，或"嘉谷旨酒"，自喻"广都"，以此为傲。直到隋仁寿元年（601），为避炀帝讳，这块让庶民们自得其乐的土地才不得不改个地名……

谓何名呢？于是古人看到了流经跟前的府河与江安河，合流于这片富饶之地，故取县名为双流，意思是：二江合地，源远流长，富足世代。

双流，从此取代广都而成为这里的地名。

双流意自府河与江安河"二江之流"，其实细细考证，也不尽然。

首先是在原广都后双流的这块土地上府河与江安河并非唯有的两条江流，还有鹿溪河、杨柳河、金马河和白河、清水河等。另外南河和府河又合称为更长、名气更大的锦江。而除了后面几条较小的江河之外，包括锦江、鹿溪河、杨柳河在内，皆是由"川祖"李冰改造而成的都江堰渠系形成的江流。故我想古人并非刻意想随便"捡"条大江大河名换取一个新的县名，而是非常认真地在他们祖辈劳作生息的这片土地上寻找着留下的最重要的生命密码……后来他们找到了，找到了一个看似具有象征意义的"二江"之名。它其实就是这片土地永久生存与世代繁衍生息的生命密码，是支撑成都南大门永远繁荣昌盛的生存状态——不息的涌动、奔腾的流淌，并在这种不息的涌动和奔腾的流淌中实现发展与飞跃……

这就是双流的本质及其全部意义。

水，久不流动会死臭；地，久不耕作会荒芜。同样人不劳动与活动，则离死亡不远矣。假如一个社会静止不前，预示着它行将毁灭。

这也是瞿上蚕丛等先祖们为双流这片古老的土地早已铸制好的产生灿烂文明的密码。在千百年历史进程中，它一直发挥着神奇的力量，推动着这里的人在生生不息中创造一个又一个奇迹与辉煌。

由此，也让人终于明白：双流，其实就是一种状态，一种对命运奋争而不息的精神状态，一种不甘落后、勇争一流的生存状态，以及一种敢为人先的昂扬向上的状态。

我们常说一个人如果不在状态，他就不可能干出什么有出息的事。在一个关键时刻，倘若一个人不在状态，那么他就失去了一种成功或赢的可能；而倘若一个人一生都找不到自己应有的状态，那么他的一生注定是失败的一生。

一个人如此，一个社会也如此，一个民族、一个国家又何尝不如此呢？

我们经常会发现，在历史上，或者就在我们熟悉的这个时代里，同处一个地区、同处一个发展阶段甚至同样的条件下，有的地方发展气势如虹，越发展越有进步，而有的地方则停滞不前、毫无生机，人民生活水平也长期落后于其他地方。这是因为前者永远在状态之中，后者则始终不在状态之中。在状态之中的地方，人们永远在寻找机会、努力创造、勇往直前、不懈奋斗；反之，不在状态之中的地方，人们则是左顾右盼、犹犹豫豫、朝三暮四，最后必定会落后。而一个民族倘若不在状态，那么国家将分裂、人民将受难。

可见状态是何等重要！

它是一个人的精气神，它是一个地方向前发展的动力，它是一个时代向前发展的支撑，它是一个民族进步与发展的力量源泉，它是一个国家生存与崛起的主因。

双流从它最早被称为广都起，就进入状态。那时作为与成都、新都并驾齐驱的"川地三都"之一，它以"百谷自生""鸾鸟自歌"的天然优势而傲立于成都平原之上。正是有这种"唯吾美富"的状态，让其一直在农耕时代保持着"天府之娇"的美誉。也正是由于有如此奋进的状态，才有了"衣青衣，劝农桑，创石棺"的蜀国创世大帝蚕丛在此建功立业——立国与兴建瞿上城。

历史上的双流，醉倒了多少像李白、杜甫这样的大诗人，也让陆游先生发出如此感慨："好风吹我衣，春色已粲然。"

正因为双流"命里注定"有在状态下的随势而行、顺势而为的品格，所以中华民族历史上许多重大事件都在这里发生，许多顶天立地的人物都曾在这里叱咤风云——

蚕丛先帝"教民养蚕""礼乐至富"而使他和蜀锦一起声名远播，于是也让双流这片热土有了农耕时代最为醉心的富贵景致：

嫩柳含金古路旁，效原一带尽农桑。

儿童竹马来深巷，都屋书声出短墙。

雨洗红尘春草绿，风梳翠陇菜花黄。

田家乐事予心乐，麦饭蔬羹味转长。

（清·徐樾《春日劝农即事》）

史学家从已知的考古和研究中告诉我们：蜀与蚕具有不可分割的联系。东汉许慎的《说文解字》中这样说："蜀，葵中蚕也。"

蚕丛即蜀的第一位国王，而蚕丛在双流开创的耕地种桑，使得中国锦丝很早就传到了海外。据说公元前1世纪时，罗马共和国执政官恺撒大帝有一次身着一袭蜀锦的袍子出现在公众面前时，整个罗马都轰动了。那个时候，中国丝绸锦绣在罗马价格昂贵，一斤黄金才可换得一斤丝绸。双流对世界的贡献，可以说从蜀王蚕丛开始，而自蚕丛教民种桑起，这块土地便进入了从不落后、从不停滞、从不犹豫的奋进状态……从而成为华夏大地上一匹奔腾于前列的骏马。

所谓状态，它必须在所处时代和所处社会中保持永远不懈怠、永远不含糊的自力更生、奋发图强、自强不息，甚至是自悟自省……而非消极等待、不思进取、碌碌无为，更非自顾自怜、置身事外、得过且过。

自然和物质的正能量"双流"，是事物之间的一种平行或正向的运动：你动，我动；你进，我进；你荣，我荣；你翔，我腾……这样的"双流"是聚合，是加法，是积累，也是攀向高峰与极致的力量。

双流的历史正是以这样的一种潮流与运动状态在抒写。

大自然恩赐了这里"百谷自生，冬夏播琴"的天府般的土地，智慧而勤劳的蚕丛躬下身段、挥汗播种，于是众庶民有样学样，开始植树种桑、养蚕织丝。这才有了瞿上城，才有了"旨酒嘉谷，可以养父""嘉谷旨酒，可以养母"的繁荣与富饶。

想当年东汉之后，天下分三，魏、蜀、吴三国各显雄威。据当地民间传说，三国中的魏国彪悍威武，吴国富贵强壮，相比之下，刘备的军队和实力颇有些"弱不禁风"，故他迟迟不敢登基封王。一日，军师诸葛亮视察双流南缘的锦江与鹿溪河的汇合之处，只见黄龙奔腾翻卷、气势非凡，于是立马向刘备呈报"黄龙见武阳赤水九日乃去"，是称帝立国"好兆头"。这让刘备大喜，随即登基，从此开创了蜀国大业，并为日后中华民族历史上所形成的"三国鼎立"谱写了一段不朽的篇章。

"白日双流静，西看蜀国春。"难怪李白在"上皇西巡"时难忘蜀地风光而留下精彩一笔："柳色未饶秦地绿，花光不减上阳红。"

蚕丛和诸葛亮的自发努力、自信自为，掀开了广都（双流）历史原初时代的恢宏序章。

"日月明明"，"不朽难获"。

双流是中国农耕社会的发祥地之一。然而历史上的双流，并没有因此满足而停滞不前。它在种粮、养蚕与织锦的农耕锦绣图中挥洒自如的同时，审时度势，顺应工业社会发展的潮流而行，在货币交换的唐宋时代，就占据了造纸与造币技术的高位。"广都纸"名扬天下，而被叫作"官交子"的一种始于双流的纸币，则成为世界上最早使用的纸币。《宋史·食货志下》："交子之法……一交一缗，以三年为一界而换之。六十五年为二十二界，谓之交子。"

历史上双流与华阳两县好似两江一水，总是分分合合。即便到了今天，双流大地上仍是"双流区"和"天府新区"之分，然而它们又都属于双流行政区域管辖范围，如同"一个赛场的双跑道"……

双流密码里除了有自然属性和物质属性外，当然还有哲学意义上的"双流概念"和"双流行为"。这也是双流之所以能够走到今天的最重要的力量源泉和方向灯塔。

哲学意义上的双流，代表着事物生存与发展的不同规律。它时而是一对矛盾体，时而又是一个统一体；它时而成为运动的对立面，时而又是运动的合力源。

矛盾与统一、对立与和谐，总是相对的。成功者和智者，就是在这种矛盾与运动中不断寻找和创造新的前进动力和成功机会。

我记得第一次到双流，学历史和经济专业的区委书记鲜荣生说的两句话给人留下深刻印象：一句是"双流这片土地，自古以来就承担着一种使命。这种使命就是必须让这个地方永远保持一种生命的活力，一种前行和向上的活力"。另一句是"双流始终承担着一种区域责任。它必须为成都的崛起和发展不遗余力，也必须被誉为'天府之国'的四川竭尽全力"。鲜荣生书记还特意在这两句话的基础上加了一个定语："这种使命和责任还必须是无条件的。"

这是给双流存在与发展精准"点穴"，其实也是给双流做了一次有格局的"规定"。

双流能有今天的成就，其根本和核心也在于生活在这片土地上的人们以及执政者们，懂得在社会发展过程的矛盾运动中摆正位置、敞开胸怀、拓展格局，并趋利而避害、顺势而有为，走出一条具有中国特色社会主义的符合双流发展优势的前景无限的发展道路。

"天上人间好景同，春光原在画图中。"清代刘沅的诗句，让第一次到双流的人，走马观花式地转悠了一圈之后，都会有如此感觉。而当你深入了解双流的人之后，感受到的则是一种创一流的奋发有为的精神状态。

在经历了极不平凡的2020年的大疫情之后，我来到双流，所看到和感受到的一切，如热流一般在激荡着我的心。干部和群众都拿着2020年最后一天召开的中国共产党成都市双流区第十三届委员会第十五次全体会议通过的《中共成都市双流区委关于制定成都市双流区国民经济和社会发展第十四个五年规划和二〇三五年远景目标的建议》。当读完这份关系到眼前和未来双流发展的文件时，我这个"外人"都有些抑制不住内心的激动。

双流是蜀锦发源地、古代南方丝绸之路起点，更是新时代泛欧泛亚航空枢纽重大节点，处于成都中优、南拓、西控主体功能区交汇处。因"两场一体"融入东进，因多式联运协同北改，在成都唱好"双城记"、融入"双循环"新格局中具有独特而重要的战略地位。

……

到2025年，基本建成践行新发展理念的"中国航空经济之都"，全区生产总值年均增速不低于全市平均水平，力争达到高质量发展示范区平均水平，一般公共预算收入增速不低于GDP增速，走在高质量发展示范区前列，"四上"企业数量较"十三五"末翻一番，市场主体数量达到20万，居民收入增长和经济增长基本同步，力争综合实力挺进全国百强区前20位。

……

高标准建成中国西部（成都）科学城双流分区，在航空航天、电子信息、生物医药等主导产业领域，布局建设一批国家大科学装置项目和重大创新平台……到2025年，力争高新技术企业数量翻两番，高新技术产业主营业务收入达到1100亿元……人才资源总量翻一番。

构建"中国航空经济之都"协同发展格局。……到2025年，东升、西航港、九江片区城市功能更趋完善，杨柳湖城市综合型副中心能级提升，天府怡心湖片区成型成势，天府国际生物城生命科学创新区功能彰显，规划建设牧马山国际旅游度假区和牧山湖国际社区，"一场两翼、东西互济、协同发展"格局基本形成。

提升"中国航空经济之都"开放发展能级。力争培育1~2家全货机基地航空公司，构建20条以上覆盖全球重要节点城市的全货机航线网络，综保铁路货运站建成投用，基本形成"客货并举"精品航线枢纽、航空货运转运中心和国际多式联运物流枢纽。到2025年，空港国际商圈基本建成，外贸进出口总额突破1000亿元。

突出"中国航空经济之都"共享发展实效。营商环境重点指标达到国际先进水平，"企业咖啡时"和"企业幸福中心"成为全国知名企业服务品牌。政务服务"一网通办"更趋完善，城市运行"一网统管"初见成效。优质均衡公共服务体系进一步完善，公共文化服务更加智能多元，公共卫生事件应急处理体系更加健全，三级甲等医院增至5家，享受优质义务教育学生达85%以上，建成全国区域教育现代化示范区，基本实现公共服务常住人口全覆盖。

到2035年，常住人口达到190万，单位工业用地增加值达到每平方千米50亿元，综合实力持续增强，构建起智慧引领型、消费驱动型和总部发展型产业齐头并进的现代适航产业体系，力争在全省、全市率先基本实现社会主义现代化，全面建成"中国航空经济之都"，全方位迈入现代化国际航空大都市行列！

这是何等的气魄！这势不可当的发展势头，让每一个双流人都感到一种巨大的荣耀与自豪；同样让我们这些"外人"也为双流感到骄傲，投之以羡慕。

这是2021年初的"双流春潮"。

半年之后，当我再一次来到双流时，双流人已经迫不及待地给我送来"滚滚热浪"：2021年上半年，成都双流国际机场保障飞机起降17.3万架次，实现旅客吞吐量2376.3万人次、货邮吞吐量31.9万吨，同比分别增长28.1%、49.0%、15.6%，分别恢复至2019年同期的95.6%、86.9%、102.6%。其中旅客吞吐量位居全国第一，是国内仅有的两家突破2000万人次的机场之一。飞常准监测数据显示，双流2021年1~6月客运起降架次位居全国第一、全球第七。

呵，时间仅过半载，"飞"的双流已经飞出了几个全国第一！这可不是一般的数据和流量，它昭示着一种巨大的前景与未来的潮流。

今天的双流人，有理由有资格自信与自豪。因为他们脚下的这片土地，每时每刻都在不停地呈现着新发展、新状态、新格局……在他们的头顶，起落与飞翔的银燕让"航空经济之都"正以昂扬的态势迅速形成，并日趋彰显巨大潜能，宛如超级涡流，吸引和聚集着全球的高科技、大资金与高端人才。与此同时，勃发于双流大地上的新技术、新产品、新理念、新经验……同样以万马奔腾般的态势传送与输送到世界各地，使得"天府门户""中国双流"成为响当当的品牌——

这就是双流，中国特色社会主义制度下的发展与进步的洪流；

这就是双流，人民的幸福与执政的实际高度契合下的美满与和谐的暖流……

这，也正是我深情抚摸双流之后所发现和感知的这块土地上千年不朽的生命密码。它永远青春永驻，活力四射！

第二章
我们没有航海世纪，
但必不错失航空时代

  人类从站立起来的那时起至今，大约经历了三个阶段：

  第一个阶段叫创世岁月，即在陆地上行走和生存的农耕时代。这个过程很漫长，以社会学划分，它经过了原始社会、奴隶社会和封建社会这三个时期。

  第二个阶段为航海世纪，即资本主义形成的主要阶段。中国几乎没有这个过程，所以没有资本主义向外扩张的帝国主义本性。欧洲的崛起和以美国为首的新兴资本主义国家的快速发展皆是在这一过程中获得了巨大的经济利益。这些国家的意识形态，都是在航海世纪中形成的。它们力图成为国际秩序建立的主导者。我国古代虽然也曾有过比欧洲航海开拓更早的郑和下西洋的壮举，然而只是昙花一现，没能持续下去。因此在整个国际资源被掠夺与占据的时代我国不曾参与，而在资本主义形态下的工业革命和资本经济、市场经济发展中我国也并没有完全与之并行，相反被远远地甩到了几近崩溃的边缘……好在20世纪初如旭日东升的中国共产党诞生了，才拯救了行将灭亡的中华民族。在航海世纪的三四百年历史中，我们的先辈吃了太多的亏。这可能与先人继承下来的中庸的、惧怕海浪的性格等有关。未参与航海世纪，让原本世界第一强的我国，曾经一度几乎成为唐僧肉一般，被"海盗"们任意宰割。

第三个阶段为航空时代，即1903年12月17日，在美国北卡罗来纳州的基蒂霍克，世界上第一架动力飞机飞上了蓝天。这一壮举的实现者是莱特兄弟。这一行动预示了一个伟大时代的到来，那就是我们如今面临的全新的航空时代。这个时代到现在才"走"了一百多年，但人却已经"飞"得很高很远了：从简单的飞翔于蓝天，到人人都可以享受的航行，到登月和飞向太空及更远的宇宙空间……

航空时代或许是人类文明的真正开始，或许也是走向彻底的"谁战胜谁"的大决战时代，因为一个键被按下，一枚导弹飞向敌方，毁灭的肯定是敌方的全部乃至整个世界。

地球是圆的，这是古希腊数学家毕达哥拉斯及稍晚一点的思想家亚里士多德发现与提出的。在这一科学思想被证实与传播之前，处在农耕社会的先人，以为所在之处四面皆夷，于是给国家取名为"中国"。航海世纪时，荷兰人、葡萄牙人、英国人和后来的美国人在对世界的海盗式掠夺之中，以为维护海上霸权就等于维护了自己的生存权，于是他们制定的人类生存的游戏规则是"唯我利益为至上"的霸权主义。可是完全超越于以土地为中心的农耕社会和以自我利益至上的航海世纪之后的航空时代，则完全不同。传统意义上的地界没了，中心没了，唯有空间是所有的起点与终点，只有你做得好、做得快、做得对，你才是中心，你才是至上……

在农耕时代，谁的田地多，谁就能主宰这个世界。

在航海世纪，谁的船开得远，谁就能享受财富与自由，使欲望得到满足。

航空时代不再一样，它使人类之间的隔膜、距离……都发生了变化，更没有了中心。谁拥有了平台与翅膀——机场与飞行器，谁就将是世界与命运的主宰者，谁就将是真正的王者。

双流曾经在农耕时代就是王者。蚕丛和刘备就在此立国称帝。后来双流以其"百谷自生"的自然优势，以及后天的努力，也一直在"天府之国"中傲视群雄。

"我们没有航海世纪，但必不错失航空时代。"这是我第一次立足在双流的土地上时，从年轻的区委书记鲜荣生口中听到的一句透着铁骨铮铮的誓言。

这句话说出了双流人民的心声，极富战斗力和民族气概。双流不靠海，四川没有海；中国有海，但自古惧海，反被一个个"海盗"袭击，丧失了无数财富和国民的尊严。所以我们没有航海世纪，我们没有资本主义国家的劣根性，但我们再也不能错失航空时代了！

因为——

在农耕时代，人在大地上行走一天，也就百十里路；拼死拼活干一辈子，也很难越过几顷土地的界限。

在航海世纪，一艘船航行一天，就可能穿越一条海峡，发现一个新的国家……

在航空时代，或许仅仅是瞬间工夫，你就已经在从南到北、从上至下的云霄之间。输掉一个农耕社会，我们丧失的可能只是脚上的一些泥土和眼前可见的一亩三分地；少了一个航海世纪，我们可能只缺失了一颗帝国主义的野心和一个资本主义的金库；然而如果再错过一个航空时代，我们丧失的则可能是整个未来。

双流人有远见与卓识，他们踩着祖先早已夯实的大地，仰望着一望无际的蔚蓝色天空，然后充满激情地喊出了一句震耳欲聋的口号：

建一个"中国航空经济之都"！

第一次到双流听他们这么说，我以为自己听岔了，中国——航空经济——之都？

"是的哦，中国航空经济之都！"四川人说话是带着浓重的"拖腔"，那一个"是的哦"，意味着一定、完全及肯定的意思。那么也就是说，他们确实在说：建一个"中国航空经济之都"！

第二次来双流时，我已经有些熟悉了，而且感觉他们心中确实有这样一个目标，有这样一个如此宏伟的目标。

第三次、第四次……多次来到双流后，尤其是当你脚踩这片土地，去深入和温情地抚摸它时，你才会越来越深切地感受到这样一个事实：原来这里已经构架并正在一步步成为"中国航空经济之都"！

"都"的字面意思，是指"第一""最大""中心"等最具影响力和权威性的意义，当然它还包含了"最专业"或者"最系统"之意。"航空经济之都"，就是在航空产业经济上具有"第一"的以及他者、他地不可替代的地位。

中国只有一个首都，它是北京。中国最大的金融中心是上海，但也只听其被叫过"大都市"而没有被叫过什么"都"，甚至连"商业之都"它也不曾被称呼过。成都的双流是机场所在地，成都的双流因此要建"中国航空经济之都"，这是何等气魄？这是否意味着它将要建成全国最具有影响力的"空港经济城"？！

"是的哦，就是这个意思。"双流人这样回答我，很有底气地这样回答我。所以每一次双流的机场指标出现"全国第一"和全球排名靠前一位时，双流人的心跳就会加速一次——他们真的离"航空经济之都"更近了一步，谁还能怀疑吗？

刚开始我与除双流人之外的其他人一样怀疑过，但后来就不再怀疑了。

为什么？

因为我一直认为可以称为"都"的只能是北京。这肯定没错。北京是我们伟大祖国的首都，它是中国的政治、文化和经济中心。北京的机场也很大，它的所在地是顺义区。顺义比起双流，还真的让我明白了为什么双流人那么有底气，尽管现在可以加上北京新机场的大兴，而顺义和大兴加起来也可能无法与历史悠久、物产丰富、地缘广阔的双流相比。

上海是旅客吞吐量位居全国第一的空港地。谁想替代大上海的独特优势，难。然而虹桥机场有很大的局限性，它的地面和与之相对应的空间早已不堪重负——这是大上海之痛，也是一时无法跨越的"沟谷"。

被称为第三的广州及其广州机场也不算小，但广州的空间与地面优势同样无法与双流比……

起 航

成都双流国际机场原来排在中国航空第四位。而最初的航空版图上，根本就没有它的存在。中国历史上第一座机场，应该是北京南苑机场。1910年清朝政府向法国购买了一架"法曼"双翼机，第一次降落就是在那个机场。成都有机场是很晚的事了，那时主要出于抗日战争的需要。

"盘古城基迹尚留，江山砺带北梁州。"成都双流机场起初就是为同日本侵略者决战而建的一个军用机场，它的前身叫成都双桂寺机场。1995年11月30日，成都双流机场被批准更名为成都双流国际机场。

中国抗日战争时期，四川作为与日本侵略军决战的正面战场的政治、军事、财政、经济的中心和支援前线的大后方，必须有一条"空中走廊"，否则走"难于上青天"的蜀道实在无法与具有空中优势的日军抗衡。因此日本侵略军看我大后方没有空中力量，便疯狂轰炸。为了扭转这一被动局面，1938年秋末冬初，国民党政府向双流县政府下发通知，要在双桂寺一带建一个军用机场。所划定的机场范围内所有住户开始搬迁，大批测量人员进入双流，开始了紧张的测绘、拆迁工作。随后，来自双流、简阳、金堂、广汉、德阳等十多个县的20余万人参与了军用机场的修建。那个时候，修建机场的条件十分艰苦，民工们吃的是青菜，甚至只能用筷子蘸盐巴下饭；住的则是自家带的谷草铺成的连间地铺。由于南方天气阴湿，多数人没有换洗衣服，所以虱子多得惊人。他们身着单衣薄裤，天寒时只能靠捡些破土箕、筲箕生火取暖，而参与施工的民工男男女女、老老少少皆有。很多年前我就看过当时双流建机场的照片，其中有一张是一位正在锤鹅卵石的老奶奶，让人印象尤其深刻，更不用说成千上万的民工在推沙平整地面的大会战场面……据说，在修建机场时，上面有敌机轰炸，下面是不分白天黑夜连轴干活的民工，其间死伤者不计其数。1939年4月，机场如期建成，占地面积3293亩。当时除了成都双桂寺机场外，还建了黄田坝、姐儿堰两个小型军用机场。

成都双流机场一诞生就遇上了惨烈的生死决战——日军在1940年至1944年，无数次空袭这里。在蓉城上空，我方与日军展开了殊死搏斗。1940年10月4日，日本侵略军突然派出30余架战机袭击成都双流机场，而我方仅有一架1844号空军战机迎敌，结果在战斗中飞机爆炸，飞行员壮烈牺牲。1941年3月14日，日军又有9架轰炸机来袭，我方空军第五大队迎头拦击，然而最终战败，有8员大将与战机一起坠毁。"当时我们经常看到天上有拉着'黑尾巴'的飞机，呼啸着落到了我们的田里头或宅基地上，随后一声巨响，吓得我们魂飞魄散……"双流90岁以上的老人现在讲起当年他们所看到的那个空战情形，仍然心有余悸。

成都双流机场从诞生的第一天起，就有了与众不同的开端，主要是为了抵抗外敌入侵。

了解了这段历史之后，我们再来认识双流，得出的结论又很不一样：双流所呈现出的精神何止是一个区域的状态，它更是一个民族和国家的状态。它流动的是一个民族和国家那滚烫的尊严与人格的热血，是不畏强权、霸权与欺凌的骨汁，热血加骨汁，难道不就是"双流"吗？是的，它应该是中华民族最宝贵的"双流"……

我们还可以从双流大地上发生的每一件能体现这片土地本色的事件来解释"双流"二字、"双流"现象——

我记得有位双流史学工作者告诉过我，且不说中华民族5000多年的文明史上有多少感人的"双流故事"，单单在与外来侵略者进行的民族生死决战中，双流人的表现也充分展现出川人的硬气。鸦片战争时期，政府一声令下，2000余名川兵急速赶到广东，在川北镇总兵张青云的统率下，与英军在第一次决战中取得胜利。之后，先后达7000余人的川兵在四川提督齐慎统率下，大战英军，用生命保护了中华民族的尊严。在林则徐的"虎门销烟"的火光中，也可以看到四川人（其中有不少的双流士兵）那一张张生动的脸庞……

我写过日军在1937年制造"南京大屠杀"事件的《南京大屠杀全纪实》一书，书中有一段关于日本侵略军攻打南京城时，从远在数千里外的四川徒步而来保卫南京的川军将士的英勇事迹，令人感动不已。当年有一群川军，那些当官的害怕这些川军面对野蛮日军的疯狂进攻而退缩，于是将一个排一个排的川军赶到前线战壕里，再让他们伏在战壕里与日军决一死战。后来许多士兵就这样牺牲在日军的屠刀与枪炮之下，其中还有中将级爱国将士，他们中也有不少人是双流籍……那一幕常常会浮现在我眼前，令我潸然泪下。

这是四川人包括双流人在内于中华民族大家庭中特别出众的热血与人格力量，自古便有这样的秉性遗存与传扬。

"我们没有航海世纪，但必不错失航空时代……"这句振聋发聩的话又在我耳边响起了！

是的，我现在愈来愈清晰地认识到双流人为什么如此有底气地喊出这样一句充满激情的话。这是因为他们比其他任何地方的人都明白：尽管航海世纪已经过了最辉煌的时期，但是它远远没有结束。帝国主义者的子孙们依然仗着他们的"海盗"祖先掠夺来的资本与财富，为争夺国际市场、军事、意识形态和国际游戏规则的主导权而在做垂死的挣扎。然而时下和未来的航空时代已经势不可当地出现在我们面前。它对我们每一个人、每一个地区甚至每一个国家与民族的影响，都会比农耕时代加航海世纪的总和还要大！人类的命运将取决于航空时代的瞬间以及没有边际的界限，因为航空时代所带来的全球化，其速度远比通过陆地上的火车和海上的轮船不知快了多少倍。现在要知道天上飞的力量和控制天空的意义——这是人类发展到今天的现状：国与国、民族与民族之间最根本的力量交战阵地，是在空中，是在于谁掌握了空中的主导权。它再不会是在地面上，也不会是在海洋里，而是在可以控制地上与海上的天上……

因为天可以俯视整个大地，天可以覆盖无边的海洋……

天无限大。天装着每一颗心之所向的未来与幸福。天也是人类的眼前和未来。天关联着地球上所有人的命运与前程、幸福与悲伤。

当知道了天为何物时，我们才会真切地体味到双流人为什么能够跟着鲜荣生书记喊出"我们没有航海世纪，但必不错失航空时代"这样豪迈的口号，这是因为他们比其他地方的人更早认识到航空经济对于人和国家的未来发展的重要意义。

在航空时代，只有牢牢掌握了航空经济的主导权，早出击，成为先行者，才能获得更大的利益。

在航空时代，谁先行一瞬，谁就是这个世界的主导者；谁先知了，谁就懂得未来是什么样的，从而能够按照自己的理想去飞翔……

双流人这样认为，七八十年前的抗战时期，那天上拖着长长的"黑尾巴"的飞机在头顶凶恶地嗡嗡直叫时，他们就知道了天上的世界远比脚下的世界和海上的世界要大得多。农耕时代，人们计算时间是以天为单位；航海世纪，人们计算时间是以小时为单位；航空时代，人们计算时间则是以分秒为单位。在这分秒之间，天上的力量可以载着你心中的理想去自由飞翔……

初到双流，时常听到双流人念叨着要把双流建成"中国航空经济之都"时，我带着几近怀疑的眼神看着他们。但主人们则依旧那般自信地向我不厌其烦地介绍他们已经初步形成和正在实施的"航空经济之都"行动计划……并且明确而清晰地告诉我：2020年成都双流国际机场已经实现了"全球第一"的一个指标！

成都双流国际机场会是"全球第一"？当时，我的双眼瞪圆了。

是的。我们机场以前每年吞吐量在全国机场之中排行"老四"。但疫情暴发后，四川是国家的大后方，不仅疫情相对较轻，而且物资充足。为了减少北京、上海和广州机场的压力，从境外飞来的航班最早就降落在我们机场……

哦，原以为防控境外输入疫情最早的是上海，原来你们双流这边比上海还早出了近一个月啊！

是哦，我们机场在2020年1月29日起就进入境外输入性病例疫情防控了！

我们外地人对双流、对成都乃至对四川真的了解得太少了！双流原来已经迈入全球重要的空港之城了，双流显然也不仅仅是我们不太熟悉的中国四川成都的一个区了……

是的，对双流的不了解，如同世界上许多人第一次到成都对其感到惊艳一样。即使一些从所谓的沿海地区或京城来的人，有时也会容易落伍，因为他们中还有些人的目光和思维方式仍停留在航海世纪里。

我们以往过多地赞美沿海地区的城市与县域，却并不知晓其实处于中国西部的双流早该有诸如昆山、深圳、浦东那般的名声了。也许我说这样的话现在仍然有人不相信,那么明天、明天的明天……可能就不会再有人怀疑了。

毕竟,当大家都认识航空时代之后,一切陈旧的偏见与落后的认知都会改变,对双流的地位和认识同样如此。就像下面这篇文章所写的一样,有位英国人士到了一次成都后,竟然对整个中国的认识出现了"颠覆"。文章刊登在英国《经济学人》杂志上,时间正好是我写到此处的同一天——2021年1月23日。文章这样说:

有句中国谚语教导人们"少不入川，老不出蜀"。古人认为四川的安逸生活会令年轻人丧失志向。但如今，这正被络绎不绝的新来的年轻人打破。一些压力承受者和无拘无束的人纷纷前往四川省会成都。对许多中国人来说，这意味着放弃在工作和生活中一味追求成功的信条。

从说唱爱好者、电子音乐发烧友到汉服拥趸，这座城市遍布年轻人的亚文化。这里的时装新颖别致且异想天开。咨询机构牛津经济研究院预测，到2030年成都炫酷少年们每年的服装和鞋类开销将超过90亿美元，与墨尔本或迈阿密同龄人的此类支出不相上下。

成都双流国际机场停机坪

没人确切知道这座中国内陆城市如何变得如此前卫。按当地时髦人士的说法，这是"酷生酷"。廉价租金、一种慢节奏的休闲文化，还有地方政府营造的宽松政策环境，也起到助推作用。

埃伦·张说，这里是个让许多人感觉舒适自由的地方。漫漫长夜中，电子音乐发烧友们就像逃到"另一个银河系"。其中一名常客是来自内蒙古的教师辛吉尔，他离开家乡，因为不能再忍受"按时上班、到点下班"工作的无聊。

辛吉尔的一天结束时，25岁的赵和尚（音）在凌晨5时开启自己的一天。他曾在北京从事艺术工作，但他厌倦了对生活的永不满足。"纵使你有1000套房子，也只能躺在一张床上"，品茶时他颇有见地的如是说。他这一代人中，有一个不墨守成规的群体自称"佛系青年"。他们不渴求有所作为、不心怀远大理想，而是接受平庸，表示随遇而安。不过，真正的僧人都认为他们只不过是怠惰而已。

这位英国人的文章中有个重要观点，对我们很有启发：在今天这个飞速发展着的世界里，人与人、国与国之间的交流已经多数是通过飞行器来进行。所以人们的观点和认识也应该真的"飞"起来，否则就是落伍，就是陈旧。对双流创建的"中国航空经济之都"的认识，有可能就像我们在改革开放之初对深圳的认识一样，从怀疑到疑惑，到慢慢有所感觉，再到心潮澎湃，最后欲追而无法赶上。

航空时代的双流总有一天会是这样的。我们可以用时间来检验这个结论；我们更可以从双流的现状中感受到它发展的无限可能——

"见竹知村富，栖禽向晚喧。"这是古人对古时双流即广都的赞美。那个时候人们不用走进舍居，只需见到庶民百姓房前屋后的那竹林便知其富裕程度。今天我们看双流，你只用看一下、听一下当地人对飞越于他们头顶的那一架架银燕所流露出的喜悦与赞美，你就知道他们心中的梦想是什么了。

"中国航空经济之都"，这是一个多么浪漫、多么诱人的未来！

"中国航空经济之都"，这又是一个多么奇妙的可以让心飞起来，飞到"你不是你、我更是我"的状态下去想、去做、去实现的新世界！

是的，天上有云霞，云霞就是我们以往可望而不可即的梦想，现在我们可以借助航空飞向云中、飞在云中，拥有愉悦的、欢畅的、自由的快乐！

让心飞翔，是双流人自古以来的梦想；让生活随蓝天一起飞翔，是双流人真实而切近的愿望；让双流随航空时代一起腾飞，更是双流人所编织的要在21世纪为我国构建人类命运共同体作出贡献的宏图。

对双流人来说，一个机场，是他们的一片心海，这心海里装的是他们的理想和未来；一片蓝天，是他们的一片心港，那心港将承载他们从外面世界驶进来的艘艘希望的巨轮……

云蓝霞蔚，紫气东来。

对双流而言，确立了"中国航空经济之都"的目标，便意味着置双流人的双脚于飞向星宇之外的火箭上，也意味着双流人的动力与干劲必须进入飞行状态。而拥抱航空经济，就是拥抱未来。他们把理想的未来放飞在蓝天上，把现实的目标写在大地上。

其实今天的双流，已经处在飞的状态。双流人正在从城市之于全球、局部之于全局、当前之于长远、发展之于民生的宽广视角，投入实现"中国航空经济之都"的飞行状态之中。

是的，这是一种进取、向上和势不可当的状态，表现出双流人民拥有的朝气、勤劳、智慧，同时又有敢为人先、干实事、创大业的魄力。

他们向往美好，又不会放弃栉风沐雨的实干。

他们勇于奋进，却不会放弃既有的立场与谋划。

他们抓住了新形势下的发展命脉，把实现中华民族伟大复兴中国梦的目标绘写在蓝天上——建设"中国航空经济之都"！

辞别落后的农耕社会。

不悔遥远的航海世纪。

专注当下的航空时代。

这就是双流。

中国的双流。

第三章

飞起来时，双流就是"一流"

　　山光草色翠岚拖，第一桥头春浪多。

　　小艇远横杨柳岸，散人应自号烟波。

　　这首名为《第一春波》的诗是清代翰林双流彭镇人刘芳皋所作。双流的"第一桥"在何方？是不是有近200年历史的通济桥？或许是。那么这里看到的"第一春波"又真的是"春浪多"？我想应该不假。

　　双流自古物产丰富、美景宜人，"第一春波"必是别样风光、醉人心房。

　　农耕时代的双流，经济能够跻身"天府之国"前列，有它基因上的优势。而在中国没有航海世纪之后，为何独有双流意识到必不能再错失航空时代而先行一步，甚至走在全国乃至世界前列呢？

　　在双流采访与调研的日子里，我总爱在听到头顶的嗡嗡声响起时抬头仰望蓝天，然后看着一架架飞机从云端而来，缓缓地降落在双流的大地上……内心总会泛起孩童时的那种丝丝激动，因为人是不能飞的，所以对飞翔的东西感到格外好奇与羡慕，幻想着有朝一日自己也能飞起来，飞到自己想去的地方和未知的远方。

其实，双流人想"飞"和渴望"飞"的遐想早就有之，难怪区委书记鲜荣生多次希望我去参观双流出土的历史文物。那天走进双流的历史文物展厅，我大开眼界。其中最引人注目的是汉代陶器，那些精美而富有艺术感的陶俑，惟妙惟肖。尤其是几尊男俑，其表情堪称表演绝技级。在陶俑的中间，有一尊张着双翅和尾翼的雷公鸡。它是五代时期的黑陶圆雕，比起那些栩栩如生的汉代陶器，雷公鸡更是跃跃欲试，大有飞天揽月之势。这可能就是最早展现双流人内心向往蓝天碧云世界的一尊物体，所以它在历史的长河中显得异常有活力。这也从一个侧面反映了双流人比其他地方的人更具畅想能力和追求能力。历史早已证明，凡具有"飞"的欲望之人，总比其他人更具有未来感知能力。

没有起飞过的人，是无法感知飞的乐趣与飞的奇妙的感觉的，自然也不会知道飞能带给心灵的巨大震撼力。在中国首位航天员杨利伟回"家"后，我与他在国家航天中心有过长时间的单独交谈。杨利伟回答了我的两个重要提问：没有上天之前想得最多的是什么？在天上时想得最多的又是什么？他说：上天之前，想得最多的是我应该是全中国最幸福的人，因为我第一个登上了天空最遥远的地方；在天上时，就想着能早点回到"家"——在地球生活是多么幸福的事。后来我又增加了一个问题：在这之间（进入太空至回到地面）什么感觉最好？他笑着回答：飞的感觉最好。

飞在天上和宇宙间是种什么感觉？这又是我提出的一个问题。

杨利伟这样答道：会觉得这辈子没有白活，又会想这辈子要是一直留在太空中"飞"那该有多美多好！

飞着多美，飞着多好！这是上过天的航天英雄的体会。

雷公鸡

自1956年双流所在地的机场被国家正式作为民航机场的那天起，双流人对飞的梦想就植入周身的血脉……他们渴望自己飞起来，跟银燕一样飞到云端，飞到远在天边的任何一个新鲜的地方，飞到奥妙无穷的宇宙……

双流人把飞的梦想融入自己的生活和时代的进程之中，于是他们在不断寻找着可能的机会去飞翔。

"叫花子双流"？！曾经有很长一段时间，双流被外界贴了这样一个丑陋的标签，意思是双流穷得只有"叫花子"愿意去。

在大多居于"天府之甲"的双流，人们听到这样的话，气得直跺脚。但双流那时确实落后了，被他地后来居上，所以才被说成是"叫花子双流"。

这当然还得从那个极左的年代说起。

双流人曾有这样的一句话："'左'得疼！"意思是：有阵子，咱双流太"左"了！

有位上了年纪的"老双流"告诉我，20世纪70年代中后期，他是公社的工作队员，有一段时间他们的任务就是"割资本主义的尾巴"：天蒙蒙亮时，我们就守在小镇的街头，等着挑担子的农民进入我们的"伏击圈"——农民们把自己家自留地里种的番茄、韭黄啥的拿到街上卖，我们知道街口是他们的买卖地方，故称其为"伏击圈"。等十来个挑担的农民放下担子的时候，我们七八个工作队员就呼啦一下冲出去，然后将农民们的担子全部没收……奇怪的是当时这些农民对我们工作队员的野蛮行为，没有人吱一声，更没有人反抗。

原双流县宣传部副部长邹应坤在接受采访时，回忆起改革开放初期的双流时讲了两件事。

"中央第一个'一号'文件下来的时候，我们下面还处在观望和迷糊状态。那时我是分管知青工作的干事，有一次跟县委书记一起下乡，到一个生产大队去调研。那个地方有个果园，我们见了一户农民。他家门前有一口水塘，书记问那农民：你敢不敢承包这水塘？农民摇摇头，连说'不敢不敢'，并解释说：我要是在水塘里养了鱼，收成的时候咋分？书记又问他：那果园你能不能承包？农民还是一个意思，不行，那都是集体的。即使他把果树种好了，最后分的时候也非打起来不可。因为社员们会说你种的果园是集体的地，你凭什么多分？"

邹应坤说："那个时候干部的觉悟也不高，对上面的政策理解肤浅。有句话这样说：'上面开会七八天，回来传达一支烟。'在改革开放头几年个别干部的思想僵化现象仍然很严重。我经常下乡，看到下面对'资本主义尾巴'割得很起劲，连百姓种点茶叶有些干部都说这是'资本主义尾巴'，要割掉。这一割，百姓就伤心地哭了，哭得让人心疼……你瞧瞧，当时就这么个情况。老祖宗留下的双流土地再富饶，这么个弄法，肯定只能出'叫花子'嘛！"

这就是双流成为"叫花子双流"的历史原因——中国曾经有段被极左弄疼的历史，想必对双流而言应该也是一段比较痛苦的经历吧。

"我们对'叫花子双流'的解释，其实还有另一种说法，"叫花子出走双流县"，也就是因为双流富贵，所以才有'叫花子'来我们这儿。要是我们这里是穷地方，'叫花子'才不来呢！"想想也是，这个解释好像也很有道理。"叫花子"的第一任务就是想方设法填饱自己的肚子，待在穷地方只能感到更饥饿，只有到富裕的地方才可能填饱肚子。

天府之国，唯双流最富也，我们去！"叫花子"们是不是这样一种心态，我们无从考究。然而双流人对这种解释却感到十分满意，他们认为这才更符合实际，当然这也从侧面反映了双流人的善良和双流这片土地所具有的包容性。

中国的改革开放是以中国共产党召开的十一届三中全会为标志的。这次具有深远意义的伟大转折的历史性的重要会议有两个关键点：一是中共中央宣布从此开始以经济建设为中心的四个现代化建设；二是邓小平再度"出山"，主持全党和全国的工作。

从1978年开始，双流的发展也重新回归正常，向前行进的"热流"与追求幸福的"暖流"交融在这一伟大时代进程之中。这两股历史性的潮流，让双流宛如一架远行的银燕展翅飞翔在蓝天上……

双流"飞"的姿态真好看。

双流籍著名人物田家英一直让双流人引以为豪。作为毛泽东的"大秘"，他是土生土长于双流这片土地上的人。田家英之所以对双流有着如此大的影响，除了他在领袖身边工作外，更重要的是他关心家乡人民的疾苦。他曾在1959年前后数度回家乡调研，将"浮夸风"汇报给毛泽东主席和党中央，受到领袖和党中央的高度重视。

这一年（1980年）双流人感觉自己可以理直气壮地抬起头，去看看外面的世界了！

双流人抬头，见到的并不仅仅是蓝天、白云，还有飞翔在头顶的一架架令人颇为羡慕的银燕……当然，双流人最骄傲的就是在这个时候。他们从天上看到了一架直飞到双流的专机，从专机上走下来的两位重要人物让今天的双流人依然难以忘怀。那两位人物中一位是邓小平，另一位是朝鲜领导人金日成。有关此事件的新闻报道是这样的：

1982年9月21日，小平同志陪同金日成同志，在当时的双流县白家镇顺风二社（现机场路社区），察看了农村沼气的生产和使用。在了解到沼气众多好处后，小平大加称赞：使用沼气好呀！

迎小平　村民连夜铺路

据57岁的雷有芳老人回忆，邓小平同志来村子看沼气的前几天连续下雨，村子里的路十分泥泞。9月20日下午，村里群众得知小平同志第二天要来的消息，十分兴奋。包括雷有芳在内的数十名党员干部立即行动起来，从附近的沙场挑运沙土铺路。"几乎全社的村民都自觉加入进来。"雷有芳回忆称，当时大家只有一个想法：让小平同志要经过的路好走。"忙了整整一个通宵，全部铺设完毕。"

当场夸　使用沼气好呀

1982年9月21日上午9时许，当小平同志乘坐的汽车出现时，村民立即欢呼起来。"当时小平同志和金日成同志走在前面，边走边交流。"雷有芳告诉记者，他们先后参观了周家院坝、村民曾德超家中的沼气使用情况，随后又到贾丛林家去看稻谷收成情况。

在参观沼气使用情况时，小平同志详细向村民了解了沼气制作、使用过程。小平同志向金日成同志说，这东西虽很简单，却能解决农村的大问题。沼气能煮饭，又能照明、发电，还能改善农村环境卫生、提高肥效，"使用沼气好呀"！

……

原来双流的沼气如此出名！这值得夸耀，因为它竟然惊动了两个国家的领导人专程而来。双流人告诉我，四川尤其是他们双流的沼气技术曾经影响了中国的许多地方。习近平同志在陕西插队时也曾到过四川参观学习沼气技术，在后来工作的几个地方都曾致力推广过沼气技术，比如在浙江蹲点的下姜村。

改革开放后，双流人从飞机上迎来了他们敬爱的邓小平。然而轮到他们自己想坐飞机的时候，情况则要复杂得多。那个时候，别说普通老百姓，就是双流县委书记、县长也是没有资格坐飞机的，在长途火车上坐卧铺还需要开县级证明。老百姓只能坐火车硬座和骑自行车——当时谁家能够有一辆自行车也算很体面了。

在农村，谁是20世纪70年代末80年代初能有自行车骑的"体面人"？

"一定是在社队企业上班的人。"双流人告诉我。而这个情况，与我老家苏州地区一样。苏州地区是社队企业、乡镇企业的发源地。

在田野上，迎着晨风，汇聚到自行车潮流中，再听听姑娘们咯咯咯的欢笑声……

在晚风中，伴着丁零零的车铃，工人们欢快地飞驰在回家的路上……

这就是当时最时尚的双流。

那个时候，双流县作出了这样三个方面的重要发展决策：决不放松粮食生产，积极发展多种经营，大力发展乡镇企业。

双流人真正想"飞"和"飞"起来就是这个时候。

那个时候有两个"飞"的事件，已经载入双流"改革开放史"。一是恩威公司老板薛永新坐飞机的事；二是县上租了"专机"，载着全县乡镇主要负责人70余人到苏州、福州、深圳和广州等地参观学习。

这两次"飞"，对双流具有重要的历史性意义。在某种意义上说，它是双流今天建设"中国航空经济之都"的萌芽……

薛永新在双流名气太大，因为他的名气跟着"恩威"的名声一起就始终没有被湮没过。最响亮的时候，全国几亿人都能齐声说得出来："难言之隐，一洗了之"——恩威的广告词成就了薛永新和他的企业。

"产品当然也不错，但这句广告语才真正值钱！"双流人都这么说。

薛永新最初办企业有太多的"难言之隐"。

他出身于一个富农家庭，1952年生下来就是有罪的"狗崽子"。但薛永新从小聪明机灵，喜欢"做点事"。1978年，改革开放之初，别人还在观望，他已经到云南去搞包工，后来因为"搞资本主义"和"投机倒把"被"收容"。

"那个时候人穷，我还是忙着找赚钱的机会。"薛永新后来一直这样说。

1983年初,薛永新到成都承包了一个木材厂。结果干得正红火之时,他被"严打",进入了收审所——那个时候农民进城办企业属于非法,是被打击的对象。

关在收审所里很冷,"一个20多平方米的小房子里关满了扒窃、偷盗、流氓等刑事犯,根本没法睡觉,而且臭得不行……"那段日子薛永新一辈子都不会忘记。

120天的收审所生活,让薛永新对人生有了彻悟:中国共产党的最高理想和最终目标是实现共产主义;社会主义的最终目标是消灭剥削,消除两极分化,最终实现共同富裕。目的就是要建设人人平等与幸福的新世界。

"我开始坚信一个真理:为多数人谋幸福的同时也为自己谋幸福不会有错。""薛氏真理"从此让他"飞"了起来,也先"飞"了出去。

不过第一次"飞"就很有意思,值得双流记忆。

从收审所里出来后的薛永新,正式来到双流创业,与东升镇的塔桥村一起办木材加工厂。当时合作办厂有一个基本条件:薛永新要交一万元的承包费。如果生产任务没有完成,这一万元将作为对塔桥村的赔偿;如果超过利润指标,则将其全部奖励给承包人。

别看这小小的承包合同,它可是双流老百姓中第一次"冒"出来的"飞"的行动……

薛永新天生就是一位企业家。当年,这个木材加工厂实现的业绩超过了利润指标3万元。

"3万元都奖励出去?奖励他?这行吗?"这事把东升镇的干部们吓得不轻。

这事得请示县上。县上很快有了回答:"既然你们是签订了承包合同的,那就该执行!"

这事轰动一时:双流一下奖励企业承包人3万元!是超出利润指标部

分全奖励的!

关键是双流由此得了个好名声——双流说话算数。于是老板们都说,我们到那里办厂做生意去!

这效应与恩威的"难言之隐,一洗了之"一样具有魔力。

正是这个时候,薛永新遇到了一件"急事":他需要马上去上海、北京处理企业的事,不然晚了就会损失惨重。

火车太慢,那个时候从成都乘火车到上海或北京至少要两天以上。两天两夜,那生意上的事就成了"黄花菜"——烂得捡不起来了!

为此,薛永新急得直跺脚:"这事咋弄?"

"你坐飞机来啊!"上海和北京那边回应他说。

"我咋坐飞机嘛!县上领导都坐不了,我哪有这个资格嘛!"薛永新想都没想过自己这辈子能在天上"飞"。

"你试试嘛!让县上的领导开个证明。"那个时候干啥都得有证明,坐飞机就更不用说了。

薛永新为这事第一次进了县政府。见了一个办事员,他请求道:"我想乘飞机……去上海、北京处理点工厂业务上的急事。这是证明。"

他小心翼翼地呈上一张纸。

办事员接过申请,又抬头看了看薛永新:"你是小老板,咋可以坐飞机嘛!坐飞机是要有级别的,县团级领导也不是想坐就能随便坐的,得市里领导批准后才能坐。你这……不行的!肯定不行!"

"再说,你没听说最近厦门发生了一起劫机事件……"那人补充道。

薛永新一听这话,有些不舒服了:"我这……像劫机的人吗?"

"反正我是没有这权力批你的。"办事员低头不再理会薛永新。

"嗨,这不是薛老板嘛?你有啥事?"垂头丧气的薛永新正要转身离开,被当时的郭县长叫住了。

"哎呀，这事得麻烦县长您帮忙了……"薛永新聪明就聪明在他善于抓住机会，于是将"洁尔阴"生意已经在上海、北京等大城市打开局面，需要马上去落实销售份额，否则市场就会失去云云说给郭县长听。

县长是抓经济的，一听这话，立马表态："这事必须支持！我来签字！"

薛永新就这样拿着县上盖了大红印章的证明去买了飞机票……从此以后他就"飞"到了天上，"飞"到了全国各地，甚至全世界的许多地方！

从此以后，双流企业家坐飞机的事儿，连成都双流国际机场都开了绿灯……

"机场就在我们身边，我们不用好它，还等谁来用？没听说小平同志在江苏已经提出了要在20世纪末把中国建设成小康社会吗？除了小康，对我们双流来说，在这样一件事上还要比别人更强：人人都能有资格坐飞机出去耍一耍……"双流领导们在给薛永新开绿灯之后，就这样转变了观念、统一了思想。

关于邓小平提出"小康"概念，双流人也是从自北京坐飞机来成都的中央机关的专家那儿听说的。整个来龙去脉与我12年前写的《我的天堂》一书中介绍的差不多——

"翻两番，在中国建立一个小康社会。这个小康社会叫作中国式的现代化。"说这话的就是邓小平。

邓小平的"小康"之梦是在改革开放初期，当他走出国门，在美国、日本等国家看到飞速发展着的世界文明后所萌生的。那时他强烈地感受到了自己国家的落后，人民生活的贫苦……后来的新加坡之行使他有了一个东方式的小康概念。然而东方式的小康是什么样的呢？邓小平苦苦寻觅着……

1978年12月，人民大会堂。中国共产党在这里召开了一次具有划时代意义的全会，即党的十一届三中全会。邓小平在会上再次向全世界明确地宣告：中国要在20世纪末初步实现现代化。

小康从那个时候起，就成为中国社会主义现代化的总设计师心中的一幅有中国特色的现代化蓝图。一个讲实事求是和办实事的大国领导者，一直在为这蓝图寻找可能实现的途径……

时间过去两年多，这个蓝图成了总设计师心中时刻挂念的治国大纲。

"同志们，这次代表大会将是党的第七次全国代表大会以来的一次最重要的会议。这次代表大会要审议和确定党为全面开创社会主义现代化建设新局面而奋斗的纲领……"在1982年9月初召开的中国共产党第十二次全国代表大会上，邓小平一再这样强调。为了他心中久酿的宏伟蓝图，他向全党同志指出：把马克思主义的普遍真理同我国的具体实际结合起来，走自己的道路，建设有中国特色的社会主义，这就是我们总结长期历史经验得出的基本结论。

"建设有中国特色的社会主义"的理论光辉，从此开始普照中华大地。

新一年的春天来了。春风首先吹绿了江南大地。

"我想到江南走一走。"邓小平向身边的工作人员提出。

最后定了去苏州。那天，邓小平在江苏省委书记韩培信和省长顾秀莲等人的陪同下……

戴心思，原苏州地委书记，于1940年就参加革命工作的南下老同志。83岁的戴老在医院接受我的采访，在谈起1983年春天邓小平来到苏州的情形时，依然带着几分压抑不住的激动。他说："小平来之前，省委书记就打电话给我，让我准备苏州地区的情况汇报。当时我们苏州有八个县，除了现在所管辖的几个县市外，还有江阴、无锡两县。小平同志来了以后，就对省委书记说，他要了解苏州地区的农村情况，他的工作人员告诉省委书记说要听20分钟的汇报。后来汇报时间过了20分钟，小平说：你还有什么也可以说嘛！这样省委书记又汇报了我们苏州地区学习落实党的十二大提出的翻两番的事。对这件事，小平同志似乎一直很关心，在吃饭或其他场合，时不时地问我们对翻两番怎么看。我们告诉他：在苏州翻两番绝对没问题。小平问：为什么？我们回答：苏州地区从1976年到1982年就实现了全地区工农业生产总值翻一番了。小平对这个格外关注，听得也特别认真。'五六年时间就翻了一番，你们把这个情况跟我好好说说。'看得出，小平对我们苏州在那么短的时间里能够实现翻一番，非常在意，或者说感到有些意外和惊喜。

"我们说没问题是有根据的，因为当时苏州的社队企业发展非常迅速，心里有底。"戴老说，"在党的十二大提出'翻两番'的目标后，当时社会上也有不同看法。有的认为经济底子薄的地方再用近二十年的时间，在世纪末实现翻两番是可能的，因为他们基数低，而像我们苏州地区这样经济总值相对较高的地区有难度。可我们经过讨论和研究的结果是，经济基础较好、基数大的地方反而可能会更好地实现翻两番，理由是：块头大，翻起来更有劲，所以可能好翻番。后来的事实也证明了这一点。"

那次邓小平同志听了苏州人对"翻两番"表示没问题后，似乎兴致分外浓，便不时地问苏州人："你们靠什么呢？"

苏州人："我们靠一些小企业。"

"我们当时都不敢说社办企业，因为遗毒还在，社会上对我们苏州地区搞乡镇企业有不同看法，还有人认为是资本主义的尾巴。"戴老回忆道。

邓小平好像也是第一次听说："小企业？"

苏州人："就是公社和生产队办的一些小企业。"

邓小平："噢，这就是社队企业。"

苏州人："我们苏州靠近上海、无锡，好发展。"

"我们告诉小平同志：在五六十年代，城市有一批下放人员，苏州地区就接收了十万人左右。这些人员与上海、无锡、常州等城市的各个单位都有千丝万缕的关系，靠这些人打通与上海等城市的关系，办些加工企业就比较容易。"戴老说。

邓小平："那这样做你们花钱多不多？"

苏州人："不多。社队企业就是利用这些人的关系，到上海请师傅来当指导。他们也是利用星期天，我们只要给他们一点小钱，有的就干脆不给钱，师傅们临走时给一点农副产品带回去就算回报了。"

邓小平笑了，说："我在上海住过，上海人喜欢你们的农副产品。"

"你们的社队企业现在有多大规模？"邓小平又问道。

苏州人："已经占有全地区工业产值50%以上了。"

邓小平用炯炯有神的目光看着苏州人，说："半壁江山了嘛！"

苏州人开心地说："对对，半壁江山了！"

邓小平转而问："你们发展社队企业对农业有影响吗？"

苏州人："发展这些企业不但没有影响农业生产，相反对其有很大的支持和促进。"

邓小平："为什么？"

苏州人："因为一是我们这里农村剩余劳动力较多，办社队企业可以分解一部分剩余劳动力。二是办小企业后有了一些资金积累，可以搞水利工程和对社队的一些仓库、道路等进行改造。我们还提出了进社队企业的每个职工每月拿出10元钱来支援农业。"

"办社队企业积累起来的钱，能够办化肥厂、农具厂。那个时候我们全苏州办了不少这样的厂子,非常有力地支援了农业生产。"戴老说。

邓小平的脸上露出了笑容:"好事嘛!"

"我们那时有个口号,叫作'为了农业办工业,办好工业为农业'。办社队企业后,不仅农民获得了多一成的收入,而且农业产粮非但没减少,反而增加了。平常年份,我们全苏州上缴粮食在18亿斤—20亿斤,那些年我们最高时达到了24亿斤。后来成了中央领导人而当时任四川省委书记的杨汝岱来我们苏州参观过。我陪他参观了我们的一个农具厂。他看后很震惊,问:这就是社队办的农具厂?我说是。这个省委书记回去后,包了一架飞机,将全省的县委书记都拉到我们苏州来参观社队企业。"戴老对那段辉煌历史记忆犹新。

邓小平:"你说人均800美元是不是小康了?"

戴心思脸红了,因为当时身为苏州地委书记的他还根本不知道小康是个什么概念。"这个……"

邓小平:"就是你们这儿农村的中等水平。"

戴心思顿时如释重负:"噢,那应该没问题。"

邓小平满意地朝这个苏州地委书记点点头。

"小康。你们苏州的农民已经住上楼房了,这算是接近小康水平了……"邓小平望着岸头一幢幢白墙青瓦的农民小楼房,目不转睛,喃喃道。

苏州之行,给邓小平留下了深刻且美好的印象。党的十二大,他提出要在20世纪末把中国建设成"翻两番"的中国式现代化社会,即后来的小康社会的理想,可以说是在苏州找到了印证。

邓小平在北京找来中央分管经济工作的几位领导谈话。他说:"这次,我经江苏到浙江,再从浙江到上海,一路上看到的情况很好。人们喜气洋洋,新房子盖得很多,市场物资丰富,干部信心很足。看来，实现四个现代化希望很大。到20世纪末实现翻两番，要有全盘的更具体的规划，各个省、自治区、直辖市也都要有自己的具体规划，做到心中有数。落后的地区，如宁夏、青海、甘肃如何搞法，也要做到心中有数。我们要帮助各省、自治区、直辖市解决各自突出的问题，帮它们创造条件，使它们的具体规划能够落到实处。

"现在，苏州市工农业总产值人均接近800美元。我问江苏的同志，达到这样的水平，社会上是一个什么面貌？发展前景是什么样子的？他们说，在这样的水平上，下面这些问题都解决了：第一，人民的吃穿用问题解决了，基本生活有了保障；第二，住房问题解决了，人均达到20平方米，因为土地不足，向空中发展，小城镇和农村盖两三层楼房的已经不少；第三，就业问题解决了，城镇基本上没有待业劳动者了；第四，人不再外流了，农村的人总想往大城市跑的情况已经改变；第五，中小学教育普及了，教育、文化、体育和其他公共福利事业有能力自己安排了；第六，人们的精神面貌变化了，犯罪行为大大减少。"

"江苏从1977年到去年六年时间，工农业总产值翻了一番。照这样下去，再过六年，到1988年可以再翻一番……"

邓小平的南方之行，特别是苏州给他留下的印象极其深刻。党的十二大确定在20世纪末中国要实现翻两番，有不少人对此摇头，认为不大可能。理由是"十年动乱"后的中国经济处在全面崩溃状态，要用二十来年时间实现总量翻两番，几乎是不可能的事。"太悲观了！"邓小平、陈云、李先念等认为持这种观念的人太悲观了，可当时确实谁也没有把握用二十来年时间实现翻两番的目标。对此，作为社会主义现代化的掌舵人邓小平内心不能不泛起几分暗暗的担忧：是啊，二十来年时间，实现翻两番，目标是不是高了些？是不是根本就不太可能？正是怀着这样的探求心理，1983年春天，邓小平到中国经济一直最活跃的江浙大地看了看，尤其是想知道苏南的同志怎么看待"翻两番"。

苏州之行，邓小平从苏州人肯定而有力的回答中找到了"翻两番"的依据：如果经济条件好、基数比一般地方要高出许多的苏州能够实现"翻两番"，那么那些基数比较低的地方"翻两番"应该更不成问题！

这年6月18日，邓小平在出席北京科技政策讨论会上回答几位外籍专家关于"翻两番"的提问时，笑眯眯地说："我们搞的现代化，是中国式的现代化。我们建设的社会主义，是具有中国特色的社会主义。我们主要是根据自己的实际情况和自己的条件，以自力更生为主。我们现在的路子走对了，人民高兴，我们也有信心。我们的政策是不会变的，要变的话，只会变得更好。"

邓小平当年到苏州论说"翻两番"和他心目中谋划的中国式小康社会蓝图一事，在当时的党内高层中很快传开了，后来又传到了基层干部中。

双流干部有先觉意识，马上作出决定：组织全县各乡镇主要领导干部到苏州和沿海一带去参观学习！

"而且要乘飞机去！"县主要领导拍板说。

"啊，这么多人坐飞机，得等到啥时候才能审批得下来嘛？"有人担心道。因为按规定县级主要领导以下乘坐飞机是要审批的，何况现在可不是薛永新那种只有一个人的特殊情况，这回是全县乡镇以上领导干部70多人一起走哦！

"审批？审批啥子嘛！你去跟机场谈：我们还要包一架飞机呢！"县主要领导手一挥，对秘书说。

"您、您是说我们要'包机'？"秘书惊得张开的嘴巴半天没合拢。

"是的哦，70多人，还不包架飞机？"

双流真的包下一架飞机，载着全县70多名乡镇以上领导干部从自己的土地上，一下飞到了江苏苏州——邓小平说的那个"小康"之地，那个乡镇企业发源地。

参观团成员之一的邹应坤也是第一次坐飞机。"那种兴奋劲儿，都是头回享受哦！"邹应坤至今仍能回忆起当时大家一起坐飞机的情景。他说，许多人感慨道："以前飞机在头顶上飞来飞去，今天总算也有机会在天上看看自己的家了……"

据说那一天起飞时，坐在靠窗座位上的双流人不约而同地往下看。"争着看自己的家乡……"邹应坤笑着说。

"第一次从天上看自己的家乡是什么感觉？"我打趣道。

邹应坤老先生顿了顿，说："觉得这个世界太大了！双流除了可做地上的事外，如果登上天，可能把事情做得更大！"

听听，那个时候的双流领导干部意识里就已经认识到要做"天上"的事儿了！

现在我们再说说他们下了飞机后，所接触的事情对他们的影响吧——

"到了你们家乡苏州后，第一站去了常熟的一个工厂。出来向我们介绍经验的是一位小伙子，20来岁，他说他是村支部书记。我们双流干部都暗暗吃惊：这么个娃儿就能当村支部书记了？！"邹应坤说，"那个年轻的村支书很会说话，也特别实在。他说，你们是小平同志家乡来的客人，小平同志最讲实事求是，所以我今天接待你们，也实事求是。你们可以直接到厂里去看。这里也有书，书里介绍了我们这些年搞乡镇企业、社队企业的事。两本书，共5块钱。"

"当时我们没有那么多钱，就只买了两本。"邹应坤惭愧地说道。

后来他们又到了深圳。"那'时间就是金钱''效率就是生命'的标语，太刺激我们了！"邹应坤说，"当时深圳建楼的速度是一天一层楼，那个建设速度也太震撼我们双流人了！"

这是第一次乘坐飞机，也是第一次在沿海地区绕了一大圈的飞行。这是双流领导干部们前所未有的一次蓝天上的远航，也是他们前所未有的一次认识"外面的世界"的机会。那个时候还没有"外面的世界很精彩"这句歌词，但双流领导干部们心目中却牢牢地树立了这样一个认识：不出门，就见不到外面的精彩；不在天上飞，就看不到远方的美景……

"那一天，我们这些人站在上海外滩，看着灯红酒绿的南京路和滚滚东去的黄浦江，真的是心潮澎湃。没有一个人说话，大家只是用眼睛看着从未见过的那个世界——那个太美的世界。"邹应坤这样说，"其实我们内心都在说着同样一句话——什么时候在我们双流也能看到这么多的高楼大厦，也能看到这么宽阔的街道上有车水马龙的景象啊？"

1984年，距今不到40年，今天的双流已经取得了重大的成就。

"这是我们当时谁都想不到的事，今天全部都实现了……"邹应坤感叹不已，"还是要感谢中国共产党，感谢改革开放，让我们有了第一次'飞'的感受和思想上的全面解放。"

包机，向沿海飞，飞向苏州、深圳……这次"飞"，让双流领导干部们从以往自给自足的"盆地意识"中一下跃上了"天际视野"——

"就是过去我们站在自己的土地上看双流，双流很大，也很牛；而从天空高处看双流，原来双流很小，也很不牛！"从沿海参观归来的双流领导干部们开始谈这样的体会。

这时的双流人坐不住了！他们都在思考同一个问题：怎样赶上沿海发达地区，让我们的双流也真正"很大""很牛"起来呢？

路似乎有很多，但每一条路又似乎并不那么管用。

后来大家在激烈的讨论和观念碰撞中获得共识。双流要像苏州、深

CHENGDU

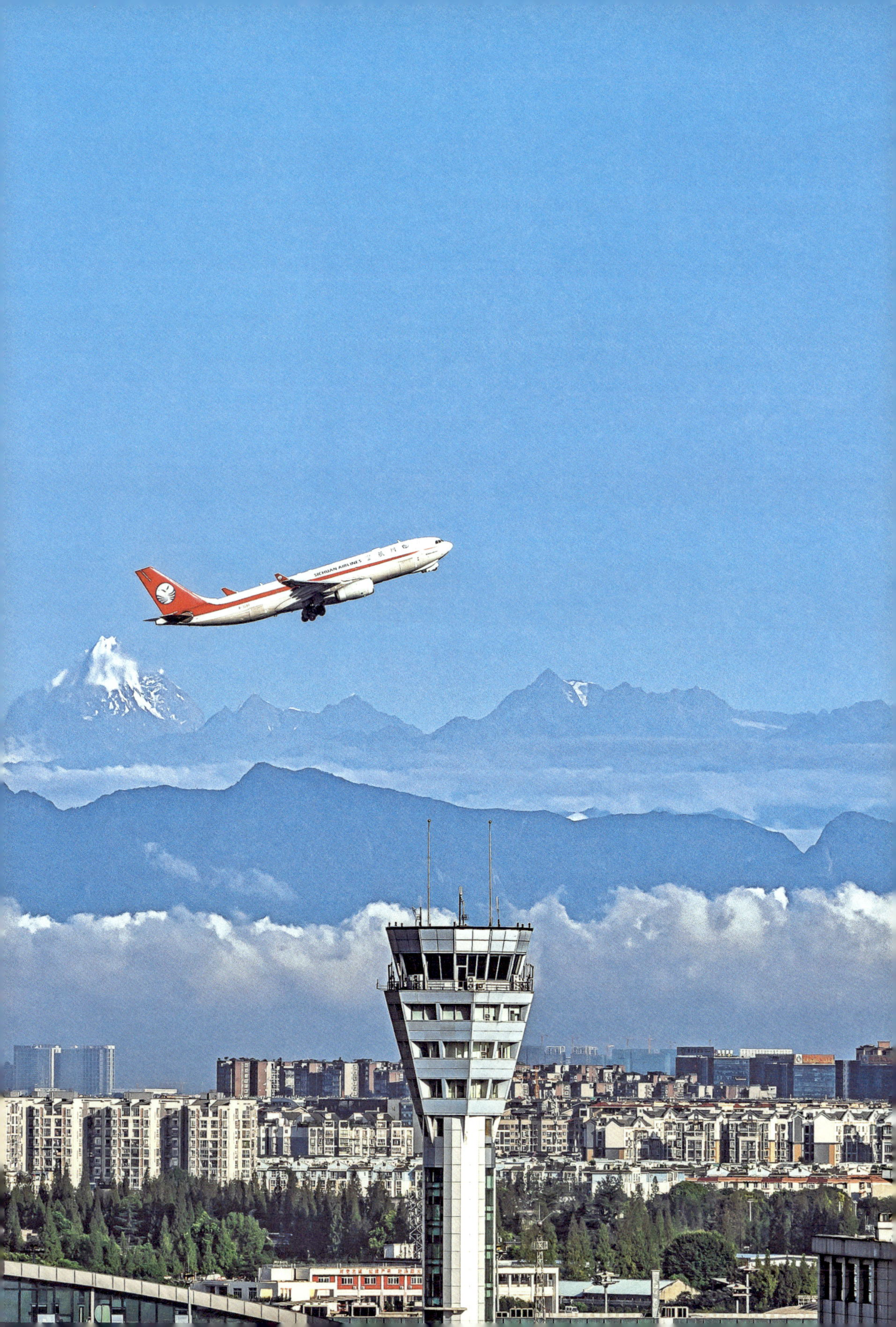
SICHUAN AIRLINES

圳那样"很大""很牛",只有一条路可行:

飞!

飞飞!

飞飞飞!

只有通过这条路,才能向沿海地区看齐,让双流真的牛起来!

乘着飞机在蓝天上飞翔的干部们回到双流后,县里立即召开了一个让邹应坤这些老同志现在仍然记忆犹新的历史性会议——"群英会"。

"那个会议可真是令人难忘啊!"邹应坤感叹道。因为那次会议上没有废话,只有实话。

"东升镇,你们不是也有一些乡镇企业、社队工厂嘛!你们上来介绍介绍!"县委领导点名东升镇的负责人。

"能说吗?前些日子我们还被批评说'资本主义尾巴'割得不干净,'投机倒把'的典型不少呢!"东升镇的负责人有些畏难情绪。

"现在不是思想解放了嘛!让你说你就说,就像市委领导讲的那样,是骡子是马,大家牵出来遛遛就知道了!"县领导有些生气了,对着东升镇的干部,也对着双流的其他乡镇干部这么说道。

现在都已退休的几位"老双流"对我说,其实双流的乡镇企业发展跟苏南地区差不多,开始也是因为成都市里的一些国有企业实施第一轮"腾笼换鸟",将比较落后的、缺乏生机的老旧企业转移和扩散到郊区,而双流作为紧挨成都市中心的郊县,自然近水楼台先得月。当时成都市区与郊区的合作模式有三种:代办、自办、合办。也就是说,代办,就是指把一些生产企业交给郊区乡镇单位去做;自办,就是指他们把厂或车间搬到郊区;合办,就是指与郊区乡镇或社队合作办厂。这三种形式在当时的成都地区非常活跃,于是也就有了苏南地区一直说的"星期天工程师"。

"应该是1985年,成都市还专门召开了首届生产力扩散协作(交易）大会，三级干部都参加了，声势浩大。"双流县发改委原主任江玉能回忆说，"那个时候起，双流第一个形成了'村村点火，队队有企业'的局面。而最早参与办厂做生意的这些人多数是原来农村里的'五匠'：木匠、泥水匠、篾匠、石匠、船匠，村干部带头干的也有。之后我们双流的乡镇企业就如雨后春笋般涌现……"

我听说过一件事：当时成都为了贯彻大会精神，又办了首届技术成果交易大会，现场摆出了许多交易成果。不想那么一个交易会，双流人知道后一下去了上万人"抢"生意。他们的胃口之大，吓坏了成都市区里的人，说双流人咋这么有野心？简直就是狼吞虎咽嘛！见啥要啥！他们想发财想疯了！

可不是，双流人这回一下"抢"回了3.12亿元的交易额，占整个交易市场份额的一半。

牛！双流人太牛！谁小看了双流人早晚有亏吃。

其实在我看来，这就是马，领导说的马原来也指双流嘛！

最后的结果是：在成都，其他区县那回在双流面前只能当"骡"了……双流那次在成都乃至四川其他区市县面前抢了个头彩。

从那时开始，双流在成都乃至四川几乎就一直是独占鳌头的角儿。那热潮就是真正的"双流状态"——它要干就得第一，它一鸣就要惊人！

他们双流不再是"叫花子双流"了，是"企业家双流"了哟！办企业、做生意的都到他们那儿去了呀！

双流之外的人不禁大呼：原来双流人不"飞"则已，一"飞"起来就是一流啊！

可不，双流从20世纪80年代初的一次横空出世的起"飞"，一下位居四川乃至整个西部之首，跻身全国百强县之列，而且进入前33位……

双流人对那段辉煌的历史有着特殊的怀念和自豪，他们因此也称其为心潮澎湃的流金岁月！

第四章
心潮澎湃的流金岁月

当今世界上某些发达国家对中国有一种惧怕和偏见，除了意识形态不同之外，还有一个重要原因是他们并不清楚中国是如何在短短的几十年里就实现了他们在数百年中基本上依靠掠夺所实现的强国道路。所以美国前任总统奥巴马说不能让中国强大和富裕起来。因为西方强国他们过去的强国史就是依靠不断扩张才成功的，所以在它们眼里，中国强大是件极其可怕的事情，因此它们不断阻击和压制我们。

其实西方国家哪知道我们中国能够发展和强大起来是多么不容易，流了多少汗与泪啊！可以说，除了广东、深圳等一些地方在改革之初有外国资本和华侨同胞的帮助之外，中国多数地方的发展最初完全靠的是吃苦耐劳，千方百计积累起"第一桶金"；靠的是敲敲打打的乡镇企业、社队工厂……从小生活在苏州地区的我，十分了解乡镇企业诞生之初的发展情形，极其不容易。我们现在知道的"天下第一村"——江苏华西村，最初靠老书记吴仁宝等偷偷组织几个农民在生产大队的仓库里做"小五金",也就是修个家具、磨个豆腐、轧个米粉赚那么几块几十块钱积累起来的;昆山现在很牛,当时他们就是靠捡破铜烂铁起的家;温州人经商厉害,当年也是靠风雨无阻地到全国各地去修鞋才有饭吃;至于义乌现在办的全球最大的小商品市场,最早还是几个脑子灵活的人倒卖纽扣发家致富……

双流的今天也是这样慢慢走出来的。从某种程度上讲,双流当时比苏南地区或沿海其他地方走得还要艰难些。

这也是我要写双流的重要原因之一,因为双流经验更符合中国多数县域或地区的经济发展模式,对其他地区乃至世界其他发展中国家具有普遍的指导意义。

改革开放之初,双流还发生过这样一件事,许多人可能忘了,我是从史料中看到的:1983年3月22日,县委为一名"留职停薪"的机关干部发了一个通知——《关于对丁瑞龙同志自愿留职停薪承包县平瓦厂的申请的批示》。换了现在,自愿提出辞去公职,平常得就像换个咖啡店喝咖啡一样,几乎没有人把这样的事放在心上。可那个时候要是从机关里辞去公职,放着"皇粮"不吃而去"下海"做生意,且不说单位放不放,单单你能不能承受得了周围和社会的目光和压力这一关恐怕都很难说。

动员"下海"做生意、提倡"发家致富光荣"是后来的事,最初真正去"下海"做生意的那一批人基本上都被当作"投机倒把"分子遭打击或打压过,也几乎没有人是光明正大做发财梦的。长期在计划经济和集体经济主导下的社会和意识形态想一下子拐弯并不容易,然而双流做的事总是让周边的人感到"出格"。

"双流人胆子就是大!啥子事情他们总比别人先行一步,好像他们有千里眼能先看到远方是啥子天气似的。"外界这么评价双流人。

莫法,双流离机场近,他们的心就是"飞"的——这是外界对双流人的另一种评价。

"离机场那么近,头顶上天天在轰轰作响,我们自然想花心思整点啥子嘛!"双流人自己这么说。

双流人最初开创自己新天地的岁月值得大书特书,因为这是双流腾飞的精神所在,也是双流最宝贵的创业、创新精神——与我所说的"双流密码"的"状态"完全吻合。工作不在状态之中,就不可能创造奇迹;奋斗和努力不在状态之中,就不可能实现理想。干部和群众只要有一头不在状态之中,就做什么事情都不可能成功。一个想做事的人更需要在状态之中,才能去拼搏去奋斗,才能有所收获。

正如习近平总书记所说:我们的事业是干出来的,我们的一切是奋斗出来的。20世纪八九十年代,对于双流,确实是个流金的时代。在这个过程中,有许多闪耀着金子一般光芒的历史永远镌刻在这片古老而充

满生机的大地上。

简兴福肯定是留下历史印记的人之一。这是我第一次见到这位曾经同在二炮的老战友——他比我当兵还要早些,但看上去仍然精神抖擞,意气风发。年过70的人,一点儿也不显老,仅凭此,就可以看出他当兵时给身体打下的好底子。

"是,没有当兵那几年的磨砺,我不可能干到今天……"这是简兴福在我采访他时的"总结性经验语"。或许只有当过兵的人,才会深知其意。

简兴福是土生土长的双流人,现在是川开实业集团有限公司党委书记兼董事局主席,也是四川省政协委员、成都市人大代表、双流区商会会长。

双流全景

这个很风趣、很精神的"光头小老头",现在不仅在双流算大亨,他做的"开关"事业已经在全国数一数二,且在国际上也开创了一片天地。

"巴基斯坦的核电站在建设中需要美国的开关设备,美国人一看是我们国家的建设单位在承包,就进行制裁,不让用美国的核电站开关。那个核电站已经开建了,花了很多钱,如果没有好的开关设备,就只能废弃核电站!这时巴基斯坦原子能主席听说我们公司是做开关的,就跑来问我能不能帮忙搞出来,随后他讲了基本的技术要求。我就答应了他:行,我们保证给搞出来,而且技术绝对有保障。后来我们花了一个多月时间,真的做出来了!巴基斯坦方面十分高兴,因为如果他们缺了这开关,其他不算,光是停工所造成的损失,每天就达50万美金。对巴基斯坦这个国家来说,那是完全承受不了的。我们帮助他们解决了这一难题……"简兴福在小会客室里向我介绍了他经历的这么个例子。那神情、那气度,分明就是大国实业家的风采。

可是在中国改革开放初期,简兴福也仅仅是双流千百个社队企业小老板中的一个。

1977年,在云南的二炮某基地当兵8年的简兴福回到家乡双流,分配到双流县中兴公社社队企业办公室。喝茶看报的日子让他浑身不自在。没过多久,不安分的他申请到华阳水电安装队,干起了"每天有事做"的第一线工作。三年后,正值双流在改革开放潮流的影响下,纷纷有人动起身来下海。简兴福与其他五六个人借了3万元本钱,在灯光球场旁租了两个门面,创建了成都市双流电控设备厂。这个小厂就是今天川开集团的前身,当时也就是一个社队企业。

厂里收获的"第一桶金"至今仍然让简福兴记忆深刻。

"当时是到重庆的川仪给成都的无缝钢管厂买了110万元的仪表,相当于第三方采购的角色,"简兴福说。"那时候觉得既然这些企业有需求,他们又不愿意跑路,而我们是社队企业,可以专做这类小生意,目的也就是赚点跑路费而已……"不承想,这趟生意做下来,他确实赚到了2万元,但也被人押进了法院,罪名是"投机倒把"。还好,他只蹲了两天看守所。值得庆幸的是,双流县当时已经刮起了改革开放的春风,邓小平在北京号召全国人民"发家致富"的话已经能够直接传到双流,所以简兴福很快得到了释放。

"2万元哪!转手就赚到了,我从来没见过这么多钱。我们厂里的几个人都兴奋得睡不着觉!"简兴福说起此事哈哈大笑起来,说比现在赚一个亿似乎还要高兴。

然而小打小闹的社队企业要说赚大钱,可不是那么容易就赚到的。1982年春节前,为了买元件,简兴福顶着寒冷的北风,在天津街头,一个人双手提着4台机器,肩头还"骑"着一个小姑娘——那是他4岁的女儿。因为家里没有人看管她,所以简兴福只好带着女儿出差。

那样的日子、那样的情形,放在现今大名鼎鼎的川开董事局主席的身上,完全是无法想象的。然而这只是简兴福当年走过的所有千难万险中的一个小小的镜头而已。

"不晓得是不是北方很少有'骑马马肩儿'的,总之那天我跟女儿走在路上很多人都在看我们……"简兴福回忆道,"那里的天气真叫冷啊,冰天雪地的,大人还能扛,我娃儿当天就感冒了!可天津的工厂又催着在春节放假前去提货,当时我这心里甭提有多着急了!"由于那元件只有天津一家企业有,所以简兴福必须在春节前把货拿到手。

"好在一番辛苦没有白费,元件如期提到,生产顺利进行。"他说。

一年后,他承包的开关厂有了第一间自建工厂,而建设的资金来源于以妻子家住房为抵押的35000元的贷款。

"那个时候我们乡镇企业就像蛋,而当时的国有企业就像抱鸡婆。如果我们是'坏蛋',它们怎样孵也孵不出来小鸡;如果没有它们,我们也很难长大。"简兴福道出了一个乡镇企业发展的"秘诀"。

想逮住抱鸡婆下"好蛋"的简兴福终于等到了机会。

1986年，在乡镇企业大发展、国有企业转制等因素影响下，"重组"和"大联合"之风宛如强劲的东风，让简兴福办的这样的双流乡镇企业、社办小厂再次有了"乘风而起"的腾飞机会。

这时，国营四川电器厂找到了简兴福，于是大厂与小厂"联姻"，在双流成立了四川电器厂二分厂，主营制造各类电气设备。

"那时，四川电器厂的生意非常好，根本忙不过来。我们帮着做它剩下的单子便取得了不错的效益。1991年，公司产值达到千万，我们的镇长高兴得站在我们的厂门口放了好几串鞭炮……"

那是一段让简兴福难忘的激情燃烧的岁月，也是他从"小打小闹"的乡巴佬，慢慢成长为干大事、办大企业的大老板最得意的年份。

从当年双流满是泥泞的乡镇街边开办的、由五六个农民工人组成的社队企业，到现在总资产达百亿的国内开关器材龙头企业，简兴福前后用了不到40年……地，还是双流的地；人，也还是双流的人。但不同的是，他简兴福的身份与身价较当年已是天壤之别。

开关本身就是两种"流"的状态，只不过我的这位二炮战友，把这个"双流"做得精彩至极、精美至极、精致至极，所以他成了大器，造就了中国开关龙头企业。

简——兴——福，这名字也很有意思：并不复杂的奋斗进程，让他"兴福"了、幸福了，双流也因为他而有了一个值得骄傲的企业品牌。

双流涌动着时代与进步的大潮，尤其那流金岁月的大潮，波澜壮阔，汹涌澎湃，且催人泪下……

双流的草编是当地的非物质文化遗产。这里的农民甚至城里的孩子，很多都会用草编织出各式各样精美别致的艺术品。有的小学还专门开设了"草编工艺课"。

草编是双流传统文化中的一个瑰宝，具有十分悠久的历史。而草编业的崛起与改革开放初期乡镇企业的发展有着直接关系。其中有位名叫陈昌富的"草编王"，为此立下了汗马功劳。可惜在现在双流发展大潮中，此人基本少有人知晓了。

但陈昌富创业的足迹与身影不该被忘却，就像后浪推前浪一般，在历史长河里任何时候泛起的一朵浪花都是值得记忆的。陈昌富就是这样一个值得记忆的人，他也曾闪耀过光芒。

陈昌富是双流合江人，他的合江草编厂曾经红极一时。

这得从1982年说起——

那一年的广交会上，成都市外贸局的两名干部发现草编产品能创汇，意识到这是培育乡镇企业发展的一条路子。他们回到成都后，就与刚成立的双流县乡镇企业局取得联系，为他们牵线搭桥，从山东请来两名女技术员，帮助双流农民办个草编小企业。双流县乡镇企业局领导很高兴，把这"金饭碗"交给了当时最穷的合江乡。

乡里研究决定，让乡供销社经理部副经理陈昌富来干这事。

"那就试试吧。"陈昌富说。

"这可是个吃苦的活儿，弄不好还是吃力不讨好的事呢！"乡长跟他说。

"你啥时候看过我怕吃苦嘛？"陈昌富反问乡长。

事情就这么定下了。

靠这玩意儿也能赚钱？农民们开始十分好奇：平时一把一把往灶孔里塞着添火旺的玉米皮，居然让两个山东来的师傅七弄八弄成了坐垫、靠背、手提包、地板垫子啥的，而且一个坐垫竟然能卖到小一块钱……等于可以上街割一斤肉啊！划算，大伙一起来赚买肉钱好不好？

陈昌富这么一吆喝，农民们哗啦全拥到乡电影院二层的一个空房子里——这是陈昌富草编厂的诞生地。

陈昌富的草编生意一下子火了，三乡五村的玉米皮竟然被一扫而光，可他跟成都市外贸局签订的销货合同还放在这儿：必须及时供货，否则他陈昌富要赔偿违约金。

"搞啥子名堂嘛！吹个壳子！苞谷皮能赚外国人的钱，那是飞机上做梦，反正是空对空嘛！"那些原本就不看好草编生意的人这时又跳出来对陈昌富说风凉话。

着急！陈昌富不是个能说会道的人，只知道必须把事情做好才是出路。

出路在哪？没有原料还能编个啥？陈昌富向领导汇报："我要带几个人出去寻货，请乡里给开个证明。"

"不是投机倒把的话证明可以开。到哪儿？"乡干部说。

"听说峨边县那个地方盛产苞谷，他们主要是烧柴，所以想到那边去收苞谷皮。"陈昌富说，随后又保证道，"决不搞投机倒把！"

"那你们就去吧。"乡干部把证明开了出来。

于是，陈昌富就带着几个农民，背上自备的干粮，到了峨边。

峨边是个彝族聚居区。那里的彝族同胞听说陈昌富要买他们的玉米皮，高兴得一下子把十里八乡的彝族老乡动员了起来，然后一个个飞跑到玉米地里扒起玉米皮来。那个欢快劲儿，让陈昌富他们几个从未见过如此场面的双流大汉也跟着笑逐颜开。

"够了吗？"一连几天扒玉米皮，等陈昌富吃饱喝足之后，彝族同胞过来对陈昌富说，"老板，都给你们送到车站了，你看看是不是多了？"

陈昌富看了看，笑笑，然后又摇摇头："我要的可比这多得多！"

"啊？你们真要让我们发财呀？"另一彝族同胞瞪大了眼睛，惊诧道。他们转而又说道："可我们没那么大力量啊！"

也是。陈昌富心想：家里那么多人等着苞谷皮做草编呢！怎么办？

一时间真没啥子办法了！站在火车旁的陈昌富进退两难，大热天的，心急，口也跟着渴了起来。

火车站对面有所好几百人的小学校，陈昌富便走进去，想要口水喝。

"你们是从双流来收购苞谷皮的呀？这个不难，可以让我们学生帮忙嘛！"老师一听，说，"不过陈老板你得做个动员，讲讲为国家挣外汇的重大意义。"

"要得！要得！"陈昌富一听，兴奋得心都快要跳出来了。

"同学们，现在请成都来的陈厂长给大家讲话——"学校操场上，黑压压地站了一大片师生，校长把扩音机的话筒塞给了他。

天哪，咋这么多人！陈昌富有生以来头一回在如此多的人面前讲话，而且还要扩音出去，跟县上的县长讲话一样的架势……

想到这儿，陈昌富的嘴唇就在颤动了："同、同同……学们好——"

"哈哈哈……"陈昌富的声音刚一出来，台下就传来一阵哄笑声，当然是善意的。

"老师、老师们好……"陈昌富看到大家鼓励的目光后，嘴唇不再颤抖了，接着说，"我们伟大的祖国，现在正在进行改革开放！"

台下马上又传来了一阵热烈的掌声。

台上的陈昌富受到了极大的鼓舞，继续说："所以我们现在搞建设要钱，要本钱。可本钱从哪儿来呢？"

台下立即是一片肃静。

台上："找外国人要！"

台下引来一片欢笑声。

台上："可人家凭什么给我们钱呀？"

台下又是一片肃静。

台上："所以我要生产一样东西跟他们换钱——是什么东西呢？"

流金岁月

台下更是静得针掉下的声音也能听得到……

台上："就是用苞谷皮做的玩意儿……什么小动物呀、垫子啊之类的，总之外国人喜欢我们的这些玩意儿！所以哪，今天我来请同学们帮忙，帮忙去扒苞谷皮，为国家挣外汇！支援祖国四个现代化建设！"

这回台下的掌声真的如雷鸣一般。

陈昌富发现自己的衣衫湿了大半……

"陈厂长有水平！讲得好！""同学们，为了支援国家建设，行动吧！"校长的号召力能让学生们的双腿"飞"起来。

双腿"飞"起来的学生们像一只只欢快的小鸟到旷野去觅食般干劲十足……不到两日，学校操场上已经堆积了一大片陈昌富他们所要的玉米皮。

"太好了！谢谢老师们，谢谢同学们！"陈昌富这回也是用了实际行动回报这些孩子们：每斤收购价4角钱，比其他地方收购价高出一倍！

火了！陈昌富的草编火了，合江乡的草编火了，双流县的草编在乡镇产业中崛起，成为一朵绚丽之花……

1986年9月，在陈昌富亲自看中的合江原龙井村7组的地皮上，一座占地面积1617平方米的草编工艺厂拔地而起。这一年合江的草编收入达到30多万元，从业人员3000余人。草编产品销售到智利、美国、日本等国，成为双流第一批"飞"出国门的乡镇企业产品！

这真的让陈昌富他们乃至全体双流人扬眉吐气。

今天的双流，已经很少有人再去从事草编业了，陈昌富的企业也早已转行，没几个人能想起他。然而当年的陈昌富其实做了一件可以说是功德无量的事，这事让许多双流农民懂得"就地取材""取之有道"的发家致富秘诀，更重要的是让那些习惯在土地上自给自足、足不出远门的双流农民兄弟姐妹们懂得了原来通过自己的手艺和随手可捡的"生产资料"，就可以证明世界有我一席之地。我们也有让人欣赏的地方——

"草编出口挣外汇",这是中国乡镇企业和平民百姓们在那个时代的豪迈壮举。

是的,草编现在已经成为双流人的一种记忆,但正是它激发了许多双流人,使其目光从一亩三分的土地上移开,转而昂首仰视这个世界,迈开他们实现自己美好理想的步伐。这是一次绝不可小觑的乡镇企业产品制造的伟大探索与实践。

"双流"是潮流,潮流未必是所向披靡的,有时它也会曲曲折折、进进退退,从而再奔腾飞跃,驶向高速航程……

双流大地上曾经演绎过的每一个人的奋斗细节,其实都是中华民族伟大复兴中国梦征程上的点睛之笔,值得书写与传扬。而像草编产业一样,被历史风云"一吹而过"的陈昌富们,依旧在我心目中具有重要的地位。他们虽然是今天双流"中国航空经济之都"建设中的那一块失去了色彩的基砖,但却不可或缺。

流金岁月,其实也是大浪淘沙的过程。潮起潮落符合自然规律,双流的发展与这一规律是相吻合的。改革开放之初,在乡镇企业、社队工厂起步的过程中,有的迅速崛起,且飞速发展;有的快速诞生,又红极一时,但最后却消失得无影无踪……其实这都是社会向前发展过程中的正常现象。常言道:失败乃成功之母。人类发展之路也是如此,没有前人的探索与失败,就不会有后人的顺利与成功。从某种意义上讲,如果没有陈昌富的草编织绘出的一条依靠土地资源就地取材、发挥剩余劳动力的致富实践和铺桥筑路的可贵经验,怎可能有双流其他企业家蜂拥而起、前赴后继的努力奋斗的成功之道?

二峨特曲,以前像我这样的非川人并不熟悉它,更何况我也不会喝酒。然而在四川成都一带,那些稍稍上了些年岁的人,尤其是"酒友"们,一说起二峨特曲,就像说到自己的老情人一般,眼里闪烁着光芒。

"二峨作为20世纪80年代曾风靡四川乃至全国的一个知名白酒品牌，带给了我们太多的美好回忆。今天，我就带你们来摆一下二峨的故事，一起循着历史的足迹，寻找那独属于二峨的味道哟——"这是四川一档电台节目的主持人的导语。

20世纪80年代初期，二峨酒厂率先在全国酒类行业建立起电脑勾兑专家系统，修建了科研大楼和行业领先的出口酒包装车间，成为全国酒类行业的先进典型。

此后的几年，二峨系列曲酒推出了多个产品，尤其是二峨特曲、二峨大曲和全新研发的38度二峨特曲，在当时堪称超前。

在广告业刚刚起步的80年代中期，二峨便率先在中央电视台和四川电视台大打广告。伴随着"佳肴需美酒，二峨进一筹"这句广告词以及过硬的产品质量，二峨曲酒系列产品声名鹊起，火遍大江南北。

"古来圣贤皆寂寞，唯有饮者留其名。"中国当代国学大师、书画巨匠范曾先生为二峨曲酒厂题写了这句出自李白《将进酒》中的千古名句。这句题词的真迹也被印制在了二峨产品的包装上，文人墨宝、书韵酒香，可谓相得益彰。

随之而来的，是一系列的荣誉：1986年，二峨特曲荣获"四川十大名酒"称号；1986年，二峨特曲荣获"国家部颁名酒"称号；1988年，二峨特曲荣获"国家优质酒"称号……

一时间，二峨酒成为四川最为畅销的白酒之一，二峨大曲还曾被中南海和人民大会堂定制为纪念品展示。1989年，当时的商业部正式发文将二峨大曲酒列入国家计划调拨物资，与茅台、五粮液等中国名优酒一起列为国家计划调拨商品。二峨也作为四川省著名商标，位列四川白酒六朵金花之后，成为四川白酒银花之首。

但由于经营理念的问题，二峨从90年代后期开始，逐渐淡出了人们的视线。直到2019年二峨被川酒集团收购，纳入集团国优品牌复兴计划，才重归酒业江湖。

据了解，川酒集团收购二峨品牌后，聘请胡义明担纲二峨品牌生产技术顾问，并投入大量的人力、物力进行产品研发。经过一年多的潜心钻研，二峨新品将于近日正式推出，昔日的银花王者，即将重新出征。

二峨特曲·纪念版，是川酒集团重新打造二峨品牌所推出的首款产品。以"复刻记忆、复现经典、复归初心"为主题的二峨特曲·纪念版，延续了老二峨的包装设计语言，力求再现二峨特曲"醇香浓郁、入口绵甜、回味悠长"的老味道。

1989年，二峨从四川成都走向全国；2019年，二峨再次从成都出发，启动全国样板市场的打造。历史悠久、底蕴深厚的二峨特曲，期待能唤醒消费者内心深处对于二峨品牌的记忆。相信在川酒集团的精心打造下，二峨品牌定将焕发新生、再创辉煌！

这是四川现在官方留存的二峨故事。而双流人心目中的二峨故事其实更精彩、更接地气，因为二峨原本就是双流的宝贝儿嘛！

双流人说二峨，自然要从这酒为什么叫"二峨"说起。四川有峨眉山，而二峨就是比峨眉山小一点的山，叫二峨山。当年23岁的胡义明就在二峨山脚下的籍田镇办起了四川省二峨曲酒厂。这个时间是1979年，他这厂应该是双流改革开放后比较早发展起来的一家乡镇企业。胡义明本人是个文艺青年，对酒纯粹是外行，但这并不可怕，因为四川不缺酿酒师傅，尤其是白酒酿造师傅。酒厂办起来后，先做的是"大路货"——白酒。

白酒酿造虽简单，但也卖不起价钱，生意每况愈下。激烈的白酒竞争让胡义明觉得"死路一条"，后来他决定转搞特曲。二峨特曲就这么开始走出一条属于自己品牌的路子来。胡义明请来五粮液酒厂的勾兑大师范玉平先生，让其在籍田镇的小酒厂里手把手地教他酿酒的关键性勾兑技术。聪明的胡义明很快掌握了宝贵的酿造"酒艺"，开始了二峨特曲的成长之旅……

从无到有、从小到大、从弱到强，这是许多乡镇企业走过的必经之路，胡义明的二峨特曲也不例外。

中国是酒业大国，王牌酒和名牌酒早已闻名天下、深入人心。从小乡村冒出来的二峨想一鸣惊人、越位登堂，可谓是比登天还难。但胡义明说：我是双流人，双流可不是"二流"，双流人做酒就是要做一流的酒。

名酒是被人"吃"出来的，或者说被人"品"出来的。"吃"是大众的消费口味，"品"是专家对质量的肯定。

经过几年努力，二峨特曲已经有点味道了——我说的是在双流和成都一带那些对酒特别有要求（非名酒不喝）的人慢慢对它有了不舍的感觉。

嗨，我们的二峨也不比五粮液差多少嘛！

是嘛，喝一瓶二峨好得很嘛！

酒神们说它好，那就一定不会太离谱。二峨的名声越来越大了！不用说双流，就是在成都、重庆街头，也慢慢地满是二峨特曲的香味……

前面说过胡义明是个文艺青年。这回他当了酒老板后，并没有忘记文艺的作用。他畅想着：古人说酒香不怕巷子深，可咱双流的二峨虽说也挺香的，但如果一直停留在籍田镇上吆喝，再香恐怕也就成都、重庆这边闻得到。这不行，好酒就得让全国人民一起享用！胡义明于是大举招兵买马。这回陪我采访的阿毛兄弟就是其中之一。他曾经是双流文联常务副主席，因为胡义明是个文艺范儿的酒老板，加上那会儿二峨在双流和成都已经火得不行了，所以在胡义明的"诱惑"下，阿毛也下了海，当起了二峨驻成都办事处主任，任务是把二峨送出去。"认识和不认识的大小老板，你只管给我送！"胡义明对阿毛和其他几位天南海北的销售经理们这样吩咐道。

送东西给人谁不会嘛！可胡义明说，这"送"的名堂就大了：送好了，是一瓶换十瓶、百瓶的生意；送不好，就是赔本吆喝要扣奖金！

后来包括阿毛这样的文人竟也成了二峨的优秀经销员，奖金加工资那可是机关公务员的几倍哟！阿毛跟我谈起他的那段为二峨下海的两三年的经历依然津津有味。

胡义明本来是个农民，但他被酒熏上后就成了个真正的"酒鬼"——那年全国评酒，一般的厂家把酒送到评委处的仓库就完事了，但他不是。他把自家的酒送到仓库后，就跟着看仓库的保管员聊上天，说咱交个朋友，今晚我替你值班。你只要同意把这"差事"让给我做一夜，你这一生的酒我全包了！

哈，天下竟然有这般好事！老保管员痛快答应，但甩回一句话："别偷懒啊！半夜我要过来检查的。"

"没问题。你随时检查，保证让你一万个放心。"胡义明拍着胸脯说。

确实，那一夜胡义明替班特别上心，只是他做了一件别人都没有想到的事：他利用那一夜替班的时间，将全国各地送来的各种酒倒入品酒器尝了个遍，然后将它们各自的味道特点一一记在心头……在第二、第三天正式评比介绍时，胡义明把自己的二峨特曲与其他特曲相比的不同特点说得头头是道，无人可匹敌。

二峨就是在那次评比中脱颖而出的，成为全国部级认定的名酒而香飘神州……

再后来二峨又成为四川十大名酒之一。所以在四川、重庆等地，人们一议论起二峨和二峨特曲，就总有股浓浓的老川味情怀。双流酒曾经的红火可想而知！

　　作为双流乡镇企业"一枝花"，以二峨特曲为代表的双流酒业，同草编业一样风风火火过好一阵子。这两朵"乡镇企业之花"，在今天的双流产业中已经基本消失，甚至年轻的一代已经很少有人知道它们。但正如一位"老双流"所言：如果说今天的双流能成为"中国航空经济之都"，那么当年的二峨等产业就是为这个"中国航空经济之都"修筑的第一条"跑道"，没有它们的存在，双流不可能有今天的腾飞。

　　我想也是。

　　问过双流那些花甲以上年岁的人，他们都对在自己风华正茂之时崛起的双流乡镇企业深怀感情。"说实话，那个时候的双流人不仅在成都乃至四川是领头羊，就是在全国也不比谁差好多。大家都是靠的一股劲儿，一股干劲儿，一股想摆脱贫困的干劲儿！"老双流们说。

　　流金的岁月，必定有流金的人物。薛永新和他的恩威之路，就是双流快速发展之路上一道炫目的彩虹。

　　不知道在21年前的2000年，中国有多少人能够挤进"福布斯富豪榜"。反正双流人告诉我，他们的恩威老板薛永新在那个时候已经是其中之一，而且排名比较靠前。那个时候，恩威的名气很大，大家对薛永新的洁尔阴最熟悉。

　　薛永新的洁尔阴是双流土生土长的乡镇企业开发的产品。尽管薛永新本人的祖籍并非双流，但因为双流在20世纪80年代初就是成都乃至四川的先行者，所以才让拓荒者薛永新将自己一生的事业根植于这片土地。

　　从1986年开始研发试制到1989年洁尔阴正式上市，再到2000年薛永新进入"福布斯富豪榜"，也就用了十来年时间。这是双流乡镇企业形象的一面旗帜。初始的几千元家当凑合起来的一个小作坊，用了十多年时间扩充到拥有60多亿元资产的全国明星企业，薛永新在其中的付出与艰辛有谁知晓？

双流人都知晓。因为双流人见证了薛永新从一身泥、一身水，到西装革履、整天上下飞机的全过程，所以很少有人忌妒他、挡他道。"不容易啊，金子全是从沙子里淘出来的嘛！"

年轻时的薛永新帅气十足，可偏偏专卖妇女用品，还高喊着"难言之隐"的广告语！

你个小伙子咋知道妇女的难言之隐？你个不正经的！你就专门爱打听和瞄准妇女的难言之隐做生意、发财嘛！你赚的什么肮脏钱嘛！薛永新开始卖洁尔阴时，遭到的是劈头盖脸的嘲笑和辱骂。更可怕的事还在后头。

本来洁尔阴横空出世时，中国改革开放已有十来年时间，南方经济比较发达，成千上万的打工妹外出打工，但由于住在厂房里，受生活条件、工作环境和生活方式的影响，个人卫生和身体状况出现许多毛病。这种情形下，洁尔阴的问世，毫无疑问是妇女的福音。但任何一个新产品的出现，尤其是可能成为妇女广泛使用的产品，它的可靠性、安全性就成为人们关注的焦点。

洁尔阴洗液一经问世，就经历着激荡的风云。

"真的'一洗了之'吗？"用户问。

"只要按产品说明书来用，一般妇女个人卫生方面的事，就有这效果的。"薛永新这样说。

"既然是'难言之隐'处，你们这乡镇企业的产品，能有什么安全方面的保证吗？"有人当场质问薛永新，而且对方的身份与薛永新的乡镇企业家身份相比，明显占优势。

"对呀，你洁尔阴如果有毒，用了反倒出毛病了怎么办？"这样的话开始是妇女们在轻轻议论，后来是妇女们的丈夫们、男友们出来大声责问洁尔阴、责问薛永新。

"这个问题、这个责任,你必须说清楚!必须承担!"女性消费者和她们的男人们一起针对薛永新和他的洁尔阴了……是啊,这是马虎不得的事。女人是孕育人类生命的母体,把生命母体伤害了,不等于伤害人类吗?薛永新你必须回答这个用户最关心和最担心的问题!

洁尔阴处在风口浪尖上。

这样的交锋不是在一般地方,而是在商品交易会和产品展示会现场……

"你必须回答!"

"你必须保证!"

所有的洁尔阴用户、所有感兴趣或者质疑乡镇企业的人,都在看薛永新如何回答、如何保证——

"我们的洁尔阴是中药制成的,对人体安全是有绝对保障的……"薛永新理直气壮地说。

"光说没用,问你这个当老板的,你自己洗过自己的'难言之隐'处吗?你家那位洗过'难言之隐'处吗?是不是'一洗了之'了?"

"说……我们要听听你的保证!"

薛永新被质疑和嘲讽着。

"当然嘛!我今天站在诸位的面前,就说明了你们想知道的一切。"薛永新这样回应道。

"不行,光说不练,我们不信!"客户和消费者依旧不依不饶,他们对乡镇企业能生产如此高端的"生命保护神"产品感到惊奇——有人当时把已经红极一时的洁尔阴捧到天上,也正因为如此,质疑声自然也就如潮水般汹涌而至……

"好,洁尔阴到底有没有毒、有没有副作用,你们今天看好了——我给大家证明一下!"薛永新已知无路可退,于是只得勇敢向前——他拿起一瓶洁尔阴,扭开盖子,随后张开嘴巴,猛地将这瓶洁尔阴药汁倒进嘴里，又咕嘟咽进了肚子……

"你们看，如果我一会儿倒下了，或者脸色变灰了，那你们把我的摊位、把洁尔阴砸了！烧了！倒了……我一声都不吭！"喝完药水的薛永新将瓶子往地上一扔，像一座钢铁巨人似的屹立在现场，对里三层外三层的消费者和现场其他观众如此说道。

那是一场惊心动魄的较量！一场惊心动魄的心理较量！那是一场洁尔阴与他薛永新——不，是全国的目光与整个双流乡镇企业和双流名誉的较量！

洁尔阴赢了！薛永新赢了！双流赢了！中国的乡镇企业赢了！

那个时代的人和那个时代的双流人赢了……

区区内地小县，竟然也在20世纪末的时候挤进了全国"百强县"之列，且排位十分靠前。在《双流改革开放经验纪实》一书的开篇文章中这样记载：

> 党的十一届三中全会以后，双流县抓住天时地利人和的优势，采取一系列行之有效的措施，推进乡镇企业的快速发展。1983年，双流县被确定为四川省农村综合改革试点县。是年，双流县与广汉县、巴县、新都县、德阳市区被确定为全省乡镇企业发展带头区域，时称"五朵金花"，双流排名第五。
>
> 1984年，在"成都生产力扩散会"后，双流县以大力发展乡镇企业为振兴双流经济的突破口，打破了多年来在工作上平衡推进的常规，较短时间内在全县掀起了一个大办乡镇企业的热潮……
>
> 1987年，双流县在全省区县乡镇企业"五朵金花"评比中超过德阳上升至第四位。
>
> 1988年，双流超过广汉上升至第三位。
>
> 1989年，双流再超巴南区上升至第二位。

1991年，在前一年全省没有评比"五朵金花"之后再度评比，双流县摘取了省政府首次设立的"蜀都之冠"的桂冠，总产值达21.67亿元。

首夺"蜀都之冠"后，1991年至1995年，双流全县总产值过亿元的乡镇企业有成都高频集团公司、成都联益集团公司、成都金雁实业开发公司、成都三强重工集团公司、成都双流冶金公司、成都恩威制药有限公司、广华畜产品公司、成都岷江工业公司、成都双流钢材线缆厂、西南金属化工厂、双流长城冶金公司、华兴建筑安装工程公司、成都市蜀都建设工程公司、四川二峨曲酒厂、四川双流羽绒厂共15家。"金温江、银郫县，企业家出在双流县"则是在这个时候叫响的。此时双流的乡镇企业如日中天，其"蜀都之冠"的地位不可撼动。

1996年之后，双流乡镇企业开始了二次创业，重点抓了三个"换血"，即换"科技之血""开放之血""新鲜之血"。多数企业从粗放型、数量型向科技型、效益型转变。"这一次'大换血'让我们感觉是脱胎换骨的，是双流工业潮流真正流动起来的一次质的飞跃……"老双流人这样评价道。

那些年里，双流先后同170多家大专院校、科研单位、国有大型企业合作。其间上千名科技人才拥入双流，同时又有上万名技工在本土诞生。而由县政府和各大企业投资达十几亿元从美国、日本、意大利引进的先进设备，给双流旧设备、旧工艺进行了"化装"和"腾笼"，完成了500多项技术改造，开发新产品100多个，从而形成了以医药、机械、电子、化工、冶金为主导产业的双流新型工业体系。"恩威""联益""国栋""棠湖""三强"等一批著名品牌迅速崛起并在全国同行中脱颖而出，产生了巨大的品牌经济效益。

到2000年，双流的乡镇企业总产值超过150亿元，全县总产值过千万元的企业达103个。

"那个时候我们县里的大企业多得让四川省其他地方特别是成都市其他郊县的人眼红，我们自己就觉得做个双流人特别骄傲、特别幸福、特别实惠！"阿毛和守伦是双流的文人代表，他们能说这样的话，说明双流的那段流金岁月确实令人羡慕。

到2007年时，双流的GDP达到282亿元！如今GDP已经不再作为发展的指标，可在当年，口袋不鼓、实力不足，怎能有在建设四个现代化的道路上奔跑的后劲？

而我知道，双流当时的这些GDP数字里，没有一分钱是引进的外资，他们靠的尽是自己汗珠子砸出来的金蛋蛋，草鞋底垫铺成的金光大道……

第五章

第一次凌空而起便如此惊艳……

　　不知怎么回事，我眼前总是爱浮现当年双流在抗日战争期间修建机场时一位老奶奶蹲在地上锤鹅卵石的那张照片，前面也提到过，它给我留下的印象极其震撼。或许因为她代表着勤劳而勇敢的双流人的本色：她平常，却极其崇高；她朴实，却无比高贵；她随性，却那样具有尊严。双流人民在没有任何技术支持和外来援助下，可以用自己的双手创造一个新的世界，也可以用自己的肉身去支撑起一片绚丽的天空……这或许是我在看过那张照片后，对双流人民产生的更深层次的理解。

　　是的，双流在中国的版图上，属于内地。当年的蜀道阻挡了双流人远行的步伐，四周的大山让盆地中的他们只能仰天叹息。直至中国共产党十一届三中全会胜利召开，以及1982年邓小平来到这片土地之后，双流人才真正彻底地挣脱了阻挡他们前行的旧蜀道，将仰望星空的目光化为飞翔的心灵……

　　不像深圳和东莞那么幸运，自然就不会有若干个李嘉诚、霍英东带着巨款到双流来筑金山、垒银河，所以双流人清楚如何才能闯出一条让双流发展和腾飞的正确道路，那就是从实际出发，发挥双流特色优势。

双流有什么优势？双流除了山和地，就是一座机场……可不是！山，矮矮的，既不像峨眉山那样秀丽旖旎，也没有泰山的雄伟磅礴；地，虽曾养活了屯兵数十万的蜀国将士，却未必能让哪一个城市人那么留恋。在追赶"百强"的征程上，朴实无华的双流人也有过迷茫与失落。有人曾从江苏昆山和浙江萧山回来报告过：那带着巨额资本的台湾老板从上海虹桥机场出来后就往昆山跑，挡都挡不住；至于从萧山机场出来的"美国佬"连杭州城都不去，从机场出来就在萧山划地建厂……你双流干得过人家？追得上人家？

面对这样的形势，双流人曾经有过叹息，也有过自卑，然而那是转瞬即逝的。他们迅速调整思路，重拾信心，因为他们清楚：既然身边没有海，想等海风吹拂是妄想，唯有展开翅膀，才能让自己飞翔……

从何方起飞？又飞向何方？

双流人在寻觅，双流人在思考。

最先思考"飞"起来的还是在双流合江那处相对偏远和落后的乡村。也许是因为偏远和落后，所以那里的人想摆脱贫困的心情也格外迫切。在草编业兴起与沉沦之际，其实合江一带的农民兄弟们都已经在思考着如何真正实现"飞"起来。他们在寻觅出路和机会时又找到了一个红红火火的产业——草莓种植。

> 红草莓，鲜艳了一个童话；
> 红草莓，擎起冬天的春天。
> 欧式楼台做着中国的梦，
> 迎接你走进这没有边界的花园……

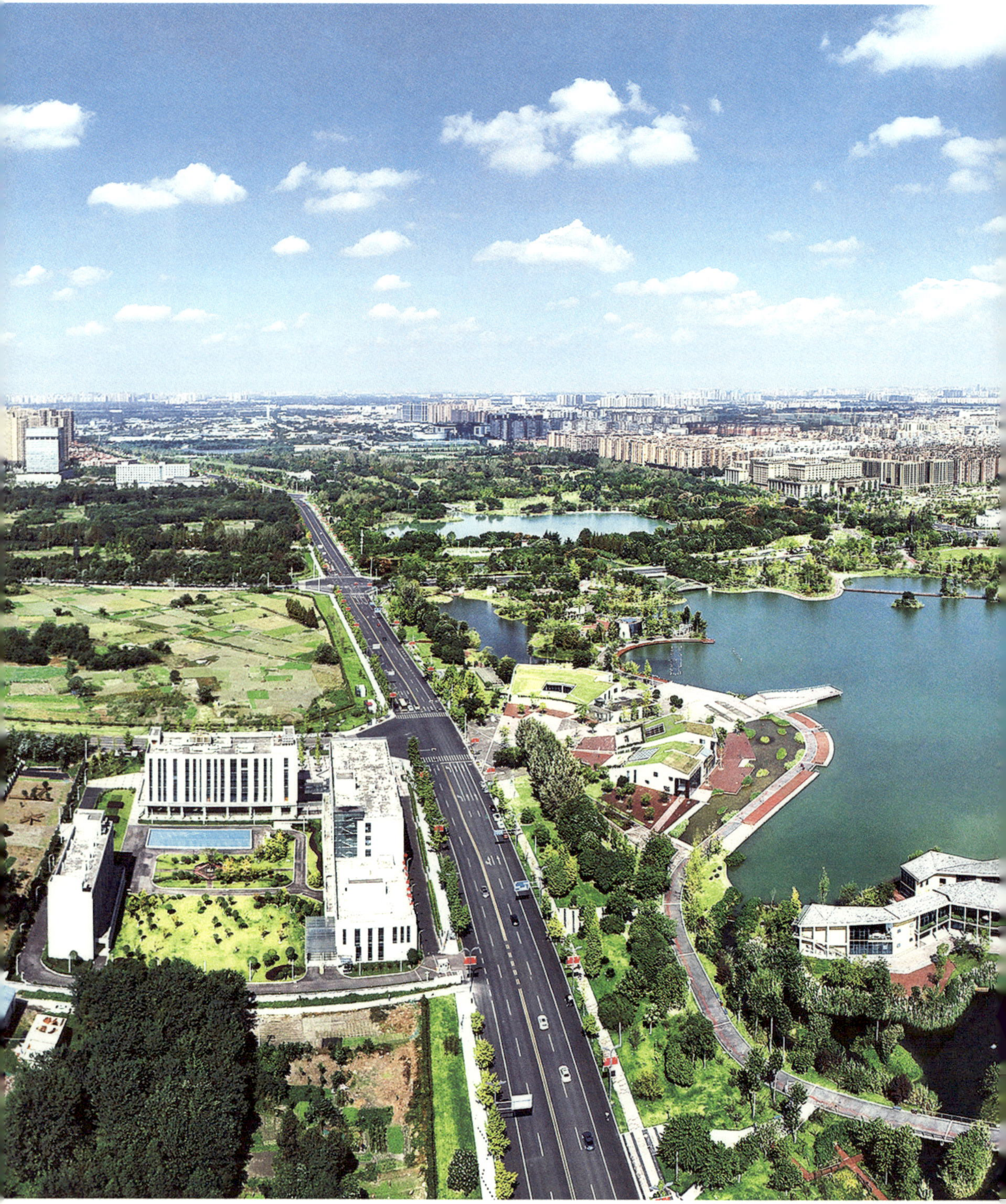

宜居双流

双流的草莓产业红极一时，一直红到现在，也将红到未来。而我所知道的让双流真正独自"飞"起来的就是它，又甜又艳又美的草莓。

在土地上做文章是双流人的传统本领，很少有地方的人能像双流人一样把土地活做得那样精细。"农业学大寨"那会儿，精耕细作曾让双流成为"交公粮"的先进县；种双季稻时，袁隆平也曾到这里指导过杂交稻生产……土地包产到户后，首先开启种植草莓新思路的是合江、三星、兴隆这几个乡，后来一直延伸到最南端的黄龙溪等乡镇，并如"星星之火"，迅速燎原于双流的所有乡间土地。而这几乎与乡镇企业同时兴起和兴旺的草莓种植产业，也成为双流长盛不衰的几个成熟的产业之一。

草莓产业之所以如此兴旺，除了双流人的用心用情外，还因为草莓特别神奇，它几乎是人人喜欢的"第一水果"。你读一下这篇充满童心的并非出自高手的《草莓自述》，就会多少明白它为什么这么神奇了。

"红果子，麻点子，咬一口，甜丝丝。"没错，就是我，鲜美红嫩、果肉多汁的草莓。我的样子呈心形，矮矮胖胖的，别的水果都说我是可爱的小精灵。红彤彤的外表让我轻松当上了"水果王后"。

我身上有一股甜甜的水果芳香，所以我的家——草莓地是小飞虫的最爱。我的味道甜丝丝的，当然小朋友是我的"超级粉丝"。呀，你的口水飞流直下三千尺啦！小时候，我的身子是绿色的，吃起来涩涩的、酸酸的；长大后，我的身子又是鲜红欲滴的，吃起来甜甜的。人们都说我色、香、味俱全，是水果中难得的"佳人"。我的花是白色的，像一把白色的小伞，淡绿色的茎上长了许多小毛，花絮一般有一至六朵，花蕊也很漂亮，白色，淡黄色。因为我的貌美味甜，所以人们给我取了许多好听的名字：洋莓、地莓、士多啤梨。美丽的蔷薇姐姐和我是一家人。

人们把我买回家后，有的把我用盐水洗过"澡"后，津津有味地吃起来；有的把我和苹果姐姐、哈密瓜哥哥拌上沙拉，快乐地享用，我们的好处多多。我不仅长得好看，营养价值也高，富含丰富的维生素C，和橙可以一较高下，但橙的样子和我一比那就差远了。希望有更多人爱上我——样子养眼，味道可口，用处多多，营养价值高的草莓！

在20世纪80年代末90年代初，双流就已经是名副其实的"草莓之乡"。双流草莓之所以那么有名，是因为双流人在全国十几亿消费者喜欢草莓这一现象中又走出了一条独特的种植道路，即成功种植反季的冬草莓。

草莓，最初是人人都喜欢它，后来是一年四季人人都喜欢它，所以双流人在种植草莓推广形成广阔的市场时，又迅速调整种植季节，专攻冬草莓这一"水果之王"中的"王中之王"。我看过一则大约十年前的关于双流冬草莓的新闻报道：

> 双流迄今为止已经连续举办了七届冬草莓节。从2006年开始，每年都会吸引来自全国各地的数百名水果经销商，日均交易量在70吨以上。产品不仅畅销北京、上海、哈尔滨等大城市，还出口俄罗斯、日本、新加坡等国际市场。如今贴着地理标签的双流冬草莓在市场上身价倍增，北京等地的平均销售价已经达到每千克240元。
>
> 双流冬草莓节每年都会吸引游客10多万人次，每天采摘草莓达10000千克以上，实际旅游收入800多万元……

现在草莓产业在全国都很兴旺，似乎一年四季我们都能吃上味道鲜美的草莓。在草莓产地，它的价格很便宜，也就卖四五块钱一斤；冬草莓会高出四五倍，达二三十元。全国人民能够吃上鲜美可口的草莓，应当感谢双流人的贡献。双流人率先把草莓做成了大产业，尤其是让冬草莓成为草莓消费中的一个最对胃口的高端消费产品，其卖出了上等牛羊肉的价格。这本身就是一个奇迹——双流人在自己的土地上用双手创造出的一个产业奇迹。

双流冬草莓，它是双流的特产，也是中国国家地理标志产品。双流冬草莓之所以成名，可以卖到"黄金价"，是因为它通常在消费最旺的春节前后上市，还有这几十年来双流对冬草莓的品种不断更新、提纯和复壮。你都想象不到，双流冬草莓有"丰香""红颜""冬花""安德列斯""达塞莱克特"等上百个品种。它们色泽红艳、香气宜人、酸甜适度，轻轻咬上一口，细腻、香甜的果肉或有股淡淡的玫瑰芬芳，或带着浓浓的柠檬味、巧克力味……你说叫人馋不馋！

"我们的冬草莓出口法国巴黎，每公斤售价达到40欧元！"一位双流"老外经贸"人士骄傲地告诉我。他还介绍说，双流冬草莓曾被评为"中国农产品区域公用品牌价值评估"百强产品，品牌价值达12.6亿元。

双流冬草莓能在北京卖到200多元一公斤，也能卖到遥远的欧盟国家等。我们自然知道是因为有了一样快捷方式——空运，即飞机的运输。没有飞机、没有航空，双流的冬草莓再好吃、再与众不同，估计它最多也就在本地卖到10～20元一斤。

10倍甚至20倍的价格靠的是"飞"的魅力，所以说双流产业的第一次"飞"是因为冬草莓，那红艳艳、甜蜜蜜的冬草莓也给了双流的"飞"的首秀。第一次"飞"的过程和样子很美，也很耐人寻味。

我们自然会记住一个人，他叫鄢仕德，当年双流合江草莓协会会长。这位曾在北京某警卫团当过兵的人，于1982年退伍回到双流，正值改革开放初期。那时百姓在党的政策感召下想发家致富的劲头与受极左思想"打击投机倒把"和"割资本主义尾巴"的两股相向而行的潮流影响下，鄢仕德的心理承受着落差。在当了几年交通局养路职工后，鄢仕德毅然辞职，卷起铺盖，再次"北上"——在北京复兴门附近的一家涮羊肉店打工两年。这期间他一直在盘算着要开个店。鄢仕德认为时机已到，便在1992年底又回到家乡双流，向家人"汇报"了自己想"单干"的想法，然后怀揣300元钱（花去一张77元的火车票和近20元的住宿费）返回了北京。他想在北京开店的想法竟然被战友们狠狠地嘲笑了一番：凭你这几个本钱？算了吧鄢仕德，你在我们战友眼里，啥大本事都没有，唯独有一张三寸不烂之舌，靠这个你就能比我们发财得快！不信你自己试试！

战友就是战友，不会假客套。鄢仕德想：他们把我看透了，我这个人的优势也可能就在这张嘴上！他又用小镜子照了照自己的脸，一半得意一半自惭。

对呀，我不是从家里带了一箱冬草莓嘛！收购价是5元钱一斤，有40多斤，原本是准备为开店而"走后门"送人的，现在干脆把它卖掉看看如何。

说干就干。鄢仕德背起那箱冬草莓，直奔北京永定路的一处水果批发市场。当时他一亮货，就被一群顾客围住了："这个时候哪来的草莓呀？"

"多少钱一斤？"有人问。

来了，你看看……鄢仕德心头一阵狂跳，怎么办？开什么价？几秒间，他要作出判断：北京人爱吃草莓，过去货源都是从河北来的，而且一般都在五一之后，春节之前是不可能有草莓的。再说我们双流冬草莓的质量与其他地方完全不一样：个头大、色泽好……

"20！20元一斤！"鄢仕德开口了。这话说出后，鄢仕德佯作镇静。

"哪儿的货呀？"问者没有质疑价格，而是问起了产地。

回答双流？不行，北京人估计多数都不知道双流在哪里。成都，说成都就都知道了。

"成都！"鄢仕德说"成都"二字时理直气壮。

"你是成都人？！到北京专做草莓生意？"有人进而问。

"是嘛！我是成都人，可我在北京时间也不短了，原来就在北京当兵……"鄢仕德说。

"噢，原来是解放军呀！"问者的口气里不再带着疑问了，而是敬意。

第一批打听价格的人走了，第二批人又来了："哟，这个时候还有草莓呀！多少钱一斤？"

鄢仕德已经不再怯场了，也自信了许多："40元！"

"40？！贵了点吧？"问价人似乎是在讨价还价，而非否定。鄢仕德听出来了，所以他要迅速回应。怎么回应？得有让对方相信"40元一斤"值得的正当理由嘛！

"哎呀婶子，你想想现在是啥季节，冬天！冬天里种草莓可不是一般的种植技术，而且你知道吗，我这可是专门从成都背过来的货呀！"

"成都？从这么远的地方乘火车过来要两三天吧！怎么草莓没有烂掉呀？"买者问。

"火车不行，我是乘飞机来的呀！"鄢仕德的嘴就是能说，要不战友们怎么说他有三寸不烂之舌呢！

"嗯，你坐飞机空运过来的，这40元一斤确实值！买了！来两斤！"

"我也来两斤！"

"给我也来一斤……"

就这么着，一箱冬草莓还不到半个小时就全部出手！

一数钱……鄢仕德愣了：这么好赚钱呀！1600多元就这么到手了！

哎呀呀，我要回家再背几箱草莓来北京！鄢仕德连夜赶回双流，而后又悄悄地背上两箱，再从成都出发"杀"回京城……

"成都的冬草莓太棒了！"

"40块一斤值！"

"还有没有货？"

鄢仕德一边在市场上现称现卖，一边将耳朵竖得直直的，因为消费者的议论就是生意的风向标……

就在鄢仕德手里数着钱、心里想着下一步如何做时，突然有人轻轻地拍了拍他的肩膀："老板，你能过来一下吗？"

鄢仕德吓了一跳："什么事？我、我正忙着呢！"鄢仕德一看是位穿着整齐的年轻人，一时摸不准对方是干啥的，心想如果碰到什么坏人就麻烦了！

"噢，对不起，我是电视台的记者。"那人亮出记者证，又说，"看这里的消费者很喜欢你的草莓，我们想做个节目，介绍介绍春节水果市场，请您给市民们说说你们成都的冬草莓……"

好啊，这个可以！这个可以！鄢仕德已在京城待了不短时间，对宣传的作用门儿清！

"可以，如果你们需要我可以去说说。"鄢仕德很精明，此时有意佯装很轻松的样子回答道。

电视台宣传就这么定下了。鄢仕德第一次以"成都冬草莓代言人"身份在北京电视台新闻节目里出镜，他那特意夸张的"椒盐普通话"让成都川味更加浓厚地呈现在京城百姓面前。

"成都冬草莓走俏京城"的新闻通过电视传遍了京城内外……

鄢老板的冬草莓也一下子成了"抢手货"："鄢老板，能不能给我发10箱？"

"我要50箱！越快越好！"

"100箱，最好明天就到货！"

这么多生意抢着上门啊！这乐坏了鄢仕德，也急坏了鄢仕德，因为他不知如何解决要货人的"快"这一问题！

鄢仕德跑到北京火车站问询处打听："托运一件从成都来的货要多长时间？"

"快件也得一天，每公斤1.66元。但从成都来的车皮每天只有一节车厢，你要是货多就不能保证了。"

"还有什么其他办法？"鄢仕德心想，这么好的生意绝不能流失，急着问。

"有啊，走空运！"

"空运？就是用飞机运？"

"是。"

"走得起吗？价格贵不？"鄢仕德心头吓了一大跳。

"大约9元一公斤。"

噢，9元一公斤，听起来确实也很贵……可比起现在能够卖出的冬草莓价格，还是有很大的利润空间：5元钱一斤收购价，40元一斤卖价，怎么着也有近20元的利润！

值！就空运！鄢仕德的这一决定，由此也开辟了双流腾空而飞的第一次伟大行动——我称它是第一次伟大行动，因为这是双流人因经济活动的需要的一次看似有些被动、实质上极其自觉而主动的行动！

飞，解决了鄢仕德做这桩买卖的时间与空间上的困难；

飞，赢得了"成都冬草莓"被世人认可的机会；

飞，让双流人感受到了商品经济社会里，它所具有的巨大潜在价值；

飞，让双流彻底成为连接世界的"无障碍绿色通道"；

飞，让每一个双流人懂得了自己当下生存的优势所在和未来发展的优势……

向着梦想飞

双流人因此明白了：飞，可以改变许多、许多……

鄢仕德是第一个尝到"飞"的甜头和幸福的双流人，他也是第一个被"飞"改变了人生轨迹的人。当然，他也是第一次真切地感受到了"天上"与"地上"这对"双流"的协调、平衡的关系。

没有天上的"飞"，就看不到地上的"宝"；地上的"宝"若不能通过"飞"，可能也不能很快变成宝。

所以鄢仕德在北京的生意越做越大，一直做到日本及欧洲等国之后，他才把精力与心思更多放在惦记着、担心着的"地上"——担任起草莓协会会长，就是为了做好"地上"的事。

鄢仕德虽然是第一个让双流"飞"得精彩的人，但是他内心最感激的是在地上做得出彩的另一个人，他叫干大木。

开始听说"干大木"这个名字时，我有些奇怪：是人名吗？得到确认后，更加感觉到中国传统文化之博大精深啊！

百家姓中有"干"姓，但谁能起名叫"大木"？

"大概是父亲希望我成材的意思吧！"干大木这么解释，家里没有出过什么大人物，所以父辈希望他这一代成为"大木"——有用之才。

他干大木确实够大才的了：2013年，我国神舟十号载人飞船飞向太空之际，是这位双流农艺师把自己培育的双流冬草莓送上了天，随后又在迎接神舟十号载人飞船返回舱开舱仪式时亲手接回了双流冬草莓标本。

这一次的"飞"是双流有史以来最为激动人心的壮举，也是把双流冬草莓捧得最高的一次。所以有人说干大木的父亲太有远见了，给儿子起的名字着实非同一般。

大木等于大材。大木胜于大材。

从鄢仕德第一次把双流冬草莓带上飞机销到北京的消费者手中，到干大木将双流冬草莓送上神舟十号载人飞船飞向太空，前后跨越了世纪之交的20多年。双流冬草莓从无到有，从有到出名，再到成为国家地理标志产品的过程，其实就是干大木人生的"飞行"记录——

现在双流人称干大木为"冬草莓之父"，可谓名副其实。

年轻时的干大木其实没有干什么大事业。他当时就是县里的一名普通的农技员，负责西瓜种植技术推广。那个时候永安镇红花村的一位村民从河北带回了几株草莓苗，前来咨询干大木如何养活草莓苗。其时身为农艺技术员的干大木也不懂草莓种植，但农民心目中的农技员可是种植的"万能工程师"呀！你干技术员的不会还有谁会？无奈，他被逼着走上了这条种植草莓之路……

引进一个新品种不是件易事。首先品种是否优质？双流的土壤是否合适？气候条件能不能适宜种植？这些问题农民可以不管，但是作为技术员的干大木必须管，而且要拿出符合科学的论据和实践来证明。干大木心想：这回我可真要"干大事"了！

凭着执着，他先后赴河北、江苏、上海等地的草莓种植基地和科研院所，经认真研究后，引进了"春香""利红"两个草莓露地栽培优质品种，第一次把优质草莓品种带回了双流。

那个时候尚处在改革开放之初，农民们思想保守，害怕风险，想发财又害怕被骗，尤其害怕反落个贫困。干大木为了推广草莓种植，就必须走村串组、挨家挨户做细致的工作。

"干西瓜的咋干草莓了？""不会让我们家破人亡吧？"有人冲干大木说得很难听。

开始有人叫他"干骗子"，后来有人干脆来个"干掉骗子"！

"啊！我咋是骗子嘛？你连我都不信？"有一回干大木知道兴隆乡的叶大爷有几亩闲置的地，便动员他种草莓。谁知叶大爷眼睛一瞪："你不是骗子是啥子？我种西瓜多少还能卖点钱。听你的种了草莓卖给谁？卖给你？"

"你卖给我好了！"干大木挺了挺胸脯说。

"卖给你？真的？"

"真的！"

"多少钱一斤？"

"四五块一斤……"干大木想了想，说。

"保底4块？"

"保底4块！"

"那——保底好是好，可我没有本钱种植它呀！"叶大爷又提出个难题。

"我们免费为你提供草莓苗。"干大木拍着胸脯说。

叶大爷笑了，说："你还真是骗子。"

干大木气得嘴都歪了，但仍然笑着说："你别急着下结论，等种好草莓，有了钱赚，你再看我是啥吧！"

叶大爷乐了。

于是两人开始一起种草莓，越种越默契，关系越来越融洽……草莓也跟着繁盛与丰硕。

等到可以采摘草莓的时候，叶大爷还没有动手，就被双流来的"老外"包走了。哈，叶大爷一数钱，净赚3000多元！

"哎呀呀，干技术员可是个大好人！大好人哪！"

叶大爷德高望重，听他这一说，十里八乡的乡亲们都信了。从此"干骗子"真正成了"干财神""干大师""干赚钱""干好人"……反正百姓能叫得出来的好听的称呼，都给干大木安上了。

他确实为双流的草莓，尤其是冬草莓产业的兴起与推广，立下了汗马功劳。在双流草莓产业节节攀升的过程中，干大木的"木"也越长越大，从最初的县农业技术员，到后来的草莓办主任，再到后来的高级农艺师，再到"冬草莓之父"……总之，双流冬草莓"飞"天的时候，干大木的名字也就这么镌刻在双流的历史上……

双流人至今都能忆起神舟十号载人飞船返回舱落地当晚那欢腾的时刻，他们都在这样欢呼：

这回我们双流冬草莓飞到太空啦！

双流雄起啦！

第六章
翅膀是自己长出来的

草莓让双流产业意外地实现"首飞",令这片土地上的百姓和干部们都无比振奋:原来我们守着机场不起飞,那是有点"傻"不是?这一"飞",飞出满地黄金啊!

然而双流人很快意识到:双流真要腾飞,人才是关键,教育是根本。没有人才,何谈发展?教育落后,怎与他人比高低?

确实,乡镇企业的发展,使双流一跃成为四川乃至西南地区的一匹"黑马"。虽说连年拿了"先进"与"典型",双流人自己的底气却并不那么足,尤其是越到后来,金色的奖牌拿得越多,心底发毛的程度也就跟着越大了……

"底子不行呀!全县只有一所中学,而且一年没几个人考上大学……这算什么事嘛!当时的双流,实际上就像我们改革开放初期一样,一些暴发户,口袋里好像很有些钱,但都是靠摆地摊赚来的,大字不识几个,这样的人即使有点钱也还是被人瞧不起!当时我们双流在外人的眼里就是这个样。不是嫌人家眼神难看，确实是我们自己没有底气，想想：说双流经济发展挑头，可全县考上大学的娃儿都没几个，你说谁真正瞧得起我们嘛！"对我说这话的是高志文，曾经的双流中学校长、双流教育局长，现在是双流中学实验学校校长。

双流中学实验学校在当地名气不小，虽说是民办学校，但生源好，很难求得一个学位。

"我们现在有4000多名在校生，400多名老师……生源遍及成都地区，虽然年年扩招，但仍然满足不了需求。"与高校长交流是在一个傍晚，我们一直谈到深夜，因为他是近30年双流教育的见证者和参与者，多数时间还是教育战线的领导者。

高志文在1977年参加高考，并在日后成为当地一名教师。"我最初在华阳中兴中学任教，后来当了教务主任，1984年底就当了副校长……"高志文说的华阳中兴中学当时在双流县算是很有名气的完全中学。现在属于华阳街道，华阳街道是天府新区所在地，行政和地域上归双流管辖，实际上是成都直管的一个开发新区。华阳中兴中学当时虽然是华阳片区的唯一一所完全中学，然而它高中升大学的比例也不高。在以考大学的名次与名额作为主要标准的前提下，双流中学在双流教育战线上仍然具有不可撼动的地位。

"可就因为双流中学在双流教育中居独大地位，太受宠爱，结果却是'华而不实'了……"高志文说20世纪90年代前的双流中学处于这种不正常的状态。

那问题出在哪里？据说中华人民共和国成立初期，双流中学校长的级别相当于县团级，可以同县里"一把手"平起平坐。或许正是因为这一原因，双流中学成为一些想吃大锅饭的人最想去的地方。本来教育是育人，然而双流中学曾一度成为"养闲人"的地方——能进双流中学便意味着一种身份的象征。原本精干的老师队伍慢慢变得臃肿，干好干坏一个样，不干活的人比干活的人更安逸地享受着各种待遇和福利。年复一年，双流中学的牌子蒙上了灰尘。

但这座"庙"又丢不得，更不可能毁掉。咋办？数届县领导想像抓乡镇企业一样对双流中学"动手术"，可实际上是动不了的。官位是"流水的兵"，一所名校可是"铁打的营盘"。无奈，县里作出决定：咱们双流的经济上去了，教育上不去，还被人暗讥是"暴发户"，因此必须另起炉灶。

"再办另一所'双流中学'！"高志文说。这当然是县里决策者的一招：让两个学校进行竞争，争出高低，争出朝气，争出一个崭新的双流教育景象来！

此招高明也！听说县上要另建一所完中，双流各界纷纷表示赞同，尤其是教育战线的教师和广大百姓：富得再流油，没有几个考上大学的人，没有几个进名牌大学的双流人，双流永远抬不起头。那个时候，双流意识到，再不加强教育，则早晚会被别人追赶上、败下阵来！

在关键和重大的发展问题上，双流人是清醒的，因此作出的决策也是明智的。

那一天，县上几位领导在陪同省、市领导检查完工作后，顺便坐在棠湖边观赏新春时节绽开的一树树海棠花……

>垂丝别得一风光，谁道全输蜀海棠。风搅玉皇红世界，日烘青帝紫衣裳。
>
>懒无气力仍春醉，睡起精神欲晓妆。举似老夫新句子，看渠桃杏敢承当。

这更坚定了领导们在棠湖边建一所中学的决心。棠湖在双流名气很大，是因为这个湖地处中心城区的中央。我采访时就住在这湖边的一座酒店，推窗便可见棠湖的全貌。那一潭绿荫鲜花簇拥下的碧水，原本并没有。"当年双流县城为了给日益发展的经济添对翅膀，吸引外来宾客到双流投资和做生意，于20世纪80年代中期，算是动用了'吃奶'之力，在县城中心修了一个中心广场，在广场边上挖了一个人工湖，又在这湖四周画了一个很大的地盘，建了一个公园。双流人自古喜欢海棠花，湖挖好后，大家建议在湖边多种些海棠。所以在人工湖完工后需要起个名字时，便都想到了海棠，棠湖的名字就这么出来了……"

双流名湖就这样诞生了。棠湖很有诗意，也很有韵味，且处处皆美景。每天都有很多市民和慕名而来的外地游客在此流连忘返。那天我采访路过，在棠湖走了半个小时，感觉里面的景致与我故乡苏州的小桥流水和古典园林十分相像。

"就是照苏州园林设计的呀！"双流人告诉我。

难怪。我顿时明白过来。

意在与双流中学形成竞争态势的新中学就建在棠湖边。县领导顺应民意，将湖边最好的一块地用来建新中学。

"还考虑啥？就叫棠湖中学嘛！"在为新中学起名时，县领导掷地有声。

好，棠湖中学，名字好！双流上上下下都对新中学抱有极大热情。而"对手"——双流中学的老师和校领导也觉得"棠湖中学"这名字并没有动摇"双流"这个独一无二的冠名优势。

"好嘛，要的就是有竞争的味道，不然就没有必要另起炉灶。教育教育，百年育人，双流不走出教育改革这一步，其他行业掀起再大的改革浪潮，早晚也会后劲不足的！"那个时候的双流领导够开明，也够有气魄！

新学校既然要办出特色、办出水平，关键就得挑个好的带头人。

双流还能从哪儿去找个可以同双流中学拼一拼的人来担当棠湖中学

校长的重任？县领导在规划建设棠湖中学时，着急的第一件事就是找位能担当新中学重任的校长。

在双流中学校长、副校长的岗位上挑一个出来？不行。宁可另找一个人来当新校的校长。

从外地应聘一个高手？这一招也是险棋：对双流人生地不熟，来整治和振兴双流教育怕是有心无力啊！

当选择新校校长的两个可能都被否决后，有人提议黄甲中学（初中）的黄光成校长有股狠劲儿，能担此大任。

"黄光成学什么专业的？"

"化学专业。"

"那他懂得裂变。裂变的力量是很厉害的。他在当校长之前一直在教书？"

"是。从化学老师，到教务主任、副校长、校长、乡教委主任，一直没有离开过中学教育……"

县领导在考察43岁的黄光成时，有上面这番评价。

黄光成最出彩的地方是他任黄甲中学校长以来，将校办企业办得红红火火，让学校的小日子过得很不错，是个开拓型的人才。在双流教育战线上难得有这样的人才。

有开拓精神是关键。新中学就是要有这样的校长！县领导确定黄光成作为棠湖中学校长人选的选拔和考察的时间虽没几天，但决策的过程却十分严谨。

光一个黄光成，恐怕还完不成建好一所新中学的全部……怎么办？县上就把华阳中兴中学副校长高志文调过来。为了建好新中学，县上没有任命校长，只任命了两位副校长，黄光成主外、高志文主内。经过一年的实际考察，县上才决定分别任命黄光成为棠湖中学校长、高志文为双流中学校长。可见，为了发展双流教育，县领导用心良苦。

"让我干可以，但有个条件……"黄光成跟县领导"谈判"道。

"说，啥条件？"

"这个新中学的一切事情必须由校长说了算！"黄光成的脸，本来就是"国"字形，这回一严肃，两颊的肉都绷了起来。

"噢，你说的是放权啊！当然。"县领导也是这么想的，"既然是办一所学校，就得让懂教育的人管嘛！新中学实行校长负责制。"

黄光成脸上的肉顿时松弛了下来，眼神也变得温柔了。他又笑着对县领导说："那以后我可不管张三李四的条子啦！就是你们领导的亲戚子女到我们学校当差也必须应聘……"

"支持！坚决支持你这么做！"县领导当场表态。

黄光成大喜。他是个豪爽的人，拍拍胸脯高声道："这样我就能保证为双流办所好中学！"

"你准备花多长时间把我们的新生儿——棠湖中学办成重点中学？"

"五年？五年可以了吧？"黄光成这回没有马上回答，而是顿了一下才说。

"我们期望的可不是县重点啊，是成都市的重点。"县领导说。

"当然当然，双流重点不算重点，总共才两所。成都市的重点才是重点。"黄光成立即应声道。

"但我们双流还是希望跨出成都，面向全国……"县领导的目光紧紧盯着黄光成。

那张"国"字脸的线条抽动了一下，他憋足了劲儿，说："五年确保省市重点，力争全国重点！"

"好好！有胆量！是我们双流的一条汉子！"县领导大喜。

那天，黄光成走出县委大院时，后背全湿了——他高度紧张。

他摸了摸自己的额头：是不是有点发烧？不然今天为什么在领导面

前夸下如此海口?

不像是发烧。他确定后,寻思了一下,暗暗道:"嗯,是自己的雄心壮志!就是雄心壮志!一定要为双流办所新中学,我黄光成也不能光在黄甲乡那个地方做芝麻大点儿的事嘛!"

黄光成意识到,要在双流干出一番惊天动地的事儿,这样他本人才算是能够雄起的男子汉了!那天,黄光成还专门来棠湖边走了一圈,碧波荡漾的湖水,让他内心涌起了一阵又一阵的激情:此生已为教育事,此命当为棠湖搏。

这个誓言黄光成到死都很少告诉过他人,这是他对棠湖发下的誓言——对天,对地,对双流这片他无限热爱的土地。

需要加一句:最初县领导对棠湖中学的定位是解决县城初中生就学问题,一开始并没有想将棠湖中学搞成初中高中并招的完中。黄光成一听就不干了,说:要干就干完中!其实这也是县领导创建新中学的本意,只是当时心中没底,所以想分两步走。黄光成校长雄心勃勃,于是就完成了棠湖中学建完中的"一步登天"。

黄光成真是个狠角色。学校改革不仅大刀阔斧,而且雷厉风行。

所有教师员工全部通过实际考核招聘,而且是面向全市、全省乃至全国招聘,本地人也要,但不能超过百分之五(实际结果是百分之三)。

"我们都是那个时候应聘来到双流的……"一直陪我采访的双流才子守伦先生说。他后来当了县委宣传部副部长。

"等我大学毕业后想进棠湖中学教书,连门儿都没有,最后到了其他乡镇学校。"阿毛是双流的文联老领导,当过两个镇的镇长,后来还当过县教育局副局长。他对当时的双流教育改革仍然记忆犹新。

双流面向全市、全省乃至全国招聘教师一事,引起了巨大反响。

"双流在当时是四川的经济强县,想来双流的人多呀!又因为它离成都很近，有些想到成都、想回成都的人，都把目光放在双流，加上棠湖中学提供的工作条件很好，待遇很诱人，所以我们就奔着它而来……"棠湖中学原教务处主任吕巽老师是成都人，之前一直在省重点学校宜宾中学当老师。她说她就是属于想调回成都又没门路的人。"当时能到双流，就是我的愿望。所以我就是第一批来双流应聘的老师。"吕巽老师说。

"原单位放你吗？"我好奇地问她。

"不放！根本不放！我在那里是教务处主任……"吕巽老师说。

"那你又是怎么来到双流的？"

"这里政策灵活呀！"她说，"双流当时在招聘时采取的是'三不要'，这一招厉害！"

"三不要？"

"就是对录用的人，你可以不用带档案、不用带工资单、不用带户口，只要带学历证书、身份证就行。这样，原单位即使不放人，也管不住呀！"吕巽老师说。

原来如此！

"当时双流一招制胜，所以轰动一时。"

"'三不要'非常管用，让我们这些想干番事业的人能够跳出原单位，来到双流。"不止吕巽老师感激双流的这一招，其他应聘老师都是同一感受。

"后来任我们棠湖中学第二任校长的熊伟最典型了。他是重庆垫江三中的，是高中数学教学组组长，可以说是那所名校的骨干教师。双流聘任他后，原来的学校就是不放。最后当地政府对熊伟老师按开除处理，还有人把他的档案材料全部打上了朱红的叉叉。可见当时双流的做法惹怒了多少人和多少单位呀！"采访时，吕巽等当年应聘到双流的老师们回忆起这些，感慨万千。

"有些地方甚至闹到成都市里甚至四川省里，说双流在坑他们。结果省市领导对我们的做法比较支持，告诉那些闹的单位，说双流有进取精神，你们也可以学习呀！学学他们如何把人才招到自己那儿去嘛！这才算平息了风波。"双流人颇为得意地说。

黄光成的第二招：每年淘汰百分之五的教职员工。

"这一招是让所有来棠湖中学上班的人都要拿出看家本领拼命地工作，拼命地超过别人呀！"吕巽老师说，"黄校长的态度非常明确，不管你是骡子是马，拉出来遛遛，看最后的结果！这为整个学校树立了一派正气。尽管大家来自四面八方，但为了保证自己不被淘汰，就是拼着命也要把教学质量搞上去……这种工作劲头就是在一些名校也很难得的。棠湖中学的基础就是这样打实、打牢的。"

黄光成确实是个肯动脑筋的人，点子也多。除了把人才聚拢来并采取优胜劣汰外，他还甩出了结构工资和经费包干等多项调动教师积极性的措施。"多劳多得呗！拉开了干与不干、干好与干不好、高质量教学与马马虎虎工作之间的距离……"在座谈会上，吕巽老师等谈起老校长黄光成的这些做法时，很是敬佩。

"我们第一批应聘到棠湖中学的28个人报到后，黄校长就把我们拉到黄龙溪开了个秘密会议——他不让外人知道会议内容，但就在那次会议上他给我下了军令状，说要在三年之内把棠湖中学建成市重点，五年之内冲刺省重点。我当场反驳他：'不可能！痴人说梦！'他说：'怎么不可能？'我说：'你见过省市重点中学的标准了吗？'他瞪大眼睛冲我说道：'没见过又怎么样？'我一看这个人怎么是这个样儿啊，明摆着跟我抬杠嘛！我就生气地跟他打赌：你黄大校长真能在三年内把棠湖中学搞成市重点、五年内成为省重点，我吕巽手板心煎鱼给你吃！黄校长霸气啊，当着大伙儿的面，说：'好，吕巽老师，你等着！'"

"哈哈……"吕巽还没说完这段充满"火药味"的往事，便自个儿大笑起来，连声说，"我平时当面敢讽刺他黄校长是农民。他也不在乎，说农民就农民，我就按农民的招数把棠湖中学办成市重点、省重点！结果他都成功了，也没有要我在手板心上煎鱼给他吃……"

吕巽老师的话又引得满堂大笑。

黄光成就是有胆识、有干劲、有魄力。只要想办到的事，他一定想法去实现；别人认为不可能实现的事，他就能把它变成现实。"怕啥，你看我们双流头顶上天天有飞机飞来飞去，它们都是铁疙瘩，知道它靠啥飞得那么高的吗？不就是一对大翅膀嘛！我们在地上蹦蹦跳跳的有啥可怕的？办法是人想出来的，困难是想不出办法的人的困难，在有办法的人面前会有啥困难嘛！我就不信，别人家是人，就能创造'重点'，我们棠湖中学就不行？凭什么不行？"

给老师开会、给同学们讲课，他黄光成校长就这么个腔调。没人说服得了他，别人想都不敢想的事，他一门心思要做成功。

"刚开学那会儿，整个学校就只有一栋教学楼，连围墙都没有。我们这些从外地招聘来的老师，也只能在县城边上租房子住。晚上备完课回宿舍，我们走在路上，没有灯，还有野狗跟在屁股后面……可没有一个人当逃兵。"吕巽老师说，"就是这位农民出身的黄光成校长给鼓的劲儿，你不想往前都不行，他和后面的同事们都在推着你往前呢！"

吕巽和棠湖中学其他老师口中的老校长黄光成就是一个活脱脱的李云龙式的人物，不讲理，即使有那么一点儿理也是蛮理。但就是管用！老师们又不得不佩服他。

学校创业初期没有钱，但各方面的关系还是要处好才行。黄光成校长他有招呀：来客人了，总得喝上几杯嘛！好酒买不起，他就在学校自己酿了几大桶酒，到底好不好喝，只有喝过的人才知道。但每回黄光成招待了的客人都十分满意，因为他基本上会把人家灌醉……哈哈哈，人一醉，哪知酒好不好，只知道棠湖中学的黄校长"够意思""够朋友"！

这不，有了这印象，啥事就都好办了嘛！

"农民！你这是农民的邪招！"吕巽老师凭着资格老，所以敢同黄光成顶嘴，而且直截了当地臭他。

"农民咋了？农民就不是人了？哪个朝代的领袖不是农民出身的？你说农民邪招，那你给我出个正招呀！"黄光成会把吕巽老师气哭，可真要气哭了女教师，他大校长一个，竟然还会像哄小孩似的非把人家哄笑为止。

就这么个校长，"一肚子'坏水'"！吕巽老师这么说他，但看得出，她打心眼里佩服这位风格独特的校长。

"有一次，我在他办公室里看到一位来学校要债的老板。明明是我们欠人家的钱，可到了黄校长那里，那个老板竟被他说得很不好意思。黄校长对人家说：您明明知道学校现在真的很困难，我没有钱还您，但是您放心，我黄光成从来不赖账，棠湖中学也不会赖账。但是请您也多理解理解，欠款我们会想办法尽快解决。您现在这样逼我，我也拿不出来啊……棠湖中学办好了，是双流的骄傲，您作为双流人也会感到自豪，是不是？如果人人都知道您曾经来学校逼债，想想您以后怎么在双流地盘上混啊。"吕巽老师绘声绘色地学着黄光成校长的腔调给我们讲那段故事，大家开心得快要手舞足蹈了！

这个黄光成，太有个性，太招人怒、招人爱了！

为了让县上各界支持新中学，黄光成把能想到的点子全用上了。"你们能参选人大、政协等代表、委员的，都想法去争取。"他对老师们说。

"干啥？"

"干啥？能干的事情多着呢！"黄光成满脸通红地说，"人大代表、政协委员等都是县上方方面面的精英，他们帮我们说一句话，顶我们自己说一百句话！你要当上了代表、当上了委员，不就可以拉这些人给我们教育上解决难题了嘛！"

棠湖中学新校区

瞧他黄光成，心头就想着如何把棠湖中学的事办了、办好了、办利落了！

还是穷。但不能对各方来校的领导们、宾客们怠慢了，于是他黄光成告诉校办的人：弄一条欢迎标语，对所有来宾来客和领导都表示我们的诚意和热情……

于是棠湖中学的大门口打出了一条"永不更换"的标语："热烈欢迎各级领导到我校检查指导！"

这标语挂在醒目之处，每一位来校的"领导"看了都很舒服呀！

还是穷。但专家和顾问是少不了的，黄光成似乎比所有校长都懂得此理。于是他对学校办公室的人讲：凡是能请到的专家、顾问，请他们来指导学校的工作，给他们发个大红聘书，而且发聘书时场面要隆重，锣鼓和学生队伍都要用上……

"他是诚心把学校办好，让人家感觉到学校那么真诚热情。于是到了帮忙的时候，这些专家、顾问就都纷纷伸出友谊之手。"吕巽老师又以半是玩笑半是敬佩的口吻说她眼里的"农民"黄光成。

"但他在学校内部，件件事情干得都是真刀真枪。"吕巽老师话锋一转，说，"他能把上面要求的每一次检查都当作最高的标准去要求我们，具体到每一个教研室、每一个老师和每一个学生那里。比如说环境卫生考评达标,他一个校长能够跪在地上跟大家一起干,干到他认为再找不出毛病的时候为止……"

"我们许多老师为了做好这样的检查,怕来不及,甚至把家属都动员起来,跑到学校跟着大家一起干!"老师们这样说。

"在棠湖中学,所有人都是一个'命运共同体',就像上了同一架飞机一样……"吕巽老师说到这里,突然有些哽咽起来,"黄校长他就是这样带我们干了五年,真的把市重点、省重点,全都拿了下来!"

"那天考评组最后打分时,不仅我们学校的教职员工都到了现场,连学生的家长、老师的家属也都跑来听结果。那个场面太震撼人心了!几千人哪!听到评分出来的那一刻,所有人都欢呼起来,大家喊着同一句话:'重点'了!'重点'了——"

"我们都哭了……都哭了!连大大咧咧的农民黄光成校长也哭了……"此时的吕巽老师,两眼泪光闪闪。

我们听者都被棠湖中学来之不易的"重点"感动了。这是一所中学的骄人成绩。这更是双流发展史上的又一段起飞的奇迹:三年将一所新中学创为市重点,五年创为省重点!

这个时候,我才理解了双流人为什么非要让我采访采访教育战线的人。

双流棠湖中学是个传奇,而且传奇到有些让人不可思议。

为了证实一下这种评判是不是也存在浮夸和暗箱操作,我需要对棠湖中学进行一次实地考察——这也是我多年来养成的创作报告文学的习惯,不经过调查研究,一般我不会在作品之中进行直接叙述。

那天我来到棠湖中学的新校区。

不愧是双流,一所中学的风貌就出人意料,即便是在北京或上海超大城市中,也很难有如此气派的中学校园!尤其是校内的一栋栋建筑,让我内心震撼之余,又觉得似曾相识。噢——清华大学!它与清华大学的建筑有几分相似！双流棠湖中学的校园有"清华之气"！

现任校长叫刘凯，是棠湖中学的第三任校长。与刘校长握手的那一瞬间，我感觉这位看起来明显有些驼背的中学校长，有股犟劲儿——壮志未酬誓不休的犟劲儿。

之后的采访更证实了这一点。"老校长的遗传。"他说完又憨憨地一笑。

初看刘凯校长有些瘦弱，但一谈到教学和学校的事，他像完全变了一个人，那滔滔不绝、那条分缕析，令人惊叹。

我看过在学生中广为传扬的刘校长在2019年教师节上所作的《塑造并坚定我们的爱国之心》的演讲文稿。其中"没有英雄守卫，何来大国崛起？没有大国崛起，何来小民尊严？"的话语，给全体师生留下了深刻印象。

各位老师、各位同学：

大家上午好！

带着金秋的芬芳，今天棠湖中学迎来了"双喜"！一是新学年的开学典礼，二是一年一度的教师节。在此，我提议同学们用最热烈的掌声祝我们的老师节日快乐！

在正式开始演讲之前，我觉得我必须要在现场做一个真挚的告白：我爱你，中国！

众所周知，今年是我们中华人民共和国成立70周年的重要年份。在今天这隆重的"双喜"盛宴上，面对全校师生，请允许我把这篇发自肺腑的《塑造并坚定我们的爱国之心》讲给大家听。

为何要讲这个题目？主要缘于以下两件事对我心灵的触动：一是暑假期间，我在中印边境的乃堆拉山口和洞朗，被我们戍边的解放军指战员和边民"为国献身"的精神所深深感动；二是近期大家都在密切关注的香港发生的非法"占中"事件，部分香港人的倒行逆施让人愤怒。作为一名教育工作者，在开学典礼第一课上，我必须要讲一讲"爱国主义教育"这堂课！

我想谈谈中印边境之旅。

暑假期间，我在当地驻军首长的陪同下到了中印边境的乃堆拉山口。"乃堆拉"在藏语中的意思是"风雪最大的地方"。这里海拔4730米，一年中有半年时间都被大雪封山。乃堆拉山口哨所被称为"西南第一哨"，是中印边境线上两军对峙最近的地方（两国哨兵相距仅二三十米），是一个"被烈士鲜血染红的地方"。如今，虽然哨所公路已经通车，硬件条件有很大改善，但路面不平，且没有营房，边防部队仍然住在帐篷里，环境艰苦异常。从部队营地到海拔最高的哨所，虽然仅仅相隔百米，我们却走了整整半个小时。更有建在悬崖上、至今尚未通车的"云中哨所"詹娘舍。由于驻守在高原，长期缺氧，这里的战士嘴唇大都是青紫色的；冬天大雪封山，没有蔬菜，导致他们体内维生素严重缺失。而在这样艰苦的条件下，我们的战士一站就是4个小时。我问他们为何能在如此艰苦的条件下坚守，他们的回答是"我们不守，谁守？""我们不守好，对父母、对国家没有交代，更对不起牺牲的战友。"2017年中印两军对峙时，我们的战士在巨石上刻下"宁愿埋骨洞朗，绝不丢失寸土"，我看后热泪盈眶，心情久久不能平静。

没有英雄守卫，何来大国崛起？

没有大国崛起，何来小民尊严？

我们期待的静好岁月，是那些戍边的战士用青春、用热血、用生命换来的，而他们却难以品味。

我们享受的幸福生活，是那些无名英雄用智慧、用汗水、用奉献换来的，而他们却无暇享受。

难以忘记，那一张张沧桑的脸；难以忘记，那一双双皲裂的手；难以忘记，那一个个舍生忘死的英雄。无论山高路远，千难万险，他们都像钉子一样牢牢钉在祖国的边疆，护卫国土的完整与安全。为什么？只因为他们都有一颗炽热的爱国之心。这颗拳拳的爱国之心，让他们高出常人，昂首挺立于天地之间。孩子们，我提议，让我们把最热烈的、钦佩的、祝福的掌声送给遥远的他们。我希望，大家以他们为榜样，热爱祖国、热爱人民。

作家莫言也曾告诫广大青年学子："一个人最重要的就是爱国之心永不变！"对每一个中国人来说，爱国是本分，也是职责，是心之所系、情之所归。对新时代的中国青年来说，拥有一颗炽热的爱国之心，热爱祖国、热爱人民，才是立身之本、成才之基。

"爱国之心"如何塑造？刘校长从四个方面进行了阐述。最后他话锋一转，慷慨激昂道：

同学们，我们身处一个伟大的新时代，我们应担负起建设国家、保卫国家的使命，承担自己应该尽到的社会责任。因此，请放下一颗玩耍的玲珑心，从现在开始，好好学习，为实现中华民族伟大复兴中国梦而努力奋斗。让我们棠湖学子都带着一颗炽热的爱国之心成就学业、报效祖国、发光发热！

拥有一颗滚烫的爱国之心的校长，带领和培养出的师生也会是爱国的人。热爱祖国的人，同样也会珍爱自己的同事、亲人和自己。

采访中，刘凯校长一上来并没有讲他自己八年来办校的业绩，倒是先讲了前两任校长的事迹——这让人一下看出，他是个懂得感恩的人。"第一任校长黄校长对棠湖中学的贡献是开创性的。他用创新的手段创办了棠湖中学，用他'不兴棠中死不休'的精神为我们双流教育和棠湖中学创出了品牌。他敢为人先、勇攀高峰的精神和耐力，是'棠中'的基因和品质，支撑着今天仍在发展的'棠中'……从某种意义上讲，没有老校长，就没有今天的'棠中'。"

刘校长那天给老校长的评价，获得了一起陪同采访的其他老师的一致赞同。

"第二任校长熊伟，在2008年到2012年担任校长。是他在'棠中'低潮时力挽狂澜，让'棠中'重整雄风，走出了一条中学改革的新路子，对'棠中'的全面提升起了关键性的作用。尤其是他主张和创立的'三段教学'理论，使'棠中'稳步攀到了'国重'的高峰……"

我听明白了：在熊伟校长手中，'棠中'攀到了用十年时间达标"国家重点示范中学"的高峰。这太不容易了！

三年创市级重点，五年创省级重点，十年创国家级重点，一个县级中学在短时间内能创造如此奇迹，实属罕见。

双流硬。双流牛。双流是中国教育战线上无二的闯关选手。

在熊伟上任校长初期，"棠中"遇到两大致命问题：棠湖中学外国语实验学校成立，"棠中"一百多名骨干教师去了那里；"棠中"不能再招收初中生了。缺师资、缺生源，一个中学还有什么比这更困难的？

熊伟面临的就是这样一个局面。而他也确实是个不简单的教学大师，有自己的"三板斧"。他通过精细化管理和改革，坚持了"效益是每一个课时，希望是每一个学生，成功是每一个环节"的教学理念，提炼出了"创境设问、互动解疑、归纳拓展"的三段式高效课堂教学模式；又更新了教师教学观念，改革优化教学成绩评价体系，实施了"教师课前候课制""教案三重制""课堂全责制"等，优化了教学环节，从而也大大增强了教师的责任心和使命感。同时在管理环节上实行了备课组长布置、教研组长督促、教务处主任检查、分管副校长抽查的四层管理制度，迅速扭转了师资质量和课堂教学的被动局面，层层加力、环环紧扣。在很短的时间里，使棠湖中学教学质量飙升，声名远扬。

"我们在建校18年时有一个量化的总结，校内外的人听了都很振奋……"刘凯校长随即给我念了一串数据，"18年来，我校学生共计获得国家级奖1287项、省级奖1955项、市级奖2685项、县级奖1753项。我校先后为北大、清华、复旦等知名高校输送了5540名优秀学生，以优异的教育教学成绩造就了'低入口、高出口'的高考神话……"

这的确是个神话。它属于棠湖中学，这所由双流人自己办起来的全新的中学。

刘凯校长现在有一件最得意的事，他不会再去单纯地追求"高考升学率"和"进北大清华名校的人数"。"我现在还有一个海军委托的'艇载班'，以后班上的学生都是进清华等一流名校的对象。他们多数将成为中国海军航母上的飞行员。他们绝不是一般的优秀学生，而是国家栋梁！"

刘凯校长还有一个"绝招"：棠湖中学的每个高中生，都可以享受"教室课程""特长课程""特创课程"的待遇。也就是说，棠湖中学的学生都能按照自己的兴趣与需要进行选师选课学习——跟大学选修一样，课程设置也很前沿！

"学生能做到像点菜一样选择课程和老师？"我开始有些怀疑。

刘校长笑而未语，让他身边的老师回答。"确实是这样。我们已经做到了！"老师们异口同声地说道。

棠湖中学可赞美的地方很多。那一天，我意外地遇见了最后几个在此学习的"5·12"汶川特大地震的孤儿告别学校，那情景让人一下子泪奔……

原来，双流包括棠湖中学在"5·12"汶川特大地震后，主动为国家承担了一批地震孤儿的教育工作。

当天还见到了地震"孤儿院"——当地叫"安康家园"的"胡爸爸"。他叫胡源忠,实际上是双流民政局的一名派出干部。当时他从部队转业回到双流时,正好双流收留了一批大地震中的孤儿。于是他就挑起了管理这些孩子的担子。

"我们先后接收了672个孩子,一方面要安排好他们的生活,另一方面要解决好他们的上学问题。棠湖中学是名校,承担了这些孩子高中的教学,其他中小学也承担了很多义务工作。现在我们安康家园只有最后三个孩子了,其他人都完成了学业,走上工作岗位。还有不少人已经成家立业……"胡爸爸说。这些孩子早已把胡源忠当作自己的亲爸爸,所以都这么称呼他。

那天我见到了一位已经当了法官的女孩,她叫杨萍。杨萍从小爱运动。也正是因为她爱运动和个头长得高,在那个决定她命运的2008年5月12日午后,正在上课的她死里逃生……坐在后排的杨萍在听到老师对他们呼喊"地震了——快跑"时,首先冲出了教室,所以她成为汶川中学的幸存者之一。而她的三百多名同学,则被永远地埋在了那座倒塌的楼宇底下……

在汶川特大地震发生后,我是比较早地看到了这座垮塌的中学,那一幕让人难以接受。至今我仍然记得,那天穿着军装的我,奔到汶川县城。就是在杨萍就读的那所中学前,我感到双腿发软,像棉絮一样。我看着那坍塌的校舍,仿佛听到下面有三百多名学生伸着双手在呼喊着"救命",而我又无能为力……那种痛是剜心割肉的,甚至是令人窒息的。

杨萍幸运地活了下来。姑娘现在长得水灵灵的,并且快要结婚了。

"我永远感恩双流,感恩棠中……"姑娘说到这儿,哽咽了。相信672名地震孤儿对双流这块再生之地都会有这般感恩之心。

在见到高志文校长时,我真正知道了双流领导当年决策兴办棠湖中学的希望和目的，全部都已实现了。而且借着教育改革与创新，双流在乡镇企业振兴了经济之后，又一次找到了快速发展的契机，这是后话。

"棠湖中学办起来后，县上就把目光重新投向了老校——双流中学，所以把我从棠湖中学调到那边，出任校长。"高志文说。他在县领导找他谈话时也像黄光成一样提了一个条件：学校必须我说了算，也就是校长负责制。

"这个自然。从现在开始，给棠湖中学的政策同样适用于双流中学。我们就是希望你们两所中学都能为双流培养出更多的优秀人才，至于怎么干，完全就交给你们内行的教育家去做了！"双流县领导非常开明，简单一句话：把你高志文调到双流中学，就是希望你使出浑身解数，与黄光成的棠湖中学来比个高低。"只要没有装错口袋，只要不睡错床，其他的由你说了算！"县领导甩下这句话让高志文去回味。

他高志文自然明白。"那年我37岁，领导向我说这样的话，实际上是在保护和提醒我。"

老双流中学开拓局面的话，其实比全新的棠湖中学要难得多。高志文首先遇到的难题就是人浮于事，而且连个清洁工都可能是"某某人"的亲戚或者有什么关系。总之你想敲他饭碗，小心，你可能还没有动手，人家早已在背后狠狠捅了你一刀子。

高志文绝对不是那种窝囊废，否则县里不会将振兴一所老中学的任务交给他。

"从现在开始，我们这个班子，只有一个字可靠，就是'干'！实干、拼命干，其他没有任何资本可言。干不好，我只能换人！"新官上任，高志文对新组建的班子成员就这样把"丑话"说在前面。

他出手的第一招跟棠湖中学一样：进教师采取聘任制。

来新的容易，老的咋办？而且双流中学的"老人"，可都是些有背景、有资历的人啊！

"高志文他想干啥？我在双流中学当老师的时候，他还在乡里光着屁股玩呢！他现在厉害了？！"

"是啊，我倒要看看他能把我们赶到哪儿去！我们这辈子是死活都要在双流中学了，他还想让我们到异国他乡去养老不成？"

改革措施一出，传到高志文耳朵里难听的话可以装好几箩筐。

"好啊，你们都是些德高望重的'老人'了，我们不能不照顾和关怀你们嘛！行，现在学校要总结一下老校办学经验，你们是最有资格做这桩事的——校史编辑部，你合适，你也是最合适的……"高志文实在是高，他为了安排这些重聘没有聘上的老师，专门特设了一个"校史编辑部"。

"行，这儿蛮轻松的，想多干点就多干点；不想干，早点回家搓个麻将也可以，挺好！"那些没能应聘上岗的人，虽然有点气，但看看也只能如此了。

"高志文不是个东西！"他们内心在骂新校长，但后来竟然不骂了，还在夸新校长。为啥？因为学校把他们从教学岗位上移到了比较轻松的岗位，虽然在学校改革分配制度以后，他们比教学一线老师拿得少些，但与自己原来的收入比并未减少，还略有增加。所以他们说：哈哈，这个校长的改革人人得实惠，不错不错。

高校长是个好人，高人！全校上上下下开始凝聚成一股力量：把学校和教学搞上去！

目标明确，行动一致，上下齐心，愚公移山。双流中学就是在这种势不可当的改革浪潮下，被高志文等领头人一波又一波地把教学质量推向了高峰与极致。

1993年，高志文接任校长的第一个工作年里，双流中学只有30来个毕业生考上大学。

1994年，上升为104个。

1995年，为137个。

"之后每年都超过200个……"高志文说。虽然我们一再说中学教育不能以高考成绩论英雄，其实这也是一个硬指标。孩子是这样看，家长也是这样看，社会更是这样看。

在高志文这任校长的领导下，双流中学重整旗鼓，随后与棠湖中学如天际上的两道霞光，绚丽而多彩，相互追赶、交相辉映。在2001年，两校一起进入"国家重点"。双流教育创造了如此骄人的奇迹，堪称中国中学教育史上的一段佳话。

双流教育还有一个传奇：棠湖中学和双流中学，后来都办了一所如今在成都和四川名气很大的"实验学校"，而开创这两所新型实验学校的人，恰恰还是棠湖中学的创始人黄光成和改变了双流中学面貌的高志文。

高志文今年66岁，从教育局长岗位上退下来后到创办双流中学实验学校至今，依然意气风发。

然而我们再也见不到那位被吕巽老师嬉骂为"农民"的棠湖中学的开创者、老校长黄光成了。这位为双流教育立下汗马功劳的教育家因长期劳累过度、病魔缠身，于2018年11月的最后一天，与世长辞。

"老校长"，现在是双流人常念叨的一个分量很重、情意很深的名称。而我认为，黄光成是一个可以写入中国教育改革史的人物，他对双流的影响会随着时间过去得愈久而愈显得重要。

这是因为，一所棠湖中学何止改变了双流这个地方教育落后、缺少人才的一个方面。在整个双流发展和前进的道路上，黄光成这样的改革派、实干家、开路先锋，让双流在向"中国航空经济之都"腾飞的过程中积蓄了一股坚不可摧的力量……

其实我知道，双流的教育事业不仅仅在基础教育上硕果累累，而且在高等教育上资源聚集同样十分丰富。从诞生于1950年的中国人民武装

鹤 起

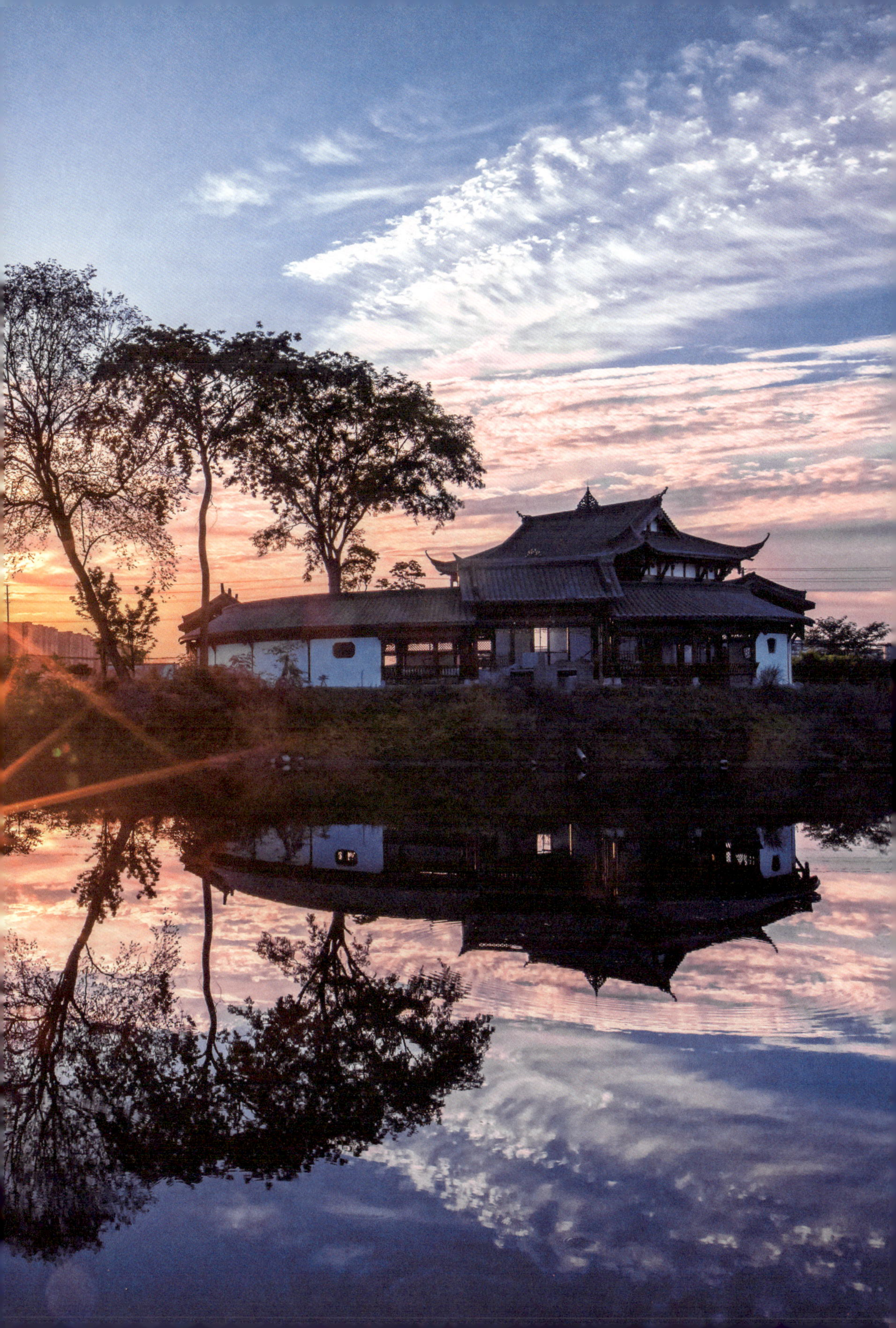

警察部队警官学院（前身为西南军区军政大学），到21世纪初迁入双流的占地3000多亩的四川大学江安校区、成都信息工程学院、西南民族大学新校区以及四川现代职业学院、四川文化产业学院等高等院校，已经在双流大地上"扎根""开花"，桃李满天下了……

现在，双流把教育推向了高峰。那么，新世纪的双流的经济与社会发展呢？

第七章

腾笼不换鸟，要换换天娇

1992年，是个怎样的时间节点？

这一年对中国来说，意义非凡。中国改革开放总设计师邓小平，不顾年事已高，长途辗转数省市，发表了具有深远历史意义的南方谈话，将中国改革开放的强劲东风吹遍了神州大地……

在邓小平南方谈话精神的激励下，1992年双流开始了真正意义上的、为后来建设"中国航空经济之都""修跑道"的大改革。这场改革直接影响到今天和未来的双流社会发展和全面建设，当然更影响到现在正在致力于建设"中国航空经济之都"的时间表。从某种意义上讲，当时县委、县政府在机场边"圈"出一个开发区的动作，才决定了今天双流的发展格局。

"别看当时我们在机场旁的那块开发区仅有7.86平方千米，但没有它的起步，也就不可能有现在'中国航空经济之都'这一概念。"西南航空港经济开发区（后简称西航港经开区）的一位"元老级"人物向我介绍道。他说当年在机场东北角"圈"出的这块现在看来仅有巴掌大的地方,"当时我们其实有些怀疑能不能有东西'装'进去。因为那个时候我们的双流县城就那么几条街。要在机场边上建个工业园区,等于重建一个新县城啊!想都不敢想"。

"但后来就这么一步步往前走了,一直走到今天,整个空港经济开发区的面积已经超一百平方千米了……当年有句话说是腾笼换鸟,可我们双流不是在换鸟,而是在换大鹏、换天娇!"

何谓大鹏?何谓天娇?开始我有些不解。

"就是空客!就是超大型飞机嘛!"这位老同志自豪道。

原来如此。

"你发现没有:我们双流人走路不是低着头的,而是昂首阔步的……"这个我真没有留意,后来瞅了下陪我调研与采访的双流人一眼,还真的是呢!

西航港的"老开发"这样解释:"因为在双流人的头顶上,整天有飞机飞来飞去,所以我们会习惯性地抬头往上瞅一眼,这时间一长,便养成了抬头走路的习惯。这样不仅可以欣赏飞机从头顶掠过时的壮观景象,有兴趣的还可以看一看是哪个型号的飞机。你要是问双流的大人娃娃对各种飞机机型的熟悉程度,那我们肯定可以拿全国冠军!"

"最初的空港开发区就是想挨着机场发展专门为机场服务的物流、食品供应一类的产业。后来很快调整了思路,随着国家的不断发展,我们机场发展的速度,也像因客流量的迅猛增加而来不及更换飞机机型似的,简直就是腾个笼子出来也根本装不下这些大鸟。所以我们改变思路,腾出一个大的空间,让大鹏和天娇能安心飞翔……"这位"老开发"或许是因为大半辈子受航空港的影响,脑子里的东西也都像天一般宏阔。

如今在50岁上下的双流人都还记得,在他们的青春岁月中,双流用很短的时间在紧挨机场的高速路两翼,打造出了名噪一时的"两区",即西航港开发区和空港物流园区。

"那个时候,县委和县政府在邓小平南方谈话精神的鼓舞下,解放思想,勇于开拓进取,不断加大招商引资的力度。"

"在当时的形势下,我们双流县确实就像被滚滚奔涌的改革浪潮裹挟其中,不进不行,只有顺势而为,必须赶在潮头上才可以!"他说,"为了打开大建设的局面,我们一个农业小县,尽管乡镇企业做得也不错,但总体来说,经济实力和财政方面还没有具备可大干快上的条件。能不能卖出一块地,能不能卖出个好价格来,是衡量我们双流经济实力的一个重要风向标,也直接反映了一个地区的开放程度、经济发展风向,具有是不是被外界所认可的某种标志意义。"

"那个时候的双流啥样呀?啥都不像样嘛!很落后,没有一点儿卖相。"老发改委主任说,"怎么办呢?县里的领导有办法呀!说女娃出门不还要打扮打扮,我们也来给双流打扮打扮嘛!刚开始大家也不知道怎么弄。后来书记说了,最省事、最省钱的办法就是弄个石灰白泥,给客人路过的地方、看得见的房子刷一刷。就这么着,没花几个钱,就在卖地招商的地方,把那些破旧的房子外墙用白石灰刷了一遍,看上去就像新房子一样。那些来参加投标买地的商家一看,嗯,双流不错嘛!于是兴致勃勃地走进了土地拍卖现场……"

我听了直发笑,但仍对拍卖过程极感兴趣,便急着问:"拍得怎么样?"

"你不用急嘛!"他抿着嘴自己先笑了起来,然后说,"刷墙容易啊!可后来发现光把墙弄光溜了还不怎么体面,因为老板们开着车子过来一看,你这双流的路坑坑洼洼的,哪像大发展的样子嘛!县领导瞅着那些拖拉机路,满脸愁云。因为当时加上刷墙、修路大约要3000万元的样子。不算小钱了!怎么办?最后决定:路必须先要修整一下,墙肯定也要刷得特别漂亮！如此这般，'小媳妇'打扮完毕，就等着商家来拍地了！"

"你们当时心理地价是多少钱一亩？"我问。

"20来万元！20来万元一亩在当时的双流算是非常高的价格了。这回拍卖的那块地很大，原本属于一个老企业，但那企业搞不下去，倒闭了，所以那块闲置的地才被政府拿回去，放在市场上拍卖……"

这叫"盘活"。

双流人对那一次土地拍卖印象太深刻。"因为从来没有见过这么大的一笔钱归入县财政啊！"这位老发改委主任现在仍然感叹不已，"20世纪八九十年代，虽然双流的乡镇企业发展得非常好，双流在四川省和西南地区成为'首富'，但其实县财政也就几个亿的事儿，哪想过那一次拍卖县财政账上就一下收入了近20个亿呀！"

"20个亿！拍了个天价？"我有些惊奇，想都不敢想。要知道20世纪90年代初的双流，不就是一个刚刚起步的成都郊县嘛！

"是天价！"老发改委主任说，"那天我们单位好几个人到了拍卖现场。起步价是二三十万元，哪知一路喊到60万、70万……我们县上的几个主要领导一看已经到了80万，竟然还不见具体负责这事的人收钱口袋，急得就差没在电话里骂出声来！我们派去的那个同志也真够胆大的，那天他就是不听领导的话，怎么喊他都装没听见。一直到过了90万元报价后，一直在跺脚的县主要领导完全坐不住了，甚至把最凶狠的话也撂了出来：'你再不收口袋，看我怎么收拾你！'"

"好好好……那会儿在现场被胜利冲昏了头脑的同志才收场！"老发改委主任说到这儿时已经笑弯了腰，"其实，我们那个同志还是在90万元这关口又往前迈出了一小步……到了每亩报价93万元时才宣告收场！"

"实际上他又给你们县上赚回了好几百万元哟！"

"是嘛！"大家都笑了。

与我一起采访的几位双流的年轻人迫不及待地问这位老同志："后来县上处理那个人没有？"

"怎么好处理呢？人家为县财政收了近20个亿，县长谢他还来不及呢！不过，在庆功会上，县委书记见了他，举起拳头就往他背上狠狠'砸'了三下，说：你小子真不怕我把你给吃了呀？他咧着嘴：书记，知道我有多恨您吗？您要是再给我一点时间，我保证给您卖它个100万！"

负责拍卖的同志的意思是他可以叫卖到每亩突破百万元大关。

有关这桩拍卖的事，在双流一直被传为佳话。这也让多少年来禁锢双流的铁笼子，一下开了笼破了规。

干部和百姓似乎一下子都开了眼界：原来我们双流的地、双流的天，不用放大镜，不用吹牛皮，只要"整洁一下面庞""把路修好"，就值黄金万两啊！

双流的自信心就是这样一点点积累起来的，那装大鹏的"笼子"也是这样越编织越变得庞大起来的……

西航港开发区第一次真正意义上的土地拍卖，把双流人的胃口和信心都拍出来了。这胆子一大，底气也跟着足了起来，甚至豪情满怀。

"一亩地能拍出百万元，以往想都不敢想！后来情况全变了，我们把'笼子'一腾空，又把双流'打扮'成'金笼子'后，那个光景可就美得了不得呀！想把收金的门关上也不行嘛！"老发改委主任再度兴奋地回到了那些流金岁月。

与上一宗土地拍卖相隔几年时间，西航港开发区尚在雏形期，但"笼子"已经够有气势了，因为双流已经把目标和蓝图展示给外面的世界：这是双流，双流在起飞，双流在腾空……

不知什么时候开始，西航港开发区那块拍卖地的旁边，竖起了这样一个巨幅广告牌：

南行几公里，房价少一半！

这架势显然是在冲击和激荡成都市区百姓买房的心理堤坝。

"那会儿成都市区的房价已经飙到每平方米4000元了！就是这个价，想买房的人也不容易赶上好楼盘。所以双流在那个时候来了个'房价减半'，绝对是有诱惑力的。于是主城区的市民纷纷拥到双流来看地、看房……"一位如今住在双流的老成都人这样回忆。

双流的"笼子"一打开，成都、四川其他地方，乃至全国的那些大鹏……自然更有海外过来的天娇来探行情……

又是一次"测量"双流"水温"的土地拍卖：面积不算大，151亩，但前来参与拍卖的商家却有不少。起拍价亮出的是每亩70万元，而过了100万元之后，竟然仍有6个商家在咬紧着竞价：

110万元！

120万元！

130万元！

140万元！

150万！

155万！

热闹了！双流的土地第一次升到这个价码，它让自乡镇企业蓬勃发展后变得信心满满的双流人再次热血翻腾……

160万！我出160万！

170万！170万归我了！

那几个房地产开发商已经完全不顾脸面了，卷起袖子，甚至挥动着拳头，仿佛志在必得。

"180万！我出180万！"那个"180万"竞价者把牌子举过头顶，意思是舍我其谁也。还有哪位大鳄愿意跟我拼下去的？

拼呀？你们来呀！那家伙得意了，骄傲地将目光来回扫了几下竞拍现场的每一个角落。

180万，确实也够鼓舞人心的啊！因为这个数相当于上一次拍地价的一倍——是93万元的近一倍！

"当时我们都兴奋得像是在大伏天里吃火锅一样，虽然通体流汗，但感觉舒服惨了！"西航港开发区的人说。

185万！185万！看谁还敢举牌！

我们就是要跟：186万！

哈哈，这回真的是实打实地比上次翻了一番呀！双流的领导和干部们的心都要跳出来了！

可以鸣锣收场了吧！

收场了收场了！

拍卖现场已经有人站了起来，出现了短暂的骚动。

收场了收场了……

不！我们再加3万——189万！

189万？！189万！189万啦！

好——189万元！还有没有人跟？

189万有没得人跟？

189万——"哐！"拍卖师的锤声终于落定。那151亩土地的拍卖价定格在每亩189万元的竞价上。

那一天双流人茶余饭后都在议论这189万元的事儿。可让双流人有些意外的是，成都和省城里的媒体对此次双流高价竞拍的事竟然没有进行"铺天盖地"的报道。

咋回事？

还能咋回事！媒体的记者说：你们双流的地价，就像你们双流现在发展的势头一样，这189万元拍卖价只是个过渡价，高价还在后面呢！200万元、300万元，甚至更高的还都在后面呢！

啊？哈哈……原来是这样啊！原来外面已经这样看我们双流了呀！

这回双流人真的从心底里发出了一浪高过一浪的笑声。

但绝对不要小看了双流人，以为他们就会因"拍地"那么点"额外收入"而陶醉或糊涂。才不是。他们有更大的志向，更大的"野心"。

这不，转眼间，一位金黄头发、碧蓝眼睛的澳大利亚人来到了双流。一打听，这位叫保罗·麦尔，是澳大利亚某著名设计公司的首席设计师兼执行董事。他来双流是应双流政府之邀请，规划西航港的"2.0"升级版——60平方千米的新开发区……

据说那天保罗先生站在一片仍种着庄稼的工业开发区"处女地"上，足足待了40分钟。他干吗了？啥都没干。他一直望着飞机起降之地，在感受时时从头顶呼啸而过的飞机起降瞬间的轰鸣与震荡——

"My heart beats faster！"

保罗先生在说什么呢？

他说他的心跳在加速！

哦，我们双流人站在这个地方心跳也会加速的。所有站在这个地方的人都会心跳加速的呀！

双流人明白了保罗的心思，于是兴奋地这样说道。

保罗是世界级设计大师。他设计过很多建筑，规划过不少著名的工业开发区，在中国深圳和东部沿海地区都有杰作。但在像双流这样的飞机时起时降的大地上设计与规划一片新天地，他还是第一次。

"我要好好享受心跳加速的美好与激动！"那天，保罗喝了不少中国白酒，在餐桌上说了无数遍的豪言壮语。

保罗不愧是高手。在他的笔下，机场两翼原来的文星与白家两镇被合为一体，组成哑铃式新的西航港开发区，于是双流也就有了21世纪初"一区挑两城"腾飞的格局。

这个格局，是双流从"村村点火"的乡镇工业经济跃向大型工业经济巨轮的历史性进程，也就是他们自己常说的"笼子大了，大鹏也跟来"的世纪之初双流乡镇工业经济发展拥有的欣欣向荣的景象。

"长江热缩、锦华制药和成都南玻、国栋生产线，包括恩威集团、成都联益集团等一批大型企业都是在这个时间点上'飞'进来的……"老发改委主任掰着手指，细说当年辉煌。

而我也仿佛被他的激情所感染，思绪飞扬在世纪之交的那个大鹏展翅、天娇飞翔的双流大发展时期……

第八章
双流式的"呼啸山庄"

被誉为"天才"、仅活了30岁的英国作家艾米莉·勃朗特小姐创作的《呼啸山庄》被誉为19世纪英国文学的代表作之一。

"没有什么东西能阻挡燃烧的激情。"这是艾米莉在作品中留下的经典语之一。然而她笔下的那个山庄就是因为这般"燃烧的激情"而断送了画眉山庄和几位主人公的整个内心世界和肉体生命……艾米莉笔下的《呼啸山庄》,一方面是一部人间伟大的爱情小说,另一方面它所描述的又是埋葬幸福与温情的地狱世界。它因此让欧洲人乃至全世界的人感到爱的力量与悲的痛苦。

到了双流,走过一座座起伏不平的山丘与蜿蜒曲折的江流之后,就会看到一片片丛林与山丘间被绿荫簇拥、碧水环绕的山庄,而每天在它们的头上有无数掠过的银燕呼啸着、震荡着……

这是双流的山庄。物理环境的"呼啸山庄"。百姓居住与生活的山庄。一个奔腾发展的山庄世界。有几次在采访和调研的间隙,当地人一定要我去领略一下他们那些山庄的味道,所以这也让我几度见到了那些隐伏在绿荫山谷旷野或依山傍水的美丽山庄——它们确实美,美得自然、美得高雅、美得怡心,甚至让人流连忘返。有一次,我把在一片稻田边的一幢乡村山庄照片发在微信朋友圈里,瞬间就有满屏的点赞评论。朋友们纷纷叫喊着要"飞"来与我共享。

双流之美,美得让外地人都想拥有一幢房屋,已成常态。这让我想起了现在全世界都在关注和研究的一个概念:制度。中国的制度。中国共产党领导下的制度。中国共产党百年奋斗史上最出彩的社会主义制度。

确实,双流之所以能越来越引起外界的关注并让双流人感到特别自豪,根本原因就在于它体现了中国特色社会主义的制度本质与制度优越性,简而言之,就是它的人民性。

为人民服务,让人民过上好日子,让人民过上一天比一天好的日子,让人民拥有幸福感,这是双流历届党委、政府以及各级领导干部所想的事、所做的事。他们所做的一切都是为了这一目标,因此他们的山庄愈发呈现出鲜亮、多彩、丰富、静美。而这,即便像艾米莉这样的伟大作家也是无法想象得出的,因为我们中国所建造的美丽"山庄"装进的是对人民的爱与情,铺展的是幸福与光明的大道,而非艾米莉式的悲剧爱情……

双流式的"呼啸山庄",并不是现代双流"蹿"出来的理想国,而是他们的祖先一直在寻觅的新天地。

双流人现在提出建设"中国航空经济之都"的奋斗目标很容易获得上下一致赞同,这是因为双流这块土地自古就有王者在此立国。王者的自信和王者的气度,代表了双流人的某种特质。

可惜,中国的农耕社会走的时间太长。双流人重拾王者风范是在发展乡镇企业夺得"蜀都之冠"后,自此便有了重整雄风大略。正如前文所言，当双流人在改革开放之后，接纳了从外面吹来的强劲的发展风暴时，就清醒地意识到"我们没有航海世纪，但必不错失航空时代"，所以在20世纪最后20年奋力攀上"蜀都之冠"后，双流人便把发展的战略目光投向了身边的机场和蓝天之上……也就是今天他们所说的"中国航空经济之都"的宏伟蓝图上。

所有的"都"，皆是人类文明追求至今所构架的最理想化的生存形态。为"都"者一定是"王者"之地，且是"大王者"之地。

过去受农耕社会和封建社会的影响，我们不敢谈论自己做"王者"或是"王者"的概念，于是让那些贪欲的、狂妄的、罪恶成性的霸权主义者们为所欲为、称王称霸了几个世纪。也可能是这样的原因，他们似乎想永远为所欲为、称王称霸，所以当以人民为中心的中国崛起的时候，他们变得歇斯底里起来……

人民为何不能当"王者"？人民的共和国为何不能在世界和平的大家庭里显露我们友善的风范？既然我们的出发点和目标是为了民族强盛与世界和平共荣共存，我们就不应该放弃为"王者"的信心与方向。如此，霸权主义国家才不会轻易以野蛮的"王者"自居来欺负我们中华民族。

中华民族是时候以更友善和美好的姿态在世界上展示我们友善的风范——构建人类命运共同体。

当然，双流人聪明，他们用了另一个词——山庄的"庄主"——在自己的领地自己做主的意思。这是一种含蓄的"王者"说法，很具百姓意识。

双流在"天府之国"。要在天与地的世界里，建立我们理想中的美好家园；要在天与地的世界里，得到荣光哟……双流人在内心这样说。

我们来说双流人的话。

20世纪八九十年代的双流在大力发展乡镇企业的同时，越来越意识到，如果要想飞得越高越远，"跑道"就该修得越长越稳固，这才是双流能够不断向前发展的根本。

双流的"跑道"该修在何方？又将如何修？这是有关发展双流的根本和具有战略意义的大事。

事情发生在21世纪初的双流，而双流所面临的抉择格外有难度。

冷刚是那个时候的县委书记。冷刚，这是我在采访时经常听双流的干部和群众提到的名字，他应该是一个值得载入双流历史的人。任何一片土地上的人们都会对曾经在此执政的主要领导作出比较客观的评价。自然，能够做出一两件或者更多值得让百姓称道的事儿的领导确实不容易。冷刚则属于大家念叨他好的比较多的双流县委主要领导之一。

成为"蜀都之冠"之后的双流到底"飞"向何方？其实是个很伤脑筋的事。

冷刚在任县委书记之前是县长。当县长时，他就在思考着有了"蜀都之冠"名声的双流，该如何下乡镇企业崛起之后的这步棋。

当没有工业时，大家都急着"找"工业、"造"工业；当满地都是工业、到处烧着烟火、天空飘着黑云之后，大家又开始厌烦工业了，嫌它污染空气，嫌它占地，嫌它让人活得并不真正的痛快！

怎么办？"蜀都之冠"是不可以丢的，但双流也不能让黑烟笼罩和空间越来越狭小的状况持续下去。然而，夺"冠"后的双流还要向更高远的目标发展……怎么办？

历史的飞速发展、现实的一个个瓶颈，摆在了当时双流决策者的面前。

此时的冷刚，心头早已"波浪翻滚"，宛如锦江之水，奔腾向前……

"双流在农耕社会里走过了千年的辉煌，在现代化进程中又收获了'蜀都之冠'的梦想，现在该走一条全新的发展道路了！"

"是的，我们的优势就是近靠成都，看惯了它的车水马龙，听惯了飞机声隆隆，工业化、城市化、现代化就是我们双流的明天……"

"所以说，现在这种到处建厂、满天冒烟的情况，是时候收场了！"

"是的嘛，这样子下去，大伙儿会觉得口袋鼓了，日子反倒不好了！因此该集中的必须集中！该归类的必须归类！"

县委常委会扩大会议上，县、镇、乡主要领导干部讨论异常热烈。我采访到曾经与双流一同走过这一段历史进程的老同志这样说：这可以说是改革开放之后的双流又一次进行"思想大解放""改革迈大步"的历史性事件。它为今天的双流向"中国航空经济之都"发展奠定了坚实的基础。

当时有两件事让双流人更加坚信他们的发展思路是正确和必需的。

第一件事是机场高速路建起后，双流对周边的"脏乱差"地区进行了大规模的整治，将一些破旧、分散的小厂搬到了一起，然后将腾空的土地进行招商或者无偿赠予了几个高校。

"这项工作看起来政府投入了不少钱，但最后是双流获得了10万高校人群的入驻及数以千计科技人才引入的实惠。想想：这是什么收效？是双流经济增长的天价！"现在年轻的副区长很会算账，他的一个代表"10"的手势让我们明白了他心中的那本大账。

"第二件事就是鹰联航空有限公司（简称'鹰联航空'）在这个时候被我们引进落户到了双流……"

鹰联航空在10年前已经改名叫"成都航空"了，为国有控股企业。

"鹰联航空当时是中国第一家获得中国民用航空总局批准筹集的民营资本投资的航空运输企业。那时我们县里听说他们想在双流开设航空业务，县领导就立即与对方接洽，派人亲自帮对方跑航空管理部门，一直到鹰联正式在双流注册。前后用了三个来月，就将鹰联航空'拉'到了双流……这么一个项目，当时对我们双流的年度增长都产生了重大影响，现在就更不用说了。如果不是当年的当机立断，今天的成都航空也不会是我们双流的值得骄傲的一个航空企业品牌哦！"

成都航空原来与双流有如此缘分！

"单单看一个航空公司落地的效益就简单了！航空经济的概念是滚雪球似的效应。一架飞机的经济效益对所在的区域经济来说，可能是几个亿；10架飞机一定是10个亿以上的经济效益……你想想，像中国航空公司西南分公司现在有103架飞机在我们双流，它带给我们双流的经济效益是多少？"

"会是多少？"我十分好奇。

"得让会算的人来算……"这位管经济的副区长乐着卖起关子来。

我心算：约莫1000亿元？

双流人没有否定我的外行计算法。

"现在回想起来，其实在新世纪初的头几年中，我们双流真的是像遇上了一场伟大改革，让人心潮澎湃、难以忘怀。"很多经历了那段历史和发展过程的双流人都这样对我说。

"开始县上决定和制定的'三二一'战略，用我们通俗的话说，就是'起步走'！后来很快调整为'二三一'，就是'快步走'！"老财政局长回忆说：2001年，仅西航港经济开发区就实现了年入库税金1.18亿元。于是县里给2002年提出的目标就是全县经济指标要来个"鲤鱼跳龙门"，至少翻半个身子，也就是说财政与税收实现比前一年增长20%～50%，甚至更多。

"县委书记和县长的话一出，全县上下既振奋，又'压力山大'啊！"双流人说。

"没压力就不是双流！没压力就不能是双流！"冷刚扔给干部们的话，跟他的名字一样，句句像铁饼，你想拾起来，得有足够的力量和胆识。

缩头缩脑？没有想法？

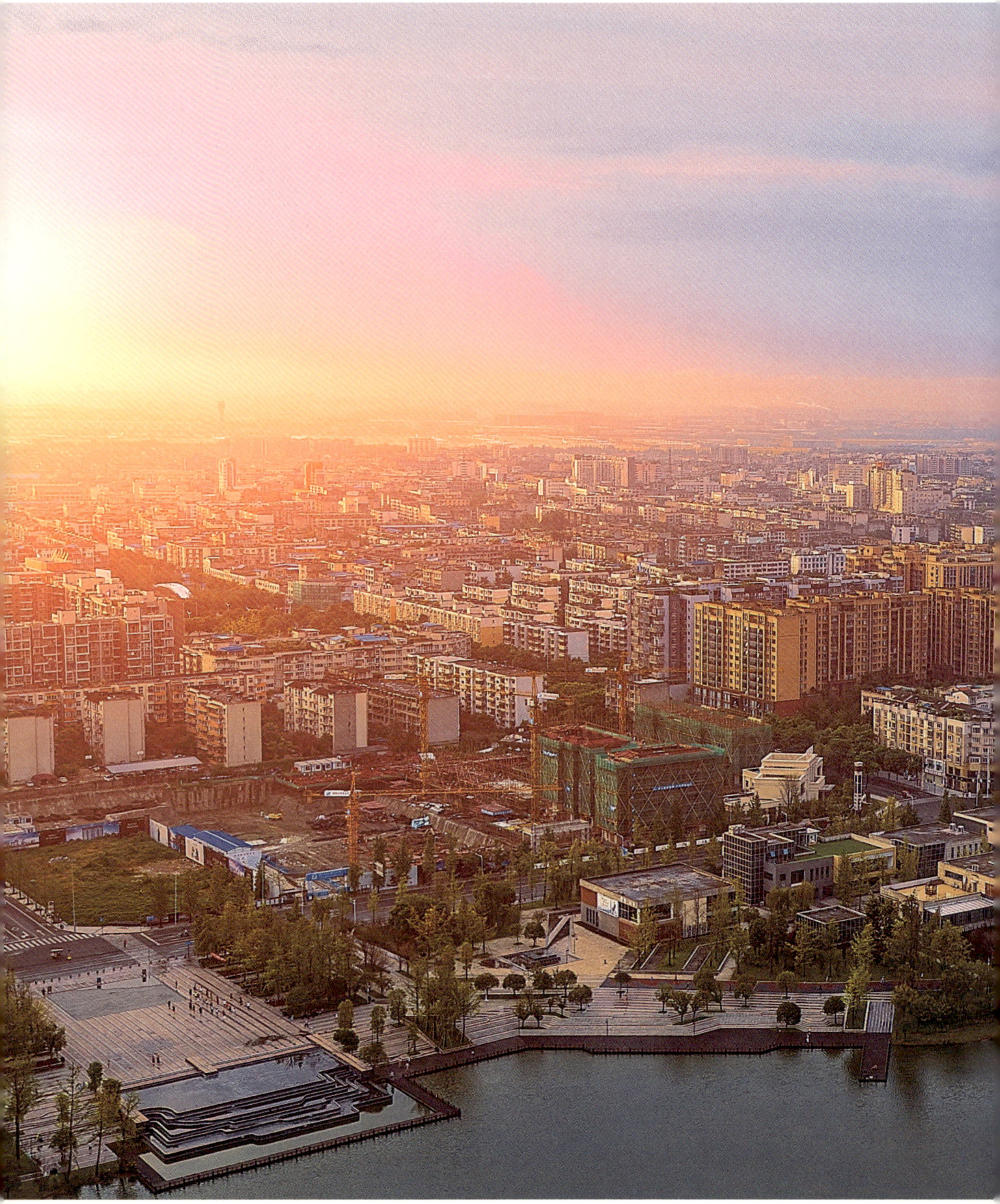

双流晨曦

"那你好好向能干的人、能干的条块学习！"冷刚在大会上告诉干部们：机关学城建，乡镇学煎茶。

城建在那个时候有股拼劲儿，在西航港建设中树立了标杆。煎茶是双流的一个镇，现在已经归入天府新区。当时的煎茶镇抓住与成都城区只有15千米的距离优势，用很短的时间打造出了一片吸引外部资金的环境，迅速形成了自己经济繁荣和发展的局面，让双流其他乡镇十分羡慕。

"彭镇也是大家学习的榜样！"冷刚又添了一句。

当时的彭镇，确实值得学习。那个时候的镇党委书记叫李永伦。他在彭镇搞了个小开发区，把镇上原先的那些"星星之火"的村队企业、镇办企业，全部统归到一块新开辟出的2000亩的工业开发区。这一举措使得彭镇"旧貌换新颜"，招商引资的热度也随即蹿火。当年彭镇就实现了到位资金5000万。这对于一个镇域经济体来说，绝对是可以上县委领导的"表扬榜"的。

"彭镇、煎茶能做到的，你们就不能做到了？"冷刚书记的"冷"和"刚"有时让许多干部受不了。但人家是县委书记，所做的一切是为了全县的经济发展，是为了让每一个双流人有美好和幸福的未来，你对他有意见也没用。

那个时候双流人确实已经做到了甩开膀子大干起来，而这也是双流经济发展比其他西部地区超前的根本。为了提高工作效率，20年前的双流就开始治理机关和管理部门的懒散了。县领导甚至专门制订了一项措施：每月1日和15日由县长、副县长亲自去行政效能和廉政投诉中心处理投诉。当时双流的这种做法还在全国进行了推广，被称为"双流经验"。

劲头上来了，方向也有了，接下来就是如何规划与布局。这是事关"百年大计、千年双流"的大事。怎么弄？双流人开始认真而严肃地思考着。

最后得出结论：先进的工业化、现代化国家的发展，走的都是集约化发展产业模式。简而言之，就是"集中"与"归类"，提高产业成本、节约土地资源，有效实现产业链的本土化。

"小打小闹、各自为战的乡镇企业、村办小店模式已经行不通了！"

"双流土地有限，又是以传统的农业生产为主，农民居多，城乡差距又大，必须改变！"

怎么改？"现在部队都在搞'集团军'，东部都在搞开发区，农村的人都往城里搬……我们也应该形成这样一种态势：人往城里流，企业往开发区搬！"

"好嘛，这样我们的'双流'就有新的含意了：流向城市、流向园区！"

"大家说得对，说得形象，双流到了该集中的集中、该改变的改变的时候了！"

县委、县政府领导班子很快统一了认识，有了决策的基础。

"怎么样，就这么干？"

"就这么干！"

"好哦，我这辈子把这事做成了，也算没枉来双流走一趟嘛！"

干部们谁不想在自己曾经流淌过汗水的地方留下一点让历史和百姓"惦念"的成绩呢？

"那些日子，县委常委会议室的灯，经常通宵达旦地亮着……有时会议一开就是几天！"曾在县政府办当过秘书的阿毛如此回忆道。

那么总得有个具体的行动目标和通盘执行路线吧！

是啊，这场决定双流未来十年、二十年甚至更长时间发展方向的改革措施应该叫什么呢？

一是推进工业向园区集中；

二是推进土地向规模经营集中；

三是推进农民向城镇集中。

那就叫"三个集中"吧！

"工业向园区集中，土地向规模经营集中，农民向城镇集中——好，这'三个集中'归纳得好，也可叫得响。七八十岁的老翁也能听明白！"

说干就干！干就得拿出拼命的劲头。这就是双流人的作风！如果你看到当年双流县委、县政府和全县上下对"三个集中"的决策之果断和行动之迅速，便知双流为什么总让我的笔端激情澎湃——

2003年5月22日，以县委、县政府名义发出的"双委发〔2003〕70号"的第一文件，就是《关于加快推进"三个集中"的决定》。之后，又连续在六七月份发了三四个相关的文件。三个月内，为"三个集中"连续发文，这在双流政务历史上实属罕见。

显然，当时有一个重要的"大环境"，即中国共产党第十六次全国代表大会召开后的新精神激励了双流人。中国共产党四川省第八次代表大会、中国共产党成都市第十次代表大会的召开，同样为双流加速推进"三个集中"提供了前提。

有一点需要特别说明的是，双流推出的"三个集中"，并非一般措施，而是以统筹城乡经济社会发展、全面建设小康双流为统揽，抢抓成都城南副中心建设机遇，不断扩大对内对外开放，大力招商引资，综合运用各种政策措施，高速而强力地推进工业化、产业化、城市化的进程。目的是通过高起点规划、高质量建设、高效益经营城市，将双流建成西部创业环境最优、人居环境最佳、综合实力最强的中心城市新区。

这才是"三个集中"的根本。

"说一千，道一万，能让百姓看了之后，都说双流好、双流美、双流的幸福生活像芝麻开花节节高才是真！"

我已经在这块地盘上"生火开锅、年年生意兴隆",用得着另起炉灶吗?麻烦!有乡镇企业老板横着走路,说这话。

双流干部笑眯眯地跟他掰起手指头算账:你现在的企业从小到大,明年、后年肯定会越做越大。这笔账你心里多少也有数:生产量大了,水、电、气、交通成本自然会跟着涨不是?可把厂子搬到工业园区,由开发区统一把这些生产要素和资源聚集起来后,成本就是几十家几百家摊,肯定远比你一家、一厂、一炉、一锅的成本低吧!而且还没有算你扩建扩容等巨大的基建投入、时间投入,物业和产品运输等还没有给你算进去……你说,是不是好处多多?

对头,你这么一聊、一算,还真的是。那我搬,立即动手搬到园区去!

办厂的老板一般脑子灵活,一番道理一听和成本一算,马上就明白过来。但农民就没那么容易能"搬"到城里去。

你不想过楼上楼下的好日子?

想啊,可我这儿也可以造一栋楼上楼下的房子,还可以呼吸新鲜空气、看田园风景嘛!老农这样对前来动员他"进城"的干部说。

你住到了城里,就用不着再苦等苦坐一个多小时公交车,屁股都颠疼了不是?

这个嘛,倒是有点道理。

不仅是这点好处。你进了城,要买东西,商店就在家门口,你不也方便嘛!

倒也是。

关键是,一旦身体有啥不舒服的,想进医院,一个电话,或者叫辆车,转眼就到了!哪像住在乡里头,真遇上了急病,你能保证到医院还来得及吗?

这个……这个还真是的嘛!

可不，活在这世上啥最重要？命最重要嘛！人一生下来，啥最叫人担心？

生病嘛！

对啊，住在城里这个事就用不着担心了嘛！

你这么一说，进城还真是好呀！

那可不是一般的好，不是一般的方便。你孙儿都快要上学了，城里的学校比乡下的不知要好多少倍。你自己没念过中学，你儿女也没能上大学，你总不能再让孙儿不上大学了吧？农村学校的基础差、师资弱，进了城就完全不一样嘛！你孙儿那么聪明，你怎么可以耽误他以后上大学呀？

这个……这个万万不能耽误！老农终于明白了：原来搬进城里可不是一般的事儿，是关系自己的孙儿他们第三代人呢！

搬，不搬就是傻了！

同意了？那啥时候搬？

你说啥时候搬就啥时候搬！

哈，道理一旦讲清楚，农民就很快清醒和明白过来。

不过还有一个大家最关心的问题需要解决，就是土地。进了城，我们没有土地怎么过日子？

放心吧！大伯、大婶，土地的事，县上已经有法子帮你们处理了：你们可以把家里的土地交给种田大户，他们每年都给你缴租地钱，等于说你们不用干活还可收现钱……

这么好的事？

就是这个样子的。其他乡镇已经这样做了，不信你可以去问问人家。

那我们的口粮咋办？

口粮地可以留着，你想种还是可以留点地自个儿种……当然进了城麻烦些，但我们可以给你换些离你城里住地近的农田。

现在政府就是好，啥事情都想到了，我还有啥不情愿的嘛！

事情还是有的，我们要为了你们以后的生活办许多事。比如你们要搬进去的新房子，你们得先去看看住起来合不合适、方不方便。水、电、气、房屋朝向，出门坐车、上医院、买菜，还有出去玩耍是不是顺道，这些我们都要考虑到……

哎呀呀领导啊，你们把这些事情全想到了，我还有啥不情愿搬的嘛！明天就搬！

搬！

搬搬！！

搬搬搬！！！

一个"搬"字，让双流又一次"流"动了起来：干部的思想和决策，畅通无阻；百姓们紧随而行的脚步声，也铿锵有力！

农耕社会发展了几千年的中国，天大的事儿谁都能扛得住，就是要命的事儿，老百姓也都能梗着脖子扛得起来。然而谁要在老祖宗的坟地上动把土，让农民离开赖以生存的土地，那可是犯忌的事儿。历朝历代哪个敢说动百姓做这两件事，就是真本事。

在中国共产党的正确领导下，双流的执政者在改革开放的年代，以真情和真心，赢得了百姓的拥护和爱戴。于是成千上万的双流百姓统一按照政府安排，告别老宅、平整祖坟、拖家带口，满怀憧憬地向城镇靠近，同时将自己的身份从农民变成了居民……

农民与居民虽一字之差，但就人们的实际生活而言，恐有天壤之别。这"三个集中"中，双流的许多农民顺势而行，转眼告别了世代"面朝黄土背朝天"的生活，来到城镇，住上新楼房，成为新居民。他们说："如今我们一步'登天'，天天可是耍安逸了！"

21世纪初，双流规划的目标是用3年时间，实现"全县城市化水平达45%。到2020年，北部新区规模达160平方千米、人口122万人，全县城市化水平达80%"。

看看今天的双流，上面这几个数字，无一例外地被实现了。这是后话。

我们再来说说当时双流"三个集中"的工业布局。

放在首位的工业"集中"，是加快以光电、医药、机械、食品、新材料为主的西航港工业园区和以九江为中心的四川外贸出口工业园区建设。同时加快以华阳为中心的电子电器，以国栋产业园及彭镇工业港为中心的新型建材，以正兴、籍田为主的精细化工产业等基地建设。通过此番"集中"之后，所形成的"块状经济"，就是如今的双流"航空经济"板块，以及后来独立划出去的"天府开发区"的雏形。之后，在上述"集中"的成熟基础上，形成了生物制药、电子信息、新型材料、机械制造、绿色食品五大主导产业。

"今天的双流产业格局，其实就是当年'三个集中'的产物。"老发改委主任这样评价道。

至此，我们会发现，无论"产业"和"经济"如何"流动"与"走向"哪里，双流的"人"是此时最大的"潮流"……

人"流"是根本，人"流"向何方是关键。人不能简单地从农民转化为居民就完事了，那只是像换身皮一样。根本的是要让人"流"到理想和幸福的地方，这才是社会主义建设和共产主义理想的目标之一。

人所"流"向的地方，一定是更好、更美、更理想的地方。

那么双流的好地方和未来在何处呢？

于是县委、县政府的领导和干部们又开始在双流的地图上寻找着、思考着……最终，他们理出一个清晰的思路。

双流离成都太近，好处在于"大树底下好乘凉"；劣势是常常"身不由己"。"但不可能所有好处归自己，所有劣势归他人，那样的话就是天下不公、自然失衡。把优势的潮流引向更有利于发展社会和实现人民利益的方向，把劣势堵断在支流与次流，双流才会真正实现发展上的势不可当！"冷刚和县委、县政府其他班子成员在历史的关键时刻把握了潮流的主要方向，通过广泛吸纳国内外知名设计机构，按当时双流行政和地理区域特点，高起点地规划设计了成都南部新城（双流北部新区）和东山、牧马山特色鲜明的城镇群，从而形成东升、华阳、西航港、牧马山四大区域组团，构建与所在成都市作为中国西部现代特大中心城市相适应的城市化体系。

这是一着高棋！

与之同步而行的是快速打通与成都市区对接的道路，加速构筑成都南部新城道路的框架，形成北部新区纵横贯通和东山、牧马山"两路一桥"城镇交通体系……这一步实现，等于双流的周身血脉都通畅了！

于是自古不成城的双流，开始了一场改天换地的"造城"运动。

诱发这场"造城"运动最敏感的地方是华阳镇。

古时的华阳航运兴旺，商业兴旺，乃一方富国之城。后来与双流县合并，华阳成了双流的一个镇。行政上的"矮化"，并没有湮灭华阳人的"复兴"之梦。而"三个集中"的发展让华阳人有了合理合法的"崭露头角"的机会。

事实上，自乡镇企业兴起之后，华阳人就以自己的聪明才智与干劲，重新显现出"华阳风采"，为双流在西部称雄立下汗马功劳。随着成都城市的迅猛发展，凭着与成都最近的优势，华阳已经被一股巨大的"成都流"裹挟着、助推着……只是因为华阳是"双流一镇"，所以再敢干、再能干的华阳人，心底总是留存着几分"腼腆"。

现在可以了！县上号召"三个集中"，我们华阳可以在城镇建设上"冒一冒"，不必拘于"镇"，而应当向大成都的"城"靠拢，甚至与之衔接和融为一体。

对，我们离成都最近，今后一定是大成都的一部分，而且应该可能是新成都的重要部分！

成都向南发展，是必定的方向，因为机场在双流，而华阳又是在成都与成都双流国际机场之间，如此区位优势，天赐我们华阳！

华阳不衔接成都建设，就不是发展华阳的好思路。华阳建成新成都的一部分，才是融入发展潮流的思路！

一番学习、理解、落实"三个集中"的大讨论，让华阳人茅塞顿开、心潮澎湃。

我们这回真的是豁出命来干一场！华阳人上上下下憋着的一股劲儿，这下得到了释放——

"对接成都""融入成都""服务成都"这三句口号在华阳喊响。而在其下面还有一句是埋在华阳人心底的，叫作"建设新成都"。

现在我到天府新区，即去华阳采访今天的华阳人，他们重提当年的这份"野心"时，开怀大笑起来，说："当年我们就是这么想的，只是没有把它放在嘴边上，而是憋着劲儿在心底这么呐喊……"

瞧这春风得意的华阳人！事实上看看今天的新华阳，所在天府新区的每一寸正在燃烧激情的土地和那些望不到边的摩天大厦时，你就会感觉到华阳人的那份骄傲和自信，其实源于他们当时的抉择，勇敢的抉择！

是的，"三个集中"下的华阳，宛如突然决堤的洪流，奔腾而泻，向前的勇猛势头一发而不可收……

"点睛之笔是当时我们一着棋布下的'八大工程'，即天府大道末端的广场、锦江十里休闲港湾、六路一桥、污水处理厂、海韵公园、锦江成都港、大连海昌海洋极地公园、丁字街商业中心等项目的同时上马。可以说当时的华阳是一枝独秀，是双流'三个集中'中所涌动的一股最气势磅礴的洪流……"华阳人骄傲地告诉我。

现在的双流区所在地的居民也这样说:"记得2005年,我们看了华阳那座占地198亩、投资18亿、高达145米的凯德金鹿国际商务中心大楼,一下就感觉华阳是在赶双流发展潮头、造城市巅峰之作。那个高度,现在看起来似乎并不太高,但当时对双流'三个集中'的城市建设走向起到了引领作用,也让我们双流人的心一下开始往天空的方向升腾!"

"三个集中"是双流一个革命性的发展大计。把人搬到城镇,同时又开始"造城"之后,留下的土地怎么办,这其实是"三个集中"中最难办的一个"集中"。倘若它搞不好,就会对前面两个"集中"形成一种严重伤害,甚至更严重的是会让整个双流的发展误入歧途。真要那样的话,后果相当可怕。

然而我的担忧是多余的。双流人在治理和推进土地向业主集中这一问题上,思路与做法相得益彰,堪称"棋坛妙手"之作。

我们可以先来看看当时他们下达的三点"县令":

1. 大力推进土地优化重组。继续坚持"依法、自愿、有偿、规范"原则,采取土地集中承包、土地竞标承包、土地业主承包、土地股份合作等多种模式,放活农民土地经营权。鼓励社区内重组,重点加强社区外流转,集中进行引资开发,加快土地向业主集中。加强农业基础设施建设,增强土地吸引业主能力。探索农村土地征用制度,建立合理的征地补偿、利益分享长效保护机制,逐步建立农村土地信托服务体系。加强宣传,强化培训,引导就业,提供保障,逐步使农民从土地束缚中解放出来。

2. 发展壮大经营业主。鼓励专业大户、龙头企业规模承包土地,开发特色农业项目。完善激励机制,优惠、奖励承包土地量大、投入资金多、带动能力强的农业投资企业。鼓励业主按产业规划,参与上万公顷优质枇杷、冬草莓、梨子、竹笋、无公害蔬菜和成都麻羊、生猪养殖等基地建设。土地向业主集中后，经国土部门批准征（占）的计税土地并已缴纳耕地占用税的，不再缴纳农业税。规范业主经营行为，防止掠夺式经营。

3. 积极推进产业化经营。培育壮大农村经济合作组织，完善农业服务体系。鼓励经营业主加大农业科技投入，重视科技成果转化。加强农业标准化建设，大力发展无公害农产品和绿色食品。扩大农产品储藏、保鲜、加工、运输，提升农产品价值链，不断提高农产品市场竞争力和综合效益。

"这'三招'，环环相扣、招招衔接，因此我们的'三农'问题其实在21世纪初就已经处理得非常到位。简而言之，就是通过'集中'，很快实现了土地优化、劳力优化、产业优化……"一位老同志这样说。

而双流在处理土地"集中"的工作中所遇到的问题和所开创的经验，同样多。在这里，我们只说曾经在前文中提到的"双流草莓"等新农业产品——

"三个集中"之前，处于丘陵地区的合江人靠聪明才智与市场意识，开始种植草莓，而且"一不留神"，通过搭载飞机和国际贸易的快速通道，竟然将农民们田头埂边种植的草莓卖到了全世界，而且一斤冬草莓卖出了三四百元的价钱，"双流草莓仙子"由此名扬四海。但合江的那些草莓种植大户后来还是遇到了问题：再想扩大经营规模，土地成为"瓶颈"——草莓种植农户想扩大种植面积却没有土地，而不会种植草莓的农民却闲置了无数良田。

"你把闲置田租给我吧！"靠草莓种植起家的农户去找乡邻。

乡邻说："可以，先租你两年吧！"

两年以后，乡邻见种植草莓的农户已经把草莓的价格翻了一番，便回头找到草莓种植户："你的草莓已经卖了翻倍的价钱，为啥租我的田还是原来的价钱？"

"这个……"忙于生意场上周旋的种植户一时没反应过来，当明白之后马上解释道，"草莓的卖价是上去不少，可我的投入成本也翻了一番呀！"

"那是你的事，你想继续租我的地，明年就得涨租金，否则把地还给我！"

"你怎么能这样呢？"

"我就这样，公平合理。不能你富了，我还是个穷光蛋嘛！"

结果，第二年种植大户的草莓种植面积缩了水，而那位收回土地的农民又荒了一年的地。两败俱伤。

"新的土地集中政策，规定了出让土地的农户的权益与义务，同时法律保障了他们永久性的收益与土地归属权；同样种植大户等专业产业业主的权益和责任也通过法律给予了保障。这样虽是一块土地，但责权利明晰，'井水不犯河水'。后来我们合江的草莓产业，就获得了飞速发展……"合江的一位草莓种植大户介绍道。

很快，在《四川日报》《双流报》上见到了"5万亩地，10万人富"等新闻，内容是说双流合江一带的农民草莓种植扩大至5万多亩，让10万农民致富。

其时，不仅双流的草莓产业在"土地集中"上获得健康而快速的发展，而且"河流山川毓秀，人工湖泊密布"的东山片区，在土地集中之后，利用离成都仅20分钟的车程优势，大举发展观光农业和近郊生态旅游产业。加之交通建设的紧跟，昔日"养在深闺人未识"的双流山区一下子解除了桎梏，形成了一条东山生态观光走廊……

"当年我们的'锦绣东山'甫一亮相，整个成都为之狂欢！因为不少成都市民感觉一下子找到了一处'世外桃源'，久已远去的田园生活似乎重新回到了他们身边。那脆甜的瓜果、香浓的梨花、诱人的枇杷，还有鲜鸡活鱼，让长期生活在市区的人，真正感受到了田园生活的趣味与清新。我们连续推出了'草莓节''梨花节''采摘节'……系列乡村生态旅游活动，竟然次次火爆、年年丰收。这样，也让双流原本单一的在'土地上做文章'，变成了在'人心上做文章'……你问啥意思？就是根据成都市民们的心理需求，我们不断改进和创造一些适合他们消费需求的旅游项目，同时以这样的旅游消费来促进土地产业向更高附加值的方向发展，为提升双流的产业结构和合理开发土地资源提供了空间，让区域经济多彩呈现、活力不断！"

这是双流人在对自己土地"量身"之后"定做"的一片山河新锦绣，激活了双流大地的灵魂与气势。

这就是"三个集中"所带来的双流发展的质变——从土地开始到土地收笔，而人在这其中成为能动的主角和推动复活土地"生命"的高超的画师。

呵，难怪一说起当年的"三个集中"，双流人的眼睛都会闪烁着光亮。因为这"三个集中"，它首先集中的是双流人奋发图强的智慧与勇气，其次集中的是双流干部和群众共同的意志和追求。是他们的发展新理念在实践中不断完善与提升，从而实现了质的飞跃，让双流的发展真正进入良性循环和现代化快速发展轨道……

如果没有当年这"三个集中"的铺道设桥，如今想建设"中国航空经济之都"，将是不可想象的。

我因此也更加理解了为什么许多双流人会如此怀念那"三个集中"的激情年代……

第九章

牧马山的风　黄龙溪的水

中国的传统文化，讲究"风水"，其实就是讲究环境。这环境到底能带给人、带给社会什么呢？

毫无疑问，环境特别重要，有时甚至会影响整体。因此我们会发现，从古至今，谁解决了环境问题，谁做起事情来可能就要顺当得多！

"双流"二字，从一定意义上讲，就是解释环境的一种意境，是呈现环境的内在与外在的协调与融合状态。因为"独流"与"单流"只需要自然的、随性的流动，而"双流"则必须是协调的、平衡的流动，要做到"有机"和"有序"，所以说"双流"二字实际上蕴含着巨大的信息量，只是我们仍处于一步步深入认识它的过程之中而已。

第一次到双流，当地人一直在我的脑海中注入"牧马山"这个概念。历史上有诸多传说和重要事件发生在牧马山，比如大家熟悉的三国人物诸葛亮就曾在此屯兵练武，指挥千军万马。这样的故事在百姓中流传已久，所以牧马山虽然只有三四百米高，在双流境内还不到40千米长，但却在当地人的心目中具有宛如山东人心中的泰山一样的地位，巍然屹立、永恒万古。牧马山东起东升，经现在的成都双流国际机场旁边的西航港工业园区，再南延黄甲，直至黄龙溪……

浩荡风北起，翻腾水南涌。双流因独特的自然和地理环境，所形成的自然形态的"双流"同样有着奇妙景致和充满着无穷奥妙。

牧马山的风，黄龙溪的水，一北一南、相拥相伴，天上地下、交相辉映，使这片土地有了与众不同的灵性与气韵。

风，呼啸于山林之中，呐喊的是一种预示和召唤；水，奔腾于溪谷之间，涌动的是一种愿望与表达。风与水的交错、轮回、复合，形成了有不同风光的春夏秋冬。而这皆是双流的历史与现实的底色，是生活在这块土地上的每一个人所处的自然环境。然而智慧的双流人，并没有受之局限而把自己禁锢起来。相反，他们因势利导、顺势而为，在这片古老的大地上演绎了一出出精彩的青春"大戏"……

遥想当年，蜀相诸葛亮抵抗强敌，靠的就是牧马屯兵、黄龙设阵。那时牧马山的风，是蜀国将士的豪气；黄龙溪的水，则是诸葛亮克敌用兵之计谋。将士们的豪气加超级谋士的用兵之计，就是双流历史上的经典之作，也是中国古代的立国与兵书的经典版本。

在我看来，双流千百年来左右逢源、磅礴而行，与牧马山风的流动和黄龙溪水的流动互为推力有关。

双流人都很清楚，当机场四周呼啸起一波又一波的"工业革命"浪潮之时，南部边域的黄龙溪似乎已经感觉到"风"呼啸之厉声，所以在差不多的时间，黄龙溪也按捺不住了。

做啥子嘛？再现诸葛兵器之威？不不，这回我们要演"文戏"！黄龙溪的镇领导这么说。

文戏？黄龙溪自古乃兵家必争之地，黄龙水腾，翻江倒海也！"文戏"如何唱？唱什么？

坐在三县衙门内的黄龙溪的老汉们逍遥自在地喝着茶，搓着麻将，口中念念有词道：

"日色黄龙寺，涛声白马滩。远天无际碧，秋水不胜寒。"

这个话音未落，那个就已接过新曲吟咏起来：

"山寺飞将入眼来，兴机触发心花开……"

琅琅书声，习习清风。黄龙溪之所以名传千古，就是因为此地处在华阳、彭山和仁寿三县的交界之地，素有"金三角"之称。清乾隆二十八年（1763），华阳、彭山、仁寿三县共筑古佛堰，引锦江水灌三邑田，故而专设三县衙门，由三县轮流派员值守，主司古佛堰务管理，兼管"金三角"地带的民事和治安。也正因为黄龙溪有这保存至今的全国唯一的三县衙门，加之旁边有个占地1225多平方米的古龙寺，故闻名天下。千百年来，黄龙溪镇因水兴市、因水兴业，尤其在宋代封镇以后，凭借优越的水运条件，一跃成为成都南部的重要物资集散中心与交易市场。黄龙溪河面曾经有"日有千人拱手，夜有万盏明灯"的繁荣景象，堪称"千年川地名码头"。

走进黄龙溪，我第一眼就想看看"黄龙"。

当地老乡笑着对我说：黄龙溪的"黄龙"太多，你想看哪一个？

我一下子有些发愣，于是顺着主人引的路而行。我们到了街上，发现街道中央就是一条潺潺的径流蜿蜒向前，从这头望到那头，就是一条"龙"嘛！

主人说，这是"穿街龙"，也是伴着游客而欢腾的"呈祥龙"。

嚯，有说头！

再往镇里走，发现一条主街，左右两侧皆是一些小巷子。整条主街弯曲盘旋着向江边延伸，而两侧的小巷子则整齐铺展开来……

这叫"龙骨街巷"，形似龙的骨架。若从天上俯瞰，整个黄龙溪镇就像一条巨龙。

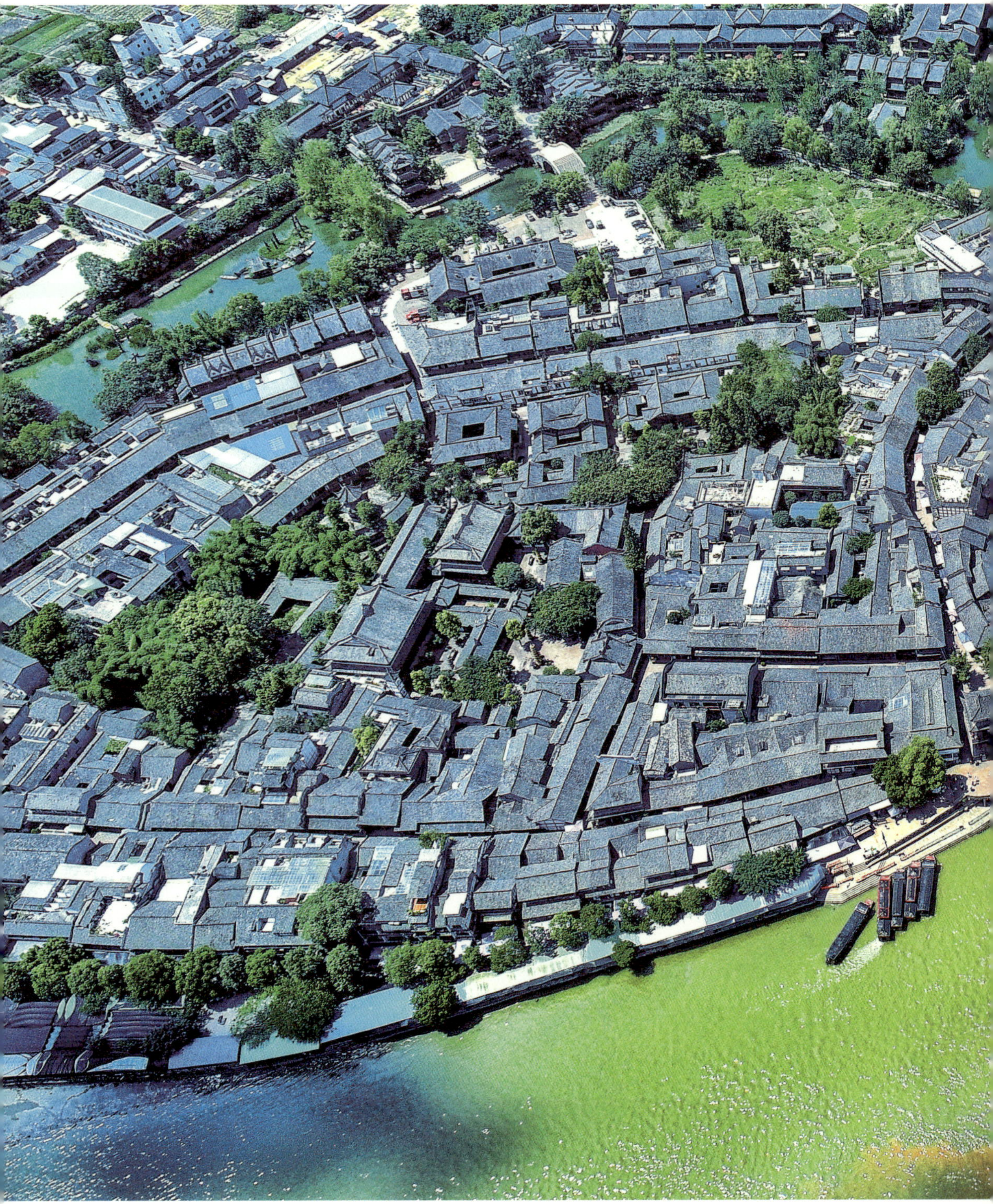

鸟瞰黄龙溪

原来如此呀！

自然，黄龙溪最值得看的，是两条河流——锦江与鹿溪河的交汇之处，这也是黄龙溪之名的来源。奔腾不息、水色黄澄的锦江之水与碧绿的鹿溪河之流在此交汇成滔滔洪流滚滚南下，壮观无比……黄龙溪由此而得名。在这里，可见锦江水之宏伟，也可领略鹿溪水之清澈，还感受它们汇合后那般交融、那般和谐、那般壮美的"双流"气派！

站在黄龙溪的老码头观流看水，你还能领悟"双流"的力量，以及感悟"双流"带来的诸多哲理。

在双流大地上，真乃无处不"双流"，处处皆为"双流"。

黄龙溪因自然界的"双流"而风流倜傥于世。在双流进入现代化发展轨道，尤其是迈向"中国航空经济之都"之时，黄龙溪似乎有些失落感，即使水流再浩荡，似乎也无法与一架架盘旋呼啸的大鹏、银燕相比。

大鹏与银燕，可自由翱翔于广阔无垠的蓝天。巨龙再能翻腾，似乎也只能囿于溪沟与江流之中……

千年古镇黄龙溪在双流乡镇企业突飞猛进的年代，在以机场四周为载体的航空经济发展日新月异的岁月里，显然有些羞赧与无奈、寂寞与失落。

也许黄龙溪在等待着什么，蓄积着什么？

确实在等，确实在待。黄龙溪等待的是千年历史上从未演绎过的一台"大戏"——建设一个国际化的旅游名胜古镇。

国际化？就是比县、省市和国家级还要"牛"的世界级？

哈哈哈……有人笑弯了腰！黄龙溪这回又要"龙困沙滩"了哦！

是的嘛！在双流乡镇企业风起云涌之时，黄龙溪就有几次"大干快上"，结果皆是犯了"方向性"的错误，最后政府欠了一屁股债。

"国际化？他胡洪军要搞国际化？市里下拨的'优先发展小城镇'

的500万元他要放弃？他用啥还我们的欠款？"债主们在议论着，在质疑着。

"听说县上下发了《加快发展黄龙溪实施意见》，一下给镇上拨了2000万元呢！"灵通人士又获消息。

"这个'实施意见'是啥意见？"

"听说以后的黄龙溪有另一种干法了！要专门成立一个投资公司，主营开发，独立经营黄龙溪风景小镇……新来的书记胡洪军提出'一年规划，两年建设，三年营销，五年进入国际化'！"

"啥？这就是他说的国际化？哼，我们倒要看他的能耐！建啥我们管不着，但欠我们的钱得先还了再说！"

"对对对，先还了钱再说！"

过去政府一次次的折腾欠下几大笔钱，这会儿债主们听说镇上有县里拨下来的2000万元款项，便从四面八方赶到黄龙溪，冲到镇党委办公的地方，推开镇党委书记的门，直愣愣地朝书记胡洪军嚷嚷起来："还我们的钱！我们要吃饭！"

"对，我们要吃饭！"

"再不还钱，我们……我们就把这房子炸了！炸它个翻天！"

那阵势挺吓人的！连说这话的人自己也感觉有些过了。但既然话已到嘴边，就只有往狠里整。"你是书记，这事你定！今天我们就是来要债的！还不还由你，但炸不炸房子由我们说了算！"

好大的口气哦！国字脸的胡洪军，平时威严得很，但今天面对一群来要债的企业主，反而笑眯眯地对他们说："好说，好说，你们坐下来，我们一起来说嘛！看看哪个做法巴适，哪个处理办法对大家有利嘛！"

于是大家坐下，看新上任的胡书记是不是又要糊弄他们……这些人心里清楚：过去被糊弄不是一次两次，最后就是要不回政府欠的钱。

这回面对手头握有2000万拨款的新书记，听他怎么说，看他怎么做！

"看来今天我这里'龙王庙'是要被大水冲了哟！"胡书记这么说道。是不是又要来糊弄我们？企业主们脸色严肃，观察"对手"的细微表情……

"是啊，政府欠大家的钱，是太不应该，而且欠了不还更不应该！换我也会生气，也会来冲'龙王庙'的。大家想一想是不是这个理：谁赚钱那么容易呢？都是拼了命去赚那么几个钱呀！这容易吗？这样的钱就被政府欠着泡汤了？谁不心疼？谁肚里没苦水？"

胡书记竟然这么说，说得几个企业主眼泪都快要掉出来啦！

"政府不还钱怎么也过不去！钱必须还！"胡书记突然话锋一转，吼了一声！

企业主们心头为之一震！

"只要我在黄龙溪当书记，欠大家的钱一定还，必须还！"胡书记说完又豪气干云地加了一句，"如果我说了不算，说了做不到，你们扣我工资！也可以扣我人！"

"好！胡书记说得好！我们就找你要钱！"企业主们被他说得心情振奋了。

"但是……"胡书记接着又道。

"但是什么？"

"但是……"胡书记拉长了语调。

企业主们心里一紧，他怎么又要糊弄我们啦？"但是"，还钱可以，还钱时来一个"但是"，就是完蛋的意思，就是不想还呗！

刚刚被激动振奋的企业主们仿佛一下又掉入深渊，个个眼神发直，瞅着那张威严的国字脸，一副副无可奈何状。

"但是大家想过一个问题没有？"胡洪军这回抑扬顿挫地将"但是"之后的话一个字一个字地告诉大家，"如果我们现在把县里给的

2000万元专用款，拿来填补镇上以前的旧账，也就是说拿来还欠你们的债务，那么黄龙溪等于又一次失去了重整雄风的机会。没有了启动经费，还能搞啥'国际旅游小镇'？搞不成国际化的旅游小镇，黄龙溪还能赚啥钱？赚不到钱，你们虽然今天能拿回几个小钱，但也拿不到全部还款……那个时候，我们黄龙溪的上上下下不还是喝西北风吗？黄龙溪不发展、不发达，你们这些黄龙溪有头有脸的企业家，不也跟普通老百姓一个模样吗？还能有扬眉吐气的机会吗？没有嘛！不可能有的嘛！"

胡洪军说到这里，顿了一下，看看几个前来讨债的企业主，见他们都低着头、喘着粗气，于是再接着说："这回大家都已经知道了，我手头有2000万元钱，但它就像一碗饭一样，如果把这碗饭给你们几个人分的话，谁也吃不饱。所以这碗饭，也就是这2000万元专用款，只能让我一个人'吃'，让我用它来把黄龙溪镇按照规划建设成全省、全国乃至全世界的人都想来看看的世界级名镇！

"那个时候，我还愁还不起你们几个人的这么点小钱？如果再还不起你们这么点小钱的话，那我甘愿跳进锦江喂王八！今天我就在这个地方跟你们几个打赌！怎么样？我以党委书记的名义给大家立下这个军令状！如果黄龙溪搞不出名堂，还是现在这个模样，我胡洪军就跳进锦江，让王八吃了，或者当王八去！"

胡洪军一口气说完，胸脯一起一伏，大有一副准备上断头台的气概。

"还有啥说的嘛！人家党委书记把命都搁在黄龙溪身上了，我们算啥？就为几个小钱跟政府嚷嚷个没完？说出去让外地的老板笑话我们双流小老板们没格局不是！"

"算了算了，我们听你胡书记的。我们就希望你和镇上领导把黄龙溪搞好，搞成天下闻名的特色镇，我们就不怕没钱赚了！"

"对对，真要按照你们想搞的国际化，那我就准备盖宾馆了！"

"我改行搞餐饮了。"

"哈，那都是些常规项目，我去办国际旅行社，直接服务'老外'去……"

企业主们竟然你一言我一语，热热闹闹地商讨起"国际化小镇"的未来生意经了！

胡洪军这回笑了，而且越听笑得越灿烂。

"好，你们尽管放开手脚干！有啥困难，我绝对帮忙，全力以赴为大家服务，当好后勤部长！"

"好，一言为定！"

"一言为定！"

"我们豁出本也要跟政府把黄龙溪搞出点名堂来！"

"对，豁出命、豁出本也要把黄龙溪搞出名堂来！"

"黄龙溪是我们的命根，搞不好它，我们活在双流地盘上再有钱也没面子嘛！"

"好，来——我们一起携手，苦干它个三五年！"

"苦干三五年！定把黄龙溪建成世界名镇！"

"哈哈……建成世界名镇！"

"世界名镇！"

"世界名镇？你们要在那个我们听都没听说过的地方建——世界名镇？"当他满怀信心地跑到上海某大学城市规划设计研究所的大专家面前表明自己的"宏伟设想"时，对方听完后差一点儿把正在喝的龙井茶喷一地……

"那行！现在乡镇企业当道，乡镇干部的雄心壮志比阿拉（我）还要来赛（厉害）呀！"专家撇撇嘴说，"那好吧，你们有钱，我有本领，我们各取所需吧！"

人家是什么人？国内顶级专业机构的专家！全国人民都敬佩的专家

团队！所以黄龙溪的街道规划建设方案就交给了他们，胡洪军是满怀期待和希望的。还能找谁？老外要价太高，再说老外咋知道中国古镇那深厚的文化底蕴？不知道这些，是无法为黄龙溪古镇旧貌换新颜做设计的。

某种意义上讲，胡洪军别无选择。

花了一笔不小的钱，数个月后，上海大专家的"方案"来了。

就这？这、这……胡洪军一看就急了：虽然高级，可不符合黄龙溪千年古镇的特质与国际旅游名镇的理念呀！

赶紧给订张飞机票！今天就要赶到上海那边，让专家帮着修改……胡洪军当时急得直冒冷汗。也难怪，如果这第一步就砸了，后面的事咋弄？

黄龙溪啊黄龙溪，你可千万别真的让我跳进锦江喂王八呀！离开黄龙溪之前又有一个防洪防涝的备战检查现场会，胡洪军带着镇党委、镇政府的干部正在老码头边查看水情。他手中捏着上海寄来的设计方案，情绪异常低落。

到上海后，找到那位设计大师，胡洪军十分虔诚地希望对方能根据黄龙溪的镇貌"适当"进行些"修改"。

"修改？你的意思是我的设计不行哦？你知道这个设计是参考了谁的吗？告诉你也等于白说，它可是当今世界最前卫、最时尚的设计！我这个不行，你就找别人吧！"大师脾气不小，他肯定没有想到区区黄龙溪镇的镇党委书记，竟然跑来上海批评自己的设计有问题、"不合要求"！

"你找水平更高的吧！我就这水平！"大师真的生气了，因为是区区四川成都的一个镇党委书记来找碴，说方案不行，这多砸台子呀！

"我只是觉得先生的方案没有根据我们黄龙溪的千年古镇和千年码头文化等特点来设计，所以希望您从黄龙溪的实际出发，修改原设计的风格……"胡洪军有些倔强地坚持着。他心里清楚，这个如果不坚持，黄龙溪的所谓"国际化"就是个笑话。

"我就这个样子!"大师就是大师,同样倔强,甚至更倔强。

"先生就是这个态度?"胡洪军不卑不亢,继续确认对方的真实态度。

"就是这个样子!"

"那我去找你们的所长……"胡洪军说。

"你去找啊!"人家不怕。

"所长不能解决的话,我去找你们校长。我不相信你们堂堂名牌大学的大师就不能把腿朝校门外伸一伸,到实地走一走,再回来设计个让我们满意的、功在千秋的方案?!"胡洪军说完真要去找所长、找校长。

"嚯,我倒是头回见你这样的人!"大师的话软了下来,心平气和地说道,"既然这样,我就跟你去一趟吧!"

"好——我马上给先生买机票,头等舱的!"胡洪军高兴得拔腿就跑出校门去买机票了。

大师就是大师,通过现场察看和研究后,重做的设计方案果然名不虚传,不仅彻底推翻了原来的方案,还充分考虑了千年水码头的历史文化古镇的风貌与未来发展的前瞻性。今天我们到黄龙溪镇所看到的景象,就是当年的"胡洪军让修改的方案"——百姓们这样说。

国际化嘛,就得做有国际风格的事儿。

找谁来做这有国际风格的事儿?黄龙溪自己的人肯定不行。双流县上的人怕也差了点劲儿。那就请成都市的大人物来策划。

项目策划完毕,黄龙溪的国际化水平也迅速得以呈现。内容呢?没有内容,徒有国际化虚名怎么可能!于是黄龙溪镇就与省市乃至国家有关部门探讨,策划了第一个文旅项目——国际古镇镇长合作论坛,且在黄龙溪建一个永久性会议地址。

乍一看,黄龙溪干这事有些狂妄,其实暗藏着许多玄机。首先,它是独一无二的，镇办"镇事"也不违规。其次，它是国际古镇论坛，凡是能参加会议的代表，皆是国际上有名的古镇，这本身就是国际化的目标和水平了。最后一点更重要，把这样的论坛会址永久性地设在黄龙溪，实际上就是让黄龙溪拥有了这个国际化平台的话语权及其带动出的政治、文化及商业地位的作用。

有这个国际化论坛为抓手，古镇的建设和文旅思路就将按此设计、放大、优化……"一着妙棋，全盘皆活！"胡洪军大喜。

方案报成都市政府后，很快获得批准。

2005年7月初，黄龙溪一夜之间洪水暴涨。以往逢这样的大水，全镇人多半会提前把小镇搬空的。但这一年大水袭来时，全镇男女老少没几个离家的。原因是胡洪军与其他镇领导指挥组织得当，洪水虽大，但被水淹的地方并不多，更没有群众因洪水而伤亡的。

这事让镇领导新班子的威望顿时在黄龙溪树起。紧接着，在教师节的那天，镇党委和镇政府破天荒地在镇上搞了一顿"土九碗"——成都地区的风味菜肴。教师们那天吃得欢，百姓心更欢。为何？因为他们看到政府关心教育、尊重教师的那份心意。关心教师就是关心孩子，关心孩子就是关心每一个百姓家庭的今天和未来。对这样的党委、政府，百姓能不看好吗？

"是个想干事、能干事、干好事的班子，我们支持他们！"百姓的心敞亮了，干部想成就的大业就有了基础与依靠。干与群这两股力量"双流"交汇在一起，那才叫真正的"双流"——旧貌换新颜、推动历史前进的"双流"！

建设国际小镇，先从清除地沟污水开始。胡洪军真是有一套。他布置的第一件事就"点"到了黄龙溪的"命门"。

别小看治理污水和地沟这事儿，对黄龙溪镇上的住户来说，这可是件近乎登天的事儿。因为镇子上巷小，又都是老街，以前就没有几米下水道，所以居民的生活、厕所和下雨等污水全都汇聚在小街巷道上，你能动啥？你又动得了谁？

既然治理，就得治根本。我们来个"封街"！

封街？

就是封街！一段时间里，所有街道不再允许有人开市，所有居民的用水、厕所暂时停止使用！胡洪军所领导的班子下了死命令。

我们咋生活呀？有人跳了起来，但很快发现镇政府已经为大家想出了许多好办法：比如取消旱厕后，政府派专车来解决大家的用厕问题；市场关闭后，政府在镇边上划出一块地作临时菜市场。"总之，在我们抢建完埋设地下水处理管之前，希望全镇人民配合！"在胡洪军的带领下，镇党委、镇政府的干部全部下到镇上，一家一户做工作、讲道理，把方便送到了群众的身边，把温暖送到了群众的心里……当然，更重要的是把"蜘蛛网"似的电线等统统埋在地下，还有地下水管的敷设、老街道的清洗、危旧墙的修建也都是在加班加点地进行着……

不到半年，黄龙溪镇完全变了样：那石板街道、小桥流水、亭台楼阁、长廊靠椅、当街店铺、临江酒楼……变化大得连黄龙溪人自己都有些认不得，更让本地和外地的文人们诗意情醉——

这人说：今生行步在梦中仙境，宛若游荡在世外桃源。

那人言：古时尘客诗酒，俗风清然然；今朝黄龙新颜，雅气香妙妙……

真的很好？

真的很好！

确实有味道了？

确实味道不一样了！

……

哈哈哈，那我们就再接再厉，推个新项目！之后，胡洪军给县委宣传部门等汇报新想法——

建议赶紧跟成都市有关部门联系，对接正在申办的"国际菲亚普摄影大赛"，把摄影家们请到黄龙溪来，通过他们的镜头，把黄龙溪宣传出去！

高！这一招实在是高！

那天，47个国家的400多名摄影家，乘着十辆大巴车，浩浩荡荡地开进了黄龙溪……

哇，这里太美了！

成都还"藏"着这么美妙的仙境呀！

四川原来也有水域名镇啊！

中外摄影家全被黄龙溪的水、黄龙溪的街、黄龙溪的人和黄龙溪美食深深吸引住了！

于是小镇上的老街、水碾、鸡公车、火龙、江楼、水码头、夕照古渡口、一街三寺等景点，摄影家的长枪短炮咔嚓咔嚓不停地响着，那清脆的响声，汇成欣赏美、赞叹美和定格美的浪潮……

中国的摄影家，为黄龙溪的时尚美而痴恋；外国的摄影家，则为黄龙溪的古典美而出神。不同的视角、不同的审美，又汇聚到一起，镜头下的黄龙溪再度被这审美上的"双流"映衬得无比华丽与绝美。它是直观的那种美，有看一眼就想去走一趟的那种吸引力……

黄龙溪高端的"国际范"就这样迅速攀上了！

胡洪军喜上眉梢，甚至有些手舞足蹈了！

黄龙溪的百姓更是喜出望外。一位美国摄影师见了街头的国风古装店，跟店主叽里呱啦一通，可谁也弄不明白说的是啥意思。最后比画了半天，噢，原来这"老外"太喜欢他已经穿在身上的中国古装，说他要买下。店主根本不会外语，就说"给200吧！"随后伸出两根手指。

"OK！"美国人立即欢天喜地地从口袋里掏出两张100的美金。

梦幻的黄龙溪

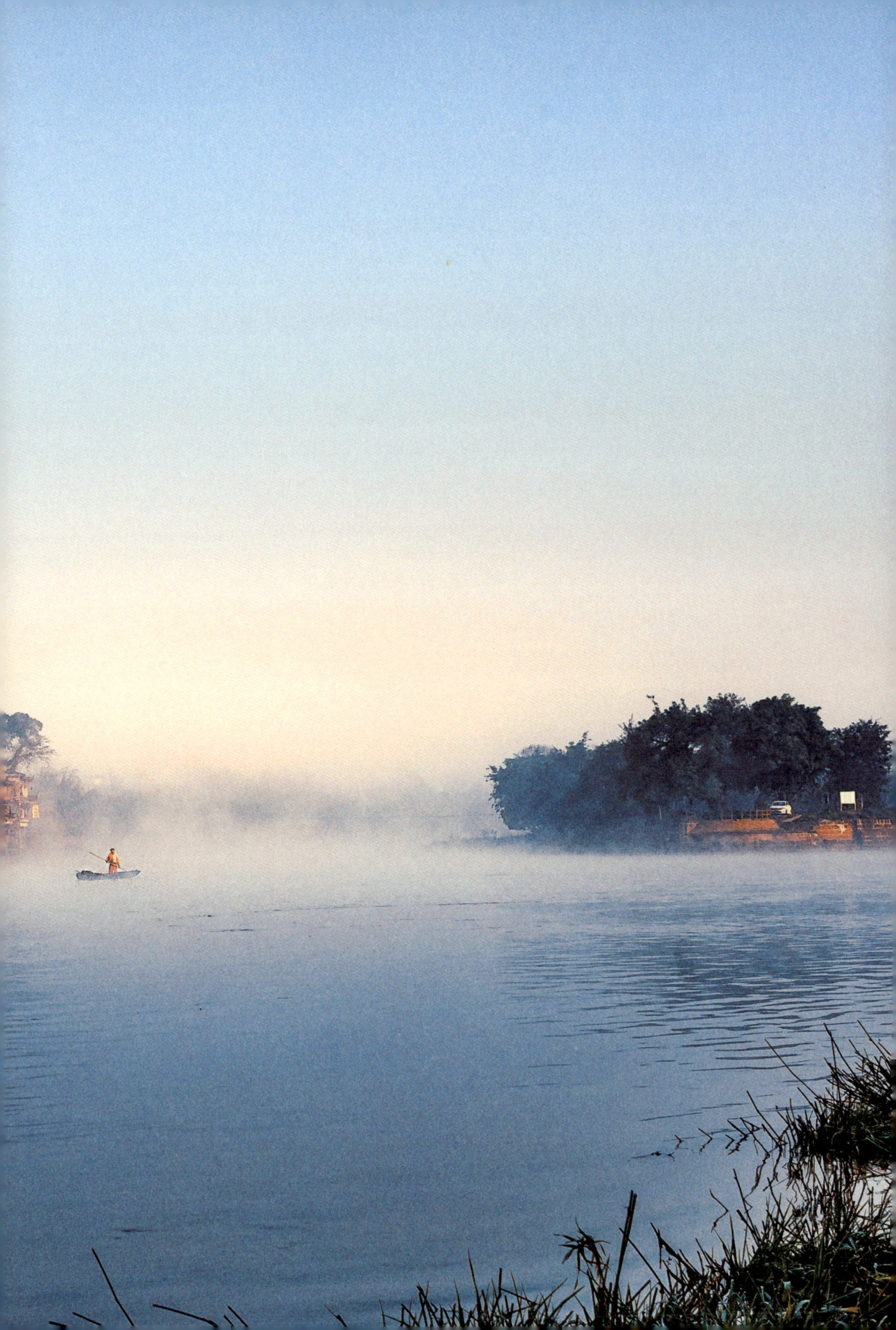

那黄龙溪的店主也不知200美金等于多少人民币，反正觉得"200"没少。

"你赚大啦！相当于1500块人民币呢！"有人告诉店主。

"啥？我那一件衣服卖了这么多钱呀？这、这……哈哈哈，这国际化就是好！就是好！"据说店主当晚就在酒店里请全家人好好吃了一顿大餐，最后也没花掉200元人民币。

黄龙溪的国际化就这样迈开了步伐。眼见为实，小镇的变化又有"实惠"的事例，干部和百姓从此向着一个目标，全部力量汇成"打造国际化"小镇的改革发展洪流，势不可当！

尝到国际化"甜头"的黄龙溪，2006年，再度举起大旗，举办了黄龙溪首届国际古镇风情节。国庆长假的那几天里，黄龙溪迎来了历史上前所未有的人潮——50余万中外游客几乎将小小的黄龙溪镇挤得水泄不通……有人点过数，最多的一天私家车在镇外的公路上排队长达4千米。

那一年的黄龙溪确实"风情万种"：国庆之夜的水上实景晚会，明星大腕云集此地；当地农民自编自演的火龙舞、川江号子，更让城里人和老外们如痴如醉；川味的美食，则香遍了整个小镇……如此一场国际化的风情古镇旅游活动，连中央电视台都在现场进行了报道。

黄龙溪就这样声名远扬。

2007年秋，黄龙溪镇又把自己的格局提高了几个档次。主办的国际古镇镇长论坛再次在黄龙溪召开，全球417位古镇镇长云集黄龙溪，就世界性的古镇保护和经营开了数场研讨会。借此机会，黄龙溪主动出击，先后与德国巴伐利亚州的艾林根市、莱茵河畔的吕德斯海姆古镇等结成友好城镇。同时又与世界500强中唯一的一家国际旅游公司、排名在第270位的欧洲途易旅游集团签订了正式的合作协议，由途易旅游集团负责黄龙溪国际化推广业务……

"哇，黄龙溪真的牛上天了！"这句感叹的话来自当时主管四川旅游的一位领导,因为他属下的四川省著名旅游景点,还没有一家能够与国际上如此大牌的公司"搭档"呢!

黄龙溪的国际化是真正意义上的国际化!胡洪军在总结大会上豪气冲天地讲道。但他又话锋一转:我们没有半点儿可以自满的,因为黄龙溪的国际化其实只是开了个头而已,通向高标准的国际化道路还任重道远!

咋个高?咋个远?是没有摩天大厦,还是没有摩天轮?我们也造些楼、建个游乐园?有人问胡洪军。

这不是黄龙溪要走的国际化!胡洪军当即回应。黄龙溪的国际化,就是我们黄龙溪的特色国际化、乡土国际化!

这……这啥意思?有人被胡洪军的一番话给绕糊涂了。

火龙灯舞

所谓黄龙溪的国际化，在我看来，就是充分挖掘具有黄龙溪自身特色的、世界各地游客都喜欢的、具有国际水准的东西出来，而非你有我有大家都有的大路货。

于是有人就进一步说：那——我们黄龙溪除了水之外，好像没啥独特的了呀！

真没有吗？胡洪军反问。

有是有，不知道与国际化对不对路子。

那你说说是啥子东西嘛！

就是我们这里有一种在果树下吃青草长大的凤凰鸡，六七十天出栏，个头不大，但肉质细嫩鲜美得很！

好啊！这就是我们黄龙溪的国际化特色产品！胡洪军一听高兴坏了，其实他心里一直在想着能够带动百姓致富的"国际化"，风情节、摄影节、古镇镇长会议等，最后要落在实处的地方还是应该在让当地百姓得到实惠的事上。这个凤凰鸡就是嘛！

凤凰鸡的事必须抓！抓出个产业化！抓出个黄龙溪的国际化！胡洪军在大会上这么说。于是原本一道在黄龙溪民间流传的美味，一下上升到了国际级美食的等级！

黄龙溪的凤凰鸡真正成了平常饭桌上的佳肴、宴会上的"凤凰"，从此名扬天下。

然而一只"凤凰"怎可飞出一个世界的灿烂？黄龙溪镇要走向世界、成为国际名镇，所要走的路还很长很长……

这黄龙溪的"国际化"将何去何从呀？黄龙溪人听说胡洪军要调走后都在问同一个问题。胡洪军笑了，指指身边的与他并肩战斗了两年半的镇长游世珍，说："你们选她呗！她干事的水平和能力比我强很多！有她在黄龙溪，黄龙溪的事情会干得更好……"

游世珍的名字也真是够绝的——"旅游世界的珍宝"。她似乎生命里就注定要跟黄龙溪的国际化命运连在一起嘛!

游——世——珍,你准备好了吗?

人们开始将目光聚焦到了游世珍身上。她行吗?她是一股与胡洪军一样向前奔涌的"潮流"吗?

游世珍简直就是典型的眉清目秀的双流女子:善良、贤惠,声音也不会那么粗响,但她绝对是柔中有刚的女子,有恰似水一般的温柔,也有水平面下暗藏力量的坚忍。

上任初始,又一个年度的世界古镇镇长论坛来临。接任书记一个多月,游世珍需要以黄龙溪"一把手"的身份,迎接包括途易集团老总施奈德先生在内的诸多世界名镇的中外友人。

这是黄龙溪再一次展示国际形象的时间节点,且是一次更高层次的形象展示。黄龙溪镇需要再一次进行精雕细琢的形象提升。然而游世珍遇到的第一个"对手"就是德国人,一个讲究细节的德国人——途易集团的施奈德。执掌全球最大的旅游集团帅旗的施奈德之所以"牛",是因为他的实力在那里:途易拥有的旅行社达1800多家;为其服务的航空公司有6家、飞机130架;旗下的酒店遍布全球,达300多家;员工67000人!

"途易是可以对全球旅游业产生重要影响的企业……"施奈德就这么"牛"。

现在,游世珍竟然把这么个"牛人"请到自己家门口——黄龙溪来了。而她和黄龙溪人、双流人乃至将要面对施奈德露出的什么样的表情?

"当时其实是惊心动魄的,因为我们正在进行一次全镇环境新的整治工作,处于半途之中且面貌最难看的时间节点上。"一位黄龙溪干部告诉我,"偏偏那个施奈德先生什么都不挑,单挑厕所看!而且说你们中国乡村旅游哪儿都美不胜收,唯独厕所不堪入目。他这回就要看我们黄龙

2019年国际友谊小姐全球总决赛在成都双流举行

溪的厕所到底如何。厕所好了，黄龙溪的其他地方他就不用看了！"

这施奈德，真是个旅游达人，一语点到了中国乡村旅游的穴位上！

这回倒是要看看，黄龙溪人咋办？

施奈德先生哪想得到他这回的对手是位中国女子，而且是位格外讲究旮旯干净的女子。她就是黄龙溪的新书记游世珍。

"他要看厕所？让他看！把所有公共厕所都让他看个遍！"游世珍开心啊！因为她在接掌黄龙溪"国际化"接力棒后，第一件事就是认认真真检查了全镇所有的厕所。当时随行的镇干部中有人跟在她后面悄悄发笑，说：新书记咋个爱往厕所里钻呀？

游世珍听到身后有人这么说，就回头答道："你们这些男同志不知道，在外旅游时女同志最发愁的事就是上厕所。又脏又挤是以前中国乡村旅游厕所的普遍现象。我是从女游客的切身感受出发才这么看重厕所的。一个旅游点，千好万好，如果厕所不好，全都泡汤；厕所一臭，全盘皆臭！"

"你们说是不是？"等游世珍从厕所出来再问大家时，大家异口同声道："有道理！有道理！"

接下来游世珍便开始大张旗鼓地对黄龙溪进行了一场"厕所革命"。

"厕所革命"刚刚取得全面胜利，施奈德先生就到了黄龙溪。

"嗯，黄龙溪的厕所，是我看到的中国最干净、最上档次的厕所！太好了！"施奈德从黄龙溪镇的厕所里走出来的时候，满脸笑容，一脸惊诧。

这位世界旅游界大亨同游世珍第一次握手时，就意味深长地端详了黄龙溪的镇党委女书记好几十秒，而后说："我由衷地欣赏你……"随后，施奈德先生绅士般地向这位中国女士行了个吻手礼。

德国人有许多品质获得世界尊敬是有他的道理的。比如施奈德先生到了黄龙溪后才不会因一个"厕所"问题对中国、对双流、对黄龙溪满是褒义，他还要看黄龙溪的全面……

德国人对待事情的认真劲儿十足，所以想在施奈德眼里蒙混过关，一个字，难！

游世珍和黄龙溪人碰上了真正的对手。

新一届的世界古镇镇长论坛，其实只是一个平台而已。对黄龙溪镇来说，也是想借这个论坛，来推广黄龙溪的名气，提升黄龙溪的国际形象。人家施奈德清楚这一点，所以他也格外在乎自己公司所做的每一件事：你要让我途易集团推销你黄龙溪，那你黄龙溪首先要把事情做好才可以让我途易出面不是？

施奈德在论坛正式开始之前的一天，先要观察一下黄龙溪的全貌。结果发现：这里正在大兴土木、翻街重修……一句话，到处乱七八糟。尤其是那条正在翻建的水景街，它是黄龙溪的旅游主街。如果那里弄不好，黄龙溪的牌子就百分之百地砸了！

游世珍遇上了施奈德。

施奈德对自己给了中国女子游世珍的一个吻手礼，似乎有些后悔了？

不能吧？看看再说。

那一天看了正在施工的水景街后，在回程路上，施奈德先生又一次意味深长地瞥了一眼游世珍，意思是说：珍，明天就要开会了，你的"好戏"怎么唱？

"珍"也同样向施奈德意味深长地看了一眼，明亮的双眸里告诉他：明天见分晓。

"明天？"一个夜晚的时间，你能变个天？施奈德作为世界旅游界的大亨，他对每一个国家的文化都有特别深的研究，尤其对东方古国的中国文化。这一夜施奈德下榻黄龙溪的酒店，四面环水的客房，抬头能望见窗外的明月。这让他不由想起前些日子才阅读到的唐诗《春江花月夜》的名句：

春江潮水连海平，海上明月共潮生。
滟滟随波千万里，何处春江无月明？

施奈德对中国古诗中的"春江"和"海"有些分不清其意，但他喜欢枕着黄龙溪的水。这水与他公司所在地的汉诺威的中德运河之水很相似，令他对有水之地的夜晚特别感兴趣。德国人做任何事情都讲究精确。中国人的表达方式和行动方式则让施奈德感到高深莫测。明天，宛如月光在头顶一次掠过，你中国的"珍"，就可以将整条黄龙溪街整出个"焕然一新"？

像神话一般！施奈德临睡时想到白天游世珍用目光向他作出的"承

诺",愈发感觉好奇和不可思议。

东方人和东方文化就是如此神秘。这一夜,黄龙溪的水、月光和宁静,让他睡得特别的香……

第二天,施奈德醒来的时候,已经日照三竿。"先生,我们一起上街去分享这里的美食,如何?"等候在门口的正是施奈德口中的"珍"——游世珍。

"OK!"施奈德先生欣然受邀。从他下榻的酒店到水景街,仅有几百米,这几百米对今天的施奈德和"珍"来说,都异常特别,因为他们的内心在彼此"较量"着。

一个夜晚,你能变出魔术?施奈德是这个心思。

对,我就是要让你德国先生看一看我们黄龙溪人、双流人乃至中国人是如何做事的!这是游世珍的心思。

两个人各怀心思,迈着同样急促的脚步,一起来到水景街……

"这、这是昨天没有完工的那条街吗?"施奈德呆立在水景街前。他的眼神有些迷离,其实是重重的迷离。因为他现在所看到的水景街,不仅丝毫不见乱七八糟的痕迹,而且整条街干净整洁,五颜六色的花草摆得整整齐齐,街面两边的店铺无一例外地在开张……

"是的,正是昨天的那条街……"游世珍以温柔的声音告诉德国朋友。

"你们是神,比神更神的一群中国人!"施奈德先生感慨万千地在水景街上风一般地迈开大步,观赏着,感叹着!

"珍,这样的地方,我给你每年带来一万名欧洲旅客!我要让他们来此度假,享受中国古镇的美味与风情……"施奈德突然激动地对游世珍说,然后又情不自禁地来了一个吻手礼。

中国"珍"的脸上有些绯红了,兴奋地说:"谢谢施奈德先生,黄龙溪的发展才刚刚开始,明天、后天会越来越美丽。由衷感谢您和您的团队向世界推荐我们黄龙溪……"

施奈德和他的途易果然是旅游界的"大家",抬手就可以让某个地方的旅游风起云动。黄龙溪搭上这艘世界旅游业"航母"之后,"国际化"的速度自然不用说。最根本的是,当地农民的人均收入也由2005年的3500元,到2007年翻了近一倍,达到6500元。镇居民人均收入由2005年的5000元,跃至2007年突破万元。两年翻一番,这个水平,双流历史上仅此一镇。

黄龙溪的"流",让双流的色彩与质地有了一次完美的国际范的表达与呈现。

牧马山的风,黄龙溪的水,你们像一对多情的少年,将牧歌唱得动听与悦耳;你们更像一对相依的恋人,将一次次悲欢离合唱得婉转与悠扬——当然在这伟大的新时代,这对"恋人"的歌与曲,又是高亢与激昂的……

现在,我们可以站在黄龙溪码头的石栈上,回首向北,重新仰望头顶那有银燕呼啸而过的蓝天与白云——这是双流的另一个世界,一个让人羡慕和景仰的全新世界!

事实上,它早已日新月异地向我们扑面而来,只是一些人对它的感觉有些迟钝而已。而双流人不一样,他们对身边的每一个细微的变化格外敏感,尤其是对牧马山和黄龙溪这特别的"一山一水"。

但相比之下,我似乎更喜欢牧马山,或许是因为它有太多历史传说早已铭刻在我心头,或许是因为它本身就是支撑双流顶天立地的风骨与脊梁。从地理位置与地形上看,横穿双流全境的牧马山确实也是这片土地的骨骼,因此我对牧马山有种特别的敬重。除此以外,我还有一份内心独特的情感,那就是在双流待得久了,自然而然地喜欢上了这里的人。因为这里的人真诚、热情、豪气,愿为理想与信仰去不懈努力,也愿为热爱的国家与民族去奋斗不息。

这种精神，让我想起了两个字：川军。

中华民族史上曾有"川人不负国"之说。而我还知道四川人中有"双流甘当川人先行官"的说法。何谓"先行官"？就是啥事都走在前、闯在前、干在前。

有一天，几位部队的朋友在一起聊天，说起四川人，就异口同声地感叹，说川军勇烈，共和国十大元帅中就有四位是四川人。在历史上，川军的勇猛无敌应该可追溯到近800年前的那场在川东钓鱼城让成吉思汗的大军折戟沉沙的大战。

我写过1937年南京大屠杀之前的南京保卫战，"国军"中最勇敢的部队，就是川军。其中最令我敬佩的则是川军中的饶国华将军带领的145师。

"人在阵地在！"这是饶国华当时在阻击数倍于自己部队的日军战斗中说得最多的一句话。"国家养兵是为了保国卫民。人谁不死？死有重于泰山，有轻若鸿毛。今天是我报国之时，当不惜一切努力报国，令我川军为谋人民利益而献身。阵地在我在，阵地亡我亡。望我官兵恪尽职守。胜则生，败则死，决不在敌人面前屈膝示弱，给中国人丢脸，要成仁不怕抛头，取义不惜舍身，恪尽职守，以身殉国！"饶国华在巡视部队时这样给他的官兵训话。

1937年11月30日，饶国华带领的145师与日军搏杀至仅存最后的20余人。一切皆已成定局。饶国华看着屈指可数的将士，振臂高喊："我们都是军人，一起从四川出来，生一起，死一起。现在，我们都到了报国捐躯之时，是好汉的留下来！我们要跟小鬼子拼尽最后一滴血！"

"跟师长一起拼尽最后一滴血——！"饶国华得到的是川军将士们震天动地的回声。

后来日军将饶国华等团团包围并击毙了他身边的最后一名士兵。当只剩下饶国华孤身一人时，日军劝他放下枪投降。饶国华冷冷一笑，说："放下枪？做个失败者？不可能！"突然，他高喊起来，"威廉二世如此强盛都要灭亡，何况你们小日本，将来亦必灭亡！"说着，他举起手枪，对准自己的脑袋，砰的一声，血流如注……

四川人爱打麻将，而打麻将中有一招叫作"血战到底"。本以为这是一个游戏词，哪知道在写《南京大屠杀全纪实》时才知道，这"血战到底"原来出自当年川军与日本侵略军决战时所使用的一个决战绝招：在南京保卫战中，有一支日军的指挥官叫柳川，他带领的部队为日第10军。这支日本侵略军与一队川军决战过程中，凭借着人数和武器装备上的绝对优势，用装甲车和飞机轮番袭击我方阵地。后来这个柳川在望远镜里发现轮番轰炸下的川军阵地战壕里一排排没了脑壳的将士们竟然整整齐齐地站在那里岿然不动！

这是怎么回事？日军惊呆了，派敢死队往战壕里冲锋，结果发现：断了头的川军将士的一双双脚，原来都被一根根铁链子锁在了一起……据说这叫'血战到底'！"

原来"血战到底"是这样的来由啊！川人和川军的血性与人格力量无须多言。

我还知道，在川军和川人当中，双流人又是最"牛"的人，啥事都敢为人先。这不，当人们还如痴如醉地沉浸于黄龙溪风情之时，又从双流传出在他们的牧马山那里有人办了个占地达3700多亩的足球场！

3700多亩地有多大？大到你即便开着汽车逛一圈也要一二十分钟！一个半山区的机场附近的区区小县想干什么？

国际化！要干就干有国际影响的大项目！说这话的是陈先德，就是他搞的足球基地，说："要为一直不争气的中国足球做点事。"

做嘛！你真是为国争气，我们双流全力支持！听说陈先德要办个民间的足球训练基地，目的是为中国足球队队伍建设闯出一条新路子。

而陈先德建足球基地为了什么？当地人介绍说，陈先德最初到双流时并没有想到做足球的事。作为成都有名的企业家，陈先德早先听说毛家湾原来是一片荒山荒坡，没人瞧得上它。但陈先德实地勘察过后，对毛家湾的认识就跟他人很不一样了。他认为毛家湾这三个字就有沾不完的"福"气。双流的毛家湾要山有山，要水有水，要地有地，只要下些功夫，定能建个陶渊明喜欢的"世外桃源"一般的天地。于是陈先德在1998年就来此花了3万元租下二亩三分地，还修了6间房，雇民工植树，同时建了24个大棚，种庄稼、养家禽。也就是在这之后，陈先德在听了当时四川全兴足球队的教练余东风一番点拨后，开始对中国的足球大为感叹。"悲也！愤也！"以前并不太关注中国足球的陈先德听了余东风的多次振聋发聩的"中国足球之呼号"后，他的心就"飞"了起来。后来他把这份心思刻在石碑上：

……丙子仲春，中国足球再败之年，球迷痛心疾首之时也。细究之，其由虽多，一言以蔽之，体不如人，技不如人也。余，蜀人先德，长于锦城，幼承庭训，虽居草民之末，向有报国之志，敢不为国分忧，尽绵薄之力乎？是岁，余倾囊于毛家湾，欲建中国足球训练基地，冀我中国足球早日腾飞，扬我国威……

陈先德先生真乃热血的性情中人！

且不说他后来竟然成功地把3700余亩地的足球训练基地如蚂蚁啃骨头般地完成了建设，而且竟然还办起了足球比赛！

陈先德具有双流人的特质：虽说为了事业而有些痴，但不疯。这位在成都市场上赫赫有名的企业家，带着全部资本，不去赚房地产的大钱，却跑到牧马山下毛家湾办足球基地，而且基地之大赫然震心：有足球场5个，网球场2个，篮球场和羽毛球场各1个，员工200余人——光这一笔开销是多少？没人敢算。"为国分忧"的陈先德确实就这么干了！

双流确实就是块风水宝地。陈先德选择的足球训练基地的3700余亩大的地方是在一面坡地上，那里浅山连绵，而在坡下面就是流经双流的府河，它和南河合称为锦江。那个坡很大，又有许多蜿蜒连绵的浅丘，形成了一个大大的湾区，当年一毛氏先生移居此地，故称"毛家湾"。似乎天下的毛家湾都不一般。陈先德很看重这一点。他直言不讳地说，自己热爱毛泽东，凡有"毛"的事物和地名，他认为"必有福"。毛泽东主席是人民的大救星，他的德高于天。"德为先，业必成。"这是陈先德的座右铭。

　　"中国足球之殇就是缺了一样最重要的东西！"陈先德所说的"东西"到底是什么？后来他把这"东西"用一个特别大的字刻在牧马山上，那就是一个"德"字。

　　所以他干的是积德的无私的"为国分忧"的事。于是双流的足球场又成了"天下第一"而名扬四方。

　　四川省足球队来双流找他了。国家足球队主帅来双流找他了。国际足联的官员也满怀兴趣地来找他了……所有对中国足球仍然抱有希望的人都夸赞陈先德的做法不仅德行高尚，而且走的是一条重振足球的路子。

　　二十多年过去了，中国的足球并没有得到根本性改变。陈先德在毛家湾创办的足球训练基地，如今仍然留存于牧马山下。我问当地人现在景况如何，他们告诉我"不如以前热闹了"。我想这几乎是必然的事，然而陈先德在二十多年前"用自己的钱、办国家的事"的这一做法，丝毫不会因"国足"沉浮而受影响。双流大地上的"足球风云"在我看来，是整个双流走向国际化的探索道路上的一次影响颇为深远的事件，而镌刻在那块巨石上的一个"德"字就足以可见陈先德和双流人对足球的情感与奉献是真挚与可贵的。

　　这也让我更加敬重双流与双流人。他们心中那份高远的志向无处不

2019年8月8日，第十八届世界警察和消防员运动会在成都市双流体育中心举行

在、无时不在。只要给予他们机会，他们就有可能获得成功……

用"胜败"来论陈先德的"足球基地"，今天的人有各种说法，其实在我看来都并不一定准确。陈先德作为一个民营企业家、一个民间足球爱好者，他几乎耗尽心血、投入全部精力在做一件国家都没有实现的事情，他是成功了还是失败了？有人说他失败了，有人说他半成功半失败……其实陈先德办"足球基地"一点儿也没有失败，而且应该说是有巨大的成功！成功在何处？成功之处在于他让时起时伏的足球本身在他手上曾经有了辉煌的雄起！成功之处在于他让那块少有人听说的双流毛家湾一鸣惊人！成功之处在于他让更多的人了解了双流、了解了双流人。做足球的事并非像办企业一样，更不可能像薛永新搞的恩威那么神奇，那么"长盛不衰"。起起伏伏是常态，输输赢赢属正常。

这就是足球。

因此双流大地上的"毛家湾"足球基地曾经有过的辉煌,至今仍然存在影响,那就是陈先德的成功,就是双流人的成功,就是双流历史进程中的一件不可或缺的大事。事实上看一下今天的双流和毛家湾,难道还看不出陈先德的"足球梦"所带来的直接效应吗?

　　"就是,你这话说对了!没有陈先德的足球基地,谁知道我们毛家湾这块土地嘛!没有当年足球基地的建设,毛家湾的山和林就不可能在后来那么受人重视,最多就是一片一般的绿地或山林。但现在不一样,它成为受到成都市乃至四川省重视的森林公园了!它是一个当地人过去想都不敢想的绿色家园!它是一处中外游客人人都喜欢的旅游胜地!这个变化难道不是成功吗?这个变化如果用钱来计算,可能就是几十亿甚至几百亿的升值嘛!"毛家湾人这样自豪地说道。

　　可不是,昔日默默无闻的牧马山一角的毛家湾,如今是双流的一块"金不换"的碧玉,正在不断地以自己的独特魅力吸引着中外游客与投资商——

　　　　这里是一片神秘的土地,左青龙,右白虎,前朱雀,后玄武。湾前,沃野千里,江水如蓝,春鸭戏水,渔翁垂钓;湾后,重峦叠嶂,翠竹摇曳,绿柳拂面,松涛阵阵。毛家湾有山有水,有花有草,有开阔的草坪,有绿色的森林。在这里,你可以享受自然的气息,可以让悠然自得的那份感动渐渐蔓延至无限……

　　这是毛家湾人现在对外宣传用的"广告语"。

　　双流人还给我讲过一个故事:有一个日本企业家团队准备到成都地区来投资,下了飞机后到成都周边的各地认认真真转了一圈,结果很失望。就在打道回府到了成都双流国际机场之时,有人说,你们既然到了双流,干脆再到双流转一转。听说那个地方有个足球训练场,周边环境不错，不妨去看看。

于是一群日本人就趁着飞机起飞前的几个小时，到了双流毛家湾，结果被这里的山水迷住了："哟西！哟西！就在这里吧！"

这个落户下来的企业就是著名的凯特姆球阀制造公司。它专门生产精密密封球阀产品。环境对企业特别重要，日本企业极其讲究企业所在地的美感与舒适度。凯特姆公司对双流"一见钟情"，且持续至今。

呵，牧马山的风真的强劲而彪悍。它代表的是一种力量，当然也代表的是一种信仰。

双流人是一群有信仰的人。双流是一块有信仰的土地。

今天的双流，早已不是当年那个依靠陈先德用一方"足球基地"去撬动整个历史进程的双流了——"双流赛事""双流体育"已经形成和日常生活、与经济社会平等发展的基本态势，随处可见一流的体育场所、一流的社区体育设施。2008年建造的且拥有37495平方米建筑面积的双

彩色跑

流体育中心，是一座集训练馆、游泳池、网球场、篮球场、田径场、羽毛球场为一体的可以举行国际赛事的多功能现代化体育馆。体育馆内的主看台，钢筋结构跨度285米，曾以"四川第一大跨度"而闻名……

听一位爱运动的实业家说，他除了喜欢双流的营商环境之外，很大程度上更喜欢这里有高规格的体育设施和能现场观看国内外超级高水平赛事的机会。

"其实一个人的事业兴旺跟他的心境有关。我在双流发展了近十年，生意一直做得顺风顺水，这与双流的好环境有关。我喜欢牧马山的风，也喜欢黄龙溪和白河的水，好山好水才能让我呼吸到好的空气……有了这些，我就有了欢畅的起飞的欲望！"

他很浪漫。其实他表达的是真实的"双流境遇"。

第十章

白河,一条流金的河……

如果有人问我,双流给你留下了最美好的印象的地方是哪里?我会毫不犹豫地说:白河。

因为白河是如今双流境内最被关注的一条美河——她的"身"上有太多的美,从上到下的美,从里到外的美。尤其当你走近她时,就宛若走近了梦中情人一般:她的气息、她的容貌、她的婀娜多姿,甚至透着她的甘香肌肤,令人着迷……

白河的"白"字,代表着纯洁、高雅、高尚和神圣。据说白河原先并不起眼,只是一条被掩蔽和阻隔的小溪流。然而在我看来,流经双流腹地的她,老早就具备了"王者"的气韵和风范,只是因为时运不济,百年来一直埋没在流经此地的河流的名声之中。而这其实也是白河的底色与本色:从不张扬,从不抢他人之光芒。不争不艳,谦虚低调,一个"白"字,彰显了她的全部本质。

白河是美的,她的美首先来自自然之美。她的"血脉"源于这块大地的"心"之清泉，即从青藏高原流经这块土地的锦江、杨柳河、金马河、江安河之精华，因此她的"遗传基因"本来就高贵。

今天的白河，以其美丽与丰腴而成为双流的"新媳妇"——虽然她并不古老，但她已经代替了其他河流而成为新一代双流人的母亲河。

这条母亲河的伟大功劳之一是她"繁衍"了已经成为双流地理标志的"五湖四海"——

到双流的第一天，双流人就带着我沿白河两岸的宽阔大道走了一趟（外地人到双流之后都会这样在本地人的引导下去认识双流）。我看到了亚洲最大的城市湿地公园——白河两岸有平均宽度在300米以上、总面积达5.64平方千米的绿化带，还有大型的公园群。白河之水，潺潺流动，鹭鸟飞翔南北近10千米的河滨湿地，让你有种陶醉感、获得感和幸福感。这里似乎有胜过欧洲腹地的那种景致和情趣……最令人意想不到的是，双流人还别出心裁地以白河三支渠为主轴线，规划与建设了9个号称"五湖四海"的人工湖及湿地公园，总面积达到近万亩！

作为新母亲河的白河，衍生出的"五湖四海"的名字也很美：凤翔湖、凤舞湖、凤栖湖、凤转湖、凤鸣湖和芙蓉海、紫薇海、红枫海、翠竹海……从"湖"的命名，可见双流人的性格中那份求变、求新！他们的"湖"心至高远，心底隐澜，心胸开阔。他们的"海"，又皆是花竹粉黛，百态妖娆。如此纵横妙意，使白河自带光辉、千秋生熠。

"人民城市人民建，人民城市为人民。"历届双流执政者奉行的这一理念，在双流城市建设的每一个细节上都得到了充分的体现。现在为了确保百姓日常生活与休闲方便，在白河新城公园群之间修建的下穿隧道总长1167米，包括了运动公园、中心公园、凤翔湖公园、艺术公园与白河公园之间的航都大道、航鹰西路、正通路、花园路、宜城大街、涧槽南街的6个下穿隧道。

双流人以及从外地来到双流的人，之所以对白河怀有特别的情感，除了因她营造了新双流的美颜之外，也因她给这片土地的生活带来了高质量、高品质的未来意义：方便、舒适、自然、高雅。在这座城市里，从任何一个生活点和工作点出发，只需顺着白河及三支渠步行10分钟，就可以到达一个公园绿地或一片湿地。在这里，你可以尽情地享受扑鼻而来的清新空气。那湖中心的岛屿上白鹭翩翩起舞，湖底的鱼儿悠闲地游来游去，道路旁的小树林串联起锦绣延绵的苍翠绿廊……在这里，你可以尽情地享受轻松和惬意。

我们仅拿白河公园来说，自2002年建成开放至今的近20年间，白河公园绿化覆盖率已达80%。它现在已经成为双流人民每天的依恋之地！而在整个白河流域，呈现的都是这种生活状态，一种欣喜与恬静、优雅与舒适的生活状态……

白河，流淌的是水，其实滋润的是人民的心。人民的心滋润了，人民脚下的这块土地就温润了。温润的土地就可以生金生银。而我后来才反应过来，这或许就是白河两边的两条宽阔的大道为何起名为金河路、银河路的原因。

白河必须得到赞美。因为在白河"身"上，我们看到了双流人的心境与心思。双流人在白河上所体现的独具匠心，彰显着国际化大格局与未来感。有境界才有未来，有思考才有希望。

其实这也是我自始至终对双流的深刻印象。

我赞美白河，是源于白河对双流和双流人的重要性。然而我赞美白河的本意却并非仅仅在于此。

因为另外一个故事也触动了我的心弦。我第一次到双流时，与年轻的时任双流区副区长的蒋黎旺共用午餐，其间他给我讲述了川航与双流的关系，以及川航对双流后来的航空经济发展所产生的影响，令我暗暗感叹……

双流与川航之间到底发生过什么？又为什么让双流人对自己曾经做

的一件事感慨万千呢？

这得从川航的发展说起。

川航的全称是四川航空股份有限公司，成立于1986年9月19日，正式开航营运是在1988年7月14日。身为四川第一大航空公司，它能发展起来其实并不容易。因为航空事业是以国家航空公司为主导的，地方航空公司是后来才慢慢发展起来的。

成都双流国际机场曾主要是为中国西南航空公司的营运提供服务。随着民航事业的不断发展，地方航空公司的发展在20世纪八九十年代开始风起云涌。四川作为西南地区的"龙头"，自然跟着成立了川航。但川航的发展之路也并非一帆风顺。几经磨难后，直到2002年8月29日，以四川航空公司为主，联合中国南方航空集团有限公司、上海航空股份有限公司、山东航空股份有限公司、成都银杏餐饮管理有限公司共同发起设立跨地区、跨行业、跨所有制、投资主体多元化的四川股份制航空公司。新成立的公司坚持以"安全、服务、效益"作为企业的永恒追求，走出一条适合自身发展的经营管理路子，迅速积累了一套行之有效的保证飞行安全的经验，同时也创造出一系列具有自身特色的服务品牌，尤其是培养出了一支作风过硬、责任心强、技术精湛的飞行、机务维护和飞行指挥队伍。川航的总部及第一基地自然在成都双流国际机场，第二基地的重庆分公司则设在重庆江北国际机场。现行的股份合作，使川航、南航、上航、山航实现了航线联营、航线共飞、代码共享、票价控制、常旅客计划、销售代理的运输销售网络。先进的机型、灵活有效的经营策略以及良好的生产环境，为川航的迅猛发展奠定了坚实的基础。公司现有以欧洲空中客车A320系列飞机和巴西飞机公司生产的EMB-145飞机为主的国际先进飞机30架，国内航线130余条，形成了从南到北、从东到西，干线支线纵横交错的航空运输网络。航线总里程达20多万千米，通航国内40多个大中城市，并于2005年5月12日开通重庆—香港首条地区航线。当年的8月20日，川航还正式开通了成都—拉萨航线，飞越了"世界屋脊"。这些年来，川航连年盈利，并且一直保持着较高的增长速度，成为这个机场中数家航空公司中除国航之外的第一大航空企业。

川航对双流和双流经济的影响不言而喻，殊为重要。如果没有川航的加入与支持，双流想建设的"中国航空经济之都"，那只能算是一个蹩脚的笑话。

"其实这说法应该倒过来说。"川航的负责人在见到我之后，却意外地这样说。

为何？

"因为川航不牛，牛的是双流。如果双流不支持和帮助我们，川航不仅飞不快、飞不高，而且寸步难行！"川航负责人如此断言。

嗯，"老大"向"老二"低头？事情果真如此？

川航是省属企业，地地道道的"老大"。双流则是作为地方政府和机场所在地的"老二"而已。可为什么能让"老大"这样评价？

"是这样的。"揭开这个谜底的还是蒋黎旺。

他让饭店的服务员拿来一张纸，在上面画了一个成都双流国际机场的示意图。"机场东北角是我们最早的西南航空经济开发区所在地，第一块不到8平方千米面积的地盘就在那里，后来就沿着这个基础的反方向、顺机场跑道的西南方向延伸的土地拓展，直到现在以成都双流国际机场左右侧翼基本布局完成的空港经济开发区。"

"你注意一下……"蒋黎旺指着空港经济开发区最早起步的那块地方说，"那里的交通其实原来是个死角，一条道路阻隔了整个双流的循环，尤其阻断了川航人的生活区与工作区之间的交通。可以说，一步之遥，却如隔千山万水。川航人为此吃尽了苦头。不用说，也因为那个地方'断流'，脉络不通，整个开发区的拓展也受到影响。双流双流，其实

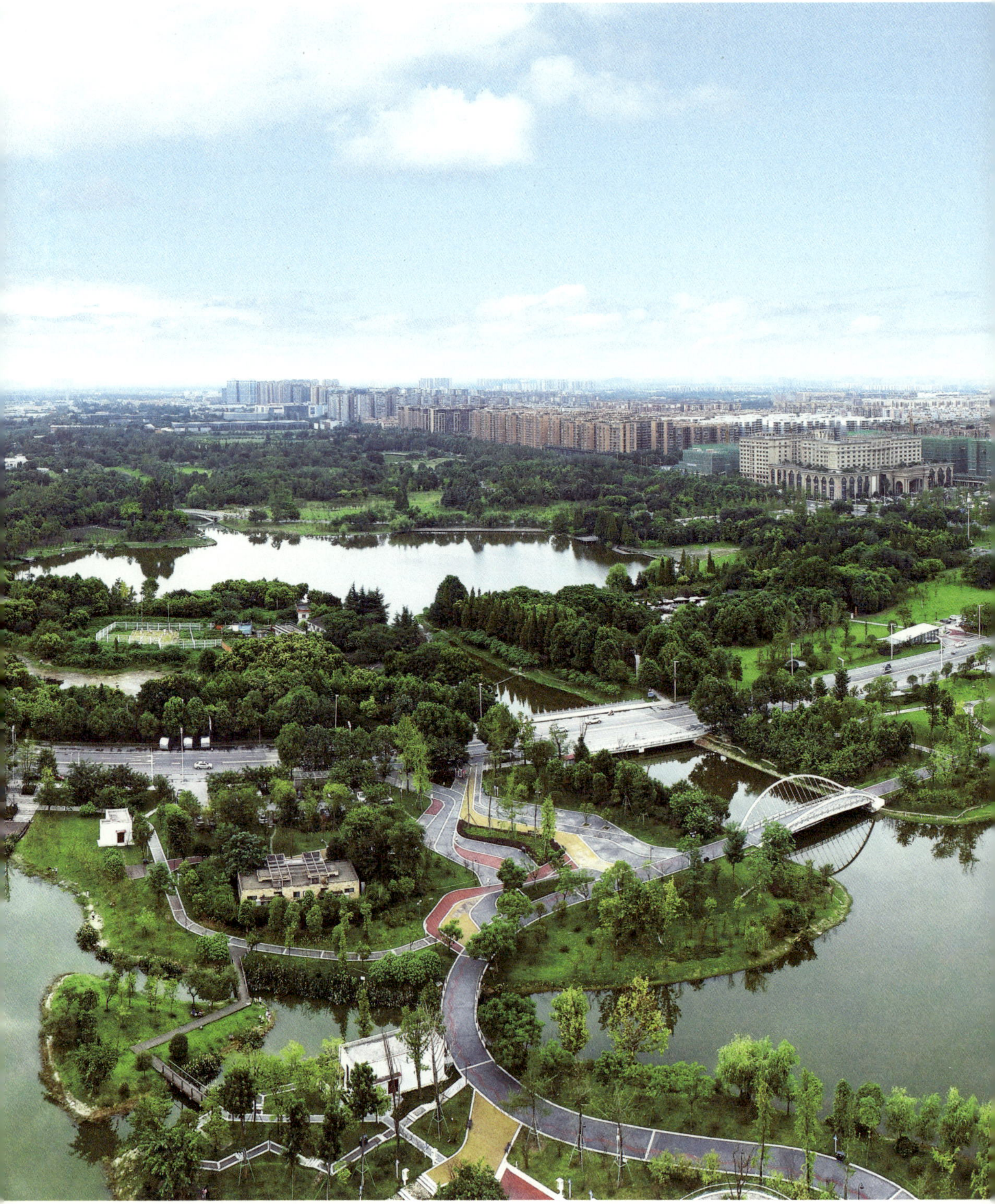

凤翔湖公园

在很长时间里，并没有真正流动起来。"

从生活区到机场工作区，原本仅仅几分钟的路程，却因为不同管辖属地，川航人必须绕道数里路才能到达。倘若遇到淅淅沥沥的下雨天或寒风刺骨的冬天，他们出入则更是苦不堪言。尤其是那些漂亮的空姐们，为了这几百米的"泥泞"，常常花容失色……甚至有人为此不得不恋恋不舍地离开了川航。

所以，过去这个地方被叫作"铁死角"——"看得见，走不到！"大家这样描述。

不能再这样下去了！双流人知道必须去做什么了。

于是一位位双流领导捧着一颗颗无限真诚的心，怀着当年开挖和拓展白河一样的精神，来到川航相关领导的办公室。他们表明立场：只要有利于川航人工作和生活方便，双流将不惜任何代价，把阻塞在川航人面前的"泥泞道""死胡同"改造成通天大道！

真这样？

真这样！

不用我们负担什么？

绝对不用。

那你们就干吧！需要我们配合，尽管说！

要得！

真心换来了真诚。

于是，川航人开始观望，双流人到底能够为他们做些什么呢？

做了：把长期堵在川航大院前的大大小小的违章建筑统统拆除，再种上蓬勃的花木。

做了："泥泞道""死胡同"被改造成百米宽的"西航港大道"，让所有过去绕道而行的车子顺着自己想去的方向豪迈地前进……

最让川航人激动的是，在那车水马龙的大道顶上，一座现代化的天桥凌空而起，从此空姐们再也不用为雨天和寒冬发愁——当然夏天更不用害怕艳阳暴晒……

"你们竟然连停车场都帮我们建好了呀！"川航领导过去最头疼的事，双流人一股脑儿都给解决了！

"这、这、这……得花多少钱嘛？"川航人兴奋之余，有些难为情地打听道。

"一分钱都不用你们出！是我们应该做的。是你们给了我们双流发展的机遇，要道谢也是我们向你们川航人道谢嘛！"双流人这样说。

川航人感动得泪都快要掉下来了。最后他们只说了一句话："以后用得着我们川航的，尽管说！"

"啥都不用说，你们川航发展了，快速发展了，我们双流就搭你们的飞机一起'飞'，飞得高高的，飞得远远的……"

"哈哈哈……"

用真诚与包容、热心与热情、智慧与努力，将"双流"变成"双赢"，这在双流的发展史上几乎是一种定律，或许双流人自己都没有发现这种规律性的东西。事实上我对蒋黎旺讲的这则往事印象特别深刻的原因，就在于我认识到了双流的这种定律。它很可贵，这是双流之所以能在发展的过程中始终流淌着"金"的重要原因。

金是一种矿物质。自然界的金是在地球运动过程中氧化后，再经过风化作用所形成的特殊物质。而精神领域的金，则是人在行为过程中所产生的一种高尚而珍贵的力量。这种力量能够推动一个地区、一个民族，乃至一个国家和一个时代的蓬勃发展，惠及亿万万民众，也许还关联到后代的幸福生活。

与川航的"一路修通"，带来的是实实在在"黄金万两"的效益。早先川航有80架飞机，这些年迅猛发展，达到162架。"一架飞机，一般要有90到130名员工。可以算一下，仅川航一家公司，就有近两万人在我们双流地盘上工作与生活，谁最受益？我们呗，我们双流人民呗！"

"那个还是小头！"航空经济局的干部蒲钊胜那天异常兴奋地给我掰着手指头算账，"我们和川航现在是深度合作，可以说是一本万利！"

怎讲？你们也参与飞行了？我很好奇地问道。在我们普通人的眼里，既然航空业可以赚大钱，那参与飞行的生意一定是块肥肉中的肥肉吧！

蒲钊胜笑了，说："我们双流还没有资格去参与组建航空公司，不过我们现在同川航的合作跟这个差不多。"

"说说。"我更好奇地追着问。

就是租赁，租赁飞机，赚金融产生的利润。蒲钊胜见我一头雾水，解释道：前些年我们购买了一架"双流壹号"，然后以租赁的方式与川航合作。他们负责飞，赚了钱我们两家分利。简单地说就是这个道理。

能赚吗？

当然。从国外买回一架飞机，停在我们双流这个地方，就开始赚钱了；我们再把它租赁给川航，他们只要使用了，我们就又赚第二笔钱；飞行产生的收益，就成了赚的第三笔钱；飞机需要修理等，也是在我们双流，这一块又是一笔不薄的收益……如此这般，一架飞机流的"金"多着呢！

好家伙，这么好赚钱呀！原来航空是这么个赚钱法！

现在我们以同样的租赁方式，同川航有了5架飞机的租赁合作，一年的收益价值在7个亿左右……在年轻的副区长口吻中，难掩心中的自豪感。

那是的。我们双流整个航空经济的规模现在达960亿元，直接的航空这一块占46%。事实上，整个航空经济，现在包括了四大板块：航空、食品、工业用品、贸易。

原来围绕着一个大型机场的经济状态、业务范围如此之宽泛呀！难

"双流壹号"

怪双流人一谈"航空经济"就眉飞色舞，好像那是一座永远挖不完的金矿。

这，难道不是他们创造的"白河"之道吗？疏通和拨动了一方水，就是美美地滋润了一方天地！

这是高超的理念。这是哲学意义上高超的理论。这当然更是中国共产党所倡导的社会主义市场经济发展理念，即从广大人民的利益出发，以合作双赢的理念，实现中国特色社会主义的快速发展模式。

双流盯住航空经济发展原来就是这个核心要义！

"白河效应"并不是我一个人的感悟。我问过几位在双流创业的企业大亨，问他们在双流创业最喜欢的是哪个地方。他们的回答令我感到意外和惊诧，竟然与我一样同指"白河"。

　　白河真的有那么大的魅力吗？有位北方来的创业者这样说：论大小、论气势，白河比不上黑龙江、嫩江，但白河之美是温润、温馨之美，是那种清凌凌的透心之美。它可以让人泛起放松和放心的感觉，进而让人认为双流是块可以让人放心的创业之地。

　　我想起了双流人常说的一句话，"双流是企业家最好的经商之地"。原来真有这般神奇和奇妙呵！

　　还有位来自沿海的科创企业老板，很年轻。他说他喜欢双流，是因为有一天他到白河后，被那里宽阔、宁静的湿地所吸引。"其他地方不是没有像白河一样的自然美景，但确实没有白河这里精心营造的环境，可以通到所有来这儿的人的眼前，暖到他们的心底……这一点只有双流这个地方做到了。所以我宁愿放弃沿海发达地区的实验室，全身心地来到双流来再创业！"

　　这样的"白河之说"还有很多。难怪我第一次到双流就被安排在白河之滨的棠湖对面的酒店，后来几次到双流也都被安排在同一地方。双流人总是这样自豪地对我说："对面就是白河，你早晚得空去河边走一走。在那里能呼吸新鲜空气，享受鸟语花香，顺便锻炼锻炼身体……"似乎那是个享乐的天堂。

　　我照办了。于是我也慢慢体味到了白河的真谛：她是条河，但她更是双流人的心。她是双流人为了自己和这片土地繁荣昌盛所创造的一条通达天下、灌溉心灵的河。白河身上有着两股暖流：一股流向所有爱上双流的外地人，另一股沁入每个双流人的肺腑……

　　白河其实又一次诠释了"双流"的深层含意。

　　笔落此处时，双流的阿毛突然给我发了一则新闻：

携手打造全球供应链体系！刚刚，顺丰全国第四个区域性国际航空货运转运中心落户成都

4月28日，成都市双流区政府、顺丰集团、四川省机场集团在蓉签署顺丰西部航空货运枢纽项目投资合作协议。项目建成后，成都双流国际机场将成为顺丰集团继北京、杭州、深圳之后的第四个区域性国际航空货运转运中心。省委常委、市委书记范锐平，顺丰集团董事长、总经理王卫出席签约仪式。

签约仪式前，范锐平会见了王卫一行。范锐平说，开放是成都未来发展最大变量和最强动能。当前，成都正深入贯彻落实习近平总书记重要指示精神，抢抓成渝地区双城经济圈建设战略机遇，充分发挥西部国际门户枢纽城市优势，依托亚蓉欧陆海空战略通道，全力打造国内大循环的战略腹地和国际大循环的门户枢纽。顺丰集团是国内领先的综合物流服务商，与成都城市发展战略高度契合。希望双方以此次项目签约为契机，主动融入和服务新发展格局，在航空货运、快递物流等领域进一步深化合作，携手打造全球供应链体系。成都也将一如既往为企业提供更加精准、更加专业的服务保障，推动实现互利共赢、优势互补。

王卫说，成都区位优势明显、市场前景广阔。顺丰集团将抢抓"一带一路"和西部陆海新通道建设重大机遇，聚焦城市战略、服务城市发展，助力成都国际门户枢纽和全球供应链体系建设。

顺丰西部航空货运枢纽项目是顺丰集团在西部地区的重要战略布局。按照协议，项目总投资10亿元。项目建成后，年货运吞吐量将达到30万吨。

成都海关关长冉辉，民航西南地区管理局副局长吴小兵，省机场集团党委书记、董事长李伟，成都市副市长刘筱柳参加。

双流人之所以把顺丰"全国第四个区域性国际航空货运转运中心落户成都"看得那么重，是因为顺丰的西南总部其实就在双流境内。10亿的项目投资，未来30万吨的国际航空货运吞吐量，这对外行人来说，似乎没有什么概念，可内行人却清楚，这30万吨是个什么概念！

其实，类似这样的新闻，在时任双流区长袁顺明、新上任的年轻区长杨钒的"工作备忘录"中几乎每天都有。"双流的发展进入'中国航空经济之都'的跑道后，我们的工作节奏就像起飞的航班一样快……"

在双流2019年产值达960亿元的航空经济总量中，物流是一大板块。2019年双流的航空物流达61万吨。而顺丰此次投资巨额所要打造的项目未来年吞吐量达30万吨，意味着仅此一项，它给双流航空经济所带来的效益一下就可增长二分之一！而这仅仅是一般计算，并不包括顺丰要完成这么大的吞吐量所要支付的人力成本。这人员就业也是能给双流带来效益的地方！

双流人对顺丰集团董事长、总经理王卫怀有特殊的好感。

顺丰的总部在上海。平时我也总能在上海见到王卫身边的人。他们知我是作家，又正在写双流，于是难掩崇拜之情地给我讲述他们"老板"的创业史和传奇增值史——

王卫22岁那年，在广东顺德创立顺丰速运。王卫自己后来也讲过，如果不是邓小平南方谈话精神的鼓励，他可能还不敢甩开膀子独闯一条创业路。

当时，这家公司算上王卫本人也只有6个人。但是到了2010年，顺丰速运公司的销售额已经达到120亿人民币，拥有的员工达8万人，之前十几年内的平均增长率为50%，利润率30%。想当年，年纪轻轻的"苦力"王卫，整天背着装满合同、信函、样品和报关资料的大包，往返于顺德到香港的路上。他肯定没有想到，未来的顺丰会是世界轻型物流行业中的"老大"。

现在顺丰在全国已经拥有直属分公司近50家，分拨区10个，中转场100多个，基层营业网点近万个，覆盖了全国几乎所有的省、市、自治区的300多个大中城市以及近2000个县级市区。此外，顺丰在中国香港、澳门、台湾三地以及韩国、新加坡都设立了网点，或者开通了收派业务。

显然这是一个超速的年代，而以快递行业为代表的为广大民众服务的现代物流已经成为一个势不可当的产业。在这一过程中，王卫的顺丰作为行业"老大"，已经把国际航空物流当作企业发展的重中之重。

早在2003年，顺丰的队伍就已经具有相当规模，颇有远见的王卫便把目光转向了航空物流。非典疫情期间，所有航空公司的生意都非常萧条。2003年初，在航空运价大跌之际，王卫出人意料地在那当口与扬子江快运签下合同，成为国内第一家使用全货运专机的民营速递企业。之后的那些年里，扬子江快运的5架737全货机，全部由顺丰租下，承运自己的顺丰快件。这种全货机载重15吨，往返于广州、上海、杭州的3个集散中心，成为顺丰打败其他快递公司的"王牌军"。

快递靠的就是"快"。飞机和航空是解决速度和抢先的唯一交通方式。王卫这一招几乎让其他快递公司难以招架。

而王卫并没有因此停手，他的顺丰公司除了租下专机以外，还与多家航空公司签订协议，利用国内近300条航线的专用腹舱，负责快件在全国各个城市之间的运送。虽说用飞机运快件的成本不菲，据了解，其广州—上海—杭州—广州的租机价格为每小时2万多元人民币。然而这也让顺丰在服务时效性方面获得了压倒性的优势。通过租飞机，顺丰实现了全天候、全年365天无节假日派送快递。在北京、上海、深圳等干线，即便头天下午6点寄件，第二天一早也能收到。而顺丰所谓的高价，对一般消费者来说也能够接受，多次提价之后，500克以内的快件也只有20元。

凭借这种超高速的服务，2003年之后，顺丰的货量增长迅速，每年增速都在50%左右。如此迅速增长的货量所形成的规模优势，实实在在地抵消了包机增加的成本。

王卫的高超经营理念，让顺丰在快递行业迅速崛起，而其快速的迷人魅力，也随风所到之处，四下显现开来。

现在，王卫将顺丰的航空物流"第四极"增长战场设在成都的双流，显然又是一次提升顺丰绝对"老大"地位的战略性布局。

"成都双流国际机场是中国西部地区最大的机场，与'一带一路'和欧洲腹地的空中距离又比东部沿海空中走廊要近两个小时的航行时间。我们在那里建第四个物流中心，不用说肯定是个大手笔，最根本的是物流成本大大下降，时间上又占了优势。所以我们特别看好这次战略的西部转移……"在顺丰公司上海总部的一位负责人豪情满怀地说道。

我问他，王卫当时决定在成都双流布局时，有没有去白河边走一走？是不是因为那条河吸引了他投资？

他笑言道：你们当作家的怎么就这么厉害啊！王老板到成都，除了喜欢美餐一顿辣味，就是喜欢在白河边静静地坐下喝一壶茶……

我想是这样的。王卫如此。巴菲特如果来双流看一看，或许也是如此。

因为，这位股神曾这样说过："我最大的投资成功，不是哪只股票，而是哪个地方让我有了美好的投资心情。"

双流的白河，能够让人心情好起来。那里的一位艺术家曾经这样对我说。

于是我想再一次赞美白河：

你是双流的一条河

那条在游子们心中最温暖的河

你把希望和信仰化成歌

盛着今天和明天的幸福

你是故乡的一条河

人生在你的朝霞和月光下度过

你把奋斗与收获化成歌

盛着天上和地下的美好传说

第十一章
再飞时，便是一片云霞

　　我发现了这样一个规律：中国发展特别迅猛的地方，那里的干部和群众都有一个共同点，就是善于看他人的长处和学习他地的经验，然后再夯实自己的发展基础，实现新一次的腾飞……

　　上海是。深圳是。苏州是。"百强县之首"的昆山也是。而双流更是。

　　"自中共成都市委主要领导向双流提出建设'中国航空经济之都'的战略任务之后，我们的首要任务就是根据奋斗目标，从学习他人经验起步……"区委书记鲜荣生说，"你要进，还要进得稳、进得好，就得汲取别人已有的成功经验和做法。"

　　学者型的鲜荣生平时嗜书如命。时任区委常委、宣传部部长刘拥军说：鲜书记会时不时地将那些自己看得津津有味、对城市建设和社会发展特别有意义的书介绍给双流的干部群众，让大家一起学习，从中获得经验。

"比如鲜书记刚推荐了一本介绍德国柏林哈克庭院的书，我们正在读。"刘拥军说。

哈克庭院是人们去柏林总要游览的一大景区，也是一个非常有历史底蕴和文化氛围的大社区，坐落于柏林米特区。它于1907年修建完成，由8座相通的庭院组成，占地面积约9200平方米，是德国最大的庭院群建筑。哈克庭院的设计颠覆了传统庭院的功能。原先这几座楼拥挤不堪，又老化严重，其中82套老公寓最为明显，总体看上去非常压抑。倘若对其进行彻底改造成本又太高，而长久居住者又不愿轻易搬迁。怎么办？聪明的犹太设计师想出了绝招：一方面将其中那栋五层庭院进行外墙改造，采用的是外墙颜色的色差处理，结果一下让原本很有压抑感、拥挤感的五层楼显得"空旷有余"。另一方面将其余庭院的空间装饰装修，并引进了各式各样的品牌店、电影院、画廊等，建成融办公、购物、住宅、娱乐等于一体的多功能场所，又按照柏林人夜生活的习性和审美，进行了灯光、街景等装饰。摇身一变的哈克庭院，从此光彩夺目、一鸣惊人，一百多年来一直是柏林最吸引人的景点之一。

"这本有关哈克庭院如何建成的书，对双流的干部群众正在进行的老城区改造和建设的思路具有很大的启发作用……"刘拥军说。

双流人爱学习，从改革开放之初就有这样的好风气。

大家应该还记得在改革开放刚起步不久的时候，双流县委组织过一次由主要负责人带队赴苏南和广东等沿海地区学习观摩的事吧！那是双流的干部们第一次坐飞机到先进地区学习"取经"，对双流的发展具有里程碑式的意义。

"学了，看了，才知道原来外面的世界确实精彩。那些发展快的地方的人实在值得我们学习！"双流人当时就有这样的觉悟。有了这样的认识，才有了双流后来乡镇企业经济大发展时期，并且牢牢地稳坐在西南地区县级经济"第一名"的宝座上。

10年过去了，2010年的双流已飞跃发展，经济总量位居西南县域水平之最，也是四川县级经济的"龙头"。然而2010年元旦刚过，双流县委做的第一件事却让全县干部群众震惊不已。"想进"世界杯足球赛"的资格在哪？它在你必须得闯进前32名！我们双流过去一直在四川乃至西南地区稳当第一名！但这是在矮子堆里看自己，没大出息！"县委主要领导在干部大会上毫不客气地冲着那些"尾巴"已经翘了很多年的干部严厉地说道，"双流与四川乃至西南地区的县相比，是不错的。我们也在全国百强县之列，而且排的位置不算太靠后，第33名。但我们认真地把前面32名的经济总量、经济质量和社会全面发展的指标与双流比过吗？我们与第一强的昆山比过吗？人家的GDP达1700亿！我们是多少？我们只有人家的零头的一半！这算什么强嘛！这第33名有啥大出息嘛！

　　"再说一个事：山东邹平县的一个企业去年一年的销售收入，大家知道是多少吗？1000亿元！而我们双流呢？骄傲了多少年的双流地盘上有哪个企业实现了销售收入100亿的？没有！双流现在最大的企业一年销售收入都没达到50亿。跟人家差了多少？二十比一，还差一大截！

　　"这就是我们双流！这就是大家骄傲了多少年的双流实力和实际！"县领导在台上说完这话后，目光在会场上来回扫了一遍又一遍，最后把双流所有干部脸上的傲气全扫没了……

　　"这就是我们一直骄傲的百强县！这样的百强县真值得骄傲吗？"县委领导对着麦克风再问，"啊？你们说——说呀！"

　　扩音器在回响，震得干部们个个面红耳赤。

　　没有人回应。干部们开始在心底问：是啊，双流与更强的县相比到底有多大差距？我们未来的发展空间到底在何处？

　　我们真的还有发展和飞跃的可能吗？

　　2009年，双流的GDP突破400亿元，增速为16.5%，这几乎是个很大的增速了！地方财政收入达26亿元，增幅是23%，同样也是极致的增幅了！而且我们双流在四川已经连续14年位居"十强县"榜首，取得西部经济综合竞争力排名第一这般傲人的成绩了！

还要往高处飞？如何飞？飞得起来吗？

当然，必须飞，而且必须飞得更高。否则双流只能落后，只能被甩到"第33名"之后，甚至会一直到甩出"百强"之列！县上的干部们就这么肯定，这么坚决。

那靠什么呢？

"空港！"

"双流唯一可以同其他百强县相比的就是，我们有他们没有的空港经济！"

"我们唯一可以发力的点就是建设空港现代田园大城市！"——2010年的双流对空港经济和空港区域经济发展提出了这样一个概念。其实它已经是现在所说的"中国航空经济之都"的起步阶段了。

2018年2月11日，习近平总书记到成都天府新区视察，提出"要突出公园城市特点，把生态价值考虑进去"。成都天府新区现在归成都市政府直管，但行政区划仍然属于双流。2010年，双流就已经提出了两个重要概念：一是空港经济，二是田园式城市。前者与现在双流提出的建设"中国航空经济之都"一致，没有早先对"航空经济"认识的基础，现在双流的"中国航空经济之都"的目标也就不太可能被提出。田园式城市与公园城市在概念和内容上也已经十分接近，只是习近平总书记提出的公园城市在品质上更高端，更符合未来新双流、新城市人民的生活目标。

关于航空和航天，一直是人类对自由与未来的一种渴望和炽热追求，能在天上飞又是人类最想做的事。中国古人对嫦娥奔月的神话描述，说嫦娥本身就是心怀"飞到天上去"的梦想。而双流人对航空和对未来的追求，或许比其他地方的人更强烈。因为近靠机场，每天从

他们头顶上飞过的一架架银燕，在每一位双流人的心里都种下了飞翔的梦……

路上如何走？天上如何飞？其实人类自从有了飞天梦的那一刻起，就一直在寻找着方法。

118年前莱特兄弟第一次开飞机上天之前，18世纪的一对法国兄弟就把热气球送上了天，这是人类真正意义上的第一次飞天梦想的成功尝试。之后的一百多年里，人类对飞天的探索从未停止过，而且可以说是绞尽了脑汁、想尽了办法、用足了手段。今天的人类，不仅登上了月球，抵达了火星，还继续向着宇宙更远的地方飞翔。而中、美、俄等国已经研制出超高速飞行器，其速度几乎达到了无法再超越的极致……

夕　归

然而这绝对不是最后的速度，或许明天的明天的飞天又是一场颠覆性的革命！

双流人心中的"飞天"梦，同样充满着魅力、充满着激情，激励着生活在这片热土上的每一个人。

"第33位绝对不是一个终点，而是一个起点！我们必须朝前追赶！"2010年初，双流领导在大会上发出如此誓言，"用1—2年时间进入全国百强县前30名；用2—3年时间进入前20名；用3—5年时间争取靠近甚至跨进前10名！"

哎哟，我的热血都已经沸腾起来了呀！双流人一听这奋斗的目标和追赶的速度，都在这样赞叹着、热议着——能行吗？双流赶得上沿海地区的那些强县？我们靠啥子赶上呢？

大家在想。大家在问。最后大家都在思索一件事：双流真的行吗？

为什么不行？双流就是行！我们双流虽然在西部，但有机场，有航空，有在天上做文章的本事！

是啊，双流整体无法与东部沿海的地区相比，但确实有一个得天独厚的优势，那就是有机场，那就是有航空经济！

可是，如何让这优势转化为双流经济与社会全面发展的生产力，这中间的路还很漫长。当年诸葛亮辅佐刘备时战无不胜，靠的是"知己知彼，百战不殆"的兵法。现在搞现代化建设，同样需要了解外面的世界，了解竞争对手的做法。只有做到知己知彼，方能百战百胜。

"我们要想实现跨越目标，就必须走出盆地，才能海阔天空……"双流领导再次发出战斗号令。

想干什么？咋？轮到我们出川？坐飞机出去？这回，激动的不是干部，而是在双流搞新闻和宣传的那些土记者、"洋"记者（指的是那些平时管新闻的干部和职员）。现在他们被抽调在一起，组成10个小组，兵分10路，目标是去百强县中排名先于双流的32个强县"取经"……

少有的声势，少有的动作，少有的"取经"之旅。

走出盆地，体会太深。双流之外，天宽地阔！这是带着"考察学习取真经"重任的记者们通过数十天的对口采访考察之后所得出的最深体会。

王富明在考察采访之后，向县上汇报的《越地密码》一文中"江浙区域经济发展印象"这样写道：

> 在半个多月的时间里，我们从杭州到富阳，从诸暨到义乌，历宁波、绍兴、慈溪、温州、温岭、乐清、台州、瑞安、东阳、桐庐诸地，不仅了解了义乌的小商品、绍兴的纺织，而且探究了高阳的

造纸、慈溪的家电、余姚的塑料、诸暨的珍珠。从农村到城市，从企业到商场，从作坊到电子商务，从个体运输到对外贸易——从不同的角度感受着浙商给我们的震撼。这一震撼，正如伫立钱塘江看潮头，擎云举日，携海提峦，统百丈惊涛呼啸而来！

"历经千辛万苦、想尽千方百计、说尽千言万语、走遍千山万水"是浙江生意人的"四千精神"。这既形象地描述了浙江人挖掘第一桶金的过程，又真实地再现了浙江人全民创业的历程。

从中我们也许可以悟出很多道理。

从小处着手，从实处着手，浙江人把"空穴来风""无中生有""以小谋大"这几个词理解得十分透彻，从而使得全民经商的"草根经济"变成了整个社会金字塔最厚实的塔基。

浙江经济现象的奥秘在于，百姓勤勉创业、励志创新的精神品质已成为浸润和流淌在浙江人躯体和血脉中的基因。这种深厚的基因在改革开放和现代化建设进程中被全面激活，从而"一遇雨露就发芽，一见阳光就灿烂"。

双流记者王富明此行的最大感慨是在双流乃至成都，我们常常会看到卖皮鞋的温州人、开眼镜店的台州人、卖五金的永康人、卖机电的路桥人、卖水泵的温岭人……这一现象让我们看到以温州商人、宁波商人为代表的浙商真是无处不在、无时不有！浙江县域经济名满天下……浙江给我们的印象既不是富春的山水，也不是雁荡的奇峰，更不是横店的影视，而是浙江人的精明与浙江经济的强大！

记者李祥坤也是第一次到江苏的几个百强县考察采访，更是连声感叹：

从苏南到苏北，行经12个县（市），越太湖，跨长江，直达黄海之滨，单线行程逾千里，所到之处，无不令人热血澎湃。江苏大手笔的发展气魄、咄咄逼人的发展气势、如火如荼的发展形势、千帆竞发的发展态势、强劲有力的发展后劲，令人钦佩，让人振奋。

江苏省的县（市）中，全国百强县排名前10位的就占7席。它们不仅是长三角经济的重要一极，从某种意义上讲，还引领着中国经济的发展方向。把它们作为双流"创先争优"的目标，亦可见双流发展的决心和信心。作为"比学赶"对象，采访组每到一处，都有新感受、新触动、新收获、新启发。

此次调查采访前，我们只知道江苏人思想解放、办法多，但没想到其人其地观念更新那么快、政策措施那么活；只知道苏南地区发展速度快，却没想到在前期金融危机背景下发展的质量仍那么好！

走江苏看发展，江苏百强县的发展理念和务实举措，以及政府打造服务环境的力度都让人耳目一新。

年轻的记者韩国梁走的是渤海湾一线。他将自己的采访与考察之旅称为"一次感受变化之行"，更是"寻找答案之旅"。答案找到了吗？

他清晰地告诉家乡人：找到了！而且他将这个答案归结为"渤海逻辑"：

把优势做到极致，你就是天下第一。

环境是生产力，有好环境才能更好地发展经济。

今天不创新，明天就可能会落后。

韩明华和杨显云走的采访考察路线更典型，他们到了全国县域经济基本竞争力"七冠王"的江阴。江阴当时连续7年夺冠，成为百强县中的"冠王"，素有"幸福江阴""骄傲江阴"之称。

何谓"幸福"？早在2005年就率先在江苏省实现小康社会达标县域的江阴，提出了"幸福江阴"的概念，即要建设、要发展，就不能含水分，只要百姓认可的实惠的发展。幸福必须是百姓说了算，而非数字与领导的表达。所以江阴在取得连续"七冠王"之后，党委和政府向全体江阴人民承诺：要在就业创业中创造幸福，在群众增收中提升幸福，在环境优化中享有幸福，在心情舒畅中感受幸福，在素质提升中体验幸福。为了这些根植于群众心中的幸福感，江阴以科技创新奠定经济发展基础，以廉洁遍洒公共财政阳光，以细节落实体现民生改善，以市场杠杆撬动社会资本进入民生工程，动员全社会募集慈善基金……通过一系列新举措、新理念来推动社会新发展。"江阴人走在了所有地区的前头，他们的经验和做法给予了我们太多的启示！"

韩明华和杨显云在结束江阴调查采访之后，又折回昆山。他们对那"一个不断书写着经济和社会发展神话的地方"充满好奇与向往。他们对20年前苏州县区经济总量排名在"小六子"（最后一名）的昆山，通过十几年的努力，一跃成为苏州地区乃至全国制造业百强县的"老大"的发展史特别感兴趣。两位双流记者深入昆山发展的细部与大局截面进行了认认真真的考察，最后总结出自己的深刻印象：

亲商昆山：把服务做到极致；
创业昆山：梦开始的地方；
创新昆山：续写新的传奇。

到过昆山的人，会有个共同的感受：昆山之路，令人深思，更令人振奋。看昆山，满眼新奇激动不已；写昆山，千言万语无从下笔。有限的笔墨，如何能写尽无比丰富的昆山？

韩明华、杨显云无法不激动和感叹，最后他们得出结论：

学习和借鉴昆山经验，说到底就是要学人之长、补己之短，超越自我、超越他人。客观地说，双流与标兵之间的差距较大，与"追兵"的距离也不远，快几步能缩短与标兵的差距，慢一拍就会很快被"追兵"赶超，未来发展的前途和命运充分掌握在自己手中。我们学习昆山经验，就要反思自己的不足，就要查找自身的问题，确立更加强烈的危机意识、责任意识和赶超意识，以更宽的视野和思路、更高的目标和追求、更大的斗志和干劲，大力弘扬敢打敢拼的"双流精神"，抢抓机遇，致力于率先发展、科学发展、和谐发展，提升双流"两率先两示范"的质量和水平，加快双流赶超先进的步伐。

毛泽东曾经告诫过全党同志：谦虚使人进步，骄傲使人落后。可现实中真的又有多少取得傲人成绩的单位和个人还能始终保持清醒的头脑，做到谦虚谨慎、戒骄戒躁？不容易，或者不那么容易，尤其是对一个长期占据西部县域经济"冠军"宝座者来说。2010年的双流，有着这样"西部王者"的身份，他们就那么容易谦虚起来？就那么认真学习先进找差距？

是的。从这些记者发回的报道和感想内容来说，双流的领导和干部们确实放下了"西部王者"的架势，确实想与前32位标兵拼一拼了！赶超前32位是双流人定下的奋斗目标，他们真的在自查问题、自寻差距、自找方向……总之，双流这一轮的发展到了重新起飞的历史关键性时刻！

听听当时双流的干部群众是如何评价此次"学习先进、寻找差距、再求腾飞"活动的。

10个报道组配备了新闻中心最精锐的力量，行程5万余千米，走遍了全国县域经济前32强的县（市）。各路记者同时肩负着推介双流、考察区域经济、了解招商信息等各项任务。他们联络各级政府，进企业、入园区，广交各界朋友。在采访中，不止一次，采访对象对双流县委支持此次报道行动的气魄和明确的发展目标表示叹服。

"我们听到了你们追赶的脚步！"啊，这是32个百强"老大哥"对双流此举的评价。这评价实在，且充满着敬意与赞叹。

双流又要发"狠"了！双流曾经发"狠"过，"狠"起来的双流，就像汹涌的追赶潮流，它滚滚而来、势不可当……

真是不学不知道，一学方知双流与他地的差距。既然知晓了差距，工作目标、奋斗方向就会更加明确。明确之后，就是新一轮的拼搏与腾飞。

双流人确实有着非凡的拼劲儿和卓越的赶超能力。就在2010年派出"记者团"去远方采访考察之际，家中的双流人则在紧张而细致地将"前方"发回的每一个先进县的宝贵经验，一一消化，一一破解，一一升级，直到成为"双流自家的火锅调料"！

果真奇效："比学赶超"的当年，赶上新一轮的中国县域经济百强排名出炉，双流竟然首次跨入前30强，排名第27位！

双流！双流！啊，飞起来的双流真好看！飞起来的双流，一片云霞，满地金光……

再次振奋起来的双流，似乎少了以往的压力和束缚，反而在与百强前32县（市）的比较中找到了差距、求得了真经，宛如一架起飞的新型空客机，空载重量和负载重量皆有了前所未有的提升——

"你们，还有你们——大大小小的园区，现在是时候集中起来了！集中到一个区两个园来……"

——这就是工业"三个集中"的重新布局，在双流航空经济史上留下烙印的"一区两园"，即西航港工业集中发展区、西航港工业园、蛟

双流再飞

龙港工业园。

"那一年，我们西航港工业园的发展劲头可以用势如破竹来形容。天天有项目在园内开工，天天有大企业入驻，天天有滚滚黄金涌入……"这位"老西航港"人滔滔不绝地说起来。

"那一年，宸鸿光电、金奂，还有美国的铁狮门、阿艾夫、中海阳等龙头企业都是那会儿进驻园区的。同时我们也储备了像中国商飞、九江红鹰、中国南方工业集团、美国FBO、海普瑞、中国电信IDC基地的目标引进。为了确保这些龙头产业落地，我们对全园区重新进行了规划与编制，推进和扩大了第五、六期的开发建设。同时对原有出让的土地进行了'三月一清理'制度，即对那些逾期不动工的项目用地坚决清理收回，一连收回了29宗达2800多亩的工业用地。充分利用双流作为全国唯一的'土地利用总体规划实施综合试点县'的政策优势，建立了土地节约集约十二条机制，一下子就解决了项目用地的瓶颈问题。与此同步推进的融资平台的担保制度,让那些具有龙头产业意义的企业与创新项目进驻园区后不再为'钱从哪里来'而发愁……如此这般的创新之举,从根本上改变了双流一直以来的'小打小闹'格局,形成了以空港为中心的经济核心区域。现在我们所看到的和行驶的航空港大道南延线,空港四路的延伸线,园区大道的西沿线,工业大道的东延线,正公路西延线,物联网大道,空港高技术产业功能区六期南一路、南二路,和电子信息配套区东一路、东二路等城市骨架道路,全部铺开建成。紧接着如期完成了汉能110千伏变电站、通威110千伏变电站、中汉110千伏变电站和天威110千伏变电站四大用电设施建设。产业方阵和功能多元,在园区也迅速形成。比如第一方阵的光伏制造业、光伏电池进口替代产品、薄膜太阳能电池导电基板玻璃、特种封装材料等技术含量高、产品附加值大的光伏产业链配套项目均在此时形成;第二方阵的液晶面板、芯片、硬盘等战略性、关键性电子信息产业配套纷纷落户于园区;第三方阵的生物制药业和航空维修业有所突破;第四方阵的传统产业在这过程中也获得了技术改造和技术创新的全面启动机遇;第五方阵的家具产业、航空食品产业的深化与提升……总之,所形成的'五马奔腾'之势,着实让人激动不已!"

这一幕,为之激动的不仅有"老西航港"人,还有前来双流落户与开拓市场的那些产业巨头们——

比如宸鸿光电,一家国人并不熟悉但在世界上赫赫有名的芯片材料制造商。只是因为它低调,又是台湾企业,所以它的到来,其实震动的是大陆同行。

"能把宸鸿光电'掐'在双流,我们的触控技术就会是世界一流,我们的'芯'也就可以跟着怦怦地跳了!"中科院的一位资深院士长叹一声道。

真有这么厉害?我在网上一搜,"宸鸿"大名顿时跃入眼帘——公司地址：台北市内湖区……产业：光电产业。员工：3.8万人。资本额：5.01亿元。目前的主要产品：投射电容技术相关元件及模组，属于高技术门槛及高进入障碍的触控领域。无论技术层次或产能均居世界领先地位，客户群也均为世界级厂商。2014年全球各大触控屏生产厂商收入排名中，宸鸿光电以41.9亿美元的年收入排名世界第一。

台商还有一个特点，低调到大陆开厂，即使它本身有世界顶级名声，也不会让你感觉它那么牛气冲天。所以平时你想进他们的厂区参观，一般都会遭到拒绝。

"到四川双流，我们唯一所求的就是在这里安安心心地办厂与生产……"

九江红鹰？那可就不一样了！当年为国立过多少功就别提了。

"如今九江红鹰是一家集飞机制造、房地产、旅游开发为一体的集团公司。单说飞机制造这一块，公司定位为一家集直升机总装、定制以及技术服务支持为一体的专业航空器制造商。公司本部坐落在九江市出口加工区园内，配有高质量、高科技的生产设施及近60万平方米国际一流的高标准试飞区，具备了批量总装生产多品种、多系列、多型号直升机及固定翼飞机的能力。同时公司引进先进的直升机技术，独立进行直升机总装试飞、交付及售后服务，并逐步实现零部件本土化生产。公司到成都双流来，没有第二个目的，就是为了借此方宝地，抢占西南航空天地的生意，将公司的直升机资源优势用于西南这片辽阔土地上的乡村与城市的农林、警用、运输、工业服务、消防、搜救、紧急医疗救护、飞行员培训等广阔的业务。一句话：哪儿有需要我们的，我们都会做好服务！"

"当然，钱赚多了，对双流也是个好事——九江红鹰向你们纳税多呀！"

九江红鹰果然出手不凡，双流的西航港工业园内迅速有了这个革命老区来的航空工业"巨子"的身影——开业、投产……

当然，最后笑逐颜开的是双流人……

2011年，好事层出不穷。中国电信IDC基地要到双流落户，不知道要惹得多少"羡慕嫉妒恨"！因为中国电信的"块头"实在为"巨无霸"，拥有全中国14亿多人口的固定电话、移动通信、卫星通信、互联网接入及应用等现代信息服务业务。而"IDC"又是啥意思？原来，它是互联网数据中心业务，也就是说它是中国电信的核心业务部分。

据消息灵通人士透露，中国电信做出要在西南地区建立IDC基地的打算后，曾先后秘密派出考察团到相关省市实地走访调研，因为他们不敢惊动当地，否则就可能无法抽身——曾经有个考察团成员因为回到了他老家某某省，仅跟在省政府工作的同学电话联系了一下，结果考察就被当地省有关部门负责人知道了，立马由省领导接见中国电信考察团，希望中国电信的业务落户当地……中国电信领导层后来做出规定：不得擅自与当地亲朋好友透露考察业务内容。

中国电信一行人在成都的考察也是秘密进行的。一开始走的路线据说也不是在双流，只是转了一圈后，考察团到了双流，到了双流的白河与牧马山、黄龙溪，尤其是到成都双流国际机场旁的西航港开发区走了走，便感叹起来：真是"踏遍青山人未老，风景这边独好"！

就它了，在双流了！

中国电信IDC基地就这样安在了双流，安在了双流西航港工业园区之内……

诸君都知道"蝴蝶效应"的。当中国电信、宸鸿光电、九江红鹰等著名企业一进双流，其他经济实体和相关产业制造商和老板也跟着来到了双流。于是那一段时间里，双流人不光是激动、兴奋，还有自豪。

双流行。双流人能想得到的事，就能办得成！双流人自己这么说。

从对照"百强"前32名学习、追赶以来，双流的新一轮发展航程已经启动。仅看2011年的腾飞，我们就见到了双流经济全面发展的一片金灿灿的云霞——

这一年，作为园区经济龙头的西航港经济开发区建设面积扩大至43.6平方千米，正式设立了综合保税区和物联网产业园区。西航港经济开发区也先后被认定为"新能源产业国家技术产业基地""国家新能源装备高新技术产业功能区"和四川省、成都市的"成长型产业功能区""特色区"，位居全国新能源产业百强园区之榜首。

追溯双流进入新世纪后的发展轨迹，我发现双流人对"2011年"所用的词叫"腾飞"。以西航港经济开发区为例，该园区抢抓了国家支持发展战略性新兴产业的机遇，以高端产业和产业高端为发展方向，着力打造以太阳能、核能、风能及生物质能等为主导的新能源及装备制造产业和以物联网为主导的新兴电子信息产业，可谓使整个双流工业经济实现了脱胎换骨的历史飞跃，真正形成了"风景这边独好"的格局与态势……

如果你厌倦了伦敦，厌倦了纽约，或者对巴黎也失去了兴趣，那么你就来成都、来双流。因为这里不仅是生活最安逸的地方，更是最合适赚钱的地方，你没有理由不来。

——这仿佛是一位诗人说的话，但他真正的身份是一家驻双流的著名企业的CEO。

第十二章

商飞 双流 双飞

看了这个标题,你也许会有些懵。其实它很有艺术范儿,也是我们揭示双流成为"中国航空经济之都"的一把钥匙。

在中国人的日常话语中,"商飞"这一概念,就是指大飞机。

中国强大了,我们的发展已经让曾经称霸世界的西方国家害怕了,害怕到"逢事必言中国"。在风云变幻的当今世界中,我们都已感受到这一点。

然而我们又发现,中国在如此快速的发展和强大过程中,曾经有着一个严重的短板——一直造不出大飞机,而且连小飞机上的发动机也还主要靠进口……这太让人丢面子了,丢得着急、揪心,可最后还是无可奈何。

曾经造不出飞机,尤其是造不出大飞机,是中国航空发展的一大尴尬。

中国人的心为此隐痛了许多年,许多年——

中国人不是不努力。

中国人也并不是愚笨之人。第一个往天上飞的中国人叫冯如。他在1909年时就设计出了第一架飞机，并驾驶它飞上了蓝天。两年后他又设计出了第二架飞机，那架飞机在当时就达到了世界先进水平，因此冯如堪称"中国飞机之父"。美国的莱特兄弟也仅比冯如早了6年制造出世界上第一架飞机。然而飞机因为要飞得更高、要载人，所以动力就成为关键问题。而机械动力是欧洲工业革命的产物，强大的制造业又是工业革命最显著的标志。莱特兄弟制造飞机在第二次工业革命时期。这与一战有关。当时飞机还没有成为主要的战争武器，而战争双方的运输工具也主要靠简易的动力汽车与火车。但在二战中则完全不同了，飞机直接参战，作为运输工具，相当程度上决定了谁拥有最多的空中力量，谁就可以战胜对方。在战争的影响与推动下，欧洲人发展了前所未有的飞机制造产业，加之二战结束后，旅游业又成为发达国家的一项重要产业，因此航空业以迅猛速度在工业国家中崛起。以德国为代表的制造强国便成了发动机研发者和制造者，美国后来居上。有"飞机心脏"之称的飞机发动机在这其中便成为工业强国的主力攻关项目和科研发展的高精尖项目。大量的投入与实验、研发与创新，加之知识产权的保护，使得欧洲和美国的飞机发动机以绝对优势在世界范围内形成了垄断。

20世纪的工业发展，除了原子弹制造外，大飞机制造也成为工业发达国家的一大标志。

到20世纪初，处于半殖民地半封建社会的中国也没有出现第二个冯如，所以落后就要挨打……

中华人民共和国成立之后，我们也曾遭到西方资本主义国家和帝国主义势力封锁。老一辈的党和国家领导人，果断作出决策，必须制造我们中国自己的飞机，首先要发展的是军事战斗机。

毛泽东主席亲自批准了在西安、南昌和上海成立自制飞机的研究机构、制造工厂和组装基地。于是从20世纪60年代初开始,在原子弹、氢弹和人造卫星"两弹一星"国防项目实施的同时,造飞机的事儿也没落下。在我国经济落后、科研底子薄弱的岁月里,一项叫作"歼-12"型的飞机开始投入科研与生产。从型号上来看,它显然属于军用飞机。为了保卫祖国领空,制造打仗用的飞机是第一位的。而把打仗用的飞机制造出来了,还愁不能制造出民用飞机?决策者对这一点是清楚的。美国强大的军事战斗机和称霸世界的民用飞机,好多都是同一个制造厂出品的。

中国的飞机有了实质性起步是在中苏"珍宝岛"事件后的1969年、1970年。当时的执行单位是空军航空业领导小组和第三机械工业部,决策方向为"歼-12"战时是运输机,平时是民用客机,定名为"运-10"。所谓民用的"运-10"起飞设计的重量为110吨,能够实现洲际间不着陆的直航,也就是说它可以飞行中远途的国际航线。研制"运-10"民用飞机,真正用意是希望的我们国家有飞向世界的大飞机,实现真正的自力更生、奋发图强的航空事业大发展。

其实到1980年,"运-10"飞机就已经研制成功了,也完成了试飞。可在试飞两年后的"运-10"竟然悄悄地退出了中国航空历史舞台。为什么?因为它的研发和制造成本远远大于向美国购买波音飞机的费用。虽然那个时候,中国改革开放步伐已经势不可当,但我国自主制造飞机不仅投入成本高,而且生产也缓慢,而我们国内的经济发展也刚刚起步,相比之下买飞机是合算的事。

这之前,即1972年,美国总统尼克松访问中国后,两国关系进入一个历史性的"蜜月期"。同时波音飞机从第一次有10架进入中国市场,一直到今天看到的一系列数字:到2019年,在中国的波音飞机有599架,空客飞机有385架。

然而美国与中国做生意,何止是为了赚钱,还有更重要的目的:遏制中国的发展，尤其是航空事业的发展。这既是为了让它更赚钱，又是为了牢牢地把握技术主动权，用军事力量遏制中国的崛起！

霸权主义的嘴脸完全暴露出来。

"耻辱！"

"绝不能让霸权主义的无耻束缚我们国家发展的步伐。"

"按照中国自己的发展道路，重新规划我们的飞机制造业……"

认清了新的世界政治格局和霸权主义的战略意图后，中国的领导层开始进行一个"制造计划"。

1986年12月4日，那一天北京天气很冷，但在中南海的国务院总理主持的常务会议，气氛格外热烈：干，早动手比晚动手要好！

干！不让我们搞洲际线的大飞机，我们就搞干线飞机。

而且那次选择了与对手合作的方式——你波音不是怕我们单干吗？那我们与你合作总可以了吧？

这一招似乎让对手无话可说，而且中国巨大的航空市场对以美国为代表的西方飞机制造商而言是无法拒绝的诱惑。

那就……合作吧！

1987年1月，中国航空工业部与中国民航总局联合向波音、麦道等6家国外大飞机制造公司及发动机制造公司发出联合研制干线飞机的邀请。

之后是长达6年之久的拉锯式谈判……

空客公司回答得很干脆：我们的机型已经是世界最先进水平，用不着与中国进行合作式的新机型设计。

波音公司老奸巨猾，先拖延谈判时间，最后又说"无意按照中方干线项目要求对现有737、757进行改型""我们生产的其他大型飞机在中国市场的份额能够达到70%"。意思是说：你们何必再造啥新的飞机，我们波音的飞机可以在你们中国有70%的占有率，你们啥都不用忙活了，只要准备好钱买我们的飞机就行了——说白了，你别想"自作主张"，不要发展自己的飞机制造业，我们会源源不断地满足你们的民用飞机的。

最后，只有日薄西山的麦道公司勉强同意与中方进行一轮合作。当年，麦道的飞机行业收益下滑了62%，华尔街已经在齐声唱衰老牌的麦道公司。

麦道已然面临那样的景况。而那个时候中国与它合作制造飞机的事，等于是西北风里喝冷粥，想暖身子其实已经不可能了！

风暴终于来临。1993年夏天，美国国防部副部长威廉·佩斯与美国国防部相关产业的12家首席执行官共进晚餐时，向他们透露了一个重大战略决策：军工企业将掀起重大合并浪潮……那年底，唯一可能与中国进行合作的麦道公司将被波音公司以133亿美元兼并。

具有强大军事和政治背景的美国波音公司兼并麦道公司的这一做法，让中国决策高层再一次清醒地意识到美国人针对中国飞机制造业的釜底抽薪之举！

洲际线不行，那我们就搞干线。干线现在又被切断前景，那我们搞自己可控的支线吧！

所谓支线，就是我们在自己的国家内运输的飞机航线，比如从新疆的乌鲁木齐飞到新疆其他地方的小机场，比如从北京飞到济南、青岛等地的短途飞行航线。但这样的飞机比较小，也不怎么赚钱。

这样的航线，你美国总可以放我们一马了吧！

美国能放过我们吗？

后来的结果是：同样不放过你中国！

虽然中国的飞机制造业已落后于西方发达国家不少，但支线飞机的性能和用途毕竟要简单得多，技术含量也低许多。于是能够造出原子弹的中国工程师们、科学家们也是憋足了一股劲儿，西安飞机设计研究院研发出了一款支线客机"运-7"。

不到中国境外飞行，就无须美国发放的"适航证"。所以1966年在周恩来总理的批准下，我国进行了一款"运－7"的研发，4年后的1970年12月试飞成功；又用了12年时间，于1982年正式设计定型。国家民航局这回给自己的支线飞机发了"适航证"，于当年4月份，"运－7"型飞机正式被投入客运。这是中国打破外国垄断中国民航客运市场的第一次独立自主发展的成果，而且这款完全由自己研制的飞机后来已经有60多架投入使用，性能颇为不错。但突然有一天，国家民航总局通知"运－7"全线停飞，同时对该款飞机不再进行研发与生产。

这到底是怎么回事？到底出了什么事？

没有什么特别的原因，还是美国的老套做法：人家根本就不想让你中国的飞机制造抬一下头——洲际线不让你干，是怕以后你的轰炸机直飞到他们的本土；干线也不让你干，是怕你抢了他们最赚钱的航线，怕你哪一天用自己制造的轰炸机飞到他们驻扎在全世界的军事基地。那支线不让干，又为了什么？

为了不让你自己发展航空业，为了不让你经济发展有独立性，为了不让你在自己的国家自由自在地享受空中飞行……总之，我的地盘你中国不能碰，我在其他地方的地盘你也不能碰，你自己的空间我也不让你舒舒服服、自由自在。嘿嘿，你不是技术落后嘛！你不是还没有发展起来嘛！你不是想跟我比试嘛！那我就不让你有丝毫喘气的机会，不让你呼吸一口蓝天碧云下的新鲜空气——这才是其真实意图。

1997年那会儿，中美两国关系还算不错，美国跟正在一步步往前发展的中国仍然保持着表面上的和气。对中国来说，这是个难得的发展机遇。既然美国对中国庞大的消费市场很感兴趣，那么我国就顺势而行，想在"小范围"内争取些合作发展的空间，比如支线航空业。

这回"老美"们似乎放出烟幕弹了，说可以呀，支线我们可以合作！

于是中国飞机行业的有关人士立即兴奋了，赶紧提出要制造一个100座的取名为"AE-100"型的支线飞机，希望同波音和空客两家公司合作。

这个时间点是1997年。

100座？中国人有阴谋了！"空客人"警惕万分，因为这型号的飞机设计，与他们空客的A318型太接近了，后者是107座。"他们在合作之中，把技术学过去了，再稍稍将100座加长一点，不就等于或者超过我们的A318客机了吗？"空客公司包括西方政客大呼，"绝对禁止同中国进行这款支线飞机制造的合作！"

"他们有了，等于我们没了！宁可我们没了，也不能让他们有！"西方人通宵达旦地商量着如何对付中国的飞机研制新方案。

中国的飞机制造梦想者还在等候着大洋彼岸的"友善"与"好消息"。而就在这等待之际，中国遇到了1998年如猛兽般的洪水，同时又遇到了亚洲金融危机风暴……呵，悲也，壮也！神州大地也曾一时风雨飘摇！

怎么办呢？航天事业人正在焦虑地等待着政府的决定。

决定终于来了。决定完全与大势吻合——"AE-100"飞机制造项目组解散！

完了！中国的民用飞机何时能飞到蓝天啊？何时？何时——？

据说，在宣布AE-100项目组解散后，那些参加项目设计的专家和工程师们在离开北京之时，极其悲壮地聚在一起喝了一次"离别酒"。几十号人推开那房间的大门，跑到星空之下，手挽手、肩搭肩地掩面痛哭，声嘶力竭地悲号着同一句话：这辈子怕是别想研制出我们中国自己的民用飞机了！

别了！别了！

可我还是想有一天再见！

别了！别了！

可我还是想着以后有一天再聚在一起啊……

悲恸的中国飞机研制人，就在那个日子里，他们含泪挥手离别。他们都不愿乘飞机走，只愿乘火车走。飞机让他们的心碎了，然而"哐当哐当"的火车车轮也仿佛在重重地碾压着他们的心……

他们中许多人在回到原单位之后很长时间仍然在默默地流泪。

那个时候，国内仍然有一些人在幻想着美国能不能再对咱中华人民共和国"开开恩"，能不能在飞机制造方面给我国露一条"缝"让我们有口饭吃……那是不可能的，正如我国的外交家杨洁篪先生所说："我们把你们（指美国）想得太好了！"

1999年5月8日，以美国为首的北约，用隐形轰炸机悍然向我国驻南斯拉夫联盟共和国大使馆发射了5枚导弹，当时震惊了全世界！

强盗逻辑和霸权主义者的嘴脸，在那一刻被我们中国人彻底地看清了，而以美国为首的西方世界企图遏制我国发展的丑恶面目也在那时彻底地暴露无遗。

以美国为代表的西方势力是不可能让中国制造出可抗衡他们的大飞机的。即使他们不断地假惺惺地讨好我们，其目的也是为了卖他们的飞机，赚我们的钱而已……

痛定思痛的中国人开始彻底醒悟与清醒：必须通过一切办法实现自己"制造大飞机"的梦想，否则我们将永无出头之日，蓝天上也永远不会有共和国的国旗高高飘扬的！

在1999年的那个夏日，北戴河会议上，中国共产党的领导者面对西方霸权主义的穷凶极恶行径，开始了战略性的强国安排，其中就包括航母和大飞机。

今天我们已经看到中国航母编队在太平洋上展现中国军威，而大飞机呢？

人们在问。

其实，中国的大飞机也早在几年前已经在祖国的蓝天上展翅翱翔了——那便是C919于2017年5月5日正式首飞成功！那天的浦东机场，全世界的目光都聚焦于此，聚焦在那一架由白蓝绿三色涂装的大型飞机上。这是我国拥有的第一台自主知识产权、具备国际水准的干线大飞机。

而2017年5月5日，这个特别的日子，也正好是18年前，即5月8日，以美国为首的北约用飞机轰炸了我国驻南斯拉夫联盟共和国大使馆的前三天……18年过去了，中国人民终于可以让自己的大飞机起飞，飞到自由与和平的蓝天世界里！

飞了！飞起来了！飞得太漂亮了！C919在太阳光下轰鸣着呼啸而起，震荡了多少颗中国人的心，也让多少"中飞人"——中国飞机制造者热泪盈眶……

当天，在浦东机场上，有一位满头白发、手拄拐杖、身着黑色正装的老人，一直仰头注视着C919。这位老人，就是飞机设计师程不时。在27岁时，他设计出了中国的"初教6"飞机。已87岁的程老终于看到了我国的大飞机直插云霄……他激动得不停地喃喃着：我们有大飞机了！我们也有大飞机了！

程不时？为什么叫这个名字？许多人这样问过程不时老先生。每到这个时候，他总是笑笑，然后摇摇头：我真的生不逢时，所以叫"不时"。然而我们的"不时先生"，为了中国的飞机制造事业，却从来就没有停止过一刻的追求与梦想。

在大飞机起飞的一个月后，程不时出现在中央电视台综艺节目《出彩中国人》的舞台上。来自清华大学上海校友会艺术团的60位老人一齐唱了一曲《我爱你中国》，而程不时老先生则是小提琴演奏者。在这群平均年龄72.3岁的演唱者中，演奏者程不时年龄最大。主持人讲述了这

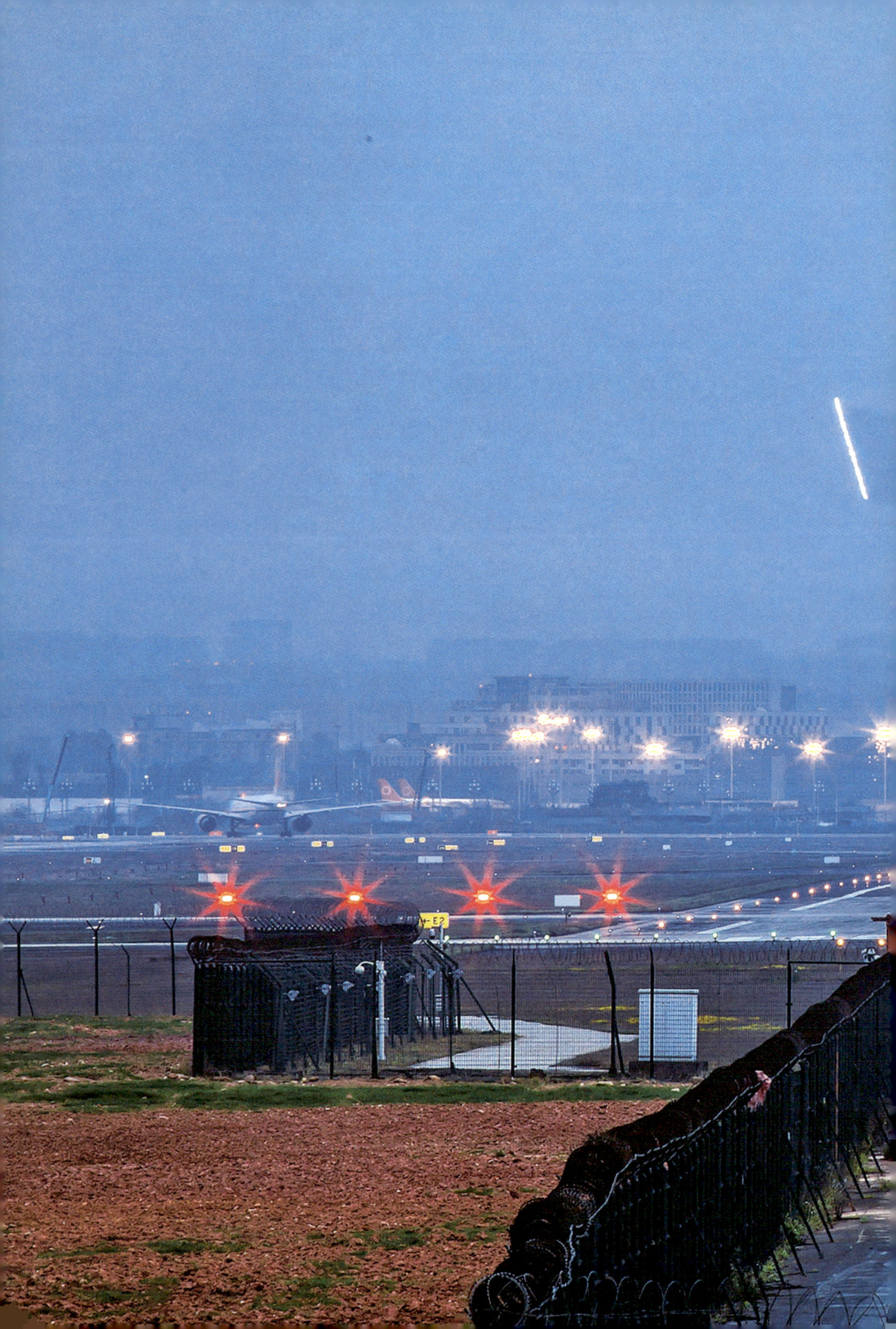

腾 飞

位老先生的"中国飞机梦",感动了无数观众。

1937年,卢沟桥事变爆发,当时只有7岁的程不时开始了逃难生活。战机的轰鸣声如影随形,它渲染着恐惧与仇恨,同时也在这个儿童的心中埋下了"飞机梦"的种子。1947年,程不时考入清华大学的航空工程系。因为国家当时并没有独立的航天工业,所以他的这个选择在当时被认为是不合时宜的。程不时说:有的大人告诉我,这个航空系前途不好。系主任也说,如果有条件的话,你最好转系,说会没地方工作。但是他却有一股豪气,"我不管,我就要建设祖国的航空事业。"

在宣告中华人民共和国成立即开国大典的那一天,程不时的"飞机梦"再一次被点亮。他回忆说:当时还有一些原来的传统,要举行提灯游行。我们学航空的,就做了个飞机灯,像真的一样。经过天安门的时候,新当选的国家领导人与群众送来了一片热烈的掌声。群众向我们喊道,希望你们将来真的为祖国建造出飞机来。当时那句话使我热泪盈眶。也很巧合,我毕业的那年,中华人民共和国开始成立航空工业局。

1951年,程不时进入中国航空工业局。1956年,中国开始依靠自身力量发展飞机设计事业,成立了"第一飞机设计室",由程不时担任总体设计组组长。1958年,我国自行设计的第一架喷气式飞机"歼教-1"首飞成功,标志着中华人民共和国自主设计研制飞机成功迈出了第一步。

20世纪60年代,中国没有自己的飞机,尤其是没有大飞机。周恩来总理出国访问,到国外一看,人家都坐喷气式飞机了,而他与中国同事坐的仍是苏联的一种落后的螺旋桨飞机。于是外国人就讽刺道:中国还没有进入喷气式飞机时代,中国是一只没有翅膀的鹰。

这样的情景和讽刺话语,对落后的中国来说很是无奈。

20世纪70年代,作为中华人民共和国的飞机设计师的程不时从沈阳调到上海,这一次让他全心投入的是大型喷气式客机"运-10"的设计任务。

1980年9月26日，经过10年奋战，人们期望已久的我国自主研制的大型喷气客机"运-10"，在热烈的欢呼声中腾空飞上蓝天，这给了程不时极大的鼓舞。然而从1982年起，"运-10"研制任务就基本停顿和停止了。

程不时一生的梦想，也因此而结束。后来他成了一名退休工程师。

"C919飞起来了！我的梦想也实现了！"程不时老泪纵横地说道，"我生不逢时，可我又活到了最好的时代……"

程不时的一生，宛如中国飞机制造那段充满曲折和磨难的岁月。

我们需要注意一下时间：C919大飞机是2017年5月5日实现的成功首飞。这是中国商飞的里程碑。

中国商飞也从此被国人所熟悉。中国商飞的全称是中国商用飞机有限责任公司，挂牌那天是2008年5月11日，新华社也发布了新闻。而我对此印象深刻，是因其公司的最高层中有两位是我在中央党校中青班的同学，对他们那种亲切感和自豪感也影响着我对中国商飞的关注和对中国大飞机命运的关切。

那一天，国务院总理温家宝为中国商飞发表署名文章《让中国的大飞机翱翔蓝天》。他指出："制造出有竞争力的大飞机，重要的是靠人，靠每一位设计人员的智慧和创造力。一个国家的实力是有限的，但人的创造力是无限的。所以，大飞机制造靠国家实力，靠科技的综合能力，但归根结底要靠人、靠设计师。要把国家意志变为人的意志，变为设计师的意志……"

"国家意志""民族制造"，这是中国商飞或者说是中国大飞机的同义词，就这样开始被人们熟悉起来。航母和大飞机，从某种程度上说代表着国家的强大。

大飞机呵，你到底能不能飞起来？你到底能飞多高多远？每一个中国人都在等待、都在期盼，而且心里总是有几分不安与紧张……因为不堪回首的往事太多，何况世界上那些"亡我之心不死"的霸权主义者不是少数，我们的大飞机真的能制造出来，真的能飞得起来吗？

然而中国人一旦努力起来，就可以创造人间一切奇迹。对大飞机，也同样如此！当一种使命和责任成为国家意志和人民意志时，中华民族就可以变得异常坚韧。今天的西方世界大概已经明白了这件事，所以他们近乎疯狂地围堵和压制我们，原因只有一个：他们害怕了！

中国商飞的使命就是造出属于中国的大飞机。

这期间走过的路确实比登珠峰还要困难。许多无形的和有形的资源，被早已占据航空领域主导权的西方世界所霸占，比如"适航证"的发放，比如全球采购中的刻意压制与封锁等。就像制造芯片的刻蚀机一样，有的国家就是不卖给我们，而我们也确实一时半会儿把它研发不出来。"瓶颈"就是这样产生的。

这中间有国家之间甚至是意识形态问题之间交锋的缘故。在"中国商飞"起步和规划自己的大飞机之后，中国除了C919型号的干线机型，把精力更多集中在支线的ARJ21-700型号的研发上。因为中国的飞机事业既要走向世界，又要根据实际解决以国内为主的航空自用与经济发展所需。中国从不扩张，只做好自己的事情；中国也有构建人类命运共同体的目标，但从来都是发展互惠互利的友好关系。C919和ARJ21-700，就是中国商飞的干线机与支线机的模板，体现了中国的航空策略和外交立场。在这一点上没有什么可以隐瞒的，也用不着隐瞒。毕竟，当时作为一个有着13亿人口的国家，也需要向前发展，而航空事业向前发展是一个国家真正崛起的象征，如同向太空进军一样。"商飞"本身的定义也十分清楚：用于商业飞行的飞机。

这是民用航空事业，为什么中国就不能发展？

刚开始看到"阎良"二字，我还以为是某个人的名字，其实它是西安航空基地的所在地。成立于2004年的西安阎良国家航空高技术产业基地和后来成立的中国商飞上海飞机制造有限公司（"商飞"的总装制造中心），都是中国为大飞机准备的制造与研发自己的干线与支线飞机的主要基地与单位。它们曾经也都是中国航空业的赫赫有名的奠基者与实践者。

现在，它们要重整雄风了。

然而出征的每一步，都充满着艰难与险阻。"玩飞机就是玩命！"航空业内有这样一句话。但他们还有一句话："为了国家的事业，玩完了命还要继续玩，一直到中国的飞机飞上蓝天……"这就是中国航空人的意志，他们把国家意志实实在在、彻彻底底地落实到了自己的行为上。他们凭借着不服输、敢超越的劲头，拼着命在干一件几代人都没有干成的事。

他们成功了！

C919于2017年首飞成功。

而ARJ21－700型号比C919要早几年完成首飞。我从ARJ21－700试飞的资料记录上看到，这是中国第一架自主研发的喷气式支线飞机。它所经历的"往事"实在惊心动魄：从全球采购、组装部件、测试、进入首飞试验到正式首飞，再到落户成都双流国际机场，整个过程足以单独用一本书甚至几本书来叙述……总之，中国商飞飞得太艰难，艰难到无法想象。仅在试验鸟与飞机碰撞的试验报告一事上，就艰难无比。最初在室内模拟试验时，用的是鸟做实验，结果每次鸟都会把好端端的机头撞出一个个洞。这是为什么？我们的机头不如鸟？这问题让中国飞机设计师们头疼得要裂开。

找不出原因就等于毁灭。毁灭的结果是中国整个航空事业再次进入死循环。中国不可能再度让自己的航空事业进入死循环。中国航空人就凭着顽强的意志，依靠自己的力量和智慧战胜了死亡威胁。

10的负9次方（10^{-9}），这是个数学数字，而放在航空飞机制造业上，它是极其重要的飞行密码。它代表着飞机在每飞行一小时内因系统发生故障造成飞机灾难性事件的平均概率，它代表着"极不可能"！

飞机最大的安全性，就是希望绝不可能。然而绝不可能的事几乎不存在，因此"极不可能"应该是离"绝不可能"最近的一种要求标准了。"中国商飞"制造的飞机就要求达到这个"极不可能"发生事故的状态！这是对人的生命极度负责、对飞机性能最高要求的标准。

谁能实现这样的标准？大飞机公司都是这个标准。"中国商飞"也是这个标准。

ARJ21-700就是这个标准。世界航空业中"适航证"的颁发，最核心的就是要看你的飞机在安全性上是否符合10^{-9}。

世界上所有的飞行悲剧都与在这10^{-9}上出了差错有关。航天飞行亦如此。1986年1月28日，美国航天飞机"挑战者"号的第10次飞行中因固体助推器密封环失效而引起空中爆炸，不但造成直接的经济损失达20亿美元，而且7名优秀的宇航员全部遇难。航天超级大国的美国为此被迫中断了两年的宇航飞天工作。

中国人能保证不出问题？

中国人自己制造的飞机绝对不能出这样的问题！

ARJ21-700（当然还有C919）必须做到这一点！否则全国人民不答应。

这就是精密的航空制造。

人的生命对个体而言绝对是最宝贵的，所以一架飞机的制造在性能上出了问题，那可就是天大的事，谁都承受不了！

从这个意义上讲，玩飞机不亚于玩命。

写到此时，我的脑海中又浮现出程不时先生那天在央视舞台上的演奏……我想那一天他的心头说不定又想起了2014年在珠海航展上的那个"大飞机之夜"，彼时他也演奏了一首小提琴曲。琴声悠扬，诉说着这位老人一辈子的梦想与期待。ARJ21-700飞机的研制者们与程不时的情绪一样,激动不已,甚至豪情满怀,因为中国终于可以向世界展示自己真正的飞机制造实力了!

尽管向天上飞的道路总是坎坷曲折,但光明就在眼前……

> 虽然我们的力量已不如当初,
> 已远非昔日移天动地的雄姿,
> 但我们仍是我们,英雄的心
> 尽管被时间消磨,被命运削弱,
> 我们的意志坚强如故,坚持着
> 奋斗、探索、寻求,而不屈服……

这是丁尼生的诗,这也是中国飞机研制者们的心声与心愿。

中国商飞终于迎来真正的曙光——2014年4月28日,编号为ARJ21-700飞机的104架机稳稳地降落在西安阎良机场。这标志着它已经成功完成了最后一个试飞项目——飞越北美大湖区的万里"追云"之旅,进行最后一次的自然结冰试飞。

2014年12月30日,中国民航局局长李家祥乘坐ARJ21-700飞机的105架机从上海飞到北京。他激情澎湃地对新闻记者们说:"今天我特地乘坐这架飞机,就是要向世界宣告,中国研制的喷气式客机是安全可靠的,是完全值得信赖的!"

至此,中国商飞的ARJ21-700型号支线飞机正式完成"出嫁"前的所有试验任务。它等待着光荣而激动人心的那一刻——交付使用单位正式飞载商用。

第一架飞机给谁?这对中国商飞和使用飞机的航空公司而言都是头等大事。全球首家用户,这太有讲究了!

然而中国商飞的第一架飞机竟然落户于成都双流国际机场，且是成都航空有限公司（简称"成都航空"）。

这成都航空是谁？那可是双流的正宗亲戚，真正的"自家人"呀！

这家公司的前身是鹰联航空。最困难的时候，鹰联航空每天只有2架飞机在执行飞行任务。然而我知道，在"5·12"汶川特大地震时，鹰联航空将一半运力投入救灾，而且我还见到了当年执行抢险救灾的功勋飞行员。几年后，鹰联航空起死回生，改为成都航空，将飞机扩充到了16架，航线达到50多条，并且成为西南支线航空的有力竞争者。

"我们在西南。我们在成都。我们在双流。我们在支线最有前景的机场和地区，所以我们比谁都期待ARJ21-700！"成都航空以最真诚和最热情的姿态，做了最充分的准备，向中国商飞提出了首架ARJ21-700飞机落户成都双流国际机场的请求。

"无论需要我们做什么，我们都将全力支持和投入力量！"双流人知道成都航空的这个愿望后，也给出了最有力的保证。

"成都航空和双流人让我们无法拒绝，而在中国的支线版图上，他们又是我们最理想的选择……这就叫'天时地利人和'吧！"

"对，就选成都航空！就定成都双流国际机场！"

2015年11月29日，中国商飞向全球首家用户——成都航空交付了首架国产喷气式支线客机。此次航行，中国工信部部长和中国商飞董事长亲自乘坐从上海飞来成都的首架ARJ21-700飞机。

"作为普通乘客，我感觉ARJ21-700飞机宽敞、舒适，飞行很平稳，各方面设施也比较完善。与我们经常乘坐的国外客机相比，从便利性上来说基本没有什么差别。作为商用航空产业的主管部门，今天又是一个令国人激动的日子，因为在我们国家的正式航线上，第一次有了我们自己按照国际适航标准研制的喷气式支线客机。这是一件了不起的事情！"中国工信部部长激动地感叹道。

大飞机示范产业园

"那一天，我们航空公司和双流人给予了ARJ21-700飞机高规格的礼遇。在飞机沿跑道滑向停机坪时，在跑道两边的消防车向空中喷射出巨大的水柱，在飞机上方形成了30米高的拱门，公司的工作人员则穿着印有熊猫的服装，组成了别具地方特色的'迎亲'队伍……"成都航空的许多工作人员当年都参加了"迎亲"队伍，所以一说起"阿娇"（他们为首架ARJ21-700取的名）"出嫁"到成都双流时的盛况，他们就格外激动。

这一镜头在成都双流国际机场发展史上可以说都是让人难忘的。

而在同一机场还有过许多令双流人难忘的历史镜头。其中之一就是"中国航空经济之都"的前世今生，因为它对双流而言，其实就像国家制造大飞机的过程一样充满着艰难与艰辛……

那一年，双流的不少干部听过成都航空总经理隋明光这样说："成都航空，定位十分明确，为国家民用商业飞机的实验基地、运营基地、实训基地、技术支援基地和示范基地。这五个基地建设，绝对离不开双流地方的支援，而双流则完全可以与我们的航空事业一起发展……"

双流人清楚，新成立的成都航空背后是三大巨头：中国商用飞机有限责任公司、四川航空集团有限公司、成都交通投资集团有限公司。这也是中国第一家由中央企业、省属企业、市属企业合作成立的企业。成都航空的发展与布局，让双流人看到的不仅仅是一家航空公司在自己的地盘上生根发芽，而且是中国航空事业和航空经济在自己家门口所布下的一盘大棋！

你参与了这盘大棋，你就有了腾飞的可能；你若与它一起展翅飞翔，你就获得了一个新的时代的开端。双流人聪明，双流人懂得机遇为何物。

双流做好了起飞的准备。而在这之前，他们就早已有了搭机场而富足、搭飞机而高飞、搭航天而远航的意识和行动——西航港园区的开创和发展，其实就像一路坎坷而行的中国商飞的发展一样，充满了艰辛。只是这种艰辛是伴着干事业的豪情与拼搏精神，属于阳光下流汗出力的事，与中国商飞为冲破西方世界技术霸权和技术封锁的搏杀在本质上还不太一样。

从这个意义上讲，双流人是幸运的，因而双流也是一个因一座机场而兴、因航空事业而旺的福地。

下面的一件事，外人可能不容易相信，但它确确实实是真实存在的——第一次到双流，我就听说在紧挨机场的地方有个长寿之村，现在叫社区了，其中有位老人已有120岁了！

120岁！我想象不出世上竟有如此长寿者！

是的嘛！老太太前两年还能够干些家务，后来因为摔了一跤，腿脚不利索了，所以这两年不太露面了。然而这位老寿星的存在，也让我对双流空港有了一份说不出的特殊念想……

2021年1月8日，是我新年的首次外出。这一天心情格外明媚，洋溢着一股如孩童般的期待、愉悦与兴奋。因为这是我再度到双流，所以第一件想做的事就是去拜见这位120岁高龄的老阿婆呢!

到了"长寿之村"后,接待我的是社区支部书记黄忠。这个社区现在的全称叫"成都市双流区黄水镇云华社区",与成都双流国际机场毗邻。每一架进入机场的飞机都要先从这个叫"云华"的社区上空呼啸掠过……

侧耳闻听上空不断的飞机轰鸣声,再看看低矮楼宇四处散落于矮丘和青山间,在这个地理位置偏僻却又飞机声喧闹的小村庄,我心中不禁略有疑惑,这里就是"长寿之村"?

黄忠大约四十出头,是个很精干的人。他介绍道,云华社区原来就叫云华村,后来双流成为区以后就都把"村"改为"社区"了。我问:"这里的老寿星有多少呀?"他说:"八九十岁的数不过来,百岁老人不是一个两个。目前最长寿的已经121岁啦……"

"121岁?!"我再度感叹!

"对呀,不是刚过新年嘛!老寿星又长一岁了呗!"黄忠能说会道。不管怎么说,能在今天实实在在见到一位如此长寿的老人,我的内心确实充满着激动和期待。想想我们自己的年龄一年又一年地在增长,谁都明白"长生不老"是不存在的,但是长命百岁却是我们每个人心目中最美好的"远方的诗"!若是能活到110岁是奇迹!那么活到121岁是什么概念呀?神仙呐!

我对头顶上不绝的飞机轰鸣声很不习惯,自言自语地嘀咕着:在这么大的噪音下人都可以长寿?

对这样的"不可思议",黄忠书记笑了笑,说:"或许正是呢!这也是我们双流空港经济的一大特色……"

"怎么讲?"我疑惑了。

"因为老年人一般脑细胞不活跃了。这每天被头顶上的飞机震一下,这脑细胞不就活跃起来了嘛!"黄忠够幽默。他的话引来同行人的一路笑声。

"到了！到了！"车子在机场附近行驶了十几分钟，在一片小丘坡的林竹园前停下，我们下车步行。"翻过这个小坡就到了。"黄书记说。我们朝绿荫深处的小村庄走去……

小道蜿蜒而上并没有什么特别之处，但是两侧的青竹则异常郁葱、挺拔耸天，周边的树木也格外枝繁叶茂。这里有点儿世外桃源之感。

"这几户都是老寿星儿孙的家……"黄忠边走边指着坡上绿荫中的几幢农舍，告诉我。

"她就住这家。"继续往前走了几米，在靠近坡顶的一个小院，门牌是"云华社区9组51号"。这时黄忠"扔"下我，快步进了小院，迎着一位坐在正门口的长者连声喊着"老伯好，老伯好"，然后指指身后的我说："北京的何老师来看你们了……"

老伯利落地站起来与快步走过去的我握手，热情地说着"欢迎欢迎"。

"这是朱婆婆的小儿子，参加过抗美援朝的老兵……"黄忠介绍道。

"哦哦，老伯高寿？"我问道。

"84岁。"老人家爽朗地回答道。

"老伯还有两个哥哥呢，刚'走'了不久，也活到了九十好几呢……"黄忠接着说。

"朱婆婆呢？"黄忠转向旁边的一位妇人问道。她是朱婆婆的小儿媳妇。

"在屋里睡着呢！"小儿媳妇向我们悄声说道。

哎哟不巧，老寿星在睡觉哩！"那就别打扰她了。"我赶紧说。

"没事没事，她每天起床后要再睡个回笼觉，一会儿就好了……"

小儿媳妇带着我和黄忠一起轻轻地走进朱阿婆的房间——那是个很

普通的百姓的房屋，里面有两张床，老寿星睡的床有蚊帐罩着，另一张显然是陪护睡的。毕竟121岁的老人得有人守护。

"妈，您醒了？有人来看您了……"小儿媳妇撩开蚊帐，弓着腰对裹着几床棉被躺着的老寿星说。

"嗯？！噢噢！起……"这是我第一次听到老寿星的声音。我轻轻往前凑过去——看见了：121岁的朱阿婆，她身上穿着大红色的棉衣，面容清瘦但红润，看上去差不多九十多岁的模样……

老寿星好奇地看着我，眼神有些迷惑，显然我是她不熟悉的陌生人。

"北京的人来看您了！"小儿媳妇一边扶她起身，一边说道。

"北京来的？！"老寿星两眼直直地看着我。

"前些日子刚摔了一跤呢，不过没有大碍……"小儿媳妇对我说。

"哎哟哟，不行就别让她起床了。"我心头有些不忍。

"没得关系，她可以的，每天睡醒都要起来活动活动的。"小儿媳妇说。

121岁的老寿星真的站立了起来！这一刻，我肃然起敬——尽管朱婆婆弓着腰，但我却感觉到了一股强大的生命力量！

老寿星被搀扶到一个用细钢管做的小滑轮架前，然后由她自己双手撑着一步一步向门外挪动，一直来到小院里为她准备好的皮椅前坐下。这个距离虽然只有十几米，而我看到的却是一位世纪老人所走过的121年的沧桑岁月！

与我随行的本地朋友大多数也是第一次见到老寿星，所以场面极其活跃。

"朱婆婆，这位是北京来的何作家，他来看您呢！"社区的黄忠显然与老寿星很熟，所以对他的声音和模样，老寿星是觉得非常亲切和熟悉的。听完他的话后，老寿星的目光似乎"正式"转向我，而我也开始靠在她身边。

我对她说:"婆婆,我是从北京专门来看您的!是从毛主席那里来的!"

老寿星一听我的话,眼神仿佛一下放出了光似的,明朗朗地盯着我,嘴里喃喃道:"北京,毛主席……"

我一阵激动:"了不起,她竟然都知道!"

"知道。她耳朵好着呢!"老寿星的84岁的小儿子说。

"婆婆,我们北京的大领导们都知道您呢!"我凑近她耳朵兴奋地说。

"咯咯咯……"朱婆婆孩童般地开怀大笑起来,那笑声中气十足。她的笑眼弯弯,很是喜悦,在红帽子、红棉袄、红棉裤一身红的映衬下,有种返老还童之感。尤其是这样的年纪竟能发这般爽朗的笑声,既感染了我,也感染了在座的人。

"她笑得太有魅力、太有感染力了!"我似乎一下子看到了当年那个年轻美丽、扎着一双黑色大辫子、在田间地头朝气蓬勃忙农活的她!

"真是奇迹!她中气足、身体硬朗……有你们的功劳啊!"我向阿婆的家人竖起大拇指。

"要不是前两年摔了一跤,把腰摔骨折了,她还一直到院子里扫扫地呢!"小儿媳妇说。

我忍不住摸了摸老寿星的手,感觉很暖和;再看看她的头发,竟然还有几缕灰白青丝……这些都令我暗暗吃惊。

"婆婆,您要多吃点鸡蛋和肉啊!"陪同来的一位本地女同志用家乡话对老寿星说。

老寿星马上摇摇头,再拍拍肚子:"鸡蛋不吃,不吃!我有胆囊炎……"

"哈哈……她啥都知道!"大家又一阵欢笑。

"吃肉！我爱吃肉。"老寿星跟着笑着补充说。

"原来您的长寿秘诀是这个啊！"我逗她乐。老寿星竟然对我的"北京话"也能听得懂。

"婆婆，您知道您多大年纪了？就是多少岁了？"我想"考考"老寿星。

听了我这话，老寿星似乎有些不解，望向小儿媳妇。"问您多少岁数！"小儿媳妇凑近老寿星耳朵说。

"唔——"老寿星连连摇头，并且发出含糊的唔唔声。

"她说她搞不得清楚！"小儿子"翻译"道。

我不由暗暗自责起来：不该向121岁的老寿星提出这样的问题。这当口，马上有人拿来她的身份证，上面清清楚楚地写着：

姓名：朱郑氏

出生：1900年8月2日

120周岁是毫无疑问的。这是我所见过的第一位年满120岁的中国寿星。

我忍不住拿着"朱郑氏"的身份证，与朱婆婆合影。照相时，老人家特别配合，眼睛总盯着手机和镜头。照完后，她还会呵呵呵地快乐一笑，是那种耸耸肩的欢笑。

实在太可爱了！

显然老寿星还是个"开心果"。于是我又凑近她的耳朵，逗她开心说："婆婆您好漂亮啊！"

"呵呵……"她羞涩地摆摆手，又发出了欢快的笑声。

我把手机调到"自拍"模式，让老寿星从手机上看自己，她的眼神顿时亮了，对着手机笑个不停……

我和在场的人皆欢笑不止。

看着老寿星耳聪目明、开朗快乐，我说："您能活200岁——"

"喔喔——太麻烦了！太麻烦了！"不想老寿星连连摇头，完全是一副"要不得"的神态。

这哪是120多岁的老人嘛！她眼明、耳灵，除了腿不太利索外，全身没有大毛病。最关键是脑子特别清楚，反应异常敏捷，与我这样一个外乡人对话基本上没有障碍，看来朱婆婆还是见过世面的人呢！

"您这么高寿我们特别高兴！"我有话无话地跟她聊天。

她又发出咯咯的欢笑。

今年，小寒过后四川似乎格外冷，虽然朱婆婆穿得很厚实，但我仍然担心她会不会着凉，便抚摸着老人家的手问她冷不冷。

她转向身后的小儿媳妇招了招手，不知示意她做什么。

"噢，知道了……"小儿媳妇马上抬腿往里屋去，随后拿出一个热水袋，放到婆婆手上。

老人家便将双手放在热水袋上，安然自得地朝我笑笑，然后说："看，我活得像虫……"

虫？我有些迷惑地看向社区书记黄忠。

"四川土话，就是像虫一样，吃了睡，睡了吃。"黄忠说。

老寿星的话又引来一阵欢笑。

离开老寿星家，黄忠带着我们到空港社区走了一圈。那一天尽管是小寒节气，天气颇有些寒冷，但社区的游客来来往往，依然热闹非凡。

"我们现在的社区经济，一是靠招揽全国的游客到机场降落地看景游乐，二是靠长寿文化……群众能够通过这两个特色产业获利，收入年年增长。"黄忠很能干，他见我在一本书上签名，就邀请我为社区题写宣传语。

"写什么呢？"我寻思片刻，说，"乐游空港，长寿云华？"

"好！就它了！"黄忠激动地说。

"希望你说句实话，这个机场为当地群众和这个社区到底带来了什么？"在饭桌上的闲谈中，我认真地问黄忠。

"这是不用想就能说出一大堆话的事情……"黄忠说，"如果没有这个机场，估计除四川外的人不会知道成都边上还有一个叫双流的地方。因为有了机场，而且机场就叫成都双流国际机场，所以我们双流的名声就传播开了。这是其一。其二，听老人们说，双流在没有机场之前，没有什么工业和生意可做；有了机场，就等于有了做生意的市场，机场越大，生意就能做得越大。而且这个机场是国际机场，我们作为双流下面的一个最基层的行政单位，感受到的是生意来自五湖四海，日子一天比一天好。如果你有本事，幸福生活就跟起飞的飞机一样，越飞越高，越飞越远……"

黄忠以前在外面做生意。自社区的机场经济搞活以后，他被村上的人拉回来做了"致富带头人"。"我已经被越来越热闹、越做越大的社区航空经济所诱惑，连提出不干的机会都没有……"黄忠如此说。

这个我相信，因为在与他一起拜见长寿朱婆婆和参观云华社区的过程中，黄忠不知接了多少电话。"都是来跟我谈合作项目的。我想在机场花园入口处搞一个鲜花市场。话一传出，成都和重庆两地的花农都来找我。这生意巴适了，我们云华社区的集体经济和百姓的日子又要上一个新台阶……"

"估计世界上没有一个社区能跟你云华相比的是：一是有机场做邻居，二是一群老寿星在这里……现在富裕起来的人最想做的两件事知道是啥吗？"我说。

"啥？"黄忠赶紧问。

"旅游。想长寿。"

"哈哈……这两样我们社区全占着了呢！我睡着都要笑出声来

呀！"黄忠一听，兴奋地跳了起来。

"大作家，您想象力丰富，帮我想想长寿文章怎么做。"他已经迫不及待了。

我笑道："这还不简单？把你的那些百岁老人集中起来，天天养着他们，将他们的生活方式和生活经验展现给前来参观的游客，然后再推出你们云华的特色食品和餐饮，这不就能赚大钱了嘛！眼见为实，谁不想知道老寿星们的长寿秘诀嘛！"

"哎呀，这一招太绝了！"黄忠再度兴奋，跳得也更高了，"马上干！马上干！"

我自然而然地抬头去仰望双流人头顶上的那个世界：那是一片蓝天，那是一片不时飞翔着中国以及世界其他国家飞机的蓝天，那是一片已经被双流人视为生活和生命重要组成部分的蓝天……

那蓝天，我似乎悟出了它在那些渴望改变生活和命运的双流人心目中，已经成为幸福且长寿密码，并且他们也已经掌握了这个"密码"，便是逆流不畏、顺势而为、强势推进、勇往超前——

到底是谁第一个提出将双流建设为"中国航空经济之都"这一概念的？这或许已不重要。重要的是，从某种意义上说，因为这一概念足以成为让中国的今天和明天又有了一个影响某一地区甚至带动一方天地的功在千秋的"国家大事"！

现在，双流将自己定位为"中国航空经济之都"。毋庸置疑，这是一盘大棋，大到可能连一些双流人对它的认识都还处在朦胧之中，而双流的决策者则提前清醒地意识到必须布一盘怎样的大棋，才可能对中国乃至世界都具有不可小觑的作用。

如前文所言，人类从农耕社会进入海洋文明之后，迎来第三次"星球级"浪潮——我想出这样一个词，是因为之前的两次改变人类生产方式和生活方式，都没有离开大地，而航空是在天上的，是离地的，是人类借助飞行器实现"脱地"的一次更大的飞跃与革命性突破。它没有农场与驿站,也没有港口与码头,只有空间标志和卫星定位。从地球的某一个点环视整个世界时,哪怕是在青藏高原或太平洋的任意一个地方,它都是人类生存着的地球的"中心点"。无须考虑它是否有火车轨道还是高速路,也无须考虑它附近有无深水码头或不冻港,因为它是空港,飞行器能抵达的地方就是它繁荣昌盛之地……

这就是"中国航空经济之都",双流人一直在努力打造的概念,至今已经有模有样了。尽管双流处于一个区县级地域,但在20世纪80年代以前,又有谁能相信深圳河边的一个渔村转眼间成了世界级现代化大都市——深圳市呢?上海人一直很牛,但他们也没有想到在外滩对岸的浦东,那个曾经让"阿拉"们嘀咕着"宁要浦西一张床,不要浦东一幢房"的地方,同样是一转眼的时间,如今成为世界金融中心。

双流为什么不能?双流并不比当时为小渔村的深圳和"处处是稻田"的浦东差多少——在历史人文丰厚和物产丰盈的蜀国土地上,双流自古涌动的就是金子和比金子更高贵的精神。

如今确立的"中国航空经济之都"的奋斗目标,也非心血来潮,更不是凭空假想。

在双流采访时,我时时都能感受到双流人那份对远方和天空的无限遐思。

"蜀道之难,难于上青天"……古时生活在盆地内的川人(双流人),因为蜀道难,他们对外面的世界非常渴望,而唯有两种方式可能闯荡出去:一是从商所需,二是战争所迫。这两个原因让川人(双流人)确实也走了出去,认识了新的世界,同时也扩大了自己的发展空间,更重要的是丰富和提升了他们的精神世界和人格品质。

蜀道之难,表面上看难的是道路,然而真正的难在于考验与锤炼每一个川人(双流人)的意志与信心。当战争来临之时,包括双流勇士们在内的川人，他们怀着对国家和民族存亡危机意识支配下的勇敢和牺牲精神，以气吞山河之势，战胜了"难于上青天"的蜀道；用生命和热血，为中华民族奉献了血肉之躯。为了寻找幸福、积累财富，他们的先辈，赶着马车，甚至人拉肩扛，翻山越岭，蹚出了一条"上青天"的蜀道，让"天府之国"永葆安康富庶。

在穿越蜀道的漫长岁月与艰难征程上，双流人走在了最前面，展示了川人的品质和风采。其实那是一种风骨与风尚，不屈中浸透着求索，勇敢中充满了智慧，豪放中密织着精细，铿锵中凸显着悠扬。这就是双流人的品质：他们喜欢冒险，但不失缜密；他们崇尚高贵，但依旧朴实；他们向往远方，但步履坚实。他们认真对待每一个新的方向和目标，从不轻失其机会和可能，并且异常勇敢地冲刺在创新与创造的最前沿……

蜀道之难，在我看来，恰恰也激励着双流乃至四川人"上青天"的决心和意志。

在双流，有一样东西一直珍藏在老一代人的心目中。这个东西并不起眼，它叫石磨，还有由石磨延伸出的磨坊。双流上了年岁的人告诉我：过去，在他们的乡村里，像繁星般布满了磨坊。千百年来，人们的生活似乎也从来就没有离开过石磨，而那重达千斤的石磨总是默默负载着人们的希望而不停地劳作着。而我对双流的石磨与石碾的印象，则来自照片。抗日战争时期成都双流机场初建时的那一幕——老百姓们用它碾碎石块、铺筑机场跑道，让抗日的战机去抵抗来犯之敌。也正是因为有了这些石磨与石碾，双流人才有了对蓝天的梦想的基础，才有了敢"上青天"的意志与信仰……

"上青天"，其实也是双流的一种姿态，一种向前、往上、超越和攀登的姿态，一种不甘落后、追求进取的姿态，当然也是一种把握机遇、奋斗创新的姿态。

在农耕社会和海洋时代，"上青天"只能是一种梦想与幻想，或者只能算是希冀与期待。然而新时代下，双流人与众不同，他们把"上青天"付诸真实的奋斗征程，变成实施"中国航空经济之都"的初心与动力——因为他们靠近机场，更多地看到了飞机，于是也就比绝大多数的人更能意识到"上青天"的可能性与急迫性，一直到他们将梦想变为飞向蓝天的实际行动。

这一过程是艰难的，也是探索式的。但"上青天"的过程，本身是无止境的。心有多高，天就有多高。其实"天"，就是人们的"心"。心向往天，天就是方向与高度。双流人从当年参与建设抗日战争时期抵抗日军的机场，一直到正式建成成都双流国际机场后，这个愿望才终于变成了现实，成为与双流的经济发展、社会民生和每一个双流人的幸福与前景相关联的一种必需的追求。

在四川乃至西南的乡镇企业经济"冠军"台上独领风骚十余载之后，双流人的眼界变得宽广了；"外面的世界"也让双流人有了必须追求的超一流的目标的紧迫感。于是在银燕呼啸而过的蓝天下，双流人明白了"顺势而为"的意义。

无论是起飞还是腾飞，最初的"飞"，难免是一段谨慎和"低空"的尝试——西航港经济开发区的诞生与建设期就是"中国航空经济之都"的初始期。

那个时候的双流与成都周边的区县相比，可谓"地大物博"，1135平方千米的面积将庞大的机场拥入怀抱；后来36平方千米的面积被划给了武侯区。

2010年，双流在机场左右两翼掀起了声势浩大的新区建设热潮，尤其是以华阳为中心的经济板块已经形成。又有35平方千米的面积归入"高新区管辖"。

这些并没有让双流人停止前进的步伐，他们继续发力，将百米宽的天府大道两侧的锦绣园林建设得如诗如画……或许正是这种势不可当的发展愿景，让双流有了更大的区域辐射功能。2014年，双流的区域面积再一次发生了重大的变化——466平方千米留在双流，另外466平方千米面积划出并归入由成都市政府直管的天府新区。

"双流小了！""双流痛了！""今后的双流怎么发展啊？"当时的双流人所言和所思最多的就是上面几个大问题。

双流不会小！双流有搬不走的空港！双流有空港之上无垠的蓝天……在接受不可抗拒的现实之后，双流人开始重新审视和定位自己，重新设计未来。而这个时候，双流也由"县"变为"区"。

"区"与"县"的差别是"城"与"乡"的不同概念。也正是这个时候，双流顺势而为，将原来的"小县城"，规划设置成了119平方千米的城，比原来整整扩大了10倍。

城的扩大，让被小了的双流，一下子又变大了许多！

这个时间节点极其重要。中国商飞的战略决策已经定位在西南的成都双流——首架支线国产飞机落户于此，意义非凡，引起世界航空界瞩目，全球经济眼紧随。

借助双流之力茁壮成长起来的成都航空，此时借着中国商飞的威力，高唱起一曲激情昂扬的《成航赋》：

蓝天与共，谁可凌风。啸然如鹤，成航立崇。探宇摩云，揽星辉于怀抱；用心锤志，纵襟臆于鸿蒙。勤勉无双，藉英姿以推进……筑大飞之梦想，构立交之中枢。叠蛰声于窗前，聆风物语；摇桂影于月下，写意蓬壶。

……敢为人先，不惧波涛之恶；深孚众望，领跑航业之隆。骏业拿云，善搭弓以瞄远……

在双流的成都航空是幸运的。从诞生的那天起，就宛如生长在双流这片土地上的一棵树，无时无刻不在沐浴着温暖的阳光，吸收着充足的养分。

"直到2015年11月29日那一天，成都航空带着五年的努力拼搏，进入全球视野……"成都航空人这样说。

成都航空的根生在双流。它是双流人看着成长起来的一只"太阳神鸟"，因此也代表着巴蜀的阳光与凤凰。它的每一根羽毛都闪烁着巴蜀文明绽放出的光芒。

在第一架ARJ21-700飞机降落于成都双流国际机场的前10天，成都航空另一架从国外飞回的空客A320银燕也稳稳地停落在机场。这是一次同样重要且具有里程碑意义的"飞行日志"——作为中国"航空第四城"的成都双流国际机场上的成都航空，此机的安全停泊，意味着该公司第20架空客A320系列飞机到位双流。20架这个数量对一家大航空公司来说算不了什么，但对成都航空而言，则是件大事，因为它意味着到2023年实现全公司120架航空机队、载客2500万人次、航空运输收入200亿元的发展计划正式开始启动……

　　呵，我已经昂首，我已经飞翔
　　我在飞翔中向着太阳奔去
　　太阳正伸着光的胳膊
　　在迎接我的到来
　　与我一起在宇宙的无限中涅槃

一切都是飞翔的初始与结果。双流人在中国商飞的奋进中听到了呼啸声，双流人又在成都航空的踏浪中感受到了热流……

在如此热流的冲击下，现在双流人对"航空经济"一词已经与当年挂在嘴边的"乡镇企业"一样谙熟于心。

何谓"航空经济"？

它是人类文明进入新阶段的一种经济。它是在经济全球化背景下，以航空枢纽为依托，以航空运输为纽带，以综合交通体系为支撑，以高时效、高技术、高附加值的产品生产和参与国际市场分工为标志，从而吸引了航空运输业、高端制造业和现代服务业在一定空间内集聚发展而形成的一种新的经济形态。广义的航空经济，大于临空经济，是民航运输业、民航保障业、航空制造业、航空服务业、航空旅游业、通用航空业以及临空产业等行业和产业的集合与集成的经济业态。狭义的航空经济，则是以机场为核心，与航空运输直接相关的产业集群，如民航运输业、民航保障业、航空制造业、航空服务业、航空旅游业、通用航空业等。

通过对双流经济形态的认识以及同从事航空经济一线工作的干部和专家交流的过程中，我似乎发现了"航空经济"更广泛的意义。航空经济贵在"航"。既然是"航"，那么它就不单单是由"飞机"所带出的相关产业，还应当包括"站在天上"所能辐射与想象到的在人类所有活动中产生出的经济形态。

一定是这样的。航空经济，不仅仅是依靠飞机动力所能带出的物流比价，还包括了在离开地面后所能产生的人的各种意识与能动行为下的全部物流比价。这个物流比价，远远超越了一架飞机所带出的经济价值。

双流人的"航空经济"概念，其实已经将目光的触及点延伸到了这样的航空经济之中了，因而也对已存的航空经济产业作出了明确的定位：紧扣业已构架成熟的"航空经济、电子信息和绿色能源"三大主导产业，坚持"港港联动、空地联动、港产联动、港城联动"，主攻发展航空枢纽服务、保税贸易、供应链综合服务、航空制造维修、都市服务业五大产业主阵地。与此同时，又同即将全面运营的天府国际机场竞合统筹、联动发力，携手形成与上海、北京、广州并列的中国第四个国家级国际航空枢纽。

如此大手笔的航空经济发展思路，融入以建设全面体现新发展理念的城市为统揽，有"百年规划、千年立城"的魄力和勇气，让具有中国特色的双流"航空经济"这一特质，变成了一个环环相扣的多元产业的综合体——这就是双流人心目中构架出的那种不受时空、地域与国界限制的航空经济。同时也势必将会让双流提速建成国际化、人文化、生态化、智慧化的世界级空港门户城市。

啊，这样的双流，你还会感觉它太小吗？你还会感觉它仅仅是成都的双流或四川的双流吗？

不不，双流人的心很大很大，他们已仰天高喊道：我们就是双流！我们是双流！我们双流！

是的，双流，因为有机场，因为有航空经济，即使这个名字的前面不署如"成都""四川"等任何定语时，它的存在感和影响力也已经很足、很大了。

现在的双流就是这样的。

当中国商飞的首架ARJ21－700飞机停泊双流，随后又将运输指挥中心和维修中心落户在双流之时，双流的"中国航空经济之都"的规划与蓝图也在那时正式向世人宣告。

那一年是2017年。

那一年成都双流国际机场是全球最繁忙的27个机场之一，稳居全国第四大机场。机场航线总数达315条，其中国际（地区）航线104条。年旅客吞吐量接近5000万人次（4980.2万人次，排全国第四位），货邮吞吐量64.3万吨。道路方面，大件路、成双大道、牧华路、环港路、机场高速等快速路网实现跨区域互联互通，与之配套的"三纵四横"基本形成；轨道线方面，成绵乐客专及地铁10号线、3号线、8号线、14号线、

19号线贯穿，其中成绵乐客专和地铁10号线一期已开通运营……枢纽服务、航空维修、航空物流、口岸贸易等四大临空产业全面展现其蓬勃发展的态势与聚焦效应。2017年实现主营业务收入1300亿元、税收81.4亿元（含海关税收）。这些数字在整个国家和一些发达地区的大数据里可能算不了什么，然而在双流的航空经济发展史上，它应该是具有里程碑意义的。因为1300亿元的产业收入和81亿元的财政税收，对区（县）域经济来说，绝对不是小数目。何况，这是双流确定建设"中国航空经济之都"后升腾起的第一缕霞光，它所带来的鼓舞人心的意义远远超过数字本身。

成都市委领导听到汇报后，于2018年初来到双流调研，在肯定双流所取得的成绩的同时，着重就"发展航空经济"和"建设空港商圈"提

夜色中的成都双流国际机场

出了相关要求。

"现在，我们建设'中国航空经济之都'的号角已经吹响，远航的飞机也已经起飞，之后的事就是拉足马力，往更高的目标、更高的标准建设国际一流的'航空经济之都'，没有回头，只有前行……"当年的3月19日，双流区委、区政府召集各条战线人员，集中研究了航空经济的发展思路以及需要"加油"和重新设计规划的项目，所有与航空经济相关的条块兑现落实。

2018年，双流所举起的"中国航空经济之都"大旗，已经高高飘扬。值得一提的是，这一年的双流区委、双流区政府的领导层也随之有了重要调整，年轻、博学、实干的青年领导站在历史发展的新航道上，他们的思想、见识和对"航空经济"的情怀，就若中国商飞的ARJ21-

700那样令人激情澎湃，又如国产C919大飞机那样气势磅礴，掀开了双流历史上真正意义的"空港经济"和建设"航空经济之都"的大幕……

又一次展翅翱翔的姿势

挟带着你年轻风姿的潇洒豪情

执着的是民族复兴的伟大情怀

你裹着牧马山的风

在蓝天白云下唱着歌

奏着曲，把历史的车轮

搬到了云端的跑道上

开启了这片热土

更高更远地飞腾与飞扬

……

双流已进入一个全新的发展时代——航空经济时代。在深入采访中，双流的两位年轻领导给我讲了两段话——

鲜荣生说，双流是成都的双流，双流在成都具有不可代替的作用，因为它是成都的"南大门"。双流又是四川的双流，是"天府之国"的窗口……

一个"家"是离不开"门""窗"的，"门"与"窗"决定了这个"家"的风调雨顺和兴衰。

刘拥军说，别看双流小，但它有影响一个整体形象的实力。

"在近几十年里，双流的区域面积缩小了又缩小，但双流的地位却越来越重要。经济实力不仅没有因区域缩小而变小，反而变得越来越强、越来越势不可当！"双流人自信豪迈道。

他们确实有理由这般豪迈。历史上双流区域面积最大的时候，各种经济计算在一起的时代，也从来没有现在的双流经济总量这么高过：2020年的"小双流"（没有将天府新区的经济体量纳入其中），其经济总量第一次超过1000亿元！

这个千亿来之不易。双流人清楚记得，2013年从双流划出去的面积近原双流一半的"四川省成都天府新区成都片区管理委员会"成立之后，那一年双流地区生产总值由前一年的746.06亿元一下降至529.46亿元。

双流还能雄起吗？当时双流人和双流之外的人都在叩问这同一个问题。

"双流之所以没有因小而失大，是因为我们从来没有对双流特殊使命认识产生过怀疑，我们的志向一直建立在高远之处。抓住航空经济这个'牛鼻子'，双流就永远不会'因小失大'！"这是双流人的"心"空，大格局的"心"空！

所以双流不但不会变小，反而会越变越大。

第十三章
这里有颗最美的"心"

欲深入了解双流,就须下得功夫、花得心思。假若你的心没有抵达,那就无法获得真实而真切的认识,自然也就不可能真正了解美的双流和双流的最美……

双流的最美是什么?当然是那轰鸣而优雅的一架架银燕及其在你的头顶呼啸而过的那般震撼与壮观!

人在陆地上奔跑是一种感觉;

人在大海上航行是另一种感觉;

人在天空中飞翔则又是一种全新的感觉……

人在不同的环境和不同的状态下会产生完全不同的感觉。我想这应该是——

当世界进入航空经济大发展后,人类才对自我生存的能力与未来产生了崭新的认识,也才有了如同第一个远航者发现新大陆的惊心动魄之美时的那种无法抑制的欣喜与激动。

人类所迈出的每一次历史性跨越，都会带来颠覆性的认知革命。

人类文明进入新纪元，我们又一次为自己的"无边无际"的生命疆域感到不可思议，因为离开地球之后的任何人，都可以让所在的世界变为自己的"附属品"，而自己就是这个新世界的中心……

现在双流就是这样的客观存在。现在双流人就是这样的状态——他们站在人类发展的潮头，率先开辟航空经济产业新天地。他们正在进行着的伟大壮举具有重要的现实意义和时代价值！

谁早一点认识和了解双流，谁就有了比他人更早认识和了解人类发展趋势的幸运。

这是绝对的。亚洲原来并不比欧洲落后，只是亚洲人更多地固守在农耕社会的"一亩三分地"上经营自己的命运。欧洲人则不同，他们在完成"圈地运动"之后，就向大海进军。于是他们开阔了视野、拓展了疆域，发现了他们国家和民族原本没有的物质与空间，成就了工业革命和海洋文明，将人类推向了以航空经济为发展方向的快车道上。

航空时代则是一个全新的时代，它的科学与技术、智慧与财富的总和比人类在农耕社会和海洋文明中积聚起来的总和还要多出N倍、快出N倍。

现在我们来到双流，即使有些地方还处在"航空经济之都"建设的开端时期，也令人无比震撼。那一天我来到空港商务展厅，在影像观望台展望气势宏伟的远景时，第一次对双流有了真正意义上的心潮澎湃——

　　一座城市的梦想，

　　　源于历史，垒于积淀，绽于开放。

　　　2300余年的沧桑历史，它从容走过……

　　　双流，正以高昂奋进、拥抱理想、开拓创新的梦想航程——

这是正在地平线上崛起的"中国航空经济之都"——现代化双流新城的"景象片"的开篇语。

之后,我就坐上了"双流号"模拟飞机,从万米高的蓝天俯冲而下,凌空遨游了一圈未来的空港商务区……

这幅图是双流的明天,是双流的未来,其实它也是今天双流正在发展的图景。

或许你想象不到双流人原来如此志存高远。我一下就想到了这样一幕:当年哥伦布发现美洲新大陆后,在庆功宴上,一些达官贵人对哥伦布似乎不屑一顾。哥伦布便拿起一个鸡蛋,问在场的人:"谁能把鸡蛋立起来?"毫无疑问,没有一个人做得到。这时,只见哥伦布轻轻地将鸡蛋一端敲碎,然后稳稳地将鸡蛋立了起来。于是所有的人才顿悟:原来,有时被载入人类历史的伟业,可能就只是一件很简单的事,然而第一个想到的和做到的才是天才与志向远大者。当其他人忙于在拥挤的街面和平台上开铺建店时,双流人却想到了到天上去搭建新平台……

你可能也想象不出仅仅为省会城市下一个区的双流,竟然有这个勇气和魄力,立志建成一个时尚的世界级新都市——我已经看到了通向未来的"一城四中心":空港免税消费城、跨境电商消费体验中心、进口商品直销中心、川菜美食品鉴中心、天府文化体验中心。他们的目标是通过5年努力,构建起空港商圈,形成与国际接轨的高端商品消费链和商业集群,建成具有区域消费引领力、全球消费资源配置力的国际空港消费中心。为此,他们持续优化"两廊一湾一公园"空间布局,包括形成双楠大道时尚走廊,推动太平园、金恒德等提档升级,盘活美国城等项目,发展提升时尚经济、首店经济、夜间经济、周末经济、假日经济等形态。到2023年,该商圈的营业收入力争达到200亿元。

闻所未闻的"空港·云"城市会客厅——它当然是极具国际化的高端空港商务场所,而它的诱惑力就在于世界商贾大亨们只需要在天上飞来飞去，无须出机场就可以"把事情搞定"的简单、快捷与便捷。仅此创意，双流便把整个世界揽入自己的怀抱……它的道，不宽阔堂皇不行；它的厅，不绚丽豪华也不行。它必须是最省事、最省时又最省力的，将所有难题放在一个空间内、一种环境中得到一次性解决，整个过程是愉悦的、美好的、圆满的，这就是双流人设想和正在架构的"空港·云"城市会客厅。你不是不想浪费时间吗？你不是总想把事情办成吗？你不是喜欢在愉悦中实现自己的愿望吗？你的目的不就是为了成功吗？双流的"空港·云"城市会客厅就是专门为了满足你的这些愿望而设置的再美妙不过的场所。你搭乘着银燕而来，安安稳稳地落地，双流已为你提供了不出机场就能先"把事情办好"的可能，之后同样不出机场就可以享受"天府之国"的各种美食和美景，然后轻轻松松、愉愉快快、精神抖擞地进行新的腾飞……

第一次听说双流欲建"空港·云"城市会客厅，我有些茫然：那是个什么东西？当明白过来后，我无比惊叹双流人的创新意识，也才明白了他们常挂在嘴边的话——"要让双流成为最容易做生意的地方。"对这样一句话我开始也总有些不解：什么叫作"最容易做生意的地方"？怎么才算是最容易的呢？

最容易，就意味着双流所有想起飞的一切都将起飞，所有想发展与进步的都将发展与进步。许诺下的"千金"，只有有效，才有可喜的结局。

仅此，你就可以看出双流人对自我要求有多高！你就可以感受到他们拥有一颗怎样的心！

"生意"这两个字是中国人发明的，最早见于《晋书·殷仲文传》。从字面上讲，它最先指生命力，后指某一物品引起人发生兴趣，慢慢出现交换，于是其过程被视为"做生意"。有了生意，就有了社交环境和场所。在欧洲，自从有了资本主义后，生意便不断活跃，几乎所有人之间的交换都成为生意的一部分。"资本主义的整个活动,就是利益与利益之间的交换。"西方哲人这样说。

在今天的国家之间、人群之间的交往,做生意成为主要事项,因此生意无处不在。而所有的经济活动本身就是生意。

各个国家、各个民族之间做生意的方式很不一样。最早生意在民间是熟人之间进行的交换,你给我一样东西,我还你一样物品,那个阶段"交情"是主要因素。后来生意搬到了公开的摊位或集市上,"街"与"路"成为做生意的主要场所。再后来我们的生意也受到了西方世界的影响,通过"谈"或"谈判"来进行实现。中国茶馆是最为普遍的社交场所,也曾是谈生意的主要地方。而在西方资本主义社会,他们做生意的方式渐渐成为一种必不可少的公众社交活动,并习惯于在喝咖啡中完成。于是咖啡馆、咖啡厅、咖啡室层出不穷。咖啡成为谈生意的重要媒介,不管是大生意还是小生意,不管是摆摊的还是国际大亨,虽然他们谈生意时可能在不同的地方,但等客人来了之后,基本上都要问其一句"来杯咖啡?"之后,才开始进入正题。

咖啡是什么时候被引入中国的?据史料记载,1884年台湾种植咖啡首次获得成功。而只习惯喝茶的中国人是后来才慢慢地喜欢上了喝咖啡的。

"因为喝咖啡,别有一种味道……"他们说。

茶很清香,能沁人心脾。但咖啡是浓香,能摄取人的灵魂。

不知从什么时候起,喝咖啡不仅成了一些中国人的一种不舍的习惯和身份象征,还成了许多生意场上的必备礼仪,甚至在谈生意时也要选择好的咖啡与好的喝咖啡场所。

咖啡似乎已经成为中国洽谈生意的重要媒介。没有它,生意的"味道"可能就很不一样!

咖啡既然有这么神奇的魔力,我们自然有必要去了解一下它的"祖上"。据说，中亚一带最早的咖啡馆叫作"Kaveh Kanes"，是在麦加建成的。虽然它当时是出于一种宗教目的而建的，但很快就成了下棋、闲聊、唱歌、跳舞和欣赏音乐的中心。从麦加开始，咖啡馆便遍及亚丁、梅迪纳和开罗。

1517年，塞利姆一世征服埃及后，咖啡被带到土耳其的君士坦丁堡。那里的人们也逐渐养成了喝咖啡的习惯。

咖啡在1530年被传入叙利亚的大马士革，在1532年又被传入该国的阿勒颇。后来那里的人也相继养成了喝咖啡的习惯。在大马士革最著名的咖啡馆是玫瑰咖啡屋和救世之门咖啡屋。

尽管到1554年君士坦丁堡才有了咖啡馆，但是它们却迅速地成为社交和洽谈生意的主要场所，渐渐又成为政治辩论的中心。各个时期的政府都曾禁止过咖啡生产——曾一度将咖啡的维护者缝在皮袋子里并投入博斯普鲁斯海峡——但是对咖啡实行征税后，它就获得了合法地位。

威尼斯商人于1615年将咖啡传到了欧洲大陆。它在欧洲出现的时间比茶叶迟几年，比可可晚许多年。

英格兰第一家咖啡馆是一个叫雅各布的人于1650年在牛津经营的。大约4年后，牛津又有了第二家咖啡馆——约翰逊咖啡馆。在众灵学院附近一个私人家宅里还诞生了一个咖啡俱乐部，该俱乐部后来成为皇家社团。

1652年，伦敦第一家咖啡馆开设在康希尔的圣米歇尔山谷。

美国波士顿的两家最早的咖啡馆是1691年开的伦敦咖啡馆和古特雷德咖啡馆。最有名的一家是绿龙咖啡馆，1773年的波士顿倾茶事件就是在这里策划的。1808年，波士顿建成当时世界上规模最大、价格最昂贵、装修最豪华的咖啡交易所。

1683年，纽约开始有了主要销售绿色咖啡豆的市场，从而咖啡很快就代替了马斯特牌啤酒，成为早餐中主要的饮料。纽约的第一家咖啡馆是1696年开设的国王之臂咖啡馆。随后是1730年在百老汇大街开的交易咖啡馆（Exchange Coffee House），它后来成为一个重要的贸易中心。1784年，正是在商人咖啡馆，纽约银行得以创办，并于1790年发行了第一支股票。而位于纽约华尔华特大街的汤丁咖啡馆则曾作为纽约股票交易所总部达10年之久。

早期美国历史中第三大著名城市——费城，最早的咖啡馆于1700年开业，当时就叫耶咖啡馆（Ye Coffee House），它的主要竞争对手是伦敦咖啡馆。美洲的咖啡馆不同于欧洲的咖啡馆，这里是保守派人士聚集的中心，而不是激进人士、共和党人或文学人士的天地。在一些缺少公共建筑的城市，咖啡馆往往是用于审判或市政议员召开会议的场所。

五百来年的"咖啡馆"史，让我们明白了咖啡馆从一开始就是为"生意"而兴的一个交际场所，而美国咖啡馆一开始就是被政客们用作议政决策的场所，故而我们中国在面向世界、走向现代化的征程上学点西方经验也在情理之中，并不足为奇。

智慧的双流人，其实一直在借着机场"生"机场——将一个物理意义上的机场变成另一个甚至更多层面的新"机场"。这新"机场"就是生意上的机会之场。

这个新"机场"，其实是双流人用心血垒筑

"空港·云"城市会客厅

的"机场",简称为"心机场"!

在这个世界上,再大的机场也不会比心灵的"机场"更大,再豪华奢侈的机场也不会比情感到位的"机场"让人感到舒适与温暖。

这就是双流人所创造的比人们看到的成都双流国际机场更大的机场——心机场。

这个"机场"宽阔无际,它可以是最朴实的,又可以是最奢华的;它可以是最无价的,又可以是最昂贵的。因为它最具有价值的是它拥有满怀的情与暖。对所有做生意的人来说,想确认的就是简单的一句话:生意好做还是不好做。而双流人向人们承诺的是:"我们这里是最容易做生意的地方。"

双流人这样承诺。而他们通过这些年的努力,也已经实现和正在实现更多的承诺。

做生意的人最怕的是什么?做不成生意呗!双流人信守诺言,助推生意人做好生意。还有什么比这更能吸引生意人的呢?

为了帮助生意人实现"最容易做生意"的梦想,双流人便开始构架起能让来双流的生意人在出机场后又能迅速进入另一个独一无二的"心机场"——为天下所有来双流从商、经商的人提供最为便利和现代化的交流平台以及服务环境。为此,双流人竭尽全力地行动着,为他们的客户提供了更方便快捷、更简单高效的服务。

"自从双流有了机场之后,特别是改革开放之后,我们越来越意识到社会变化之迅速。人们的交通方式,从步行,到车行,再到飞行……这其中的核心要素是在'快捷'与'舒适'中去'远方'的他处完成一个又一个的理想……"双流营商办主任罗萍女士是一位利索的女将,她这样介绍道,"当我们的决策者提出要把双流建成'中国航空经济之都'后,我们的奋斗目标和服务要求就更明确了,'企业咖啡时'也因此应运而生……"

这位精干漂亮的双流女子和她带领的一百多人的团队，肩负着优化双流营商环境的重任。她是那句在双流被称为"说得比唱得还要好听的"话——"最容易做生意的地方"的责任主角，因为所有来双流做生意的人的"入门"之道都得由她所领导的部门来服务。

过去这个门槛很高，生意人所见到的审核人员的脸面也是最难看的。凡属此类情况的地方，生意一定不会好做，经济自然也不会好到哪儿去。

双流注重改变这些。双流人善于抓住影响发展的本质——你不为他人服务好，谁会为你服务好？世上无此道理。既然无此道理，我们就必须改变一种方式。

"要想创造最好的经济发展道路，就必须创造最好的营商环境！要想建设'中国航空经济之都'，就必须首先打造好与之匹配的营商环境……这没有什么余地可留！一丝一毫都马虎不得！"年轻的区委书记鲜荣生在干部大会议上再三叮咛。

"在区委和区政府领导的指导下，为了让双流成为'中国航空经济之都'，我们提出了'筑梦双流，让我们从一杯咖啡开始'。"罗萍说。见我第一次听这话时有些疑惑，罗萍笑了，便自问自答道："你一定要问，为什么，或者问为什么不是茶水而是一杯咖啡呢？因为我们在考察先进发达国家时发现，每到一个大型国际机场，那些最活跃、最有人气的地方或者说大亨们、政要们去得最多的地方，竟然都与咖啡有关。关键是那些地方连我们东方人也十分喜欢。倒不是说我们东方的茶没有魅力，但相比之下，咖啡的浪漫与味道更适合于交流或洽谈，更容易让宾主之间产生好感，更容易让彼此在一种被激发的良好的情绪与优美的环境中完成想要做的事情。所以在2018年9月，我们就设置了一个'企业咖啡时'活动，为来双流经商、从商的企业尽一切可能地提供轻松愉快的环境。在这个过程中，我们秉承'企业是主体，政府是服务部门，各级干部是服务生'的理念，不断优化'企业咖啡时'活动，精准高效地为企业分忧解难，实现三个产业全覆盖、市场主体全参与。"

简而言之，在双流做生意的企业，不管是世界500强的大企业，还是刚刚注册的小企业，如果遇到了困难和问题，就可以参加政府出面设立和举办的"企业咖啡时"活动，通过对话、协商，解决企业的诉求。

效果如何？我问。

"相当好！出乎意料的好！"罗萍说，"自2018年9月开始到2021年8月，'企业咖啡时'活动共开展了581场，其中主活动36场、子活动537场，走进广东等省外活动8场。其间我们收集到企业诉求共7015件，办结率99.93%，满意率98.86%。"罗萍一谈起"企业咖啡时"，满脸的成就感，接着说，"我们的这个做法受到了成都市市长的充分肯定，并在全市进行了推广。《人民日报》还誉它为'最解渴、最提神'、让政企'清'上加'亲'的咖啡……"

"原来双流有两个'机场'啊！难怪他们称这里是'最容易做生意的地方'，可不是嘛！双流人占了两个'机场'，他们的投资环境好，经济发展不快才怪！"一位前来探究双流发展奥秘的外省领导在深入调研后，如此感叹道。

一杯咖啡，真的有那么神奇吗？秘诀何在？这是我特别感兴趣的地方。

一起来听听罗萍怎么说。

"其实所谓的'企业咖啡时'，就是由我们双流政府主导和出面搭建的一个'政企互动'平台。它采用的是'1+N'模式，即每月由区委、区政府领导作为'企业服务生'组织1次主活动，同时每周又由各部门负责人分专题开展N个子活动。它其实是一种与相关企业进行'面对面'交流，收集并解决其诉求的方式。"罗萍说正巧那天下午区领导要组织一次与几个驻双流的大企业负责人的对话，问我去不去现场观摩。

去呗!

没有事先因为"观察者"的我的出现而特意安排,这完全是一场双流已经有过的数百次"咖啡厅"议事活动之一的现场——

活动由区领导主持,参会的有十余家驻机场园区的科研与开发机构及企业的代表,还有几位当地媒体记者,以及双流区政府的相关部门负责人,共二三十人。

咖啡厅环境不错,不像通常看到的会议室,大家坐得也随意。当然区领导和大企业单位负责人仍坐在中心位置,看得出他们是为了对接方便而已。每个座位前确实有一杯香喷喷的咖啡,由专门的服务员调配送来,可以随便喝,喝完了还可以续杯。

"今天我们在这里喝咖啡,目的也还是只有一个:谈事情,解决大家关切的问题……"区领导的开场白简短而明确。

"那我先说了。"第一个发言的是一家落地在成都双流国际机场园区的企业负责人,说他们单位在双流注册后遇到了一项政策方面的问题,"转了几圈"仍没有得到解决,希望双流区政府协助加快落实相关政策。

"局长,这事的症结在什么地方?"区领导听完上面这家企业负责人的诉求后,当场点名有关局的局长。

"噢,这事主要是需要上报市局备案,所以耽搁了些时间。昨天我们办事员已经跟市局沟通了,说下周就可以办妥。"那位局长说。

"太好了,下周批件如果能下来,我们就可以同外商签订正式协议了!这样到今年底我们至少可以上缴第一个五位数的税收了!"

"你晚上不是还要飞韩国吗?你先说……"区领导为对面的一位年轻创业者满上又一杯飘香的咖啡。这动作让对方赶忙起身致谢。

"其实我来双流后,区领导一直关心着我的创业团队。我们那块50多亩的土地置换手续,如果不是区里重视,那现在肯定还是八字没一撇呢！这得感谢区领导。"年轻的CEO说完上面这句话，马上抛出一个更需要解决的问题，"我们团队原先只想给一家世界500强企业做点加工产品。但通过这段时间对世界市场的研究与观察，特别是从新冠疫情发生以来，我们改变了思路，觉得国家真要做到不受其他国家的技术封锁，就必须自主研发出一批世界一流的产品，所以前些日子我和团队一直在朝着这个方向努力，招募了一批'海归'，准备用三五年时间攻克几个生物制药自主研发的产品。所以我们就希望在创业起步的资金上政府能给予较大的支持……"

"财政局和银行，你们认为如何？能满足他们的额度吗？"区领导这回又起身给区财政局局长和中国建设银行四川省双流分行行长续满咖啡。

"劳区长大驾！多谢多谢！"行长立马起身致谢，区财政局局长笑眯眯地跟着起身。

"你们俩是'财神爷'，我得敬着点你们嘛！"区长一边倒着咖啡，一边看着那两位"财神爷"。

行长先表态："特事特批，我已经研究过你们的项目远景和贷款申请，可行。第一期的5000万年底之前到你们账上……"

"太好了！"年轻的CEO兴奋得绕过桌子，亲自走到银行行长面前鞠了个躬。

"哎——别别别，要谢也是我谢你呀！"行长忙说。

"对的，还有我，也在这里代表区财政局提前向你致谢，希望你的企业3年见新药上市、5年税收达千万！"区财政局局长说道。

"是！有区领导支持，有几位'财神爷'相助，本公司将竭尽全力，攀登世界生物制药高峰，在双流打出一片中国生物制药新天地！"年轻的CEO端起桌上的一杯咖啡，咕嘟几下就咽了下去。

"哎哎哎，这不是酒，是咖啡……"有人提醒道。

"咖啡也能代酒，今天喝它是为了向各位领导表个态：我们生于双流，不在双流干番惊天动地的大业，誓不罢休！"

"好，这话说得好！"区领导站了起来，跟着举起咖啡杯，然后冲在场的各位提议道，"我们一起来喊一声刚才这句话——"

"不在双流干番惊天动地的大业，誓不罢休！"

"誓不罢休！"

"誓不罢休——"

好家伙，这哪是喝咖啡，简直就是一个新征程的动员发令会！

"是的，其实我们每举办一次这样的活动，都是收获满满。尤其是那些企业主，都会感叹一番，说跟双流的政府部门负责人喝一回咖啡，是最值钱、最超值的，味道也是最香的……主要是这种交流平台能够迅速地帮助相关企业和创业者解决他们所遇到的难题，同时这也实现了我们双流经济发展的良性循环。所以说，一杯香喷喷的咖啡，其实沁入的是双流区委、区政府与全区人民之间的一片真情与厚谊，它让所有在此创业与发展的科学家、企业家、创业者，能够安心、快乐地实现自己的理想，过上幸福的生活。"

罗萍告诉我，"企业咖啡时"仅仅是整个服务体系的一个平台而已。整个服务体系，宛若机场航空管理及控制体系，只为让服务对象满意。比如我们有"线上智能"平台，开通"83790000""企业咖啡时"联席会议办公室工作电话，24小时受理企业诉求；优选的132名专员建立了两个"首席代表服务群"，专为600余家企业提供"不打烊"服务，做到5分钟响应、30分钟回复，企业满意率达99.64%；在空港融媒APP"企业咖啡时"栏目中，提供政策查询、流程申报等一站式服务。

第一次听罗萍等双流人介绍他们的"咖啡经"时，我并没有太当回事，以为就是为了提高与企业和商家及来双流创业者的沟通和服务效率所建立的一种新型模式而已，哪知深入进去探究之后才发现并没那么简单。

现代经济的发展，对一个区域而言，尤其对政府和管理者来说，是一个错综复杂的体系。而这个体系其实是需要对各种人服好务。但人又是那么复杂多变、差异万千，即使同一个人，在不同时间、不同环境、不同阶段也会产生和面临不同的情绪和景况。由此要找准痛点和服务到位也变得极有难度，谁能保证"针针见血""滴滴润心"？

"我们的工作就是力图做到'针针见血''滴滴润心'。"罗萍毫不含糊道。她是营商环境牵头部门的负责人，她的态度和格局将决定双流的亲商、敬商、服务商的水平。

她的服务水平其实就体现在咖啡的浓度与味道上。好咖啡的浓度和味道的配方，并非那么简单。它其实就是看你的心，看你为服务对象服务的心是否到位了！

这几乎是不可及至，但又必须达到的目标。这就是罗萍和她的团队做服务工作的艰巨之处。

其细节烦琐，需要梳理得一清二楚才行。

"比如说如何让诉求得到最快解决的问题。我们首先要求的就是健全诉求不拒绝、分级派单、三方评估这'三大机制'；落实有问必答、有诉必理、有理必查、有查必果'四必原则'。每个月的活动开展情况和诉求办理情况，必须送达区领导手里，并在全区进行情况通报。"

"比如说，有了'企业咖啡时'，并不一定就是一成不变的服务方式和服务形态。品牌效应和服务能力升级，是我们从来没有放松过的一项重要职能工作，而不断提升打造'企业咖啡时'（现在是3.0版），构筑企业全生命周期服务体系，营造'政企友好型社会'等，都是强化服务效能的关键性措施。"

"但光有平台还不行，喝了咖啡、闻闻余香就完事了则更不行。所以我们在喝过咖啡之后，紧接着推出主动上门服务制度。政府各部门的首席代表，每年不仅要走访联系企业至少两次，还要撰写走访'企情日志'，年底开展优秀'企情日志'、品牌服务生评选活动。对每一次活动的主题都要进行优化，把'政府定主题'变为'企业提需求，政府给支持'，分类别、分层次组织'企业咖啡时'活动，并进行面对面交流，一直到服务对象全部满意为止。"

罗萍的介绍，几乎让人找不出双流在为企业服务工作方面的不足。这也叫人联想起我们日常乘坐飞机特别是作为要客和贵宾所享受的服务礼遇——而这样的要客和贵宾在走进机场之后，无须做出任何费心思、花力气的事儿，因为每一个环节机场都有美丽、礼貌、谦和、专业的服务小姐或值班经理为你服务，剩下的就是你如何按照自己的需求去享受服务……

"机场的要客和贵宾，是机场服务方面最重要的对象，所有机场对此都有着严格、细致、到位和高标准的服务机制与体系。在建设'中国航空经济之都'过程中，我们除了在硬件上保证世界一流或国际一流外，对来双流发展的企业和工作与落户的所有群体，都按照机场对待要客和贵宾的服务标准和体系来制订我们的工作标准，提供优质的服务，从最初的'企业咖啡时'到后来的'科创菁英汇'……"

"等等，科创什么汇？"罗萍说到这里，被我打断，因为她口中"冒"出了一个新概念。

"是'科创菁英汇'。"罗萍解释道，"就是专门搭建的为了协调解决高校院所发展中需要解决问题的平台，简称为'科创菁英汇'……"

"噢，就像机场的要客和贵宾服务，其实也有细分的，比如有大厅式服务、独立的单室式服务和特殊客人的特殊服务是吧？"我联想到了机场贵宾与要客服务环境中的不同服务方式。

"对对，有些相似之处，但我们的'菁英汇'可能分得更细。"罗萍十分自豪地告诉我，"双流在营商环境方面的服务体系一直在不断完善和升级，因此实际上它比一般机场的要客和贵宾服务体系标准还要高些。因为国际机场运输启动后所形成的这种特殊旅客的服务体系与标准，几乎没有多少变化，那是一种标准化的成熟服务管理体系。而我们双流在建设'中国航空经济之都'过程中所要求的对营商环境和对人才爱护的相关政策与服务体系，几乎每年都在不断地进行改进与提升。如果说传统机场的要客和贵宾服务标准是2.0版的话（我们起步的时候也是按照这个2.0版开展服务的），那么到现在实际上它已经达到3.0版了，而且还在往上提升，争取明年实现4.0版……"

"那会是个什么景况？"我好奇地问。

"应该是——你到双流办企业、安家落户及未来发展等所需要做的方方面面，我们都会有相应的配套措施和周全的服务，使你达到你的期待……"罗萍说。

这太不容易了！

"因为'不容易'，所以才是我们需要努力实现的目标。我们所要完成的服务，就是要让每一位来到双流创业和安家的人，真正感受到双流是一个可以让他舒心、放心、安心和养心的地方。只有这样，他才可能全心全意地爱上双流……"罗萍的话让人暖心，让人对双流和双流人不由自主地产生爱意。

那天在罗萍领导的区行政审批局，她的两位副手李梁、李开崇兴奋地给我介绍"企业咖啡时""科创菁英汇"的精神实质和精彩案例——

企业是有生命周期的，我们的服务就是针对企业的全生命周期进行和开展的。

企业和企业主渴了，我们适时地端上咖啡；企业主想喝不同的咖啡了，我们就把各种好味道的咖啡托出来让他们挑选。

企业主觉得喝咖啡的环境需要改变一下，换个心境时，我们就把喝咖啡的地方换一下，换个更有味道的地方，让他们来喝更有味道的咖啡。

远　眺

企业主不仅对咖啡和喝咖啡的环境有不同的要求，而且在喝咖啡的时间与频率上有不相同的需求。于是我们在喝咖啡的时间、种类和频率上都作出符合其所需的安排……

"如果喝咖啡，喝出了味道，喝出了心境，喝出了情趣，那么他的事业和生意可能就一帆风顺了。而获得成功和利益的就不仅仅是企业和企业家，还有我们双流和双流人……一切为了企业和企业主，一切为了双流，一切为了国家的繁荣与强盛……这就是我们的工作目的、工作方向、工作标准。"罗萍的总结性发言，把双流的"咖啡经验"提升到了新的高度。

自从知道双流人用"咖啡"做事后，我就感觉嗅觉里常常飘浮着咖啡的浓香……一天从双流回到北京后，我一打开微信，就见到了罗萍发的一组照片。只见她和她的团队又坐在区领导身边，跟一群企业家在飘着咖啡香的会客厅里"高谈阔论"着，特别认真。我没有发信息打扰她，只是想：又一个周六，罗萍和她的团队成员都放弃了与家人在一起的时间，为双流的发展忙碌着……这其实早已是她和双流干部、工作人员的常态。他们懂得不去为来双流做生意的人把事做好，就是失职。咖啡不香，意味着他们的工作没有做好；工作没有做好，意味着没有做好服务。如果没有做好服务，罗萍们知道未来将丧失的是什么。

"那丧失的一定是双流的明天、我们的明天和我们孩子们的明天，因此我们对每一时每一刻都不敢有丝毫怠慢……"罗萍的话又在我耳边回响。

"建设和打造'中国航空经济之都'，不是一句简单的口号，而是一个系统工程，一个庞大的系统工程。"在一个远离城市喧闹的农家乐，鲜荣生书记以激情而高亢的语气告诉我，"双流的地位特殊，成都在打造国际大都市时，每年有近60万新增人口拥入城区，其中10%的人到了双流。我们双流有7所大学，10万名学子；有一个机场，10万名空姐和飞行人员；还有13万位企业主……约40万人才在双流创业、工作、生活、学习。双流的服务做得好不好，将决定这些人才是留在双流还是从双流'飞'走，所以我们的工作出发点、服务标准，就是为了让这些人才能够感受到双流对他们是有足够的吸引力的，他们在此是安心且愉快的。我们更清楚，在这40万人的背后，是他们的一个个家庭，是另一个40万人的群体乃至更大的群体……"

我们开始真正理解双流领导和干部们的心了。

当天完成罗萍那个较为严肃的"轰炸式"的采访后，我又被双流的朋友拉到一个居民社区。

我先来到一个社区群众之家。这里环境优雅、安静而舒适，有地方可坐，有茶水可喝，有活动场地可用。群众可以看书读报、喝茶聊天，非常惬意。我看到旁边的会客厅，有20余人聚在那儿喝茶、聊天，气氛很活跃。领我前来的朋友介绍道，他们正在开展一场"市民茶话吧"活动，这个"市民茶话吧"是区委、区政府继"企业咖啡时"之后推出的面向广大市民的政务服务品牌……

我好奇地问："这个活动有啥特点呢？"朋友解释说："创建'市民茶话吧'活动的初衷就是搭建一个与群众沟通交流的平台，用真诚换真心，为群众办实事。选择群众之家、小区广场等接地气的场所，联合社区干部、民警等多方力量，由政府部门来当'茶倌儿'，邀请各方代表'上座议事'，听民意、汇民智、解民忧，回应群众关切，真正处理好老百姓最关心的热点难点问题，增进政民理解互信，并从群众的反映、诉求和期盼中查找问题，使政府进一步优化服务。"

"我们村的路有些地方坑坑洼洼的，可不可以把路修好些嘛？"群众问。

"已经申请了专项资金，大约一周后资金到位，然后马上就对其补修，大家放心哈。"工作人员回复。

"太好了，我们出行难问题终于能解决了。"

"不过这条路上没有路灯，晚上开车不安全，政府能不能协调一下安灯呢？"群众问。

"我们后续可以牵头协调处理。"工作人员回复。

"小区里面现在有不少业主养大型犬只，存在安全隐患。希望政府部门出具相关文件禁止在住宅小区内养大型犬只。"又有群众反映。

"根据《成都市养犬管理条例》，每户限养一只犬，在禁养犬名单上的烈性犬是不能家养的，如西藏獒犬、中华田园犬。下一步，我们将加大力量，对群众反映的小区住户家养大型犬只情况进行排查和处理，同时深入社区，加强文明养犬的宣传。"派出所工作人员现场回复。

大家还在继续讨论着……

我内心所疑虑的，现在都被眼见为实所替代。这是名副其实的"市民茶话吧"。

"市民茶话吧"的设立，对应于"企业咖啡时"。当时双流区委、区政府推出为经济服务的"企业咖啡时"后，在招商引进人才方面取得了明显成效，也引起了国内外知名企业的赞赏，其已成为双流"最容易做生意的地方"的品牌活动。"既然通过轻松流行的喝咖啡这一'国际范儿'形式，能让有钱人、有才干的人安心在双流创业或做生意，那么为什么我们不能运用这一方式让市民生活在更好的家园呢？"新一届区委、区政府领导班子在研究和讨论新的履职责任时就提出了这一问题。

"对啊，百姓所关心的日常事情过去很难反映到区级层面，为什么我们不能将类似对招商引资和引进人才的好经验用到关心和关爱百姓身上呢？"区委和区政府领导所提出的问题让双流各级干部和区级职能部门开始反省，那就是建设"中国航空经济之都"，其实不能忽略最重要的一点——不断提升双流人民的生活环境与生活水准。"家园和谐美丽了,'航空经济之都'才真正有了基础。"这一共识很快在全区形成,于是"市民茶话吧"的方案便集思广益,呼之欲出。

对,老百姓习惯喝茶,我们就开"茶吧"。他们有话想跟政府和干部说,那就把这个"吧"叫作"茶话吧"——边喝茶,边聊那些需要我们政府和管理部门解决的事儿。

这个"市民茶话吧"好,有事聊事,没事就娱乐健身、拉拉家常。

大家虽说住在一个小区里,可平时各家关在各家的防盗门里,跟住水泥笼子差不多。除了见面点个头、打个招呼,大家基本上没什么交流。现在"市民茶话吧"一设,大伙儿就更加融洽了!你惦记着他,他惦记着你,比以前亲近多了!这是一位老伯跟我说的话。他正在健身,问他年龄时,他说自己78岁了!还真看不出来。"我心情好,退休工资虽不多,但政府服务好,也能过上好日子!"他爽朗大笑。可不,年长之后,排第一位的是身体要健康,而身体要健康,心情舒畅又是最重要的。这位老伯说的是一个普遍的道理。

接着我又来到一个叫"蓉城一家亲"的公园。"蓉城"好理解,它是成都的别称。"一家亲"有何含意?所在的广都社区干部向我介绍道:双流地处很特殊的区域位置,是进入西藏的必经之路。四川本身又有辽阔的川西北藏族人民居住地区,藏族群众进入内地要经过双流。而藏族群众想留在成都生活,首选的也是我们双流。中华人民共和国成立之后,进入藏族人民居住地区伐木和森林管理的一支国有农林队在双流"歇脚"——他们春天进入藏族人民居住地区,冬天下山回双流避寒。于是双流慢慢便成了其他进出藏族人民居住地区的人的"歇脚地",在双流"歇脚"的藏族同胞也越来越多。最初的藏族同胞与伐木人一样,仅仅为了过冬或避寒,成群结队地把家安在双流;后来这里就有更多的国有企业或单位在双流建"干休所""疗养院"、学校和医院,以及安置离退休职工的家属院……

"我们这个广都社区现在常住藏族同胞有接近两千人！"听了年轻的社区干部的介绍，我大为惊诧：原来目前社区创建的是各民族相互嵌入式社区。

"四川的甘孜藏族自治州，共有18个县。我们康巴人说，双流就像我们甘孜州的第19个县。因为我们从甘孜下来在双流落户安家的人数，达到我们在山上一个县的人数，所以说双流像甘孜的第19个县……"广都社区里一位藏族画家洛呷这样说。他在社区的"党群服务中心"内有自己的一个唐卡工作室。

"洛呷在涉藏地区很有名，他在这里建工作室就是因为看中双流这块宝地。"洛呷寡言少语，还生性腼腆，但他制作唐卡的艺术却相当高超，受到双流人包括他自己的藏族同胞的喜爱。他的工作室在双流也颇有名气。

"大融广都，领舞生活。"这句话醒目地挂在社区党群服务中心大厅的正墙上，昭示着这个社区的特性和内涵。

在社区广场边的一面墙上，清晰地刻着一首《广都赋》：

瞿上人家柏森森，牧上有女初长成。棠湖书香耀遗脉，白河湿地任徜徉。

空港名城达四方，商旅纵横皆繁华。状元文化泽后世，熏风塔下尽风流。

这是广都社区里一位当代书生的诗赋。

在《广都赋》墙旁，是几个球形图案的"社区简介"：广都社区位于东升鸿兴路118号，面积3.2平方千米。有70个居民小区院落，下设10个居民小组，常住人口3.2万人，流动人口1.2万人……

广都社区目前有常住人口和流动人口4.5万人，主要以汉族为主，少数民族则多为藏族。原来"大融广都"之"大融"是这个意思。

融,和睦也。古书上这样解释道。而在这个多民族融合的社区里,藏族同胞则用了一个美丽的民间传说来解释"和睦四瑞"。藏语里的"和睦四瑞",叫"吞巴奔席"。相传古时候有一只神奇的鸟儿,从很远的地方衔来一粒果树种子。一只兔子看见了,便刨了一个坑,把种子埋在土里。种子长出幼苗后,一只猴子为幼苗拔去四周的杂草,并用树枝把幼苗围起来。一头大象还经常用长鼻子汲来山泉浇灌它。幼苗在它们的精心呵护下长成了结有累累硕果的参天大树。由于树太高,谁也够不着果实,于是大象让猴子爬到自己的背上,猴子让兔子站在自己的肩上,兔子又托起鸟儿……终于它们齐心协力地摘到一颗颗诱人的果实,并将果实给伙伴们分享,使那片土地上所有生灵生活得格外安宁祥和,大地异常繁荣生辉。

听了这个民间传说,我顿时联想到我们国家56个民族大团结、大繁荣的意思。原来广都社区所用"大融"的意思如此深刻而广博呵!

"要不我们的社区咋叫'广都'嘛!"社区干部颇为得意道。

然而当我深入社区与居民们交流之后,我才真正了解了双流为什么能让一个庞大的藏族群体安居于此,并且与当地居民和谐共处了这么多年……

"我叫泽洛,以前当过康巴地区一县委书记,现在是白鹤社区欧城花园党支部书记……"在那间玻璃阳光房的"市民茶话吧"里,一群藏族居民聚集在一起,似乎在开会。那个一眼就可以认出是藏族同胞的中年男子十分热情地向我伸出手,一边作自我介绍,一边请我在他身边坐下。

"今天我们正在这里商量如何把社区的舞蹈队建设得更好……所以你瞧,都是几个'美女级'的老居民聚在一起了!"泽洛不愧是县委书记出身,能说会道,看得出他在群众中威信很高。

其他几位藏族同胞也都会说汉语，只是没有当过干部的泽洛说得流利，也不像泽洛那样健谈。

"双流是块宝地。这里的人不仅好客，而且素质高，修养好，心地善良。这里自古都是进出藏族人民居住地区的驿站。中华人民共和国成立后，从318国道出发，到我们甘孜正好约500千米。过去没有高速公路时，开汽车至少要三天；现在开汽车只需一天。由于地形条件差异极大，所以对我们这些祖祖辈辈在山上生活的藏族人来说，能够用一天的路程，改变生活和居住环境，这是谁都梦寐以求的事情。自改革开放以来，特别近一二十年，从我们老家搬到双流来的康巴人越来越多。现在光我们藏族人在双流定居和生活的就有6万多……"

广都社区常住藏族同胞都是远道而来的。仅此一点，足见双流是多么的包容与好客。

泽洛同志曾在甘孜藏族自治州石渠、白玉等县工作。他曾任石渠县委副书记，1996年交流到白玉县任县委书记，后来又被调到省委统战部、甘孜州民宗委工作，前几年才退休。

"我们整个欧城花园住着18个民族的外来居民。因为藏族占多数，所以我们这个社区文化建设也是以藏族文化为主，将多民族文化融合在一起。"泽洛说完后便开始介绍身边几位漂亮的藏族女子。他告诉我，"我们康巴男人是非常标致的，形象好，所以我们康巴男人的女人也是呱呱叫的。你看，资深美女钟素珍，她的血统是藏汉两族，父亲是汉族人，母亲是藏族人。她丈夫在交通局工作；素珍她原来在检察院工作，刚退休不久……"

那位叫钟素珍的女子模样确实有些像汉族人，但她穿的则是藏族服饰。"我喜欢穿它，很美的。"她说。

"这位是标准的藏族美女，益西康珍，'智慧女神'……"泽洛指着坐我对面的一位介绍道。

益西康珍有那种朴实中带着高贵的美。盛装的她，显得特别腼腆，总低着头。她抬起头时，那双大眼睛扑闪扑闪的，眼眸中不夹一丝杂质，纯净得如潭清泉。

钟素珍是1965年出生的。益西康珍似乎比她小几岁，是一位全职太太。益西康珍也有一个汉名，大家叫她小燕。

"你别看她见陌生人这么腼腆，平时在小区里她可是个专门为大伙儿做好事而飞来飞去不知疲倦的小燕子……"泽洛当着大家的面表扬益西康珍，这让"智慧女神"的脸颊顿时绯红起来。

益西康珍除了偶尔用那双美丽的眼睛瞧你几眼外，一直腼腆地低着头，就像害羞的小姑娘一样。但泽洛和社区居民们说起他们的小燕时，却你一言我一语地夸个不停，比如小燕如何在无私地为他人做好事，怎样带着小区的姐妹们唱歌跳舞，哪家有事她总会去帮忙相助……"她是我们社区评选出的标杆志愿者——'社区好人'。"泽洛补充道，这个荣誉在小区里是最高的。被评选出来的一定是大家都十分敬重和拥戴的人。益西康珍是其中的代表。

另一位叫黄光秀的大姐，也是从甘孜州出来定居在双流的。她大半辈子在高原上工作和生活，退休后才到了双流。"我虽然是个普通职工，但晚年能在双流这个地方落根，感到十分幸福。这里的环境好，人好，经济建设好，社会风气好，因此我们在这里也跟着啥都好！"黄光秀一家的情况跟许多来此定居的藏族家庭的相似：老的小的在双流，儿子儿媳还在高原上工作。"但一年里还是有不少时间团聚，最主要的是我们老的在双流可以享受了，小的在这里有好学校上，还在高原上工作的人也就放心干单位上的事了！我们感到十分满足和幸福……"黄光秀说。

"这么大的一个外乡群体，现在能这么和睦、安定和幸福地生活在这里，真的很不容易。双流能让我们这么多外乡人变成自家人，确实相当不容易。其间双流干部群众在我们身上花的心思和送来的温暖可以说就像雅鲁藏布江一样滔滔不绝……总有人在听说我当过县委书记，现在竟然愿意义务当一个居民小区党支部书记，问我是不是有点'委屈'。我就告诉他们，我生活在双流觉得非常幸福。它是一个幸福指数特别高的地方，在这里大家就像待在自己家乡一样感到亲切和温暖。因为双流特别关爱我们这些外乡人，把我们当一家人，所以我们的日子也越过越有滋味。那我们就要为它做点儿事。我当小区党支部书记，不但不感到委屈，而且感到荣幸。"泽洛的话代表了迁居到双流的6万多藏族同胞和40万新双流人的心声，而他们现在都同样在为双流建设"中国航空经济之都"添砖加瓦。

"你一定要到我们欧城花园小区去看看。我们那里有一架真正的飞机——伊尔-18型号。现在它被改装成我们居民生活的便民超市和麻将室，每天飞机上热闹得很，连外国人都来这里打卡。它已经成为网红打卡地了哦！"泽洛一定要我去参观参观他们的"创意"。

看来，双流的"飞机"概念是无处不在的。航空经济意识已经渗入双流社会的每一个细胞之中，浸入每一个人的行为之中，这是无法不令人振奋的奇迹。

"中国航空经济之都"的提出和构想在双流已经有些年月，而双流人在建设"中国航空经济之都"上真正可谓匠心独具。

一杯咖啡，本是普通之举，可双流人将它的功效延伸至咖啡之外的"咖啡情""咖啡味""咖啡经济坊"……

咖啡本普通，但双流人把咖啡"调弄"得让人通筋通脉通心……一直通到合作共赢的新天地、新境界。

于是咖啡不再普通，它已成为双流腾飞的一种媒介、一种能力、一种愿望。

咖啡本不是物理上地与天的概念，更不是机场和跑道的概念。但是在双流人那里的咖啡，渐渐变成了一个比机场更大的机场，一条比飞机跑道更长的"跑道"。无论是比尔·盖茨这样的"大空客"过来，还是牛气冲天的欧洲"沃尔沃"来，双流这座独一无二的、由百万民众用心与情垒起来的"机场"，总能让他们乘兴而来、满载而归。

"截至2020年底，全区有3万多家企业、9万多家个体工商户，经济市场主体总量达到124165户，比2019年增加34%。2021年上半年，双流全区的企业注册数量又在2020年的基础上增加了20%多！"罗萍给出的这组数据让人感到很兴奋。疫情之后，全球的经济形势并非见好，国内情况相对好些，但压力同样不小。双流却能一枝独秀，原因何在？

"因为我们双流依靠和用足了航空经济这个资源，所以在2021战疫之年不仅在经济上没有受到大的影响，反而实现了几个第一：2020年成都双流国际机场货运量曾达到全国第一的水平；成都市第一个在疫情中复工复产的地区；实现GDP正增长2.1%，位居成都市第一名；在有关部门对双流社会与经济发展的17项测评中，双流有10项指标获得优秀，远超于其他区县。今年上半年，我们又在已有的资源和服务上挖掘潜力，结果再次实现了旅客吞吐量全国第一。这是实实在在的成绩单呀！"罗萍的口吻里充满了骄傲。

"这些成绩的背后，其实是区委、区政府领导下各个部门辛勤付出的结果。他们筑就了一个'心机场'……"

"心——机场？"

"心——机场！"

"心的机场？"

"心的机场！"

"心灵垒筑成的机场？"

"心灵垒筑成的机场！"

"比机场更美丽、更宏阔的机场？"

"比机场更美丽、更宏阔的机场！"

与罗萍的对话是散发着激情的，是充满着智慧的，同时也颇具哲学意味。

呵，现在我又开始对双流这块大地有了新的认知、新的理解，甚至有了新的惊叹——因为它真的已经被航空的概念和飞翔的飞机每天震荡出无数想象和创新的形态，包括"心的机场"。

何谓"心的机场"？其实是双流人期待更好的机场在自己家园生根发芽开花的心愿，由此不断营造出一个适宜于航空经济与航空事业发展的环境，从而催生一个新的双流，开辟一个新的天地。

是这样的。是这样的愿景。是这样的理想。是这样的目标与未来。双流人表达直接、志向高远，而且一往无前、从不动摇。他们的"心——机场"现在通过罗萍们缜密细致、高效规范的"心血垒筑"，已经在双流大地上的每一个"前舱"与"后廊"乃至每一个角落都铺展得七彩缤纷、温暖满怀……

"市民的获得感幸福感安全感增长最快的地方"，这是他们用心托出的一盘佳肴，没有比这更让生意人心动的；

"幸福指数最高的地方"，这是他们用心撑起的一片山河，没有比生活好、生态好、教育好、家园好、寿命长这些要素更让人顺心乐意的；

双流还可以说出无数个"最好""最美"，而每一个"最"字的背后是双流人的心的激荡与情的澎湃，心指处、情到时，双流的天地便是万千锦绣、霞光万丈。

现在，我才终于明白了双流人为什么一定要建一个超一流的"机场会客厅"——它已不再是简易的"企业咖啡时""市民茶话吧"或"机场咖啡厅"的延伸与升级，因为我看到双流大地上已经形成了一个全新的航空经济大格局，绘就了双流人心目中的"中国航空经济之都"的宏伟蓝图，其中搭上了"成渝地区双域经济园建设"的快车。

成渝地区双城经济圈建设是习近平总书记亲自谋划、亲自部署、亲自推动的一项重大决策，事关国家战用略全局。其中明确提出要打造成渝世界级机场群。

"为什么要打造成渝地区世界级机场群？"

"打造什么样的成渝地区世界级机场群？"

"怎样打造成渝地区世界级机场群？"

2021年4月29日，国家民航局相当司局主要负责人、民航西南地区管理局、西南空管局，重庆市发改委、交通局，四川省发改委有关负责同志，重庆机场集团、四川机场集团、重庆航空、四川航空、成都航空、西部航空、西藏航空、华夏航空相关负责人出席了座谈会。双流区政府自然也派出了代表参会，因为双流在"成渝地区世界级机场群"中的地位特殊，且身处中心。

"打造成渝地区世界级机场群是时代责任、是历史使命，要统筹规划，多方协同，多方协同，不断探索，改革创新，着力打造有利于强化战略先导作用、有利于促进现代产业链完善升级、有利于增强枢纽集散功能、有利于提升航空网络辐射能力的世界级机场群，努力向党中央、向西南人民交上一张合格答卷。"民航局局长冯正霖的这番话，既鼓舞人心，又令中国航空人和双流人深感责任与使命重大。

2020年底，中共中央、国务院印发了《成渝地区双城经济圈建设规划纲要》，其中明确提出了要打造成渝世界级机场群。《国家综合立体交通网规划纲要》也将推进成渝世界级机场群建设纳入国家综合交通网规划布局。因此着力打造成渝世界级机场群，进一步强化成渝地区民航产业的战略承载能力，已经成为国家战略与国家决策。它还关系到与京津冀、长三角、粤港澳大湾区三大机场群实现协调联动发展，使中国机场网络布局将更加均衡，使整个航空运输网络结构得到质的提升，这对中国乃至亚太地区、全球航空运输格局都将产生重要影响。

双流和成都双流国际机场再一次处于如此重要的国家战略和国家新的航空机场群的中心，其使命与机会，可谓千载难逢！

目前成渝机场群相加，货物吞吐量已经超过国内其他三大机场群。如果已经完成建设的成都天府国际机场和正在建设中的重庆新机场启用后，那么成渝机场群的各项指标均将名列中国四大机场群之首。

双流顺势而为，打造"中国航空经济之都"的使命，是面向未来的责任担当和必由之路。

"国家战略，千载难逢之机会，我们双流准备好了吗？我们双流准备朝着哪个方向发展呢？要建成一个什么样的新双流呢？双流能不能成为这个世界级的成渝机场群中可以承载超级人流、商贸和经济中心重任的地方呢？"一个接一个的会议上，年轻且满怀激情的区委书记鲜荣生一次又一次地询问着，目光里充满着热切的期待。

"还是一个道理：机场在双流地盘上，飞机在我们头顶飞来飞去，利用好了，抓住了机遇，我们就可以随着这个机场的发展而发展，否则就只能当个吃尘埃的旁观者、时代的落伍者！"鲜荣生书记从历史学的角度，提出了一个足以让双流干部以及每一个双流人都应该思考和警醒的问题。

"自从朝着发展'中国航空经济之都'的目标提出后，工作方向就更明确了，我们也倍感压力。"罗萍说，"双流拥有成都双流国际机场的地位优势得天独厚，而双流的发展定位则是成都双流国际机场和成渝机场群发展的组成部分。如果我们赶上了历史性的发展大潮，那么双流就是整个国家乃至是世界航空事业腾飞中的重要洪流，反之就有可能被发展中的大潮所裹挟与吞没……"

"双流的父老乡亲和自古出英雄豪杰的双流这块热土不允许我们选择后者，我们更不允许双流在我们手中落伍。我们将努力朝着区委、区政府引领的方向，为建成一个强大的傲立于中国大西南、居于世界航空事业重要位置的'中国航空经济之都'而不懈奋斗！"罗萍的身上有着川妹子浓烈的"辣味"与干练，她的话也代表了双流干部群众的心声。

"我们是营商服务办事机构，我们的职责就是为企业和经济建设营造良好环境与提供优质服务，就是建立一个人心所至的'新机场'……"她心中的海阔天空，装有来自世界各地的每一个将热情与资金投向双流大地的客人。于是为了他们，罗萍和同事们再一次接受区委、区政府及其他来到双流参与"中国航空经济之都"建设者的工作检阅与督查问效。

在最新的一次营商环境建设工作推进会上，她庄严地承诺并汇报道：为了打造新时代"企业最容易做生意的地方"，我们高度重视建立健全工作机制。2019年7月成立由区政府主要领导为组长的领导小组；第二年9月起，就升级为由区委书记、区长担任双组长的领导小组，形成"区领导+牵头单位+责任单位"的"1+1+N"领导分工负责制，强化工作纵向管理。同时聘任22名特邀监督员，调动社会各界参与，促进营商环境稳步提升。我们加强优化健全政策体系。2019年，在成都市优化营商环境249条改革措施基础上，学习阿联酋等国和北京、深圳、浙江等省市的经验与做法，新增28条创新举措对营商环境指标体系进行再突破、再创新，制订了《成都市双流区进一步优化提升国际化营商环境工作方案》，形成了具有双流特色的营商环境工作措施277条。2020年，我们再次补短板、强弱项，结合世行指标体系，借力成渝地区双城经济圈建设，对标北京、上海、广州、深圳等先进地区，印发《成都市双流区全面深化国际化营商环境建设实施方案》，制订155条工作措施。我们注重动态监测指标运行。每月跟踪指标完成情况，定期召开工作调度会，协调解决运行问题。2020年全年组织区级领导主持的会议20余场次，会同三方机构开展3次季度测评，从系统数据、卷宗资料、核验材料等方面入手，逐一核验24个一级指标，开展问题溯源34个场次，督促限时整改到位，并就迎评备检、总结提炼、对外宣传等工作专题培训10次。我们坚持营造跨越赶超氛围，对内及时掌握各项工作开展情况，梳理总结阶段性改革成效，编制区级工作报告21期，对相关工作进度进行通报；对外及时梳理并总结营商环境建设工作创新亮点，通过国家级媒体与网络进行公开宣传报道。水电气通信报装"一件事"改革、动土必管"互联网+监管"系统开发等8项营商环境工作举措在全市进行宣传推广。

突然罗萍话锋一转，嗓门高了几分贝，一下子说出了十几个企业和生意人最关心的问题。经过一次次反复精细化的简政放权、流程再造、创新服务等全面系统性的改革，现在的双流营商环境已经能够做到：企业开办方面，办理环节由企业登记、印章刻制、申领发票3个环节按照"一件事"标准整合为1个环节，办理时限压缩至2.5小时。办理建筑许可方面，政府审批平均时限由2019年的24个工作日压缩至9.07个工作日。获得用水方面，全流程办理时限由2019年的6.25个工作日压缩至2.2个工作日。获得电力方面，高压供电全流程办理时限由2019年的8.8个工作日压缩至4.9个工作日，低压供电由2019年的2.2个工作日压缩至1个工作日。获得用气方面，全流程办理时限由2019年的21个工作日压缩至7.3个工作日。政务服务方面，实施水电气通信报装"一件事"改革，实现水电气通信报装"一日办结"，利用"动土必管"平台实现二手房交易水电气联动过户。推进部门之间"最多跑一次"改革，193个事项纳入改革范围。全面推行"综合一窗"服务，推进政务服务事项综合受理。招投标方面，针对虚假招标、中介代理机构管理混乱、违规插手干预招投标等6大重点领域开展工程招投标突出问题专项治理，促进招投标市场秩序明显改善。政府采购方面，升级政府采购监管平台，实现政府采购全流程电子化、规范化、系统化。加大预付款支付力度，提高政府采购资金支付效率。知识产权建立、保护和运用方面，建立西南片区知识产权大数据公共服务平台，区财政每年拿1000万元发放服务券，鼓励企业通过平台获得资源专利交易。在各镇街建立知识产权纠纷调解和维权工作站，从政府、企业、社会三个层面解决当前知识产权保护运用中的突出问题。跨境贸易方面，冰鲜"两段准入"案例受到国务院肯定，纳入全国自由贸易试验区第六批改革试点经验复制推广；成都高新综保区双流园区创新"三系统一机制"快速通关模式、区域外发货物保税维修监管模式等案例拟上报商务部申请全国最佳实践案例……

慢点慢点，我们要记一记！双流有这么多"好处"，我们可不能轻易漏掉了呀！

哈哈哈，漏不掉的，会有"红头文件"的！会场上的干部对提问者做了肯定性的回答。

"放心好了，上面我所说的这些，还有配套服务体系，我们已经构建了全域覆盖的三级政务服务体系，做强区政务服务大厅为'1'的主导，做优不动产登记、公安办证、公安车辆、人社、医保等8个政务分中心，延伸镇街市民服务中心、村社便民服务站功能，下沉169项审批服务事项至镇街……总之，只要能让企业主和创业者省去跑腿工夫，那些花时间的事我们都会去帮助你们办理，直到你们满意为止。"

这个我相信，双流就是这么棒，说到做到，要不怎么会获得"中国营商环境百佳示范县市""中国最具投资营商价值县（市、区）""中国综合投资热力百佳县市""中国全面小康百佳示范县市"等那么多荣誉称号嘛！

其实，这些议论双流好的人并不知道，罗萍之所以能够理直气壮、铿锵有力地一连说了那么多承诺，是因为后面有区委、区政府下发的正式文件形式所作出的庄严承诺。

我所看到的这份《成都市双流区建设新时代"企业最容易做生意的地方"若干措施》文件，是2021年1月27日以区委、区政府名义下发到全区各级单位的。它的宗旨和目的非常明确："深入贯彻落实中央和省、市深化'放管服'改革优化营商环境决策部署，激发市场主体活力，全力打造新时代'企业最容易做生意的地方'，让'投资到双流、创业在空港'成为企业家和投资者的普遍共识……"

文件中的每一项措施，从某种意义上讲，都是双流人自加压力，甚至感觉压力加到不能再加的地步。"就如你所说，我们的工作要求就是不让相关部门在服务中有一点点松懈。"第一次采访区委书记鲜荣生时，我就听他这么斩钉截铁地说。

"在为打造'中国航空经济之都'服务、为双流发展服务、为双流百姓服务的问题上，我们必须做到每个环节都要环环相扣，不能留有一丝余地，这是我们这一届区委、区政府班子的共识。"鲜荣生说。

我敬佩双流发展与建设的"领头雁"的是，他们说到做到，不留一点儿余地。工作"不留余地"、作风"不留余地"、奋斗"不留余地"，这其实饱含着中国共产党人全心全意为人民服务的宗旨。

我们再来看看双流人在发展问题上是如何不给自己"留余地"的。

围绕企业全生命周期深化改革，设立外商投资企业开办服务专区，开通外商投资企业注册审批服务绿色通道。在全区范围内企业开办时限压缩至2.5小时基础上，进一步精简企业开办流程，完善企业登记"容缺受理"机制，扩大"容缺受理"范围；压减企业开办耗时，全面推行企业开办全程网上办；优化完善企业开办"一窗通"平台，试行企业经营范围备案制，对无须许可的一般经营项目申请人可选择只办理备案。整合公安、税务、社保和海关等部门涉及的市场主体开办事项，深入推进涉证照业务与营业执照多证合一，推动市场主体年度报告涉及社保、市场监管、税务、海关等事项"多报合一"。探索推行商事登记行政确认制度，充分应用网上服务资源，实行企业开办一网通办，推广应用电子证照、电子签名，加强信息共享。积极应用企业注销网上服务平台，压减企业注销耗时，提升企业注销便利度。加快工程建设项目审批改革。

实施"一站式中心"改革,企业投资项目集成审批实现率100%。持续深入推进企业投资项目承诺制改革,社会投资项目审批用时控制在70个工作日内,小型社会投资简易低风险项目审批环节不超过5个、审批用时不超过15个工作日。工程建设项目政府审批时限压缩至工业项目8个工作日、非工业项目14个工作日,工程规划许可办理时限压缩至工业项目4个工作日、非工业项目8个工作日。建立项目前期策划生成机制,实行技术审查和行政审批分离。开展环境影响、交通影响、地质灾害危险性等区域评估,在已经开展区域评估的区域,豁免或简化部分建设项目环境影响评价内容。

用地是企业发展中经常遇到的大难题。双流的措施是:推进"多规合一""多测合一""多验合一""多评合一"。健全长期租赁、先租后让、弹性年期供应、作价出资(入股)等工业用地市场供应体系,调整完善产业用地政策,以多种方式推进国有企业存量用地盘活利用。精准支持产业用地,压缩产业功能区用地审批流程和时间,将投资强度、亩均税收、专业技术、环保和能耗等准入标准向社会公示。利用存量工业用地房屋从事新产业新业态,改造方案经批准备案后,实行5年内土地用途和使用权人变更不收取土地用途价差的过渡期政策。将划拨决定书、建设用地批准书、建设用地规划许可证"三证合一",实现土地供应只办"一个事项"。

企业还有一个"最难的事"是复杂的不动产登记。双流的措施是:试点开展具备条件的新建商品房项目"交房即拿证"服务,通过"互联网+不动产登记",全面实施预告登记。加强不动产登记与税务、公安、民政、社保等部门和金融机构等单位的信息共享,实施不动产登记、交易和缴税线上、线下"一窗受理、并行办理"。在2021年度内,要实现一般登记业务2个工作日内办结,一般抵押登记业务1个工作日内办结,企业间存量非住宅转移登记90分钟内办结。

呵，这可是白纸黑字，而且还有时限等保证，能办得到吗？办不到怎么办？

当然能办得到！办不到的，政府要作出改正承诺。如果承诺一次失信，企业主和百姓有权申诉与索赔。

你们说一个企业注册办证的时间在2.5个小时内完成，真的能实现？

当然这个2.5小时办完，需要一个前提：得在网络上事先提交完备的相关材料。我们试过，最快的仅用2小时10分钟就完成了。

这是前提，当然需要。但哪个地方能在这个前提下用2.5个小时完成一个企业单位的注册办证？或许只有双流。

双流的承诺犹如金子。

"并非我们对自己苛刻，而是机场的工作特性决定的。航空经济与航空工作一样，不能有一丝一毫的马虎与放松，飞机能上天，靠的是千万个部门的协调与配合、千万个细节的严丝合缝……双流的发展目标既然是'中国航空经济之都'，那么围绕这个'都'的任务，也就要高起点、严要求，必须说到做到，达到百分之百的满意度！"

鲜书记的话语是坚定而坚决的，就像对每一架起飞的飞机的要求，要绝对的安全和绝对的服务满意度，这就是航空人的工作作风与工作要求。

这没有任何理由可反驳的，必须是绝对的、百分之百的！

为了这"绝对的""百分之百的"满意度，看双流政府和服务体系是怎么给自己定下标准的：2021年里，要实现依申请类政务服务事项100%"最多跑一次"、100%"网上可申请"、100%"一窗办"、90%"全程网办"、100个"一件事"集成服务，承诺时限较法定时限压减70%，平均跑动次数压减到0.3次以下……呵，这可是硬到似乎不能再硬的标准了！各类申报难免有出入，而政务服务部门向人民保证那么多"100%"，这可就是自设天梯，难啊！

"再难，也要按"100%"的服务标准去做好、做实！"罗萍回答我时的目光是十分坚定的。

双流人已经在航空经济发展大潮中拥有了这种我称之为"机场精神"——新的机场精神——心的机场精神。

心所至，事即成；事能成，心先至。

现在，我想看看那个必将引起"当惊世界殊"的"天府之檐"的颜值和魅力。

她在哪？她有何种容颜？怎样让我们心旌荡漾？

呵，我看到了：顺着百米宽的天府大道，车行至如一位静躺着的美女般的秦皇湖，湖光水色之中有一座气度不凡的恢宏建筑，她就是被成都人称为"天府之檐"的天府国际会议中心。

2021年5月29日的成都异常出彩多喜。这一天，热火朝天的2021中外知名企业四川行投资推介会暨项目合作协议签署仪式，就在这里举行。在大疫之年的今日之世界，唯有中国四川成都这样的地方才可举办如此规模的盛会。700余家境内外知名企业、商协会和机构的千余名嘉宾云集于此，共商中国航空经济大业。双流毫无疑问是主角。其中到场的世界500强和知名跨国公司有97家，央企有19家，中国500强和民营500强有55家。这一次，在天府国际会议中心的签约现场，签约的投资总金额达1244亿元，涉及电子信息、装备制造、新材料、新能源、养老健康、文体旅游等多个领域，而这也正契合双流人一直在规划与营造的"航空经济之都"的产业新格局。

事实上，我的关注点并非在投资与建设的金额上，因为金钱与数字在人文概念上并不能代表什么。然而，一个地区的格局和气度可以让沙漠变成绿洲，也可以让浊流变成玉带锦绣……所以我的目光更多地落在我眼前的这座"天府之檐"上。

天府国际会议中心由国际知名设计大师汤桦领衔设计，以"天府之檐"为主题。"天府之檐"作为天府国际会议中心的前厅木结构檐廊，是亚洲最大的单体木结构建筑，也是天府国际会议中心的最大亮点，与CBD中心高层大厦形成轮廓清晰的"横纵"轴心。甚为可观的是，"天府之檐"沿秦皇湖东侧展开，以中国古建筑"佛光寺大殿"抬梁式木结构为原型，建构了一条长达430米、高32米、跨度16米的超尺度木结构空间。这一单体木结构建筑成为"亚洲之最"，而430米的连续瓦屋面建筑也成为"中国之最"。"天府之檐"的景观檐廊，临湖架空，出檐深远，为成都献上一段极致安静的水平线美景……

据称，天府国际会议中心是成都构建的第一座适用于展现中国风采和中国特色的世界级交流场所，故而它的前厅木结构檐廊，以唐代斗拱形制为蓝本，借鉴抬梁式木结构，明堂、制式等设计理念和元素，端头出挑，展露木结构榫卯构件，一展中国传统建筑的精髓。整座建筑的主入口则以中国传统园林"雨霁飞虹"为意向塑造，呈现祥和唯美的东方意境，传达出一种古今交融的建筑尺度。这条钢木混合结构长廊高32米，柱跨宽16米，胶合木用量超过4300立方米。为将设计师理念完全实现，辗转全国10余个胶合木工厂，考察100余种胶合木，最终远赴黑龙江漠河，在零下25度的天气下找到了最合适的胶合木材料。

巴蜀之地，自然应尽显巴蜀特色。步入天府国际会议中心中庭大堂，映入眼帘的是一处古色古香的世外桃源——川西庭院，其内山水相融、春意满园、美不胜收。显而易见，这个中庭园林是以"还原一幅川西林盘传承千年的优美画卷"为设计理念，借鉴川西林盘的造景手法，将典型的传统川西民居掩映其中，运用院坝、房舍、菜地、林盘、田地等生态艺术，让来宾感受到最为传统最有情趣的川西林盘景观韵味。

随后进入天府国际会议中心各个会场，更是特色鲜明。整个空间以"世界水准、大国风范、川蜀特色、成都元素"十六字为设计理念，结合建筑特点，从功能服务、空间意境、文化内涵、艺术品格、地域文脉等各个方面入手，呈现的是一流品质的会议服务场所。

建筑美学、历史美学和当地的人文与自然美学在此得到了淋漓尽致的发挥，其艺术魅力也得到了全面的展现。

一南一北的两个会场，是整个会议中心的主要会场，它们分别是四川厅和成都厅。四川厅在建筑二层北部，场内田野丰收、远山含翠的蜀绣让人耳目一新。如连绵山峦的天花吊顶，配上大熊猫往来于丰收田野之间的蜀绣，再次将巴蜀文化与现代工艺进行了完美的融合。成都厅位于建筑一层南部，一幅恢宏庄重的太阳神鸟悬浮于会场上方，尽展古蜀文明的不朽风采。墙面是铜树造型与竹编格栅组成的一幅隐隐透射着大熊猫形象的蜀绣，使得整个空间具有强烈的时代特征与丰厚的文化底蕴。

天府国际会议中心位于成都天府新区天府总部商务区核心区，总建筑面积33.4万平方米，与中国西部国际博览城展览展示中心共同组成了中国中西部地区最大的会展综合体。天府国际会议中心由会议中心、酒店、商业配套共同组成。其中会议中心包含主会场（厅内面积约6600平方米，可承载5500人）及配套大宴会厅（厅内面积约4600平方米，可承载3500人）；另有中小型会议场及VIP室40余个，总面积约8000平方米。它具备满足大型国际商务会议、国家级国事活动整体接待和服务能力，能够为G20、APEC、一带一路峰会等国家主场外交活动提供服务，已经开始成为国家主场外交活动的承载地，成为以成都双流国际机场为核心的面向世界、连接世界的重要载体。

据天府国际会议中心相关负责人介绍，天府国际会议中心在正式启用之前，举办了各类抗压测试活动30余场，各项功能得到全面检验。

然而我知道，双流人在架构"中国航空经济之都"的蓝图上，还有比天府国际会议中心更高端、更便捷和更具备空港国际服务功能的"城市会客厅"……

那将是一个什么样的建筑或空间呢？我似乎突然感觉自己的想象不

能再前卫和丰富了……

时任双流区副区长张瑞琴分管双流航空经济、商务和投招等经济板块，被问及正在建设中的双流世界级机场群的"城市候机楼"时，这位宣传战线的"老兵"立即拿出一副慷慨激昂的姿态，说道：我们的"城市候机楼"，首先是与机场高度衔接的、具有超一流的国际水准的功能。从某种意义上说，它具有开创性，因为现在的中国没有，现在的世界也没有，而即将由我们双流创造，故而一定是独一无二的国际公共交流平台与中心枢纽……

"假若你在我们的'城市候机楼'里，想马上起身上飞机，只需10分钟到15分钟，保证你一定能顺利地完成登机和行李托运手续，打起'甩手（空手）'去坐飞机。"

"就10分钟到15分钟？"

"对，就10分钟到15分钟。这是我们规划时就设计好的，绝对能够保证……"张瑞琴回答得十分肯定。

这样的"城市候机楼"，显然一定程度上是在与机场无缝衔接的闭环中运营的。它不会受外界的气候、环境等任何因素的影响，是绝对的温馨、高端。同时它又是对外界高度开放且四通八达的，想要什么就有什么，想到哪儿就能到哪儿，十分便捷，甚至身在四川想吃巴西牛肉也可以享受到。当然你想要川味的话，更不在话下，可以在几分钟内点到百种以上的地方小吃。最关键的是，你可以在"城市候机楼"里完成所有商务洽谈等业务。当你的业务在"城市候机楼"内完成之后，如果你想立即乘坐飞机回程，则不需要出机场，便能登机入座；如果你想借此机会畅游川地名胜，自然会有专人专车为你服务，并按你余存的时间规划最佳线路完成自然观光之旅……

夏虫不可语冰，井蛙不可言海。双流要做的事就是为了未来，未来的事他们今天已经开始在做。即使是首都北京、大上海或者广州等国内一线大都市,甚至纽约、东京或者伦敦、巴黎等国际大都会,也千万别小看了后来者双流。就如同一百年前有谁知道中国会在后来的一百年中取得如此大的成就,让全世界都感到不可思议?纽约大都市的风起云动也就一百年刚刚出头的时间嘛!所以谁能保证说双流就不是从今往后所"雄起"的第二个纽约呢!

双流的未来究竟是什么样子的呢?从"城市候机楼"的打造仿佛可窥见一斑。

当然它仅仅是双流在"中国航空经济之都"建设中的一个具体的对外窗口而已,更庞大的"机场工程"还在其他领域展示着、开拓着……

不要言双流小。双流其实很大,大到能够装得下整个世界或地球村,因为双流人心头有个更大的机场——"心——机场"!

呵,理解了、认识了"心——机场"是怎么回事之后,我们也才可能真正认识到何谓"中国航空经济之都"……

第十四章
双流的河啊,你藏了多少秘密

　　双流的河流多,或许每一条河流都有美丽的传说与现实的乐章,需要专门的叙事者去仔细挖掘与细心记录。其实这也是双流拥有的一份不可多得的财富,因为这些河流永恒地滋润着双流这块大地,并让它千古不朽。

　　我喜欢双流的河流,这里的每一条河流都比起其他地方的显得年轻和妩媚几许。而这些穿流于牧马山山谷之间的河流,总是透着一种清雅之美和宁静之美。双流的河流是清凌凌地流淌,不太出声,这与河流的深浅有关。而水深的河流通常看不到湍急的浪涌,水色也显得格外清澄。双流的河流则大多都是这样的。

　　双流的河流随地势而南下,组成了双流的根根"血脉"。它们滋润和通泰了双流的周身,自然也让这片土地上的庄稼与树木茂盛无比。每当看到潺潺而流的双流水域,我就会赞叹,它们宛如一条条银丝带,穿梭于双流的腹地。每一条河流两边都有宽阔的绿荫带,这是双流人的杰作——培育了百里长数百平方千米大的城市湿地。湿地就是城市的肺，城市不能没有湿地，否则就没有生机。双流不仅有长流不息的几条河流，加上几十年的城市建设后还在城市里形成了遍地绿荫，甚至紧紧地包裹了每一寸土地，逐渐形成绿色生态城市。

2018年2月11日，习近平总书记视察成都时，首次提出了建设"公园城市"的理念。

造城，对当今社会而言并不是什么奇迹，但能把城市建设成"公园城市"，则非常不容易。其实双流早就在行动了，而且城市建设卓有成效。

从万米高空俯瞰双流，你就会发现，整个成都双流国际机场其实就像是被裹在绿荫之中的一件银饰品。机场在双流区域的中央，如果不是尾端留着那片牧马山森林地，似乎真的要将双流一分为二。我想当年的机场设计师应该深谙双流地理要素：牧马山山脉是不能被割断的，他就像顶天立地的壮汉一样，要想磨砺他使他更为强大，那就绝不能折断他的脊梁。在我看来，双流之所以千年常盛，可能就是因为这横亘的山脉和源远流长的河流在支撑与滋润着这方土地。

山是双流的父亲。河是双流的母亲。双流的父亲在历史书上足见其雄伟，因此我的笔下现在更多的是对双流的母亲的赞美。牧马山的雄风已经让千百年来的文人墨客快唱哑了嗓子，唯独对双流河流的赞美似乎总少了几分彻骨的动情，或者说，双流的母亲之美过去一直被藏着掖着……现在该双流的母亲来展露傲人的身姿了！

果不其然，双流的河流之美不可胜言。她首先是一种自然之美，其次是经过一定的改造之后那种人文与自然的交融之美。河流的自然之美，呈现的是骨感之美，而经过改造且融合了人文意识的河流之美，就趋近于真正的完美。比如近20千米长的白河宛如一条银丝带，是双流"公园城市"中最漂亮的地方之一。而她更大的功劳则是用她的美带动了双流的一大片区域的美。

我对双流的河流喜不自禁,更多的是因为看到这些河流之畔"藏"着双流的许多秘密,而这些秘密完全又是在不经意间被发现的,这也是双流在我心中的分量不断增加的原因之一。

双流的河流每天都在潺潺流动着,似乎并没有特别的欢与悲,一切都显得那么平常和自然,这恰恰也正是她们的本质所在——从不被世俗与浮尘所扰,一向特立独行。然而这些河流又具有极大的包容性与奉献力。她们以丰厚的营养滋养着两岸的绿地,这些绿地又不断向前延绵,甚至达数十千米的远方皆似晶莹剔透的翡翠。如果你有时间在这些河流边停留,就会发现她们的存在不是只有自己独自美丽,而是有许多生灵相伴在身边,追逐嬉戏,那一定是白鹭、蜻蜓之类的在飞翔,野兔、野鹅等也常常出没在游人面前,引起大家的惊叫……

双流的河流,让我对她们有股特殊的眷恋之情,因为在伴随她们身边的那一片片望不到边际的绿荫中,总藏着一幢幢造型别致的精美建筑,或是文化艺人的工作室,或是市民休闲娱乐厅,或是少儿写生、弹琴的空间,自然也有科学家、企业家洽谈访友的"公园会客厅"……设计者们匠心独运,将每一栋建筑都设计得各具特色,且十分和谐地镶嵌在河边的绿荫之中。就像一个个与你捉迷藏的顽童,他们恰到好处地隐藏着,让陌生人不易发现,但对双流人来说,找到它们却易如反掌。

我曾经问双流人:你们这些河边绿荫间,到底"藏"了多少秘密啊?当时设计师在设计时到底是怎么想的?他们笑着告诉我:这得看你对双流有多少情与爱了。假如你有一分对双流的情与爱,你就能找出一个这样的秘密;假如你有一百分对双流的情与爱,你就一定能找到一百个这样的秘密。

我立即表白:我对双流已经有一百分的情与爱了。双流人就高兴地告诉我:那你不仅能发现一百个甚至更多个这样的秘密,最终还能获得和拥有这样的一个秘密。

真的啊？！我惊喜得有些眩晕。双流人则无比真诚地向我保证：你的心愿一定能成真。

呵，我的心情开始飞扬了……

现在我需要收拢一下情绪，把在双流河流边上发现的秘密告诉朋友们，因为它与这里的未来有关，与我们的未来有关。

双流不大，但双流很深沉。它能够高亢地喊出建设"中国航空经济之都"，就是因为它有雄厚的底气，而它的河流两岸所隐藏的一个个秘密则有力地证明了它拥有的实力。俗话说：人不可貌相。双流就是这样一个貌似平常的区县级城市，也常常被成都乃至四川的光环所笼罩着，但现在凭借着"机场"和"航空"，已经崭露头角。

最会做生意的犹太人说过一句话，"藏"得最深的人，也是能够蹦得最高的人。双流人经过数十年的努力奋斗，尤其是在"绿水青山就是金山银山"理念的引领下，在实现全域旅游过程中，"藏"了一个又一个秘密。现在他们依据对未来的正确判断，开始向"中国航空经济之都"的目标全力奋进，这是一种自信的表现，更是他们发力的时刻。而此时，我来到了双流，发现了它的又一些新的秘密。

这是一个看起来并不大的院子。当我们一脚踏进去之后才发现，所谓真正的金贵之地，其实不在于地盘的大小，而在于它的"内容"。

"这是飞机的核心技术，有些关键性的修理内容仍然需要从这里运到飞机制造地去完成检修……我们这里虽然是维修中心和组装中心，可并不代表是发动机的维修核心和技术中心。"万毅说，"对最先进的飞机发动机维修技术而言，我们仍然处在起步阶段，离尖端技术的高峰路还挺远。"

"但有了双流的这个车间，意味着我们国家在航空发动机方面的一般性技术已经达到了国际先进水平，也就是说，我们已经进入发动机核心技术的门槛之内了!"万毅这话,初听起来有些不太容易让人懂。

"这么说吧——"万毅对我这样的外行人进行了一些专业知识的普及,"一台大飞机的发动机,由两三万个部件组成,其中核心的如涡轮上的叶旋等的制造与组装,我们不被允许入门——发动机的制造商不会轻易把这一部分的核心技术交给我们。因此飞机发动机的维修也就成为一个庞大的商务与技术工程体系。当今飞机场分布于全球,但我们国家是航空大国,旅客和货运吞吐量已经位居世界第一,国际上著名的飞机制造公司都在中国设有其他国家不可能有的巨大的市场运作团队,而飞机发动机的寿命都是有限的,到一定时候必须得到维护才行。飞机维修的代价也是十分昂贵的,其中60%左右的费用都用在发动机上。而发动机的核心维修这一块又占据整个发动机维修的60%左右……"万毅所说的两个"60%",顿时让我明白了飞机发动机的分量。

那么我们现在在发动机维修产业这一块又能获得多少收益呢?

"当然十分丰厚!"万毅其实是位年轻又帅气的技术型高管,为四川国际航空发动机维修有限公司的副总经理。这家公司是由中方和法美合资公司——CFM共同组成的,也就是由中国的市场、法国的发动机制造公司与美国的飞机制造公司所组成的三方公司。中、法、美三国的三个股东都是三个国家在航空领域具有实力的单位。四川国际航空发动机维修有限公司是由中国国际航空股份有限公司(占股60%)、CFM(占股40%)共同投资设立的。CFM是由法国斯奈克玛公司(SNECMA)和美国通用电气公司(GE)各出资50%成立的一家合资公司,专门生产制造CFM56系列发动机。CFM56系列发动机是一种低油耗、高可靠性的中推力高涵道比民用航空发动机,交付客户近25000台,全球有530多家航空公司及相关商业体在使用,在民用航空发动机市场占有约60%的份额。也就是说,CFM公司几乎占有全球60%的民用航空发动机生产与市场。它跟中国合作的结果,也意味着这家发动机维修公司在市场占有量

飞机维修

上有了高起点。

中方与CFM合作成立的四川国际航空发动机维修有限公司，是全球第一家并且是目前唯一一家获得CFM授权的CFM56发动机维修公司，专门承担CFM56发动机维修。该公司维修的产品，包括CFM56-3发动机（用于老一代波音737系列飞机）、CFM56-5B发动机（用于空客320系列飞机）、CFM56-7B发动机（用于新一代波音737系列飞机），以及CFM新一代的LEAP发动机（用于中国国产大飞机C919系列）。四川国际航空发动机维修有限公司承担的维修生产能力是一年可生产300台发动机，如果维修生产能力达到满荷，一年就可达千亿的产值！

万毅对公司的前景充满信心。他认为，公司现有的资产结构是"三国鼎立"，其中有两点目前是不变的，即中国一直是市场主体，法国与美国拥有发动机或飞机制造技术的地位几乎也不会在近期发生太大变化，尽管中国也在努力突破民用航空飞机的发动机制造瓶颈，但是要想真正"独立自立",恐怕还有比较长的路要走。

"但我们并不惧怕,因为我们中国的民用航空有巨大的市场。市场可以让资本家羡慕,使得大家在合作的道路上朝前迈三步。"万毅说,"我们现在一起合作向前走的是在飞机维修发动机这一块。它的前景不仅不会变暗,相反还会被更加看好。原因有二:其一,我们中国的航空市场越来越大,在飞机所属国建立发动机维修基地可以省下巨大成本;其二,中国的飞机维修水平和能力空前提升,让飞机发动机制造国刮目相看。在绝大多数领域,我们的维修技术已经超过几家老牌飞机维修公司了,而且也得到了波音、空客等公司的承认……我们仅剩发动机的核心技术那一小块了!"

剩下的"那一小块"问题,相信我们科研人员定会攻克这个难关。即使没有"那一小块",万毅他们在双流的这家占地200亩的"四川国际航空发动机维修有限公司"成立才短短几年,业绩也十分骄人。

"这些年随着我国经济实力不断增强,航空事业也得以迅速发展,尤其是载客和货物航空运输业可以用突飞猛进来形容。相应地,飞机维修产业也出现井喷式增长。各大飞机制造商为了减少维修成本,都采取了在飞机购买国和使用地就地维修的市场运作,除了发动机仍然要运回制造地外,其他的维修和组装都采用在飞机购买国和使用地建立维修厂的做法。所以我们从2010年起就联合法国和美国的航空公司和发动机制造厂共同出资在双流建了这样一家发动机维修企业,也在此开创了高端飞机在中国维修与组装的先例……"那天万毅领着我在维修大车间参观,在这里可以清晰地看到飞机的"心脏",它似乎比人体的心脏还要复杂。

"这是肯定的。人体的心脏搭桥手术已经很普通了,但大飞机的'心脏手术',我们还只掌握了一些边缘技术,当然也有一些是关键性技术,但还做不到让大飞机的一颗有问题的'心脏'得到根治。"万毅坦言道,"即便如此,我们也有了让飞机发动机能够康复的能力,这也让我们同美、法飞机制造公司有了合作的基础。"

资本主义国家现在对华技术封锁比以往更严密了,但他们又对巨大的中国市场垂涎三尺,不甘放弃,所以无奈地选择了半合半分的做法。"我们自然希望他们全方位放开,但这似乎一下还做不到,因此我们努力在维修技术和服务上把文章做足,力求达到最高的水平。"万毅说,"中国人有一个特点,那就是除非不干,一旦出手,就必定要干得最好!"

他说得没错。令人心潮澎湃的是,我在双流这块土地上看到了有这样一家"藏"得很深的世界发动机维修顶级水平的企业,而眼前这个单体超大型的车间里,每一个维修和组装台上的技术含量都更让令人惊叹不已。除了超高精密的机床,几乎全部是自动控制设备。"除了公司高管有几个外籍人员外,车间维修技术方面的人员全是中国人,我们的技术能力一点儿也不差。外国发动机制造者和飞机制造者都对我们十分放心,甚至有些方面还以我们现在的维修标准来制订国际维修标准了。"万毅对此很自信。

"我们的团队是代表了国家水平的。过去我们在国家民航局所属的103厂,它是飞机维修的龙头,后来与西南航空合并了。2010年,中、美、法三国在双流成立了这家飞机发动机维修公司,因此我们就成为这家公司的中方代表。你现在所看到的维修团队基本上都是我们的班底加新引进的人才,这里博士、高工多得很,高级技工占了近一半……"万毅指着车间里那些像在手术室里的穿着白大褂的工程师们这样说。

以前对飞机发动机的认识,只停留在一个动力体的概念,我到了这里,才知道为什么制造一台飞机发动机那么难。那宽体客机的发动机,就像一座小山,摘下罩在它体外的壳子后露出的零件和线路,顷刻间会让人眼花缭乱——真的太复杂了,复杂到你想象不出制造一台发动机到底有多难啊！一台飞机发动机，最长的输油线路长达几百米，最窄的管子仅两三毫米……而核心处的涡轮，看上去很巨大，重量却很轻。其材料的特殊性和装置的精密性，要求之高，非一般技术所能达到的。在维修与组装发动机时，也必须做到毫厘不差。

飞机发动机维修就是这样一个具有超高难度的产业。双流就拥有这样的企业，它代表着中国人的智慧与骄傲。

"我们的维修厂，一年完成100多台发动机的维修和组装。这个水平在全世界也是最高的！"万毅同时给出了一个数字，"2020年，我们的维修产值达到了36.91亿元……"

"就这个地方？！"我很吃惊。因为30亿元的产值概念，对有些地方来说可能是需要一大片空间才能完成的，而双流这个地方的一家仅占地200亩面积的企业竟然能够实现这样的产值！

"30亿元是个开头，未来——到2025年吧，我们的目标是50亿元！"万毅透露。

难怪双流人一直在念叨"航空经济"，原来它真的是一座金山银山啊！

"我刚才说的只是企业的母体维修部分，其实我们还有许多'分包'业务，即把相当部分的活儿再分到其他维修单位去完成。它们所产生的产值并不在我所说的30亿元或50亿元中……"

万毅的意思很明显，在他的30亿元或50亿元产值之外，还有相当的份额需要分给其他企业来完成。发动机维修本身就是一个产业链，它能让许多相关企业受益。

也许这个时候我们才真正明白航空经济宽广无际，前景无限！

呵，这时我有一种感怀：这个世界确实在变化，以往我们一直自豪地说着祖国地大物博，以为疆域辽阔就是骄傲的资本。当然在农耕社会与海洋时代，它确实也值得骄傲。然而到了航空时代，疆域已不再是唯一重要的了。世界上不少发达国家的经济发展其实也已经给出了结论，比如我们的邻国日本和韩国，比如瑞士和瑞典。它们的疆域都不大，也没有悠久历史和众多人口，但它们的经济实力却不容小觑。为什么？因为前百年间它们充分地选择了世界上最能聚集财富的产业——金融与贸易，让它们实现了经济的强大。现在是新航空时代开始之时，新的产业选择又是一个巨大的机会，中国自然不再甘心落后了。

我们懂得了要作正确的选择。我们有权作出自己的正确选择。我们几乎是在做与强国进行追赶性的选择，这需要何等的勇气与魄力！

小小的双流正在做着这样一件大国所必须要做的事，这肯定值得赞美与敬佩。

在采访结束时，万毅特意说了这样一句话："发动机是飞机的心脏，也是工业经济战线上的明珠，它可以影响和带动整个制造业。仅我们双流这家发动机维修公司，对成都乃至全中国的制造业都会产生带动作用。"

我明白他的意思。在参观车间时，他就这样介绍道："要维修发动机的一个精密部件，就必须有相应的高精密的设备，而这个设备的研制与生产无疑又产生了一个新产业。我们双流这家飞机发动机维修公司之所以能有现在如此骄人的业绩以及被外国著名飞机制造公司看好，就是因为我们拥有了世界一流的这种自制的器具设备。它已经在很多方面超过了国外水平，并且成本还低。这就是我们的优势以及与他们长期合作的基础。"原来万毅他们的底气在于此！

"我们双流不靠海、不沿边，走向世界靠蓝天……"张瑞琴的话说出了双流人的共同心声。

70年代出生的张瑞琴，原来一直在成都市区从事宣传工作。2018年到双流后，她被双流的机场文化所深深的吸引。从她的口中说出的每句话，都与双流航空经济有关，且有满满的自豪感——

2019年，成都双流国际机场的载客人数达到5586万人次，位居全国第4位；货运量达到67万吨，位居全国第6位，全球第24位。现在双流拥有航线371条，其中国际航线131条，遍及世界上主要国家。

2020年疫情期间，我们的机场上排满了飞机……应该说，当时的压力极大，因为我们双流是四川的"门户"，是中国大西南的"门户"。是否能抵挡得住疫情对整个四川乃至西南地区的影响，我们双流这道"门户"将起到决定性的作用。所以疫情一开始，区委、区政府就迅速与机场集团精诚合作，制订了"航空经济28条""疫情8条"措施；积极投入力量，主动承担了机场抗疫主战场的防控任务，及时建立联防联控机制，数以万计的政府机关工作人员坚守在机场防疫第一线。全年累计服务入境航班3611个，排查旅客11.3万人次，发现确诊病例和无症状感染者40人，未发生1例输入性病例传染本地居民现象。这个战果来之不易！

成都双流国际机场在全国机场中是第一个成立疫情防控服务小组的，即1月21日，这个时间是最好的证明。我们迅速建立了15个隔离点，每个点都有点长负责。我们接收了第一批从境外回来的武汉出境游客。他们出境的时候并没有发现疫情，而回国的时候武汉已全面封锁，所以他们转到了双流。这里也因此成为抗疫的第一线。但我们没有退缩，在全国最早采用了闭环管理……后来的战疫成果证明了我们机场的应对能力是过硬的，而其间就是由我们双流人在保卫着机场的安全，保卫着成都全市人民的生命安全。

我们可以骄傲地说：双流人民在这场突如其来的疫情面前打了一场漂亮的胜仗，我们用自己的生命守护了机场、守护了家园，不让一例病毒侵袭"天府之国"。否则，成都双流国际机场后来也不可能成为全国抗疫防疫的大后方，从而取得航空运载能力第一名的成绩。

一场大疫就是一次大考。成都双流国际机场在防控新冠疫情大考中的表现是完美的，甚至超出了人们的预期。这也证明了它向"中国航空经济之都"的目标发展完全是有条件的，方向也是正确的。张瑞琴说，成都双流国际机场有自贸区、保税区，还有航空动力小镇、航空文旅产业园、航空博物馆、空港·云等，可以说每一个与航空相关的都是一个产业热点、经济爆点。

　　航空经济、航空产业在张瑞琴那里，就是一个永不褪色、天天翻新的账本：有人只看到飞机载客是赚钱，可在我们双流人心目中，飞机的起落皆是商机。起飞时它带给我们的是豪情与希望，降落时它带给我们的是收获与圆满。这两种情形下的延伸经济，也是航空经济的组成部分，带来的都是黄金滚滚……

　　张瑞琴介绍道，现在双流已经在飞机下降通道附近打造了空港花田。那里已是远近闻名的网红打卡地了，节假日时一天的游客量超十万人。

　　开始我并不太相信，因为从来没有听说过什么空港花田。它到底是怎么样的呢？会那么吸引游客吗？

　　"我一定要去那里感受一下。"一天，我向双流人提出请求。

　　"好啊！那是值得一去的地方，去了之后您可能就不太想走了哦！"有人这么自信道。

　　那天采访间隙，我们去了那个飞机降落的地方——被双流人打扮得万片丹霞、千重红锦的空港花田。它确实是个花田，或许更应该被称为"花世界""花乐田"。依浅丘而建的花园，层层叠叠，参差错落。以原有的生态为基础，不开山、不毁林，保护水资源，利用地势地貌优势来发展产业，充分做到从噪声区到生态区再到功能区的价值转换。花田以农业为型、临空为业、支旅为体，实现了多产业协调发展、多业态融合共生的局面。尤其是万千不同的花色聚在一起，在阳光下，像花的海洋一般。那些用集载花坛将鲜艳的花丛组成了不同的图案与景致，煞是好

空港绿道

看！最吸引人的是那个花坛上的大熊猫，憨态可掬，可以想象在飞机上的乘客俯瞰到它，一定无不欢喜。这大概也是最早空港花田设计所想达到的效果吧！现在万余亩的空港花田，吸引了来自全国各地的游客，每天来此参观的人络绎不绝。

那天正是疫情之后少有的一个晴好天气，又恰逢周末，空港花田门口的人摩肩接踵，需要有人引导。走进花田，里面的情形叫人激动和欣喜，你想象得到的和想象不到的似乎这里都有。比如有我们熟悉的花品，也有让我们惊艳的花品，还有游乐玩的湖泊、鲜花长廊等，最有趣的还是各式各样的观景玻璃咖啡房、茶吧。就是在玻璃房子里，你可以一边喝着咖啡或浓茶，一边观赏在房顶呼啸而过的一架架飞机降落的过程……

真的是太美妙太震撼了！繁忙的成都双流国际机场，差不多平均每分钟就会有一架飞机降落。于是在空港花田里就相应地上演万众欢呼的"情景剧"。确实有意思：你远远地看到天边一架飞机像天空中飞翔的鸟儿那么小、声音像蚊子那么嗡嗡响着，随后那鸟儿飞得越来越近、声音越来越大……伴随震耳欲聋的声音，巨大的飞机身影出现在房顶之上，再冲入机场跑道，一泻而下，整个过程可能仅仅只有几十秒。然而这几十秒间人们所感受到的惊心动魄，唯有看飞机的降落才有。在双流空港花田里，人们几乎平均每一分钟就能如此感受一次。这就是空港花田的魅力。

看飞机降落竟然成了一种经济！双流人的奇思妙想和聪明才智如此这般神奇！

由此，他们还在延伸这种经济——起飞时的壮观情形同样是可以产生经济效益的。过去旅客候机浪费了大量时间，现在他们可以在这段时间内引导旅客参观航空博物馆，逛航空食品城、航空图书城等。更有趣的是，里面还有结合了川航资源、科技手段的航空乐园,比如飞行体验、空乘体验等。除了飞机乘客,那些没能乘坐飞机的人也可以在此享受起飞的激动与飞翔的快乐,这就是他们在机场起飞的地方修建了拥有一大片绿色的航空公园的原因。那里风景宜人,有坡有坪,也有飘散着芳香的花草和荡漾着碧波的湖水。"现在那里也已成为成都人的'打卡点'!"张瑞琴对我说,"你一定要到那个公园去看看,起初我们规划建设的时候有人怀疑这一个项目到底能不能有人气,还不如用好端端的地盖成商品房、办公楼出租来钱快。现在大家都说,建机场公园才是最好的选择。"

"有一回一个跨国公司的总裁在搭乘飞机前,从候机室看到我们这个绿色的航空公园,竟然激动得换了趟航班。他说他走过无数国际机场,但没有一个机场像成都双流国际机场那样旁边会是一个超级美丽的绿地公园。不到这样的地方投资还到哪儿去呢?那家跨国公司后来真的就在我们双流投资落户了……"双流人能够讲出很多这样的故事。

有一天采访完成后,我抽空到了她所说的那个机场起飞地的公园。

确实美。我们站在观景台上俯瞰整个机场起飞地和拥有15000余亩宽阔面积的绿色空港中央公园。这里是"动"与"静"完全不同的两种状态的结合——稍远处是一架架客机直冲云霄的起飞状,近处是人们在绿地散漫式的休闲状……尤其是那一对对青年依偎在一起拍婚纱照的情景,让人有当场赋诗一首的冲动。同一地方的"动"与"静",可以让人的情感波澜起伏,而一切又都是那么浪漫、那么美好……

呵,双流人真会玩哟!我从心底发出感叹,并由衷敬佩。

双流人玩得最出彩的是他们在这块并不大的地方"藏"了太多宝贝、太多精彩!历史告诉我们:一个弱小的民族在走向强盛的时候,学会把强的一面"藏"好了,它就很可能会强盛起来;一个强盛的国家,如果它能够很好地"藏"起自己强大的一面,那么它就是真正的强盛了。不会"藏"和"藏"不住的民族与国家,最终不可能走向强盛和永远立于不败之地。

这个道理对一个区域而言也是如此。

双流是灵性和智慧的"藏"者，我最初对它有些疑惑：双流到底有多强大、多迷人？为什么它敢于树立"中国航空经济之都"的宏伟奋斗目标？它真的能够实现这样的目标吗？

但当我在这块大地上发现了一个又一个被它"藏"着的秘密时，我顿时明白：原来双流确实有前瞻眼光，它早已将现实和未来、实干和蓝图有机地结合为一体，并通过一步步奋斗与努力，让这片热土持续不断地燃烧着激情……

面对未来这场历史性的能源大革命，我们首先需要的是高度、胸怀、大思路。只有如此我们才能清醒地、坚定地沿着正确的方向推动历史改革向前。为此我们需要深度认识人类社会发展的内在规律，科学地了解人类社会发展的内在动力机制。

上面这段话，是一本叫作《重构大格局》的书的开篇语。这本书的作者叫刘汉元，他的头衔很多，有"全国政协常委""民建中央常委""全国工商联新能源商会执行会长"等，但他最重要的身份是通威集团的董事长。而在我国新能源领域具有"排头兵"作用和标杆地位的通威集团，其实就在双流。过去一直不知堂堂刘汉元的通威集团在双流，只知道他是四川民营企业中的一位"老大"，却并不知道他就"藏"在双流，而且一直在双流默默无闻地为我国新能源领域做着巨大贡献。

一开始我对通威并没有多少认识，心想：双流难道还会有比机场和飞机发动机更冒尖的事儿？

我一跨进通威的大门，看到LED显示屏幕上正在展示其在太阳能规模、智能制造、节能减排等方面的成绩时，马上意识到自己"目光短浅""见识有限"了。一直听媒体说西方世界害怕中国的新能源产业、新科技产业等超越他们,像我们这些外行人过去还真有点不够自信,可到了通威,才明白原来真的如此啊!

早知道中国的太阳能在世界已经是"老大"了。到了通威,才知道原来这个"老大"就在双流,就在双流安安稳稳地"藏"着呢!

确实厉害:通威太阳能,是全球最大的太阳能晶硅电池生产企业。太阳能的核心主要是晶硅电池,而通威就是生产晶硅电池产能规模最大、出货量最大、盈利能力全球第一的"世界老大"。其中它自主研发的高效组件钝化发射极背接触单晶电池组件最高功率达到421.9W,组件转换率达到20.7%;异质结单晶电池组件最高功率达到441W,组件转换效率达到21.7%。虽然我对这些科学物质名词与数据比例一窍不通,但是通威的这两项技术与功率都打破了世界纪录,仅此一点,外行人也该对它表示敬意。

通威在双流"藏"得确实很深,它竟然"藏"在成都双流国际机场旁。

那偌大的制造太阳能晶硅的车间,全是自动化控制设备,里面看不到几个人在操作,但却有机器人在有序地忙碌着。我们这些参观的人只能在规定的通道里隔着玻璃远距离观摩。"因为晶硅电池片的技术要求很高,所以需要在特殊的净化环境下完成制作工艺。太阳能这种新能源产业既是高科技产业,又是投入很大的产业……"通威人告诉我,他们在双流的生产基地上的投入已达百亿元,目前已完成三期工程。

投入百亿,产值千亿,这是一般企业的经营规模与生产模式。

"但我们'通威'的大头还在老本行……"通威人冲我笑笑,说道,"我们的刘董是任何时候都不会轻易放弃他企业创立之初的产业情结的。"刘董就是刘汉元董事长。通威尽管已经把太阳能做到了全球第一,但是饲料产业这一块对农业大国的中国来说尤为重要,因此仍然是其"东方不败"的重要业务。刘汉元始终认为,"那是一个永不落伍的传统产业,无论何时都不能丢。假如丢了,就丢了整个中国产业,因为从户籍上看中国是有近6亿农民的农业大国,养活14亿多人是国家的基本任务"。

刘汉元和他的通威就是这么有智慧有远见,把双流发展的本质演绎得淋漓尽致——任何时候都不脱离本地的特色去选择发展方向。

刘汉元是农民出身。他做农民关心的事,他的事业因此也越做越大。在农业大国里做农民关心的事,其事业一定能做大。

"一个人,用一生做一件正确的事并做到极致,这将是一个漫长的过程,也必然会让人获得非凡的成就。而且一开始就要走在正确的道路上,并在事业历程中,越来越深刻地发现事物的某些本质,然后触摸它,运用它……"白勇先生所著的《创变者逻辑——刘汉元管理思想及通威模式嬗变》一书开篇点题式的这段话,很好地总结了刘汉元的成功奥秘。

这段话用在双流经验的成功之道上似乎也很合适。

刘汉元不是天才和奇才,他只是千千万万农家子弟中诚实肯干、心地善良的一个而已。"德是做人和做事的必备条件。"刘汉元从小在父亲的言传身教下,特别在意"为人诚实、做人要正"的理念。而几十年后,从做渠道网箱养鱼,到饲料产业,再到光伏新能源;从养活一条鱼、开心一天有饭吃,到养活一潭鱼、欢心一家人,再到年向国家交税亿元的行业"魁首",刘汉元笃守的就是"诚信第一"的信条。

通威是刘汉元的企业,但他的企业并不是一开始就有通天的威风,而是每一步都走得特别扎实。就像飞机能往天上飞,起飞的机场最关键。如果机场没有建好,跑道就会出现问题,飞机往天上飞也就只能是一种梦想。从梦想到目标,刘汉元的创业历程给了双流人和其他人很多启迪性的经验:"干什么事,都不能一步登天;想一步登天的事,基本上都是痴人做的傻事。"

小步迈起，中步迈开，大步飞奔。

把试验性和实践性以及推广应用性的三阶段搞清楚、搞熟悉、搞彻底、搞出名堂了，再向着预定的奋斗目标大踏步前进。

这就是刘汉元的通威秘诀。

看起来没有什么深奥的理论，却隐含着巨大的成功奥秘。外国人如今非常搞不懂中国人做的许多事情，比如说你越给压力，中国人就越能成就一番伟业；你越欺压中国，中国人就越自尊自强……这与中国古人留下的哲学理念有关：做事从不虚，做人讲德性。

靠"渠道金属网箱式流水养鱼技术"成功的刘汉元，在已经成为养鱼大户时，立即改变了自己的人生奋斗目标——养鱼大户再大，也只是比别人多养了几筐或几箱鱼而已，必须选择新的更大的事业。于是农民出身的他，想到了每个养殖户都离不开的产业——饲料。

生产饲料，让市场之手托起你的伟业！刘汉元的"第一飞"就成功地选择了他熟悉的而别人却忽略了的一个大产业。

"尽管我做的是农民们都离不开的产品，但我绝对不做跟农民抢饭碗的事。"刘汉元从事饲料加工业之初就立下了这个规矩。他还总结了这样的理论："谁和农民抢饭碗，谁就没有饭碗；谁给农民饭碗里添油加肉，谁就有饭碗。"

刘汉元的这种经营理念，也是双流人在发展经济过程中遵循的理念：想让双流成为经济强地，成为"中国航空经济之都"，那么就要让所有来双流的人和企业都感到"这里是最能做生意的地方"，也就是"最能赚钱的地方"！你能赚钱了，还怕我自己赚不到钱吗？这与"你给谁饭吃，谁就给你饭吃"不是一个道理吗？

这样的理论在中国叫"道"，也就是"你中有我、我中有你"的转换逻辑。西方人称这种"道"为"关系"。"关系就是宇宙的本质"，量子学家这么说。哲学上称这种"关系"为"万事共荣的生存法则"。

双流人了解刘汉元，而刘汉元对双流则更怀有深厚感情。因为在养鱼的时候，双流就敞开了胸怀，开放了他所需要的河流与水面，为他的网箱养鱼提供了广阔的"工场"。后来刘汉元出名了，双流人又以更加宽阔的胸怀拥抱了他。作为自古以来出名的产粮大县，双流对刘汉元从事饲料加工产业给予了更广阔的发展空间。因为饲料更离不开土地和农民，而双流的土地很优质，农民也相当勤劳，刘汉元在其他地方可能不会像在双流这里拥有如此优质的条件并生产出优质饲料。不仅如此，双流还一直是肉猪和其他家禽养殖的生产基地，数十万农民端着的饭碗也就成了刘汉元滚滚财源的饭碗之所在……

"自己端的饭碗硬气、诚信，别人就会把香喷喷的米饭端到你的面前。将心比心、换位思考、诚心厚道，才会有聚财积财的门道。"这是刘汉元的口头禅。

"想要实现快速发展，得先看看自己脚跟前的路是不是平坦，有没有沟沟坎坎；想要自己的院子内堆满金山银山，得先看看是不是已经让别人的院子里堆满了金山银山。如果是，你就有可能同样拥有金山银山。"经常听双流的干部口中这么说。

到底是刘汉元影响了双流人，还是双流人影响了刘汉元？我们不得而知。但他们的理念却高度一致，如出一辙。

从1986年开始，刘汉元像换了一个人似的。他将大把大把的钱和精力几乎全都放在饲料科学配方和加工工艺上，竟然将饵料系数降到1.1—1.54千克饮料长1千克鱼的水平上，单位面积产量由过去的每平方米产鱼26千克，提高到1990年时每平方米产鱼300千克，达到世界先进水平，使中国水产养殖技术实现了一次颠覆性的生产革命，实现了"用技术的无限性替代资源的有限性"。

刘汉元成为"饲料大王"。双流的飞机在那个时候也开始飞向自己国家领空之外的广阔世界。那些写着"CHINA"的国际航班上也频频出现双流生产的食品……

"四川的辣子味道——妙得很！"老外们张着火辣辣的大嘴，狂喊着，赞叹着。

"梦想是用来支撑灵魂的。每个人都需要一个尚未实现的梦想，才会始终充满激情地去不懈奋斗。梦想有多大，舞台就有多大。我们把双流定位为'中国航空经济之都'，初看起来目标似乎高远了一点，其目的就是希望全体双流人完整准确全面贯彻习近平总书记的新发展理念，胸怀大志，有一番干大事的豪情，充分利用机场和航空产业优势，赶在人类发展的新一轮伟大征程前列……"鲜书记的这一番话，足够鼓舞士气。

"以他心为我心，以市场心为我心，以社会心为我心。"这话是刘汉元在1992年时就说过的。那时中国还没有多少人知道如何塑造一个现代企业，更不知道如何用现代企业理念经营和管理企业，而刘汉元此时已经在用"心"做生意。

以心换心，这是中国的传统理念和为人之道。今日之世界，东方与西方有一些问题产生了严重分歧。其实明白的人都知道，我们中国是讲究以心换心的处世之道的，在处理国与国之间以及世界大问题时，皆用这样的理念。然而一些西方国家则不然，他们只以自己的心来要求和强迫他国、他民族服从于自己的理念，所以世界秩序曾一度出现了严重的分裂状态。做生意其实也是一个道理：以心换心，什么事都会做得皆大欢喜，否则就容易两败俱伤。"心有多大，事就有多大；事有多大，心就有多大。"刘汉元说这话道这理时并不知道经济学家彼得·德鲁克也说过类似的话。

双流人自古以来就是以这样的心态和处世原则做事的。这块土地为什么养就了这么多贤人贵族、名士国器，就是因为它骨子里有一种"以我心换你心"的崇高品质。尊人敬人，其实就是尊重和保护了自己。

在以心换心的哲学理念中，其实最重要的是一个"心"字。心有多大，天就有多大。心到底有多大？心是无限大的世界，心也可能是方寸之间的世界。而刘汉元的成功之道在于他的心很大。从最初的渠道网箱养鱼到后来的饲料加工，再到太阳能电池生产，他的胸怀变得越来越博大。即使太阳能电池产业做到"全球第一"的他，今天也依然觉得自己做得"一般般"，因为他的心里还装着更大的"天地"或"战略"。而这"天地"或"战略"才是"心"的实质与实际……

双流人自古以来就有一种天性。这天性就是他们骨子里具有一种对时代、对社会、对自我的深刻和前瞻性的认识。那是一份大志，一份执着，一份对自己家园的赤诚情感。双流人满怀矢志不让脚下的的土地陷入寂寥与悲凉的豪情；双流人永远燃烧着激情与保持着干劲；双流人在与土地同生共起时保持奋勇的态势与立于潮头的风姿。双流人从不甘愿败在他人之手，从不甘愿平庸，从不甘愿"躺平"，而是甘愿在与强手的比拼中凸显沧海英雄本色，甘愿在商战搏杀中喋血号歌，甘愿在披荆斩棘中探求光的源头和拥有足够的自信与勇气。

人生如此，一个地域的发展与崛起也如此。认识人的本性与人类的历史，往往有两种纬度：一是哲学意义上的，二是物理意义上的。前者是指人的意识和思想方面，而后者则指关系人类创造出的财富及行为的后果。如果我们抛开哲学，纯粹从物理经济来认识人类与社会，就会发现它总体有三个特点：一是用GDP的方式来衡量和计算社会发展的过程，主要看人们所创造的财富及分配定量来陈述历史和价值。二是可以将社会发展过程中的资源、环境对人类社会的影响定量来表达人与自然之间的关系。三是从深度上认识人类社会发展的自然特性，即人所具有的潜能的开发与挖掘。它的核心是强调人与环境资源互动的效应。这段话不是伟大的哲学家所说的，也非当代经济学家所言，其实是生活和奋斗在双流这片土地上的刘汉元的话。

能总结出这样深刻而富有哲学意味的道理的人，一定是对社会、对推动社会发展与进步的动力有着非凡的洞察力的实践者。刘汉元就属于这样的实践者。

他是双流大地上的一位成功人士，即使从全国来看也算得上是佼佼者。从最初的养鱼到后来的科技产业，到新能源，再到新经济活动，刘汉元一系列的发展都没有离开两个基本要素：劳动和不懈的创新追求。

他认为，土地是人赖以生存和立业的根基之一。因此他在土地上的生意越做越大，一次又一次腾飞起来，飞得比谁都高。

他认为，劳动是创造财富的基石。没有劳动，没有辛勤的劳动，没有智慧的劳动，没有忘我的劳动，没有超越他人的劳动，何来幸福？何来财富积聚？何来发展与进步的可能？劳动是普通劳动者的本色与本质，劳动同样是财富拥有者的本色与本质。没有劳动的过程，人类就不存在发展，财富也就不可能产生与积聚。

他认为，不懈的创新追求才是人类区别于其他自然物种的最大特点。蚂蚁会搬家，大象也会改道而行。但蚂蚁不会想着穿越江河与大海去彼岸寻找"诗和远方"；大象固然会改道而行，但它无法去制造武器、去开山凿崖穿越山体……人却可以。人甚至能够登天飞月，能够入地潜海。这就是人的潜能以及可以影响地球与宇宙的伟大之所在。

"我们通威人，共同创明天，携起手，肩并肩，不怕困难。我们在一起，为理想实现，有苦，有甜，有欢笑……"这是通威的企业之歌。从1992年开始，刘汉元就要求和坚持在每年10月1日这一天，通威要举行一次隆重的庆国庆升国旗仪式，还要唱企业之歌。他说这是必须完成的一个庄严仪式，目的是提醒职工们内心永远不忘对祖国和中国共产党的感恩与热爱之情，以及激励职工们对企业价值观的认可。他认为，这种仪式感彰显的是一种精神，一种聚集力量和信仰的精神。这样的精神可以成为奋斗的催化剂，从而让人向着更高更远的目标奋进。

也正是由于始终如一地保持了这种精神的注入，所以通威才可能从1992年至今，一直保持着超常规速度的发展，一直排在同行的最前面持续向前发展，而始终没有被各种风云变幻所影响前行的步伐。

"现在光伏产业产能过剩，通威就没有受此影响？"这是很无奈也很残酷的现实，那天到通威采访时我直截了当地问他们。

"我们没有受此影响，继续保持高速增长。"通威的副总回答的时候脸上挂着轻松的笑意。

"为什么？"我想替很多人寻找答案。

"我们的董事长在几年前就已经实施了'渔光一体'战略，所以我们完全成功地实现了产业的新融合，并且开辟了更广阔的发展天地……"

"渔光一体"为何物？

原来就是将光伏技术与养殖渔业融合起来，促进渔业的突破性发展，形成一个全新的产业。早在前几年，作为光伏产业"龙头"的通威掌舵人，刘汉元就已经意识到中国光伏产业蜂拥而起，必然引发光伏大战和产能过剩。于是他立即着手研究光伏与传统养殖渔业结合的"渔光一体"技术。经过时间不长的科技革命和技术突破，原来就是养殖高手的刘汉元，出其不意地在新科技、新能源战场上"玩"得正好时来了个漂亮的"回马枪"，结果大获全胜。通威光伏不仅产能没过剩，反而因为开发渔业领域的新途径，其光伏产业发展更加欣欣向荣。这不是简单地在发电和储电方面所能产生的一种新能源，而是通过这一新能源实现对其他产业的直接推动作用，连接到人类基本活动与生存环境之中。在全世界都在喊着"光伏过剩""光伏日落西山"时，他通威的光伏竟然连连跳上产业融合的新台阶而再一次一枝独秀。

这就是刘汉元的"不懈的创新追求"所换来的新发展景象。

习近平总书记这样说过:"理念是行动的先导,一定的发展实践都是由一定的发展理念来引领的。""不困在于早虑,不穷在于早豫。"人类在进入新的历史发展阶段之后,一切新的发展可能,必须以理念为先导、以追求为动力,只有不断进行理念革新、努力追求创新,才有可能继续实现更大的发展。

一个曾经的农民、一个曾经的养殖户,是怎样做到了几十年来在心中始终保有波澜壮阔的激情?那是因为刘汉元在前进与发展的过程中,始终做到了目光向前看,脚踩坚实的大地,依靠流血流汗的劳动和智慧创新的思维,才使得通威赢得了通向成功的每一个节点。

机会永远属于有准备的人,试看20年或者50年后的英雄是谁!

人民是历史的主人,在一个梦寐以求的理想社会中生活,就是一种伟大与幸福。在一个田园诗般的画卷中游走、生活,已经难以辨别英雄与平民、伟大与平凡。让我们怀揣希望、努力实干,去迎接一个伟大的新时代。

这是刘汉元《重构大格局》一书的最后一段话。这段话充满着对未来的憧憬与豪情,从中便可以看出他个人与通威的大格局。

从刘汉元身上,我们似乎也清晰地看到了双流人所拥有的这种大格局。

如果说,万毅他们拿出航空经济的核心产业——组装和维修飞机发动机是"藏"着双流的一种傲人的实力的话,那么刘汉元和他的通威,则代表着中华民族具有的苦干实干加巧干的传统精神和追求创新的时代精神。实力加精神,这样的民族和国家是不可战胜的,区域和单位亦然。

双流因此也是不可被战胜的。然而双流还严严实实地"藏"着另一样"锐器"。

那天从通威出来,双流同志说:我们去看看京东方医院。并附带了一句:它是我们四川占地面积最大、建筑面积最大、投资规模最大、床位数量最多的社会办医院……

"医院不是我采访的内容。"我当即拒绝。双流有那么多好的企业和产业,为啥要去看一家医院嘛!你双流的医院能好得过上海、北京的?好得过成都"华西"?我心里的话没有说出,但脸上挂着"不愿去"的表情。

"去吧去吧!顺便看一眼。"双流朋友连拉带推地将我"塞"进车里……

"就在这里!"一转眼的工夫,我们在一片半工地半新房的地方停下。

"这是医院?"下车那一瞬,我被眼前的一片平展展、崭新新的大院子所吸引——

它太大了!大到你从东头往西边看去,几乎有些看不到边际。

"是。就是这个地方——我们双流正在新建的成都京东方医院所在地……"双流人指着眼前这片完全与高科技企业相似的建筑群,骄傲地对我说。

"这是医院?"我因怀疑而再次发问,心想:双流人真会"出新"呵!

"是的哦,这是我们和京东方集团一起打造的集医疗、教学、预防、保健、康复一体的三甲医院,也是全国最大的一家'数字医院'!"

接待我的是这家医院的副总王万鑫,年轻的小伙子能说会道。他告诉我:"在您老家苏州,我们也在建一所大医院。已经建成的合肥京东方医院有1000张床位,我就是在完成那边的建院任务后被公司派到双流来建这所医院的。双流的这家医院更大,总投资60亿元,全国医院中一下子投入那么大资金的,这是唯一的一家。它的规模也是最大的,第一期设置病床2000张,全部完工后应该是6000张床位……"

天,我在心头暗暗估算着:一个6000张床位的医院,不就是超级医疗"大航母"吗?双流这个看起来不起眼的地方,相当于建了一个超级"国际医疗机构",或者说就是建了一个"国际健康大机场"!

王万鑫笑了:"是这个意思。"

他竟然也这么说啊!

"这并不是我们狂妄,而是现代社会发展的必然趋势——我们中国以后要进入发达国家的行列,关注人民的健康已经成为大家的共识。而我国的人口体量又那么大,高收入人群对健康和生命的认识与需求已经呈现快速增长的态势。我们京东方在五六年前就已经把战略方向和产业投入转向这一块。这次在成都双流一次性投资60亿元打造现代化智慧医院样板工程,填补西南地区社会办大型综合医院的空白,可以说将有力地助推四川省乃至西南地区智慧医疗转型,促进医改进程……"王万鑫的底气十足。

京东方把目光投向大健康产业,其思路和战略都堪称精到之笔。据悉,2020年中国的大健康产业营收规模超过7万亿。有机构预测,到2025年,中国的大健康产业规模将达20万亿。这意味着大健康产业将接近甚至超过昂扬了几十年的基建产业。人们对健康和生命的重视已经让这一新兴产业呈现势不可当的发展态势。然而在四川双流这个地方建这么现代化的医院,京东方有何成功把握?我心里感到疑虑。

"我们早在前些年就完成了这方面的评估,结论是:在双流这个地方建设这样一个现代化的世界级大健康数字医院完全可行,而且前景一定好。为什么?我来回答你……"医院正在投入使用的起步阶段之中,来找王万鑫的人很多,但小伙子仍然特别用心地找了个安静的地方坐下来回答我的问题,"首先,双流的地域优势很好,在成都机场旁,与国际紧密相连，同时与成都和重庆两大城市紧密相连，双城的独特优势是其他区域所没有的。其次，整个西南地区纵深人口很多，近两亿人。再次，更重要的是双流正在打造'航空经济之都'，双流的国际化将有助于我们医院的国际化。而我们本来打造的也是全世界最先进的数字化医院，设备、管理和硬件是国际一流的，医师队伍更是世界一流的。大家都知道成都的华西医院厉害，其实它主要依靠的是顶级的医疗专家。我们又抓住机会，将原成都军区医院的一些专家引进京东方医院，同时也在全国乃至全世界引进各科顶级的医疗专家，加上最先进的医疗设备、优美的医院环境和一流的智能化、数字化管理体系……这里的一切都是世界一流的。"

"走，我们简单地转一圈，眼见为实。"在王万鑫的建议下，我跟着他在一期工程新建成的正在试运营的医院大楼里边走边看——

我看到了正在忙碌有序地送药、引导的值班机器人，它们会礼貌地跟所有相遇的人打招呼，同时认真地履行着自己的职责。病人在这里挂号看病，只需在一个地方就能完成所有交费、取药、取看病单子的手续，或者在这里的任何一台电脑上完成这些在一般医院排几次队才能完成的事。

这里竟然还有书吧、咖啡吧和休闲活动广场啊！医院真大！在不同科室与楼层处，我看到有不少大商场才有的一些吃喝玩乐的空间或场地，不免惊叹起来。

"它们是我们特意设计的。这也是我们京东方办大健康医院的一个理念：让看病的人进我们的医院，尽可能少一些痛苦和孤独之感，努力在快乐轻松之中把身体上的疾病缓解甚至根治了。一句话：让每一个患者都能够健康而愉快地从我们这里出去……这是我们办这所医院的目标！"

这个目标听起来并不遥远，但要真正做到，这所医院就是人们心目中的"菩萨"了。因此我也明白了双流的京东方医院为什么一定要建成超一流硬件、超一流规模、超一流服务、超一流医效的现代化医院。它所追求的是让所有的患者来到这里后，心情都是愉悦的，最后才能健康且愉快地离开。

这其实是所有医院都想追求的目标，但一般医院又极难达到这一目标。双流的京东方医院所要做的和已经在做的就是我们都希望看到的未来社会的大健康医院。

设想一下：6000位病友，进入双流这家既充满爱意又如此现代化的医院，接受的是超一流的治疗和检查，最后健康地从这里走出去，重新回到家里、回到工作岗位，去享受生活、努力奋斗；然后又一批人进来，通过一段时间的治疗与康复，最后同样健康地从这里走出去，去为人类创造新的奇迹……

如此循环，日复一日、年复一年，这是何等的善事、大事，又是积大德、务大实的了不起的事呵！

自古医德为大仁。大仁者终得天下也。

在双流建这样的大医院，是在积其大德、施其大仁！

面对崭新的京东方医院，我在想：

"大雁"归来

当双流成为世界瞩目的"航空经济之都"时，全球的人都拥向此地，一边享受火辣辣的川味和宜人的自然风光，一边在这个康养胜地让健康有了保障，那时该是怎样的一番景象？生意人会说什么？富豪们会说什么？"老外"们会说什么？

他们一定会这样说：双流这地方好，不仅有钱赚，还能把身体休养得更好，让生命迸发出新的活力！

是的，一定是这样的。于是我又在想：倘若双流缺了京东方医院这样的大健康医院的保障，那不也是"航空经济之都"的一大缺憾吗？所幸现在双流已经提前做好了准备！

从京东方医院出来，一路上我在思忖着：双流为什么能？双流的今天为什么能让上上下下的干部群众干劲儿都那么足呢？答案在何处？

"我给您讲一件新近发生的事吧！"再次到双流采访调研，是在中国共产党成立一百周年的"七一"以后，也就是2021年7月9日，区委书记鲜荣生给我讲道，"七一"前夕他们去看望了一位90多岁的老战士，那是为中国人民的解放事业立过功勋的老兵。

"我们去看望这位老战士时，是带着中国共产党'光荣在党50年'的纪念章去的。当老人胸前挂上这枚光荣纪念章时，他激动了，连声说：'党没有忘记我们呢！'当看到纪念章是中共中央颁发的时，他的眼泪顿时夺眶而出，说：'我过去确实为建立中华人民共和国打过几天仗，但中华人民共和国成立后我基本上一直由国家养着。几十年了，自己没啥新的贡献，可党和国家从来没有忘记我，还给予我荣誉！这回建党百年，还给我颁发纪念章，想得真周到！'"

"老人家像打开了话匣子一样，跟我们说了好几件事，其中他最想感谢现在双流干部的是看门诊。他如今年岁大了，身体不太好，也跑不动到大医院看专家门诊了。让他没有想到的是，现在他家门口的社区医院也有了成都市顶级专家门诊了……"鲜荣生介绍道，"这是双流区委、区政府近年推出的一项让所有到双流工作的企业家、科学家和其他人员都一样享受到的服务全区百姓的便民举措。由区政府和卫生部门出面,同成都市区的著名医院或医学院建立了专家共享机制,把过去只有排长队挂号才能约到的专家,引到双流,引到社区医院。这样就使得双流人不出远门,也能享受顶级医疗专家的门诊了。"

"没有共产党就没有新中国,共产党辛劳为民族,共产党他一心救中国……"鲜荣生说,"那位老战士讲到如今他受到政府和社会的关爱,热泪纵横,高声唱起《没有共产党就没有新中国》。当时我们都很感动。"

感动的不止是在场的人。我想,谁听了这样的事都会感动的。这大概也是这些年来双流之所以能够在全面发展和建设"中国航空经济之都"的征程上势头越发强劲的根本原因:执政者为民执政、以人为本的理念明确、工作得力,上上下下才汇集成一股磅礴的力量,朝着一个方向努力奋进……而这才真正是双流"藏"得最深、最好、最宝贵的东西啊!

有了这,双流还怕不腾飞?

双流必定"当惊世界殊"!

第十五章

太阳神鸟的金翼

　　2001年的成都，有一件事轰动世界：一个叫金沙的地方，在考古发掘中发现了一个金箔纹饰，金光闪闪，据说有3000多年的历史，其造型跟中国古书《山海经》中传说的太阳神鸟（亦称四鸟绕日金饰）相吻合。人们后来管这一考古发现的稀罕之物叫太阳神鸟，现已成为国家一级文物。

　　太阳神鸟是由黄金打造的，外径12.5厘米、内径5.29厘米、厚度0.02厘米，重达20克。图案采用中国古代工艺水平极高的镂空方式表现，分内外两层，内层为一圆圈，周围等距分布有12条旋转的齿状光芒；外层图案围绕在内层图案周围，由4只相同的逆时针飞行的鸟组成。4只鸟首足前后相接，朝同一方向飞行，与内层旋涡旋转方向相反。整个图案似一幅现代剪纸作品，线条简练流畅，极富韵律，充满了强烈的动感，富有极强的象征意义和极大的想象空间。它生动再现了中国远古传说中的"金乌负日"的神话。

太阳神鸟后来被国家文物局认定为中国文化遗产标志，后来成为成都城市形象标志。

太阳神鸟其实是古蜀人所使用的历法，与同一时期的中原地区的历法类似，都是相当完备的阴阳历，一年有12或13个月，会置闰月，有四时的概念。而关于太阳神鸟，中国的古书中记载过这样一个传说：

大约上万年前，古蜀国有一个古老而又神秘的部落——金沙。那里鸟语花香，四季如春，十分富饶，人们安居乐业，过着幸福的生活。可是有一天，太阳突然不见了，整个金沙一片黑暗。人们心急如焚，就请四大长老去寻找太阳……

第一天，四大长老来到一片森林，开始寻找太阳。他们看见了月亮，月亮给了他们一个宝盒，并告诉他们，太阳被可恶的大巫师捉走了，这个盒子里的东西要遇见大巫师的时候才能拿出来用。月亮说完后，四大长老又重新上路了。

第二天，四大长老来到了一座高山，遇见了星星，星星给了他们一个布袋，说这个布袋要在打开月亮的宝盒之前打开。星星说完后，四大长老又上路了。

第三天，他们来到了金沙河边，看见了大巫师和太阳，立马打开了星星的布袋，两道强烈的金光就朝大巫师的眼睛射了过去，大巫师突然痛得睁不开眼。四大长老见状，随即打开了月亮的宝盒，四条金绳跳到了四大长老手上。四大长老拿着金绳从东南西北四个方向朝大巫师扔了过去，大巫师被捆住了，怎么挣扎也动弹不了。

可憎的大巫师被制伏了，太阳终于被救了出来。四大长老为了不让太阳再受到伤害，于是化作四只美丽的太阳神鸟，时时刻刻保护着太阳，太阳也因为神鸟的保护，发出了十二道神奇的金光，变得更加耀眼夺目。

金沙人看到了这个无与伦比的奇景，也为了纪念四大长老，雕刻了一个太阳神鸟的金箔，并制作了大量的金器、玉器、铜器……最后把它们埋在土里，让子孙后代永远记住这段历史。

从此以后，"太阳神鸟"成了金沙的象征！

  时间并没有带走一切
  穿越三千年厚重的铅幕
  太阳和神鸟　用诗歌的语言
  讲述遥远的故事
  是太阳托载着神鸟旋转
  还是神鸟衔着太阳飞翔
  在哲学无法诠释的深度
  我看到初民原始的力量
  ……

这首《太阳神鸟》的作者是当代著名诗人张同吾，我的熟人和老同事。他自己已经飞上了"天"，在那个寂肃的世界里凝固于另一种状态的诗境中，但却把精美的诗句留在了人间。现在大家仍然经常吟咏他的这首诗，谈论着太阳神鸟的传说。

金沙遗址是继三星堆之后古蜀国考古的又一重大发现。作为其中最具有典型意义和代表性的文物，"太阳神鸟"极具考古价值和艺术价值。它造型独特，想象空间也很大。所以成都将其确定为城市形象标志，于是其宣传片由此诞生——

在中国西部成都的上空，四只金色神鸟结伴翱翔，所到之处都贯穿金色轨迹。神鸟越过肥沃的田野，越过川西民居，越过天府广场，越过锦江……最后交会成一个动感十足的圆环。下方镌刻着赭红色印成的"成都"的中英文双语文字。

太阳神鸟作为成都城市形象标志，象征着这个被誉为"天府之国"的都市有着生生不息的生命。而独具包容性的环形与不断围绕圆心旋转的太阳，既象征古蜀先民对太阳的崇拜，又符合成都作为全国超大城市、西部大开发引擎城市开放包容、活力无限的城市特质。

2021年元旦过后，我来到双流，宣传部门的同志把他们确定的双流城市形象标志给我欣赏：那是一道代表"双流"意思的飞腾的虹，那虹的顶端则是一架昂首飞翔的飞机……它象征双流在"中国航空经济之都"的目标引领下，正朝着既定的方向，以飞翔的姿态，充满动感与活力向前迈进。

太阳神鸟和飞翔的银燕，之所以能够在天空中高飞，靠的就是它们的翼，它们的双翼，它们那闪着光芒的金翼。

翼是太阳神鸟的神器。翼是飞机能够离地行千里的根本。中国的古文字对"翼"字早有解释：翼，翅膀也。（《说文解字》）形容有翼之物的厉害的词语不少，如虎添翼等。

有翼而不能飞的鸟就该是鸡了。它因为翼的功能弱化了，所以为人圈养。鸟则凭借着双翼，任天高飞，那时人再有本领也对飞无可奈何。后来人为了离地远走，于是发明了飞机。发明飞机的思路来源于鸟飞翔的样子，最早的飞翔尝试甚至连发动机都没有，只装了跟鸟的翅膀相似的双翼——滑翔机就是这样的。

飞机是现代人依靠物理机械制造的另一种太阳神鸟。而中国成都金沙的太阳神鸟就是远古时代人们心目中的神器——飞机。

身在飞机场周围的双流人十分清晰地意识到一点：双流要发展，要有所作为，必须像飞机一样飞翔起来。既然飞机腾飞靠的是双翼，那么双流的发展自然也离不开金翼，并且双流需要的是具有经济含量的、为这片土地上的人民造福的金翼。

双流的金翼在何处？它又是怎样的金翼呢？这是双流人很早就开始

思考的问题。后来他们很快找到了：飞机的身体上长着一对翅膀，就能飞起来，那么我们在机场两翼上画上两个"圈"，建些厂房，把开发区搞起来，你机场发展兴旺了，我们就搭着你的发展兴旺而发展兴旺。这不，还真是这样——后来飞机越飞越多，成都双流国际机场越发展越红火，而双流"绑"在机场两翼的开发区也跟着热火朝天地发展起来，经济效益越来越好。这不也就跟着"飞"起来了嘛！

哈哈，飞了，真飞了呀！

正是要探究双流如何起飞，我才有机会深入这块美丽而神奇的大地，也确实兴奋地触摸到了驱使双流高飞的金翼——它确实很神秘，也很神奇……

一个城市的腾飞，其实重要的要看对城市的规划与建设，以及对城市经济产业的布局。

翻开昨天和今天的成都与双流的地图，我们可以清晰地发现，作为"天府之国"和成都市"南大门"的双流，有着被"大吃小"的体量上的尴尬。双流行政区划，从1996年5月开始，一直在调整，而且面积越调越小。从最初的1065平方千米，到现在"固定"下来的466平方千米。特别是在2013年11月，原本属于双流的一些乡镇、村组被分别划入成都高新区和天府新区。成都高新区的35平方千米和天府新区的564平方千米，成为双流的"托管区"，也就是说，真正的"人、财、物"管理权并不在双流，而是在双流的上级单位即成都市。如此这般的双流不能不接受"战略"与"战术"以及"面子"与"里子"上的重大调整。

双流还能像双流人原先设想的那般雄心勃勃地实现发展的远景目标吗？

这种考验对双流来说是痛苦的，但又是必须面对的。这是一种超常的考验！世界上有原本是"光芒万丈"的老品牌、老地名、老区域，因为被"大吃小"等调整后，从此销声匿迹、一去不复返的例子太多太多。双流是否会重复这种轨迹？

双流曾经因区域调整而面积变小，这对双流人造成的心理影响是显而易见的，尤其是看到原本同一块土地、同一锅吃饭的"乡里乡亲"因为调整区划后，仅一路之隔，房价就不一样了，工资福利待遇不一样了，税收政策也不一样了！对等等的"不一样"，双流人心理上有了巨大的落差。

然而双流人很快发现，"大吃小""大变小"之后，也同样有他人不可比拟的优势与好处。原本一直被成都人视为"郊区县"的双流，现在名正言顺地成为成都的中心城区，这种自豪感随着成都市相关配套政策阳光雨露般的普照，让双流人的脸上绽开了笑容。最重要的是，成都建设"世界大都市"的宏伟蓝图与实际行动的"两区一城"计划，将未来发展战略重点放置在天府新区和高新区之上。如此战略与布局，让处在天府新区和高新区"怀抱"之中的"小双流"，一下"膨胀"成天下无敌的"大双流"——邻机场、邻"两区"（天府新区和高新区）、邻成都中心！这样的区域优势何地可比？何地可有？

哈哈，双流因失得福，顿时气壮山河，再整雄起之风！

"双流自古以来就肩负着与众不同的使命。当清楚和明白双流在成都乃至四川的地位时，我们就不会再沉溺于自卑和沉沦之中，唯有奋起与奋进。每一次奋起与奋进，便是重塑一个新的双流。每重塑一个新的双流，我们也就更加明白了双流所必须承担的使命，因为这就是双流与众不同之处——它始终是成都乃至四川发展大格局中无法缺少的存在，而且是极其重要的存在！"双流的主政者这样说。他们也按照这样的使命在做。

让我们的目光再向远一些的地方看——

这是新成都的建设布局：那条成都中心市区的大动脉——大件路经武侯，入双流，再到新津；而连通成都各个方向的地铁10号线也经双流到新津，再延伸至邛崃……这前所未有的便捷交通，给身处宝地的双流带来的是巨大的物流、人流。就看双流人如何奋楫笃行，挥舞出一个新天地了！

自然不用说大成都环境下的双流，不仅自身的脉络全部被打通，而且区域脉络的畅通无阻工程也在持续推进。处于大成都中枢的双流，通过贯通区域内的一条条四通八达的交通动脉，显然可以尽收因路而兴、因路而为的红利，这等事半功倍的效果，在近年的双流境内到处可见。

当然，双流更需要做的是：举力融入大成都的"两区一城"蓝图。聪明而智慧的双流人早已挥汗赶超，领先一步。用他们自己的话说：上级让我们成为融入"两区一城"的先行与示范，那我们首先就必须得做出先行与示范的样儿！

双流人不是靠嘴上功夫，而是靠具有实干的天性和敢于干出名堂的精神。于是人们很快发现，那条连通武侯区与双流区的双楠大道刚刚露出风采之后，双流就迅速沿着双楠大道两侧布局了奥特莱斯、海滨城购物中心、四川国际网球中心等新消费市场中心。那天双流人带我到了其中之一的奥特莱斯走了一圈，结果是我立即"投降"，并连连惊呼："双流怎么也有这些北京和上海、广州等一流城市才有的'海派'购物中心呀！"双流人笑了，说这个奥特莱斯跟全国其他地方的建成时间都差不多。他们的意思是，双流这个地方不比北京、上海、广州等地差多少呀！可不是，当时在疫情的影响下其他城市的市场还没有形成高峰，而双流这里的奥特莱斯内人头攒动，好不热闹。"我们这儿的人流量、购物量，在全国几个奥特莱斯中名列前茅，因为我们既背靠大成都，还离重庆不远，所以人流量和购物量很大！"

原来双流的"流"是巨流、洪流和汹涌之流呵！

在建设"中国航空经济之都"的大战略中，双流的架构已经形成。就像造一架大飞机一样，机身已经定制成形，然而决定腾飞的金翼是否有保障则是大飞机成败的关键。

双流的金翼在何处，这是我一直十分好奇和特别想知道的事。

"好吧，我们就去看看'大飞机'的翅膀吧！"双流人一说起"航空"和"飞机"这些词儿，就格外驾轻就熟。

第一站走的地方，就在"京东方医院"附近，它被称为双流"中国航空经济之都"的其中一"翼"，全称为"成都天府国际生物城"（以下简称为"国际生物城"）。

如果不是亲眼所见，我想我很难相信双流竟然还会有如此前沿、时尚而且被打造得美轮美奂的地方——

说国际生物城，是因为它确实像一座了不起的城郭——高楼林立、街道纵横、车水马龙……我特别注意到国际生物城内所有的建筑外墙都是咖啡色或砖红色的，很有国际韵味。如果不是楼墙上出现一些中文字，你很难意识到这是在中国土地上，倒很像是到了"哈佛"和"麻省"附近，那里的校区和科研机构的外墙都用这种颜色；在德国一些地方也是如此。

国际生物城位于成都双流国际机场的右翼，是双流"航空经济之都"真正意义上的右翼，总面积达44平方千米。其庞大的翼体，覆盖和深入永安、黄龙溪镇腹地。它有着令人不可估量的产业发展天地：上接成都高新区，承接其生物创新成果；下连眉山，引领生物产业发展的风向标；左靠双流当地已有的生物产业升级；右及天府新区科学城的产业核心……这就是此翼的潜力之所在。

"我们的总体定位是：全球知名的生物产业双创人才栖息地、世界级生物产业创新与智造之都、国际范儿的生命健康小镇……"年轻的国际生物城管理者自豪地告诉我，再过15年，这里将实现全口径5000亿元的产值、企业总数达3000余家，其中顶级人才超1000人、高端人才5000人、专业人才30000人、配套人才120000人。"那个时候，双

天府国际生物城

流的翅膀就真的很硬了，飞得也会更高！"他的脸上放着光，眼里满是自豪。

  国际生物城真可谓集天时地利人和于一体。它由"一江一心三廊九组团"构成，一江即锦江生态带；一心即以永安湖为核心的生态绿心地；三廊即为具有生态保护、生态隔离、绿化景观、雨水收集等作用的3条生态走廊；九组团即为规划和建设中的生态化、低密度、复合型等组团产业，被称之为"产业之钻"。尤其是如诗如画的永安湖所溢射出的万亩生态湿地，宛如一张万般柔情的温床，拥抱来自天南海北的每一位来此驻足的制药企业家和研究专家……

  中国正在从发展中国家中崛起。富裕起来的庞大的人群，开始追求和注重自己的生命质量。于是生物制药在近十年间的发展速度几乎超出了其他所有产业。2010年，中国生物市场的规模约1000亿元；到了2015年，已经达到1500亿元；而到了2020年，生物制药的规模则达到近5000亿元。如果将新冠肺炎疫情所形成的生物抗疫药算在其中，则超过了万亿规模。我们这样14亿多人口的一个大国，那些曾经连温饱都没有解决的贫困人口现在已全部摆脱了贫困。我国已经富裕的人和正在加入富人行列的人，应该不会少于3亿人。加之进入老龄化的2.6亿人，中国的生物制药的服务对象总人群保守估计也应该在4亿至5亿人。这是个怎样的概念？也就是说，如果4亿至5亿人在用生物药的话，那么按每人年平均用药费用1000元来计算，就是说中国每年将有不少于4000亿元至5000亿元的市场规模！

这就是诱人的中国市场！这就是生物制药越来越受重视的原因！这也是中国现在到处可见一个个如雨后春笋般冒出的生物制药产业园的原因！

因为生物制药属于新兴的高科技产业，所以它需要人才，需要专利，需要超高投入，更需要适宜的环境。没有好的环境，再有人才、再有专利或者投入再大，生物制药企业也不会"光顾"的。生物制药企业在产业中就像一位娇艳的公主，她才不会轻易将自己"下嫁"给"下里巴人"呢！她挑剔地选择着，她乐于绽放光芒的地方必须非同一般。所以能够让她放下身段的地方一定有超然的美，一定有独一无二的好环境……

第一次慕名来到永安湖，站在湖边的草坪上，向前眺望波光粼粼的湖面和飞翔的白鹭与芦苇荡内欢啼的鸟儿，我立即联想到自己的故乡——江南水乡苏州，那份温暖亲切之感油然而生。从湖边转身，我看到的是一大片起伏的绿草坪；走近一看，有些鲜嫩的绿草上仍然挂着晨露，看上去就像羞涩的少女在向你示爱，谁能不心动？万里碧空如洗，偶尔几朵浮云挂在上面，如果在那一刻躺在绿草坪上小憩一下，一边仰望蓝天白云，一边呼吸着透着草香味的空气，那大概是最美的享受了。

于是我在想：呵，难怪双流要建一个国际生物城，他们以他地无法媲美的环境来吸引全球各地的顶级专家带着自己的科研成果来此安居乐业!

双流够格。双流"筑巢引凤"的能力与营造环境的水准,让他们具备了足够的竞争优势,包括与我熟悉的上海浦东生物园区和苏州工业园区相比,一点儿也不逊色。

2016年3月启动建设的国际生物城,如今已成规模。它距离成都中心市区仅28千米。不敢相信,在喧嚣的大都市圈边上,竟然有一片绿色的栖息养心之地和与生命息息相关的一个庞大的产业园区。

生产、生态、生活——能统一成一体吗?

双流人告诉我,他们的这个生物城就是要实现这样的"三生一体"。这里处处都要做到"知识+健康+艺术"的有机统一,确保"将城市建在森林中,将实验室建在花园里"。所有工作与生活场所,都要能"开门见田""推窗见绿"。

那句"以人为本,先人后产,以产带城,以城促产"的响亮口号,实质上是欲从这四个维度将整个国际生物城打造成:

全球知名的生物产业双创人才的栖息地;

世界级生物产业创新与制造之都;

国际化的生命健康小镇;

融入全球产业链高端和价值链核心的创新实践区。

……

想象一下吧,双流人打造这样一个高端的生物科技世界,其目的是什么——

面向全球,快速整合生物创新资源;

服务全球,快速转移转化创新成果;

融入全球,快速切入产业链高端和价值链核心。

三个"全球",其势其气,这才是真正的国际化!

再看一看双流这个国际生物城所要做的具体事：

生物技术药类，包括血液制造、抗体药品、疫苗、细胞治疗——好家伙，每一项不都是当下世界最紧俏之物吗？

至于"生物制药工程""生物服务""健康新经济"等产业，每个产业都可以细化出几十个乃至上百个全球都热门的分类。

生物工程本身就是一个新兴产业，越来越受到世界投资大亨的追捧。而双流打造的这一国际生物城，它所承担的使命本来就是"成都的"，是成都希望建成的全球影响生物产业链的端口，因此它的明天和未来的价值都将不可估量。

"着眼全球，立足国际标准，诠释科技与城市的灵动和谐，搭建起连接创新人才和创新环境的桥梁，以大科学设施和功能平台，支撑一城山水的肌理……建成一个世界级的生命健康之城！"这是双流国际生物城的宣传片中一段富有诗意的解说词，已经令人神往。而现实的国际生物城，则更令人兴奋。

"如今国际生物城已经形成起步区9平方千米，在未来三四年内将扩大至20平方千米左右的面积。累计引进项目150个，协议总投资超过1100亿元，聚集诺贝尔奖团队5个、院士级团队4个、高级人才团队51个。18个重大创新平台已经落户。研发新药品种101个。"国际生物城的负责人这样解释道，"这是前年统计的数据，去年以来的还没有被统计进去，因为这些数据每天都在更新，所以我们的宣传模板总是跟不上……"

他的一丝"不好意思"，让人看到了今日双流的成都天府国际生物城的欣欣向荣、蒸蒸日上的发展态势。

"我们这里诞生了中国生物制药西南科创'第一股'呢！"双流国际生物城有许多牛气的地方，其中之一就是有西南地区第一个由科研成果转化为生产效益的上市公司——成都先导药物开发股份有限公司（以下简称成都先导）。

成都先导，是由国家级专家、原阿斯利康全球化合物总监李进博士创建的，致力于原创新药的早期链段研发——先导化合物的发现。该公司成立于2012年，是最早进入国际生物城的科技团队之一。李进博士拥有巨大的个人魅力。现在他身边已经有一个逾350人的具备国际视野和创新能力的优秀团队，其中研发团队中的博士占比20%、硕士占比45%，10位高级管理人员具有世界500强企业的资深研究背景，6名国际知名生命科学家为公司顾问。公司成立10年来发展迅速，已经在美国设有海外子公司。2020年4月，成都先导正式在科创板上市，成为西南科创第一股，自然也是成都国际生物城内的第一家上市公司。

成都先导与它的名字一样，具有众多在生物医药科研领域的先导成果。比如它建立了一个独特的早期新药发现平台，完成逾4000亿结构全新、具有多样性和类药性的DNA编码化合物的合成，是国际上提供规模化DNA编码化合物库筛选的三家公司之一（其余两家均在国外）。目前，成都先导已与近80家制药、生物技术企业以及研究机构建立了原创新药研发合作，致力于发现、开发新的治疗方案。成都先导拥有的具有独立自主知识产权的核心技术是DNA编码化合物的合成与筛选。该技术旨在提升创新药物研发过程中早期筛选的成功率，缩短研发周期，降低研发成本。与传统的先导化合物发现相比，它有着明显的优势：使用传统的方式建立一个拥有500万个化合物的库，需要10年左右的时间，投资数亿美元；而利用成都先导的DNA编码化合物库合成及筛选技术平台，建立一个拥有10亿个化合物的库，只需用时2~3年，投资数千万美元，且筛选效率提高数倍。成都先导的新药HG146已获国家药监局临床批件，现进入临床研究阶段。该团队同时与强生、辉瑞、默沙东、武田制药、勃林格殷格翰、赛诺菲、阿斯利康、Leo Pharma、Forma Therapeutics、吉利德科学公司、基因泰克、LG Chem、英国癌症研究所、美国Scripps研究所、天士力、扬子江、先声药业、上海药物研究所等数家国内外知名药企及科研院所开展多个新药研发合作，其核心技术和新药发现水平得到国内外知名企业的认可。目前成都先导承担的国家重大新药创制、国家重点研发计划、国家火炬计划等国家重大专项项目有5项，省、市、区重大项目有30余项。

"成都先导影响和带动了整个生物城。像成都先导这样具有世界影响力的公司，现在我们生物城已经有四五个了！"

嗨，如此说来，双流人难怪底气十足！

"……钟情于心，寄情于景。用天府文化，注入人居温暖，将美妙的畅想变成完美的现实，让生物城成为世界顶级人才的栖息地以及享受生命与开创事业的归宿地。这是我们'筑巢引凤'的工作目标。所以在建设与规划生物城时就特别注重生活与教育等配套设施的完善。现在，生产邻里中心、社会邻里中心、商业街、文化中心、湖畔餐厅等已建好。生物城诺博幼儿园、万汇小学也已经开学……"说到这里，接我到国际生物城采访的车子到了万汇小学门口，于是我被邀请到校内参观。

很难想象在一个区县级地方，竟然有着最先进的教学设施的双语学校。现在这里的孩子还不多，但校区却非常大。"'巢'已筑好，只等着更多的'鸟儿'飞来。"国际生物城的负责人说。学校的建设规模是按照未来生物城向全球招聘和吸引500个世界级、国家级顶级人才落户双流的规模来设计的，这里的学校和幼儿园也是照此标准建设起来的。

粗略地参观了一遍校区，校舍顶上的屋顶花园尤其令人惊叹。那简直就是一个世外桃源：上面有很多名贵的花草，也有四川本土的各种瓜果，还有亭台楼阁……"这里既可以作为学生动手种植瓜果、培育花草的劳动课场所，也可以作为学生学习休闲的地方。它充分利用了空间，一举多得。这也是国际生物城崇尚自然理念的表现之一。"年轻漂亮的校长是位"海归"。她说她曾经在国外和国内一些贵族学校任过职，"但我更喜欢国际生物城这个地方,因为在这里你真的能感受到自己就是大自然中的一员,可以像花木一样吸取天地的精华,特别惬意。孩子们在这里获得的成长也是全方位的……"

在屋顶花园,我无意间遇上了一位特殊的"园丁"——一位"土著农民"正在翻地种菜。他的家原来就在国际生物城所在地,搬迁以后住进了离校区不远的凤凰村安置房。孩子的母亲与他离婚后,这位农民一直带着智障儿子过着并不安定的生活。前年父子俩在校外推车收破烂时,被学校老师看到,老师回来后向校领导作了汇报。万汇小学的校领导十分重视,当即研究决定将这个智障孩子收入学校上学,并专门派出老师和辅导员帮助他进行正常的学习与生活。

"刚过来时他连自己的名字都说不上来,现在已经是二年级的学生了。"老师说着说着,就把我带到了这孩子的跟前。

小男孩见到陌生人还是有点腼腆,但当我说要看看他的作业时,他马上捧着练习本让我看。

"嗨,不错啊,好几个'良'呵!"

孩子笑了,满脸幸福。

"我现在很幸福。孩子能读书了,我在这里干活还能挣到工资,是生物城给了我们父子俩新生……"孩子的父亲这样说。

后来我知道了这位父亲的名字,他叫付宪成,儿子叫付喻强。

离开学校时,我看到这对父子一直在校门口向我挥手。这一幕,很感人,也让人感到生物城到处洋溢着春天般的暖意。

生物城的总部办公楼并不大,但建筑形状却非常别致,具有超现实艺术范儿。百姓看它,说像一个金元宝;艺术家看它,说像一幅超自然派的画;科学家看它,说像一个细胞体……总而言之,它别出心裁,极富想象力,让人着迷。

"如果晚上来看它,真会叫人兴奋不已!"现场,主人给我看了几幅国际生物城总部楼宇夜景图和已建实景及未来规划图照片。我想，将其与世界上任何一个最现代化的景致去比较，可能也算佼佼者。

国际生物城已经诞生和崛起，如张开的翅膀，正跃跃欲试地做着腾空前的准备。

我们已经看到它的雄姿，自然无限期待……

从国际生物城出来，就再也见不到那些传统的乡村的杂草与丛生了，只见在大自然的原生态基础上营造出的一片片连绵数十里的绿荫与花丛，以及茂盛的树林。于是你会有种感觉：双流的每一个角落，都被精致的公园簇拥着——这大概就是他们经常挂在嘴边的公园城市的景况吧！

成都环城生态公园是成都市打造"大成都"公园城市而兴建的绕城高速内外环两侧的超级宽敞的生态带，在双流区域的总面积达12980亩。在融合大成都的城市公园生态带建设中，双流抓住新城建设契机，坚持了"精筑城、广聚人、强功能、兴产业"的营城逻辑，将公园形态和城市空间有机融合，构建融合开放、连绵有序的空间布局模式。如今双流已经规划和建设了分别为10.8千米、39.1千米的一、二级绿道，以及茶马古道、蜀仙胜境、诗风圣景、凤求凰、缤纷彩林五个特色园和萌宠乐园，配套总面积达15.8万平方米，基本呈现了园区景观的特色，从而重置了双流城镇空间的格局，使得"中国航空经济之都"的城市能级获得重要提升。正如有文所言："如今驾车驶出接待寺立交，左侧迎面就是成都·时代奥特莱斯，每逢周末便熙来攘往；紧接着还有成都·东航中心、绿地T7等共同构成的以'航空'为主题的高品质生活场景和新经济消费场景，同样人流如织，好一片繁荣的新都市景象……"

"以场景营城赋能，推进生态价值创造性转化。"双流决策者奉行的这一思路，使得成都环城生态公园双流段外侧2000米、25.6平方千米的区域内实现一体规划，统筹开展项目策划、产业规划、空间梳理和城市设计，有机串联交通圈、商业圈、生活圈，打造功能复合的公共设施体系，塑造景观多样性场景和新经济消费场景，从而打造"让一切有空间的地方皆可停留、皆能交往、皆有效益"的"双流样板"。

智慧的双流人清醒地意识到：欲想飞得高，翅膀就得先锻造得过硬；翅膀有多硬，鸟儿方能飞多高。

与国际生物城相隔并不远的地方，是双流的另一块宝地，它被简称为电子科技园。

与其他产业园区相比，这个园区似乎并不显大，但我却很喜欢。驻足其中，就会看到一泓把蓝天白云映在中央的弯月般的湖塘，据说这里原来是农民灌地的河浜。成都电子科技大学与双流共建这个电子科技园后，规划设计师们只是按湖塘的形态对这里进行了适当的扩大，然后将湖底的泥土垒积在湖四周，再种上绿草，于是现在这儿就变成了双流的一个绽放异彩的景致。它宛若一颗通透的绿色翡翠中嵌着一颗蓝宝石，无论你如何"把玩"，总是令人心旷神怡、爱不释手。

那天我们赶到园区正值傍晚，绯红的晚霞映照着这片绿地与湖面。由于湖边的绿草地在水面显得特别高，加之轻风妙曼，所以让人既有种凌空俯瞰之感，又有跃入渊潭碧水之感。我情不自禁地想起唐代诗人唐彦谦的诗句："莎草江汀漫晚潮，翠华香扑水光遥……"

"你们真会选地方啊！"见了又一位年轻漂亮的园区管委会负责人王萍女士，我忍不住忌妒起来。

她马上接话道："欢迎大作家来我们这儿入驻呀！"

"科学家入驻的地方，我也能来？"这很出乎我意料。

"当然。科学和文学艺术，从来就是'一家人'，因为科学家从来都需要创新和灵感，而作家的灵魂思维可以成为科学家的第二思维空间……"王萍的话令我无限感动与感叹。这或许是"双流人为什么行""小双流为什么可以成为大双流"的缘故与奥妙吧！

无须再去用一个个例证来探究与证实这样的科技园区是否有前景与能否成功了，因为管理者们的基本理念与思维决定了这样的地方是可以成为世界级高峰的，美国的硅谷不就是这样成长起来的嘛！中国人不缺才华与才情，而先进的理念加上才华与才情更容易让人实现理想和目标。

这个嵌在这块翡翠上的电子科技产业园区，其技术背靠强大的电子科技大学。这是中国响当当的"国家军工队"孵化出的拳头产业园区，有代表着中国水平的电子科技工业前沿产业。它于2016年开始在这片土地上生根发芽，开出科技花朵……

这里的每个成果都是具有世界领先意义的"国之重器"，所以我不宜过多地去参观与书写，也怕即使写了仍然是一堆"外行话"。

但电子科技园的主人却特别热情，又给了我一个机会——去参观一家名叫"申威"的电子科技公司。接待我的是这家公司的团队负责人。他介绍说他们公司于2016年入驻该园区，目前开发的处理器属于国家"核高基"重大支持项目，已经开始在全国党政机关和军队使用……呵，我有点听明白了：是芯片的核心技术，涉及国家安全的高精尖科技！

"对的，西方世界在这方面一直想封锁我们，但我们就是通过自己的努力实现了技术突破。申威处理器是中国芯片领域的拳头产品！"年轻的博士说到这儿给我做了个"拳头"的姿势，那一刻我觉得他一下把双流"托"到了天上……

是啊，中国的豪气与豪情，双流的豪气与豪情，在这里可以纵情展现。因为中国不惧怕西方的技术封锁，中国有能力创造一切人间奇迹，双流有能力创造一切可能。

走出"申威"时，我再一次举目远眺那片弯弯的湖面和起伏好看的绿地，似乎明白了这个电子科技园区的主人为什么将整个园区打造成翡翠与蓝宝石的结合体，因为它在泛射的光芒下既显得玲珑剔透，又给人以希望与力量。

"我们双流是出电子人才的地方，每年都要向深圳、广州那边输送两三千人才呢！"离开园区时，王萍跟我说了一个数字，再次让我对这块嵌着蓝宝石的翡翠怀有敬意。

在双流，或许最能让"中国航空经济之都"这架"双流号"大飞机腾空而起的是那个神秘莫测且欣欣向荣的芯谷。我将芯谷比喻为双流腾飞的金翼，恐最恰如其分。

我去过两次芯谷，每一次都会被总部大楼前的那尊飞流状的形象派雕塑所吸引：它似水流，似电流，又似通达天地的气流……每天奔腾不息地创造着新的世界，讴歌着这已到来的新时代。

这是一个真正意义上的中国"芯"地——由成都市政府、双流区政府与"中国电子""中国电科"和"中科院"、中国工程物理研究院（"中科院"）等单位共同建设的中国芯谷。它名副其实，因为"中国电子"和"中国电科"皆是国务院国资委直属企业，"中科院"和"中物院"也分别是全国自然科学最高学术机构和国防尖端科学技术研究机构，如此信息产业"四巨头"携手加入成都电子信息产业生态圈，与成都双流共建电子信息产业新一极，无须再去猜想双流地盘的芯谷到底有多强大！

"方寸的芯片承载了中国几代人科技强国的殷切希望，要心想事成，今天的中国科技产业园就得把'芯'产业做好，做出名堂，做到世界一流。我们的芯谷，是城市的心脏，名叫'成都芯谷'。其实它更是成都电子信息产业的心脏，具有不可替代的作用，所以我们将它定位为双流未来城市的新中心，双流产业的中心，而且还是生态城市、公园城市的心脏……"鲜荣生书记这样说。

芯谷，从它诞生的那天起，就引人瞩目。这是因为，中国人一旦有

成都芯谷

想干的事，就会下定决心和发下狠心，就一定能干成功。西方人并不太了解中国人的这一秉性，而我们中国的崛起与中华民族的复兴，靠的正是这种性格与精神的支撑。

这又是一片充满希望的天地，双流的"五湖四海"全在其中，似乎以往的双流人编织的万千锦绣，都是为今天芯谷的崛起而准备的。

"建设芯谷的一开始，我们就采取了完全不同于一般的园区开发模式：先确定产业，再落位空间。首先与'央地合作'项目初步明确电子信息产业大方向，再请中国电子信息产业发展研究院从'未来缺什么我们再干什么'的方向，摸清市场需求，形成了成都芯谷'芯、屏、端、网'的产业规划，最后请同济设计院契合产业需求、科创需求、人才需求，形成了EOD开发模式的未来城市规划。"时任区委常委、宣传部长、芯谷党委书记刘拥军说，"我们把着力点放在两个方向上：一是全球最前沿的产业搭配和结构上,目标是世界一流的电子信息产业巅峰;二是最能吸引人才聚集的环境和有人文品质的现代化城市。

在产业上,我们把成都芯谷放回行业内、市场上,让领头企业当细分领域的产业组织者。因此这里引来一个"中国电子",带来了20余家旗下关联企业;引来一个京东方,建起了屏芯制造产业链。同时全力引进创新能力强、市场占有率高、掌握关键核心技术的细分冠军,争夺细分领域行业话语权。比如在集成电路赛道上,位居全球第四、国内第一的EDA公司华大九天于此落户,在模拟IC、平板显示设计全流程EDA开发工具市场上有绝对优势;具有高通背景、国际领先水平的瓴盛科技也落户于此,发力SoC芯片,发布的首款物联网芯片在性能、面积和功耗等方面领跑AIoT业界。

在建设上,我们实施了EOD开发模式。EOD形态是绿色的、便利的生态办公区,也是为同类型企业带来高资源效率的建筑集群,更是打造'公园里的写字楼'、集聚更多企业总部的一种高盈利商业模式。我们学美国硅谷吸引人才的模式,参照苹果、华为等公司总部集生态公园、低碳环保、生活美学等建筑风格案例,针对电子信息类科技企业'低密度、高绿化、共开放'的院落式办公空间偏好、科创人才生活需求,建设以中央空港公园'井'字绿廊为生态本底,以EOD未来产业社区为主要形态的公园城市,形成以人为本、以产业为基的未来城市……"

"让科创与文创深度融合,是世界城市科创区的发展趋势",芯谷人说,"我们不仅引进了一大批科技人才和芯片产业的龙头企业,而且已经有相当数量的艺术家、作家、体育明星等来到双流安家落户。我们努力让'五湖四海'公园成为广纳'五湖四海'人才的社区乐园,打造了凤翔湖水上演艺舞台、天府荆溪茶具博物馆、'一带一路'国际艺术中心等文艺场景。不久前,我们还引进了一位钢琴收藏家。他把全世界各个年代的不同类型的钢琴收集起来,我们给他建了一座钢琴博物馆。这些文化人才和艺术资源，虽然与芯片产业无直接关系，却让芯谷蕴含文艺化、景观化、运动化、烟火气等鲜明气质，更加契合高净值、高学历、年轻化科创人才需求，让在芯谷工作生活的每一天都是最美好的一天。所以，这里是我们建设新型产业城市的重要内核，也必将成为吸引年轻的、文艺的双流'芯'市民想来、想留的城市闪光点！"

在芯谷之地，双流人经常说着一个用数字标注的地名，它叫"596"。这个名字外人并不知道，而双流人大多都知道。它是当年中国核研究的一个机构代号，就落户在双流。而今天，"596"的前面已经加上了"银河"二字，全称为"银河596"。它的任务不再是核武器的研制，但因为它的"基因"太强大，所以加盟到芯谷，显然使得这片新天地有了更多的神秘感而巨大的磁力……

"喏，那就是'银河596'科技创新基地——"我以为不会被允许去参观那个神秘的"596"，因为它非一般场所。然而那天偏偏有双流人把我拉到了有五个醒目大字的"银河596"的院子内：好家伙，700余亩的大院子里，一排排见不到几个窗户的神秘的大车间整齐地排列在我的眼前。它们是干什么的？没有人告诉我，但我能猜出几分：一定是自主可控核心技术诞生的重要地方！

华为"5G"问世后，以美国为代表的西方世界对中国芯片和其他高科技的围剿呈现了歇斯底里的状态。中国人自然有权利、有能力奋起反抗，自主研发"中国芯""中国产品"。当然我也理解它出于保密需要而并没有必要让我这样的非专业人士进入核心场所，但能在外面"见识"一下就足以让人心潮澎湃了！

"596"是双流人引以为豪的一个数字，它代表着这里曾经是科学高地的历史和如今依旧在科学高地上行走的现实……

芯谷成立于2016年，是成都市与"中国电子"战略合作项目。能被冠以芯谷的并不多，双流的这个由国家电子团队参与建设的芯谷，毫无疑问是名副其实的。双流的芯谷现在定位为"中国芯谷",所以它拥有宏伟的规划和强大的自信,可谓出手不凡。

芯谷在专业化运营机制上也在不断探索与创新。2020年实施"五区合一";2021年对标深圳前海,在全市实施首批法定机构改革,正式挂牌"成都芯谷发展服务局",以市场化方式推进功能区规划建设步入正轨。

那天我来到芯谷,见到了"中电光谷"副总裁、芯谷总经理贺海华先生。贺海华现在负责芯谷的总体管理业务工作。

"等于我们要在这里建一座'新城'……"他的这句话代表着芯谷未来的发展方向。

他又介绍道,芯谷的产业主要聚焦"芯、屏、端、网"四大细分领域,打造中国电子信息新一极、国际科创人才首选地、成都未来公园城市新典范。

"'打造高品质科创空间示范区',是我们的责任与使命。第一个示范区几个月就建成了!"贺海华在芯谷展示楼的顶层咖啡厅继续向我介绍道,"现在已经有32万平方米正在建设或投运。2023年将建成150万平方米成都芯谷研创城,2025年将聚集科技服务企业100家、科创企业1000家、科创人才1万人。现在,"中科院"微电子所创新平台入驻运营,国家'芯火'双创基地、中国信通院成渝研究院、中国工业互联网研究院四川分院等公共技术平台正在建设中。我们将打造从软件工具、制造、封测到安全应用的高可靠芯片研发服务环境,把成都芯谷研创城建成'最适合做国产IC研发的高品质科创空间'……目标就是一个:建中国乃至世界一流的信息产业新城!"

"走,看看规划图,更形象和实在些!"贺海华雷厉风行,站起身将我带到楼下的"芯谷规划"展示中心大厅。

"过几年这里就会是你眼前看到的样子……"电子屏幕打开,气势磅礴的音乐渐起，一幅宏伟蓝图出现在我眼前——

那是一个有着碧蓝的水的湖，名叫杨柳湖。它是双流的另一片宽阔而优美的水泽。"杨柳青青江上水"。这杨柳湖在双流宛若滋养双流的甘露一般。融入芯谷之后的杨柳湖，就是一片生命活水之源，承担起映照和养育这座崛起的新城的重任……

未来的芯谷中央商务区是从杨柳湖起始的，于是它便成为整个芯谷的心脏。它每一次激情的跳动和冷静的思考，都将给芯谷带来不同的节奏和发展的动力。

杨柳湖的左右两侧，有连绵数十千米的亚洲最大的城市湿地。在湖心的正前方，是一条百米宽的芯谷世纪大道，"全长数十里……比北京的长安街还要长"。贺海华说。

"未来芯谷将成为世界顶级的现代人文和生态都市圈。到那个时候，在我们这儿工作和生活的人，同样可以享受世界上最繁华、最现代化的城市生活。因为我们芯谷的规划，采纳的是全世界最优秀的建筑方案，并融入双流、成都乃至四川的元素，所以这足以让我们的芯谷独一无二。"

芯谷是双流打造"中国航空经济之都"的产业功能区的主战场之一。双流决策者们清醒而睿智地以建设全市高品质科创空间示范样板为目标，打造一个引领全域空港经济的科创城。未来的科创城，依靠强大的科技产业支撑，又有着杨柳湖及周边广阔的湿地，让所有在此工作和生活的人完全置身于城市公园之中，处处可见美丽的风景。这种怡心的环境特别有助于产业的兴旺发达，而兴旺发达的产业无疑又将进一步推动城市的蓬勃发展。

"作为业内领先的集成电路设计企业，未来我们将在这里建立国内总部，致力于智能家居芯片的研发，提供智能家居整体解决方案……"澜至电子科技（成都）有限公司的项目总监邓江波告诉我，目前芯谷的功能区内交通、人才公寓等配套设施基本完善，有三级甲等医院双流中医医院、省一级示范性高中棠湖中学、中西部最大的区级图书馆等，生产空间集约高效、生活空间宜居舒适、生态空间绿色美丽。这样的条件和景象，即使在我国东部地区也极少见，完全可以同世界上最好的科创城市相媲美。双流区政府设立的"一站式"企业服务中心和人才服务中心，对科创空间的产业基础设施和公共服务平台以有力支持，让企业办事不出园。芯谷已经成为高质量的人、城、境、业高度和谐统一的产业社区。

"在芯谷，你能心想事成！"贺海华说。

我感觉贺海华他们似乎已被芯谷蒸蒸日上的发展速度和美好的前景所激荡，内心开始飞扬了。

事实上，激荡和飞扬的并不止贺海华他们这些芯谷人的心。凡是看过和来过芯谷的人，内心都会被双流"中国航空经济之都"的这一金翼的巨大魅力所激荡，因为它确实太壮观……最近几年我基本都在上海的浦东。在那里，我创作了《浦东史诗》和纪念中国共产党建党一百周年的《革命者》与《雨花台》等作品。除了与写作有关之外，更多的是因为我喜欢浦东，尤其是与著名的外滩相呼应的陆家嘴那一片浦东城郭——它美得出奇，美得让全世界为之羡慕与嫉妒。有了浦东的建城速度和造城之美，西方世界才开始真

飞 向

正认识什么是东方，中国共产党为什么能以及什么是真正的中华民族的精神。

我曾经因为书写《浦东史诗》而成为上海新的一员。我为之骄傲。

现在我来到了双流的芯谷新城。我竟然像第一次被浦东吸引时那般生发出同样的惊艳之感，甚至有过之而无不及——

浦东的美，是横空出世的，美是在向天际迸发的那些摩天大厦，以及有摩天大厦倒映其间的黄浦江面的海风波涛……

双流的美，同样是横空出世的，它的美是在向地平线迸发的，更有漫无边际的郁郁葱葱和水天相连的湿地相陪伴……

浦东的成功，在于它诞生于中国正需要摆脱封锁、打出"王牌"的年份，所以它的生命里更多地注入"我也能"的民族斗志。

双流的成功，则在于它诞生于中国正处于昂首阔步、实现中华民族伟大复兴中国梦的新时代。它从一发力开始就气势磅礴、一往无前，表现出的是高度自信……

是的，双流的"芯火"已经被燃起，它炽烈而光艳，仿佛霞光初照大地。

"你是不是已经爱上了双流？"那一天在芯谷采访时，突然有人这样问我。

我怎么回答？我根本就没有犹豫，便答道："那当然。现在我看到的才只是最初的双流的芯谷；如果再过十年，等芯谷全部建起时，就像现在许多人羡慕浦东临江一带的'汤臣一品'的房子一样，你想拥抱它就只能是做做梦而已……"

"哈哈……高！爱双流，你需要现在就行动！"大家都这么说。

在贺海华那里，我既看到了正在建设中的日新月异的双流的芯谷，也看到了明天即将建成的且肯定会吸引中国乃至全世界一流人才和高端消费者的芯谷新城。而今这芯谷新城里其实已经有了芯片产业领域的

"华大九天""澜至电子""成都华微""华大半导体"等骨干企业，更有数以百计的具有创新潜能的科创团队。他们或如旭日东升，或如日中天，给这片具有魅力的热土以燃烧的能量和飞翔的动力。我能够想象到由中国人自己构架的这座芯谷一定会比美国硅谷更美、更具人文意义。双流乃至成都本身就是中国信息电子产业重镇，因此这个新城未来一定是智能与智慧之城，它的交通、它的教育、它的住所，以及生活在这里的人们的一切日常生活，都可能是现在我们想象不到的高度发达的全智能与全智慧状态……那样的城市，你见过吗？你能不被它所吸引吗？

那个时候的你，也一定不是现在的你！

在这样的城市里，你的梦想必将成真，你的理想必将提前实现，你的生命必将绽放出最绚丽的光彩……

你准备好了吗？

可以告诉你：当你的心已抵达芯谷，双流也一定让你搭上"中国航空经济之都"的大飞船，飞向你想要到达的理想之地。

我们完全有理由相信，因为双流腾飞的金翼已经展开，正在有力地振动而起……

第十六章
遥想与奋斗

　　我发现，在双流待的时间越长，就越感觉对双流的了解尚浅，于是不由感叹起来：其实这本书是无法写完双流的……

　　落笔此刻（2021年6月17日），中国宇航员聂海胜、刘伯明、汤洪波正进入我国自主建造的空间站。从畅想"嫦娥奔月"，到实现真正的登月，用了数千年；从美国人拒绝中国加入国际空间站到中国人自己建造空间站并成功入站，花了20多年……所有一切，都是因为有一种力量在支撑着中华民族和中华儿女在自己的发展道路上奋勇前进，那就是这个民族的人，都有一颗纯真、善良和进取的遥想美好未来的心，以及为了实现中华民族伟大复兴的中国梦而不懈奋斗的精神。

　　遥想未来是人的本能，是人所拥有的胜于星球上其他任何一种动物的特殊能力。它是人的心智与情感所起始的力量。为了实现对美好未来的向往，中国人从来不放弃，而努力地、勇敢地、一往无前地、拼命地奋斗着，直到成功——这就是中国人。

遥想着，奋斗着，难道这不是"双流"吗？

是的，"双流"——双向之流，启动之流，改革之流，人类生命之流，星球生存之流，宇宙万物存亡的规律本质之流啊！

"双流"是万物生命存在的一个规则。

"双流"自始至终有着巨大的魅力……

而双流，你又包含了多少奇妙与深意啊！

谁表面和肤浅地看待双流，谁就是无知——因为双流并不像你想象的那么简单……

王莉，我在国际生物城的管委会大楼里巧遇的一位"九〇后"女生。她是2019年从四川大学生物医疗专业毕业的大学生，她的男朋友也在双流。他们是一对被双流的魅力吸引而来的"新双流人"。

"每年成都市会在全国各地举办人才招聘活动。那年有关部门到了上海交通大学，我知道后就从成都飞到了上海，结果在现场以第二名的成绩被录取了！"王莉自豪地说，"到双流报到后，我就到了国际生物城，被安排在管委会办公室。这两年我一直负责人才招聘，昨天刚从深圳招聘回来……忙死了！"

看得出四川姑娘王莉心直口快，工作热情很高。

"我男朋友他早于我到的双流。因为他在双流，所以我坚决也要到双流……当时双流就像一股巨大的漩流吸引着我！"王莉透露完这个秘密后，自己先咯咯地笑了起来。

"他在机场民航管理局工作……我们两人是老乡，老家都是广汉的。"她说。

"原来是青梅竹马呀！"

"不是不是，虽然我们是在一个中学一个年级读书，但那时各自只顾埋头苦读，互相并不认识。"性格爽朗的王莉把自己的恋爱过程一股脑儿都倒了出来，"那年是2012年，我还在湖南读书呢。暑假回老家学开车，学车的时候我俩认识了，才知道我们原来是中学同学，而且是一个年级的。越说越近了，就这么着来来去去的，到2016年时，我们确定了恋爱关系……毕业的时候，他先报名到了双流。我知道后就着急了起来，一听说成都正在上海交通大学搞人才招聘会时，就赶紧飞了过去。想想蛮有意思的，就像我们园区的广告宣传语一样：'一切都是最好的安排。'我跟他也是这种情况，所有一切都好像被双流安排好了似的。"

王莉说到这儿，自己又咯咯地笑了起来。

因为双流"如同一股巨大的漩流"，所以它让王莉与她的恋人走到了一起。"现在我们工作和生活都非常好，各自在双流买了一套房子……"王莉说到房子的事又特别开心，因为双流现在的房价在迅速上涨，这显然与"中国航空经济之都"的发展前景有着直接关系。

"这里可以一户买几套房子？"我对像双流如此热门的城市区域买房不限购表示好奇。

"我俩还没有结婚呢！房子是先买的，他条件允许，我这边生物园区有人才购房优惠政策，所以每人买了一套……今年十一结婚，您下次来吃喜糖啊！"王莉真的处在满满的幸福之中。

这就是双流的魅力！青年创业人才十分需要这样的吸引力，只有这样才可能让他们的理想与激情燃烧起来。

"双流是个神奇的地方，并且每天都在创造奇迹。因此我们这个地方的人喜欢遥想，并且去努力奋斗，所以未来也就有属于我们的幸福与美好！"王莉这段话被我铭刻在心间。

遥想+奋斗＝未来的幸福与美好。

这会不会就是双流发展的定律呢？

彭德富，67岁。他的老家就是现在成都双流国际机场所在地，老地名叫双石桥，过去属于向阳大队。现在老彭是东升街道长兴社区的居民。

"头一回听说我们家那里要建飞机场,我就连做梦也在想:这回机场一修,我们一家的生活也要跟着飞起来哦!"彭德富摸摸已经秃了顶的头,说道。

"1958年,我们家第一次搬到机场外面。那次搬家,把过去住的草房子换成了瓦房,我觉得日子就像从地上飞到了天上……"他说。

"第二次搬家是1990年。那回是机场扩建,我们家从三间房,变成了五间房,我就觉得像坐上了飞机那么舒坦……"他说。

"第三次搬家是1999年。那回我们家一下子搬进了楼房,我感觉就像坐上了飞机的头等舱……牛啊!"他又说。

"再后来我就在盼,盼着啥时候飞机场越建越大,一直大到我也能有架飞机开开该多好啊!"彭德富说,"您还别不相信,我这么一畅想,后来第四次搬家还差不多真的实现了这个梦想呢——"

"咋,给了您一架飞机?"

"我一个农民,要飞机干啥子嘛!"彭德富脖子一梗,认真地说,"我脑瓜里想的是日子过得巴适些,再巴适些哦!"

是这样的愿望!我明白了。

"机场再次扩建时,我就跟着第四次搬家……这回可好,我们家一下子搬到了双流城里。政府一共给了三套房,一套由我跟老伴住;一套给了儿子一家;还有一套出租了,每年有一万多元的纯收入!你说我的日子是不是像有了一架飞机似的?哈哈哈,好日子!好日子嘛!"

彭德富,彭德富,果真是个碰到运气就得富的人啊!

"我现在就是个爱胡想、爱瞎想的人,想哪一天我们在双流自己家乡的这个飞机场上,搭着飞船,跟着杨利伟飞到太空去看看地球、看看月亮是啥样的!"彭德富很认真地说完这番话后,又哈哈大笑起来。他说因为他全家现在生活上啥都不缺了,日子过得很幸福、很宽裕,所以"现在想的都是咋好耍就咋耍!"

彭德富的想法代表了经历双流发展并且作出贡献的那一代人的想法。他们的愿望其实很简单，希望看到这一代以及后代人能够过上好日子，因此他们对未来的双流和双流的未来充满了热切的期待。

　　廖良开，现在是双流的名人，因为他是双流大地上目前为止唯一一个"全国道德模范"，还是"全国十大诚信之星"之一，上过"中国好人榜"国家级荣誉榜。但廖良开并不是双流人，他的老家是重庆开州，刘伯承元帅是他们家乡的骄傲。"双流成就了我、成全了我，我和全家人从此都成为双流的一分子，成为永远的双流人。"廖良开敞开心扉说。

　　廖良开是一位退伍军人。2004年之前，他是一名在葫芦岛海军某基地当兵的战士，做宣传工作。当时他的一位战友为营救他人而壮烈牺牲在大海里，直到一个星期后那位战友的遗体才被找到。当时廖良开与千百名官兵一起在现场迎接牺牲的战友"回来"，部队司令员、政委带着大家列队向这位牺牲的战友敬礼，并高喊道："亲爱的战友，你受苦了，我们带着全部队官兵迎接你回来……"那场景令廖良开终生难忘。后来已牺牲的战友的父母来到部队参加儿子的追悼会，他们一次次昏倒的情景，让廖良开无法释怀心中的悲痛。虽然廖良开与牺牲的战友并不相识，但是就在那一刻，廖良开作出了改变他一生命运的决定：我要赡养战友的双亲，做他们的儿子，做他们的亲儿子！

　　这个承诺和做法，很难为旁人所理解。尽管是一件好事，然而廖良开真正做起来却并不那么容易，况且他与牺牲的战友的父母并不在一个地方生活。廖良开平时要把每个月部队发放的仅有的25元津贴一半寄给吉林的"父母"，另一半则寄给自己老家的父母。在部队时，廖良开还可以通信和用每年的探亲假去探望远在吉林的"父母"。后来他退伍了，回到四川老家，这份情能不能继续维系下去是个难题，因为它需要有足够的经济支撑。而这对一个退伍义务兵来说是个不小的负担，更何况廖良开自己也已经是有家的人了。

"确实是在比较困难的时候，我知道了双流这个地方经济发展得比我老家要好，于是抱着试试看的想法，在2006年来到了双流……没想到的是，来到这里之后我就扎下了根，成了一名双流人。"廖良开说。

廖良开带着在部队学的一门摄影手艺，在双流白衣上街开了一家照相馆，兼营打印等业务。"我是靠勤劳和苦力挣钱，当然如果没有双流的人气和环境，再勤劳和卖再多苦力也无法生存，这是我格外感恩双流的地方。还有双流人好，他们接纳了我、保护了我，让我在小本经营中获得了生存并可以承担一些社会义务的能力……"廖良开就是靠开小店做小生意获得了一些微利而继续照顾那远在东北的"双亲"，一直到为吉林的"母亲"送终。

一个承诺，近9000个日日夜夜，20多个春夏秋冬……廖良开让自己和一对老人，从陌生人变成了父子与母子，让一对失去儿子的父母重新获得了儿子，得到了孝顺与亲情。廖良开回忆起这些年的经历，热泪就在眼眶里打转。他不无感恩地说："如果没有双流这片热土给予我和我一家人安心扎根生活与赚钱的机会，那么我是不能尽孝到底的，我可能也当不了战友父母的另一个'儿子'……"

我知道，廖良开之所以能够成为双流的骄傲，是因为他不仅义务照顾了战友父母20余年，而且他还用微薄的收入力所能及地照顾和帮助过北京、四川等其他地方的贫困孩子和伤残人士困难家庭。"我现在每天早上都是6点起床，20分钟后到棠湖中学，去带海军舰载机海航班的学生出操或训练，不管春夏秋冬，风雨无阻。我是他们的军事教官，义务的，虽然辛苦，但我特别高兴。因为我当海军时，由于身体原因没有机会上舰艇，想不到几十年后我有机会给未来的舰艇将士们做点事，这太让人兴奋了。我想着以后在中国航母上，一定有我带过的飞行员……这也是双流给我的荣幸！我感恩双流，感恩这片土地！"

坐在面前的廖良开已经不年轻了；他的儿子今年也12岁了，是在双

家　园

流出生的。2009年，他和妻子用节省下的钱购置了一套44.9平方米的小户型房子。"儿子每天只能睡在沙发上……但我们很知足。除了生活，我们都把积蓄用在帮助他人上了。有人会问我们是不是有点儿傻，其实我们一点儿也不傻。我们只是知道是双流给予了我们现在的全部，所以我们要回报双流、回报大家！"

"我很满足。我现在还是所在小区的党支部书记。小区管辖3万多人，共有70多个党员，他们与我一样，都是社区的志愿者。虽然我们为社区所干的一切事都是义务的，但大家干得特别认真、特别开心……"我看到此时廖良开嚪在眼眶里的热泪泛着幸福和欢快的光。

"这幸福是双流给予的。"这条汉子这样说，"我一直有一种天真的想法：希望自己的孩子和我所带的棠湖中学海航班学生中，能够出一个飞行员，能够带着我们双流人的心愿去地球外的太空遨游。因为双流作为'中国航空经济之都'，所以我们的目光一定是在更高更远的地方俯瞰与眺望……"

说得多好！一个普通双流人的话语，代表的是所有双流人的心愿。这个心愿，早已深深地烙在今天的执政者、决策者乃至在这片土地上工作和生活着的所有人的心坎上。

选择一个理想的地方，将生命永远栖息于此，这应该是一个人对这片土地最崇高的敬意和最深情的热爱了。把生命的真情留在那块土地之后，又希望这片土地孕育出更加绚丽的生命且希望它永远延绵青春，那这个人对这片土地的热爱与眷恋之情已超越了他生命本身……这才是真正的生命壮歌！

像廖良开这样因自己的抉择来到双流后又挚爱于这片土地的人，现在有40万，他们自称是"新双流人"。他们当中有院士、"海归"、科学家、艺术家，当然更多的是企业家、经营者、实业家。这些人当中很少人有时间与我"闲聊"，只有在他们的实验室、车间和办公楼里，或者航站的进出口处……才能找得到他们。然而他们的身影却都是那么忙碌，那么专注，那么分秒必争，使我甚至不忍心分散其精力，于是只能放弃了很多这样的例子。我猜想，那些没有进入我笔下的人或许恰恰是双流最出彩、最壮观的潮头与潮流——

我当然知道双流是一片古老的土地，而在今天的中国蓬勃发展的现代化进程中，它又是一个散发着无限青春活力的年轻城市，这也决定了双流的脉搏跳动得格外有力。

第一次到双流，我就与年轻的决策者鲜荣生有过一次推心置腹的畅谈——

他告诉我，他是从大巴山出来的，但他不太喜欢山，山隔断了小时候对外面世界的企盼。通过勤学苦读，他走出了大巴山。

学历史的他，善于从纵深看问题，也注重横向思维，认为只有那样视野才更宽阔。而只有一个具有宽阔视野的人，才能让人民生活得更加舒展与幸福。

没有来到双流之前，他听到的双流不是特别的不好，就是特别的好。后来他来到了双流，才发现不好与好，那都是他需要去努力改进与坚持发扬的事……

曾经主要为一片农业和农耕的土地，因为一座机场的存在，要让它迅速地"飞"起来，谈何容易。然而不"飞"就意味着被轰鸣的机场、飞翔的银燕碾得粉碎……"双流不是这种性格，双流必须奔腾，双流必须前进，双流就应该是时代的浪潮，双流永远痛快地流动才是本色！"一个共产党人的内在爆发力足以让人惊叹，也足以让人感动。

"过去双流是'广都'，现在和未来我们能不能实现一个新的都——中国航空经济之都，就看我们的心能飞多高，我们的理想是否远大！"站在国际机场的起飞跑道前，他这样对自己、对班子其他成员说。

要建"中国航空经济之都"，就得把整个双流作为一架航空飞机来设计，它必须要有万无一失、确保飞机在天空翱翔的"发动机"……什么是我们的"发动机"？是党，是制度，是正确的决策，是支持我们事业的人民！

要建"中国航空经济之都"，就要有展开飞翔的双翼。双流腾飞的翅膀是什么？是产业，是支撑双流继续保持成都、四川、西南地区乃至全国群机飞翔的"机长机"的优势产业、特色产业、稳定产业！

是的，双流是不大，但它有深厚、博大的历史文化积淀，它更有近水楼台的成都双流国际机场，它有"会当凌绝顶"的远见与胸怀，所以更懂得挖掘代表明天和未来的航空经济的无限可能……

130多年前，航天理论奠基者、俄国人齐奥尔科夫斯基在他的《自由空间》文章中，第一次提出了利用反作用装置作为太空旅行工具的推进动力，他的理论基础来自牛顿第三定律和能量守恒定律。这位世界航天理论的奠基者认为，天空可以让人类的生命获得全新的解放，而从天空上所产生的思与想，则使人类可以创造在地球上事半功倍的奇迹。

双流是不大，但双流建设"中国航空经济之都"的决心和信心大。建成"中国航空经济之都"就可以让双流大起来，大到无边！它的激情和目标源于对航空本质的认识。认识到位，双流就不再是小小的双流了，而是中国的、世界的甚至是星球的双流——向着未来、向着人类可以想象到的一切去思考、去奋斗！

没有遥想，就没有理想；没有理想，何谈激情？没有激情，就等于放弃发展。双流不仅要发展，而且要永远引领潮流！

航空经济是什么？像我们第一次钻进飞机肚子里对飞机那么好奇一样，从双流这里我们也可以看到航空经济能带来的无限多的精彩。从经济形态看，它包括了航空运输经济、航空工业经济、航空服务经济、航空知识经济和航空信息经济等。这在双流以前的经济形态中是全然没有的。从空间场域看，它自然不应画地为牢，即在空间范围上局限于某一个机场，而应适当扩大到一个省域、一个国家，甚至整个世界，来认识和看待其经济形态，因而它一定是国际化的。

鲜荣生举出国家民航局局长在一次接受记者采访时所说的"航空经济"形态——它是以民用航空业为核心和依托形成的经济发展形态，至少可以分为三大类：一类是航空核心类产业，主要聚集的是航空运输和航空制造产业链上的企业；二类是航空关联类产业，主要聚集的是高时效、高附加值型产业，以及知识、信息、技术、资金密集型现代服务等新兴产业；三类是航空引致类产业，指由航空核心类产业、航空关联类产业所引发的客流、货流、信息流和资金流等资源，聚集形成各类辅助、配套和支持型服务产业。"瞧瞧，光大类就这么多，要再细分，该有多少啊！它最显著的特点就是它的技术密集型、国际化和开放性。如此说来，还有谁说我们搞的'中国航空经济之都'没前途？还有谁说我们双流不够大？那说这话的一定不是有前瞻眼光的当代中国人！"

"中国航空经济之都"

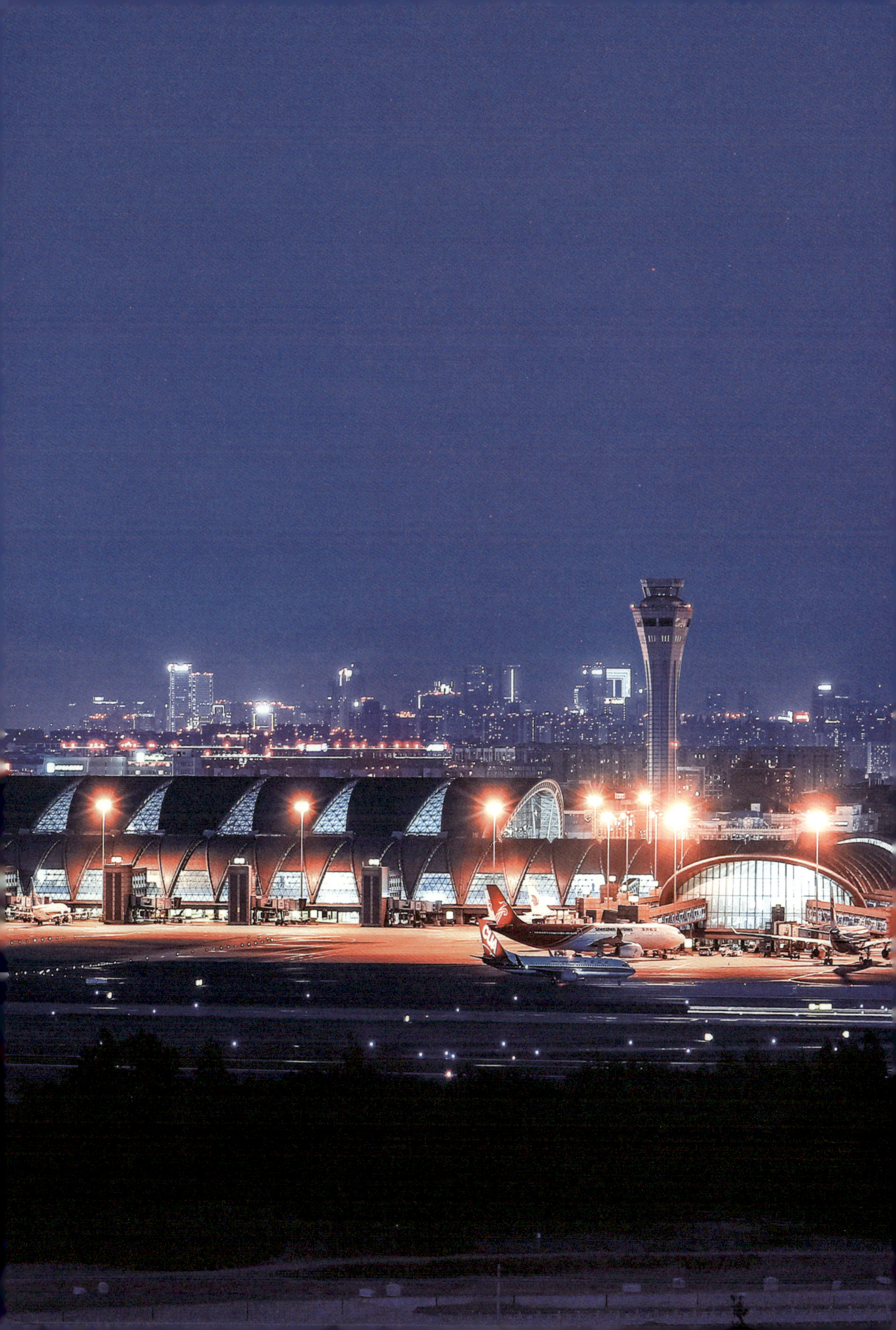

双流建设"中国航空经济之都",是建立在自身拥有机场资源的基础上,符合成都与四川乃至全国当下与未来发展趋势的正确选择,是自上而下反复论证且获得自下而上的拥戴与支持的宏伟蓝图。

双流有条件,更有信心,会像德国法兰克福机场通过城市综合体引领自己的航空经济,因为双流有比法兰克福更广阔的腹地经济属性——有中国的大西南,其辐射面超过包括法兰克福在内的机场的腹地经济纵深。同样也有像蒙特利尔一样的以航空主导产业(尤其是飞机制造和发动机维修业)为龙头,在机场周边形成的完整的航空工业产业链。自然不用说,双流更有孟菲斯式的通过地方特色、利用当地已有优势来发展物流航空、商务航空等。新加坡的樟宜机场打造了东南亚的枢纽机场,荷兰的史基浦机场打造了欧洲的枢纽机场……成都双流国际机场打造的也是世界级枢纽机场,因为双流背靠的是有14亿多人口的世界第一大国,拥有通向全球各主要机场的航线。

一切皆在遥想间。一切都在奋斗中。

在《"大流行"之下——2020年全球航空业简报》中有一段文字清晰地记载着这样一个事件:

在2020年全球客流量最多的十大机场中,成都双流国际机场以4071.2万人次跻身全球第三名,较前一年排名上升了21位次。

知道中国电商的厉害不?在2021年3月14日这一天,成都双流国际机场的一条"成都—达卡"全货机航线实现顺利首航。第二天,即3月15日,满载60吨电商包裹的递四方"成都—伦敦"全货机航线包机又从成都双流机场起飞……

2021年1—6月,成都双流国际机场的旅客吞吐量达2376.3万人次,位居全国第一、全球第七。

世界,你看到了吧?这是真真切切的现实存在。

双流已经起飞!

双流必然雄起！

又是一个新年。双流人在机场四周以及飞机起降地打造的万亩四季花田，里面所开的花儿更加艳丽无比，散发着迷人的魅力。它们让来到"天府之国"的人第一眼就醉于花丛之中……

这是双流人用心培植的友谊、和平与爱的花世界。

2021年6月25日 第一稿
2021年9月20日 第二稿

后　记
认识双流的意义

以前只知道双流是个机场，只知道双流在四川成都。写了双流，才让我有机会真正认识双流。认识双流之后，才真正地了解了"双流"为何意——

双流当然也是个地名。但双流这个地名里包含了无限丰富的内容。它首先应该是个哲学概念。

流，即动的意思，也指动的状态。按照哲学上的理解，万物皆在流、皆在动。流动是宇宙的主要形态和存在的形式，流动也是整个地球的形态与万物生存的形式。就如人的血管里的血液一般，不流动了，生命也将终止。宇宙万物皆如此。这是"流"的意义和本质。

"流"的前面多了一个"双"字，其意就更不一样了：它或是平行双向的顺势而为，或是逆向对立的反作用，而无论是哪种形态，"双流"都是一种进步或冲突、交换或代谢，是旧形式的消亡、新生命的诞生。

双流，从这个意思上讲，就是我们生活在这个星球上的某种形态。作为地名的双流，最初也是因两条流经此地的江河而得名。这当然是一种祖先传下来的记忆。然而我们的祖先其实远不只那么简单,他们还赋予了双流这块土地无限想象的空间,只是一直以来我们尚不曾揭示它的奥秘而已。

自有了智慧和勤劳的双流人之后,双流大地便成为中华民族版图上的一片辉煌的热土、丰收的沃地、流金的旷野……而且它永远在向着人类完美的境地前行。

这是作为区域地名的双流的"土质"所决定的。

文化的双流,一定是浪漫的、内涵丰富的。它是具有生产力先进条件下的双流人所创造出的一个又一个新天地,因此它在不同时代变得愈发通体缤纷。

双流承载了中华民族远古与近现代的诸多灿烂文明。这些文明已经成为许多经典,在人类文明进程中广为流传,并滋润着一代又一代人的心田,有的甚至成为国家文明的象征。

经济双流是个特别有意思的话题,过去对双流鲜有从这个方面理解它的。而我的这部"双流纪事"之所以用了《流的金 流的情》作为主书名,就是重点从"经济双流"这个角度去认识和书写双流的。

经济双流在历史上曾经有过许多壮丽的篇章。尤其在改革开放时期,它有过不少动人的华章。然而在我看来,所有以前的"篇章"或"华章",都比不上今天双流人正在开创的"中国航空经济之都"这样令人激动,这样华丽壮观。因为建设"中国航空经济之都"的蓝图与设置本身就超越了人类任何时候的生产力发展模式,它是一场飞跃式的人类生产力发展形态的大变革。我把它理解为人类自农耕社会、海洋文明之后的又一场将影响未来千百年全球历史进程的伟大征程,即航空时代。农耕社会,让人类普遍有了饭吃;海洋文明,诞生了工业化革命,让人类实现了在地球上可以去实现一切梦想的可能;而航空时代的到来,将彻底改变人类的生产方式和生产力效益。它以数字、信息和"点"及"灵感"来决定人与整个地球与宇宙之间的命运——所有的一切，在这个时代都可能存在，或都有可能出现，比如生命在地球之外，其他生物将改变我们人类的寿命与形态等。可以将无限小变成无限大，比如一个县域的双流区，所能创造的生产力，或有比传统的一个省、一个直辖市还要庞大的经济效益与经济辐射面。只有在航空时代，这种经济效果达成才是完全有可能的。

这也是我在写完本书之后对双流和双流正在建设的"中国航空经济之都"最为看好的一点——关于它，我们大可不必现在把话说得很满。如果"中国航空经济之都"再有二十年、五十年的发展与建设时间，那个时候我们再来看双流，我想结果会是大不一样的。那个时候，或许人们只有更为惊叹和震撼！

而现在的我，如同双流人一样，有足够的信心，对未来的双流、对"中国航空经济之都"抱有热切的期待。因为只要双流人按照习近平总书记建设中国特色社会主义的新发展理念，紧紧抓住机遇，牢牢把握方向，从实际出发，围绕航空经济这一主题，调动一切积极因素，苦干实干拼搏地干，就一定能够实现奋斗目标，把双流建设成世界闻名的"航空经济之都"。

双流经济的前景将无限美好。双流航空经济的体量将无限大……这是必定的和一定的，我们只等那一天的到来。

写一本书，爱上一个地方，是我成为作家的本色。而写双流，让我比写其他任何书更爱这块土地、更爱这里的人……这是因为，我在这里看到了人类文明进程中的第三个伟大飞跃——航空经济时代的起步！

写作本书的过程中，我多次到双流采访，得到了中共成都市双流区委、成都市双流区政府和中共成都市双流区委宣传部的大力支持和被采访对象的积极配合。他们做了大量细致而烦琐的工作，一直默默地帮助我完成采访。他们是双流的建设者、亲历者、见证者，他们是当代无数勤劳勇敢的中国人的缩影。在他们身上，我看到了中华民族蕴藉的强大动能，一种不屈不挠、勇于探索的力量！他们正抒写着掀开人类未来文明史的鸿篇巨制！

呵，这是一部掀开人类未来文明史的鸿篇巨制！

呵，这部鸿篇巨制的开篇"序言"竟然是由一群"敢为先"的双流人在执笔书写，而我幸运地以文学的形式，先去拥抱他们，这是何等的欣慰与温暖！

双流，你流的是"金"，你流的是"情"。

这"金"，是双流人用汗水和心血凝铸出的经济成果与发展经验；

这"情"，是双流执政者遵循中国共产党的宗旨所倾注于人民的那份深情厚谊……

这"金"，将永远光芒万丈，耀眼夺目；

这"情"，将长流不息，滋润心田……

何建明

2021年9月20日于北京

感谢图片提供

王　灵　　王鸿明　　古　陶　　朱勤贵　　冯蕾竹
刘　伟　　刘倚天　　肖　建　　张　勇　　张翔宇
张冀川　　赵靖影　　贾　刚　　陶　冶　　袁　浩
焦　阳　　熊　军